Zum Buch:

Das Team der „Kilby Catfish“ ist Calebs letzte Chance, um seine Karriere zu retten! Denn nach einer desaströsen Saison muss er wieder von ganz unten anfangen und sich hocharbeiten. Doch der Ruf der Mannschaft ist nicht der beste in dem beschaulichen Ort. Dank der wilden Freizeitaktivitäten seiner Teamkollegen hält sich die Unterstützung der Einwohner in Grenzen. Genau das soll die attraktive Sadie Merritt ändern. Dass er sich aber sofort zu Sadie hingezogen fühlt, kommt Caleb alles andere als gelegen: Er hat keine Zeit für Ablenkung – auch wenn sie noch so verführerisch ist …

„Bernards Markenzeichen sind schlagfertige Dialoge und prickelnde Liebesszenen.“

Romantic Times Magazine

Zum Autor:

Jennifer Bernard brauchte eine Weile, um die wahre Liebe zu finden – privat und beruflich. Als sie gerade in einer schweren Krise steckte und Trost in einem Liebesroman suchte, machte es bei ihr klick: Wenn das Lesen von Romances so guttut, warum sollte sie nicht selbst eine schreiben? Sie kündigte ihren stressigen Medienjob in Los Angeles und zog in eine Kleinstadt in Alaska. Dort begann sie nicht nur ihren ersten Liebesroman zu schreiben, sie traf auch ihren jetzigen Ehemann.

Der Preis dieses Bandes versteht sich einschließlich
der gesetzlichen Mehrwertsteuer.

Umwelthinweis:
Dieses Buch wurde auf chlor- und säurefreiem Papier gedruckt.

Jennifer Bernard

Volltreffer für die Liebe

Roman

Aus dem Amerikanischen von
Christian Trautmann

mtb

MIRA® TASCHENBUCH
Band 25915
1. Auflage: April 2016

MIRA® TASCHENBÜCHER
erscheinen in der HarperCollins Germany GmbH,
Valentinskamp 24, 20354 Hamburg
Geschäftsführer: Thomas Beckmann

Deutsche Erstveröffentlichung

Titel der amerikanischen Originalausgabe:
All Of Me

erschienen bei: Avon Books, New York

Published by arrangement with
Avon Books, an imprint of HarperCollins Publishers, LLC.

Konzeption/Reihengestaltung: fredebold&partner gmbh, Köln
Umschlaggestaltung: pecher und soiron, Köln
Redaktion: Mareike Müller
Titelabbildung: Thinkstock / Getty Images, München / greyi;
Getty Images, München / Todor Tsvetkor
Autorenfoto: © Dylan Patrick
Satz: GGP Media GmbH, Pößneck
Druck und Bindearbeiten: GGP Media GmbH, Pößneck
Printed in Germany
Dieses Buch wurde auf FSC®-zertifiziertem Papier gedruckt.
ISBN 978-3-95649-288-4

www.mira-taschenbuch.de

1. KAPITEL

Es war sein erstes Spiel für das Kilby-Catfish-Baseballteam. Prompt gelang es Caleb Hart, einen neuen Minor-League-Rekord aufzustellen. Leider keinen von der guten Sorte.

Bis zur Mitte des vierten Durchgangs hatte Caleb für sieben Runs, fünf Homeruns und drei Walks gesorgt. Außerdem hätte er Steven Hunter, einem Spieler der gegnerischen Mannschaft El Paso Chihuahuas, mit einem schlecht geworfenen Ball fast die Nase gebrochen.

Caleb spürte, wie ihm der Schweiß in Strömen den Rücken hinunterrann. Unter seiner nagelneuen Cap mit dem blauen Catfish-Logo fühlte sein Kopf sich an, als könnte er jeden Moment in Flammen aufgehen. Caleb verließ den Werferhügel und wischte sich mit dem Arm die Stirn ab. Mike Solo, der Fänger, verlangte eine Auszeit. Der Coach lief aufs Spielfeld, und plötzlich umringten Caleb seine neuen Teamkollegen. Offenbar glaubten sie, er brauche ein wenig Unterstützung. Was er aber eigentlich brauchte … nun, das hatte er selbst noch nicht herausgefunden.

„Du kannst den Burschen kriegen", erklärte der tätowierte First Baseman Sonny Barnes. „Der ist einfach zu dämlich, um den Ball zu treffen."

Caleb verzichtete darauf, Sonny darauf hinzuweisen, dass er selbst zu dämlich gewesen war, den Ball vernünftig zu werfen.

„Halt sie flach", sagte Mitch, der Trainer der Werfer, offensichtlich ein echtes Baseballgenie. „Und bring sie über die Platte."

„Genau, du denkst zu viel nach", meinte der äußerst redegewandte Shortstop, der aussah, als wäre er zwölf. „Ich hab dich bei den Twins werfen sehen. In drei Spielen hattest du einen Durchschnitt von 2.28 und fünf Strikeouts pro Spiel. Klar, dann kam dieses verrückte vierte Spiel. Was immer du auch tust, denk bloß nicht an *das* Spiel. Mach das, was du bei den ersten drei Spielen getan hast. Vergiss das vierte. Ist doch kinderleicht."

Caleb starrte den Typen an und überlegte, wann er zuletzt einen Spieler „kinderleicht" hatte sagen hören. Nie, soweit er wusste. Und warum musste der Kerl das schlimmste Spiel seines Lebens erwähnen?

Solo, der Einzige im Team, mit dem Caleb schon früher zusammengespielt hatte, grinste und zwinkerte ihm zu. „Genau, ist doch kinderleicht, Großer. Die Einheimischen werden unruhig. Und da wir uns in Texas befinden, sind sie wahrscheinlich bewaffnet."

Caleb schaute zu den halb gefüllten Tribünen, wo die Menge aus vielleicht dreitausend Unerschütterlichen ein Pfeifkonzert anstimmte. Einen schmerzlichen Moment lang erinnerte er sich an den Lärmpegel in Minneapolis. Dagegen war eine Boeing 747 leise wie ein Moskito. Doch die Twins hatten ihn zu den San Diego Friars geschickt, und die hatten ihn zu ihrem Minor-League-Team in Kilby verfrachtet. Also stand er jetzt hier. Und vermasselte es.

Der Coach ging zurück zum Mannschaftsunterstand, als hätte er alles getan, was er konnte. Caleb wandte sich wütend an die verbliebenen Spieler. „Was ist das hier, ein verdammtes Vorstandsmeeting?"

Baby-Shortstop machte ein beleidigtes Gesicht. „Entschuldige, dass ich dir zu helfen versucht habe, deine Synapsenverbindungen wiederherzustellen."

Ungläubig starrte Caleb einen anderen Teamkollegen an. „Ist der Kerl immer so?"

„Er hat Gehirnforschung studiert, bevor er zu uns kam", erklärte Mike Solo.

„Nicht Gehirnforschung, sondern Neurophysiologie", meldete sich der Shortstop zu Wort, während alle bereits auseinanderliefen, zurück zu den Positionen.

O Mann. Caleb hatte schon gehört, dass das Catfish-Team ein bisschen schräg drauf sein sollte. Bis jetzt schien das eher eine Untertreibung zu sein.

Er begab sich zurück zum Werferhügel und atmete tief die feuchte, nach Gras duftende Luft ein. *Es ist nur ein Baseballspiel. Tu so, als wärst du daheim. Dort, wo Baseball einfach nur Spaß gewesen ist und du das Feld beherrscht hast. Jedes Feld.*

Solo verlangte einen Fastball, tief und nach außen. Gute Idee, dachte Caleb. Mit einem Wurf nach innen würde er sonst vielleicht noch einen weiteren Spieler verletzen. Wäre kein Wunder, so, wie er neuerdings spielte. Nicht mal seine Changeups funktionierten noch. Dabei war er eigentlich Meister in diesen Würfen mit vorgetäuschter Geschwindigkeit, die den gegnerischen Schlagmann zu einer verfrühten Aktion provozieren sollten. Caleb machte sich bereit, nahm seine Position ein und umfasste den Ball. Dann warf er.

Bumm! Homerun Nummer sechs krachte vom Schläger, laut wie eine Explosion. Vielleicht war es das Geräusch seiner Karriere, die ihm gerade um die Ohren flog.

Nur um sich selbst zu quälen, wirbelte Caleb herum, damit er den Ball weit über sich sehen konnte, wie einen Vogel auf Speed, Richtung rechter Tribüne. Er bemerkte den vorwurfsvollen Blick des Shortstops. Der Schlagmann der gegnerischen Mannschaft umrundete die Bases. Der Kerl sollte ihm eigentlich eine Dankeskarte schicken, so, wie Caleb ihm den Ball serviert hatte, mit allem Drum und Dran.

Jemand hinter ihm räusperte sich. Er drehte sich um und entdeckte Duke, den Manager der Catfish, der die Hand ausstreckte. Offenbar wollte er den Ball. Wollte Caleb vom Feld holen. Doch sosehr Caleb es auch hasste, der gegnerischen Mannschaft Punkte durch einen Homerun zu bescheren – noch mehr hasste er es, den Ball hergeben zu müssen. Wie konnte er das Ruder noch herumreißen, wenn er ausgewechselt wurde?

„Ich versuche, meinen Rhythmus zu finden, Duke", erklärte Caleb mit leiser Stimme.

„Und wie, findest du, klappt das?"

Sarkasmus. Autsch. „Mein letzter Wurf hatte jedenfalls um die neunzig Meilen pro Stunde drauf."

„Sicher, der ging flott über den Zaun." Duke, ein ehemaliger Ringer mit mächtigem Brustkorb, nannte die Dinge gern beim Namen. „Ich nehme dich raus, bevor deine Statistikkurve der einer texanischen Hitzewelle gleicht. Wir reden nach dem Spiel."

Caleb fühlte sich sofort elend. In der Minor League bedeutete es entweder richtig gute Neuigkeiten, wenn man nach dem Spiel ins Büro des Managers zitiert wurde – man wurde in ein Team der Major League befördert. Oder aber es warteten schlechte Neuigkeiten auf einen, und Caleb war sich ziemlich sicher, dass er nicht aufsteigen würde.

„Nichts Schlimmes", versicherte Duke ihm. „Ich will nur mit dir reden."

Caleb nickte und übergab ihm den Baseball. Es kam ihm vor, als würde er ihm ein Stück seines Herzens überreichen. Er brauchte den Ball, brauchte das Werfen. Seine einzige Chance im Leben würde sich in Luft auflösen, wenn er diesen Ball losließ.

Auf dem Weg zum Unterstand hörte er ein „Hak's einfach ab" vom Third Baseman, außerdem Buhrufe von der Tribüne. Sein Ersatzmann, Dan Farrio, rannte aus der Aufwärmzone aufs Feld. Farrio war, theoretisch, sein Rivale um einen Pitcher-Posten bei den Friars. Doch nach dem heutigen Tag war diese Rivalität vermutlich Geschichte.

Aus dem Radio von irgendjemandem ertönte die Stimme des für die Statistiken zuständigen Kokommentators: „Wir schauen gerade in die Geschichtsbücher, doch der einst so hoch gehandelte Caleb Hart hatte möglicherweise den schlimmsten Einstand, den ein Spieler der Minor League je hingelegt hat. Man hätte ihn gleich nach dem zweiten Durchgang auswechseln müssen, doch die Ersatzbank der Catfish sieht zerfleddert aus wie die Schmusedecke meines Kindes. Wenn der Plan war, mit Caleb Hart frischen Schwung in die Pitchertruppe zu bringen, hätte man sich wohl eher für eine Schlaftablette entscheiden sollen. Jede Wette, dass Crush Taylor schon die Zitrone für seinen Drink ausquetscht."

Bei der Erwähnung des Besitzers der Catfish stöhnte Caleb. Niemand interessierte sich dafür, was die meisten Minor-League-Besitzer dachten, denn die wichtigen Entscheidungen wurden in der Major League getroffen. Allerdings war Crush Taylor eine Legende, ein Werfer, der es in die Hall of Fame geschafft hatte und kurz nach dem Ende seiner Karriere die Catfish gekauft hatte. Ganz zu schweigen davon, dass er Calebs Kindheitsidol war.

Caleb hatte also gerade einen rekordverdächtig grauenhaften Start für das Team hingelegt, das seinem Kindheitsidol gehörte. Und ein Shortstop, der frisch von der Highschool kam, hatte ihm einen Vortrag gehalten. Konnte es noch schlimmer werden?

Er erreichte die Ersatzbank und schnappte sich eine Wasserflasche aus der Kühlbox. Mann, war es heiß heute. Er wollte nur noch unter die Dusche und so schnell wie möglich raus aus diesem Stadion. Aber da es sein erstes Spiel war, sollte er lieber dableiben und sein Team unterstützen. Doch noch ehe er sich auf die Bank sinken lassen konnte, entließ ihn Duke mit einer Kopfbewegung in Richtung Clubhaus.

Die erste Pause an diesem Tag. Caleb beschloss, sich diese Chance nicht entgehen zu lassen, und marschierte aus dem Unterstand. Seine Catfish-Teamkollegen würde er später näher kennenlernen, wenn ihm nicht mehr danach war, irgendwem den Kopf abzureißen.

Sobald er das Labyrinth aus Gängen, die durch das Stadion führten, betreten hatte, löste seine so mühsam aufrechterhaltene Selbstbeherrschung sich auf. Er zerrte sich das verschwitzte Trikot vom Leib, als könnte er damit auch gleich das Gefühl der Niederlage loswerden.

„Verdammt", stieß er hervor und boxte gegen die Wand. „Reiß dich am Riemen, Hart." Normalerweise hielt er seine Emotionen unter Verschluss, aber diesmal … so ein Mist. Wenn er das hier vermasselte, würde er seine Schwester und Brüder im Stich lassen, und die hatten schon genug durchgemacht. Seine ganze Familie verließ sich auf ihn, und er hatte der gegnerischen Mannschaft gerade sechs Homeruns in ungefähr fünf Minuten geschenkt. Seine Frustration kochte über.

„Was zur Hölle ist los mit dir? Du kannst dir keine Scheiße mehr erlauben." Als er um die Ecke kam und aufs Clubhaus der Catfish zulief, wäre er beinah mit jemandem zusammengestoßen, der vor der Doppeltür stand und den Eingang bewachte.

Dieser Jemand rammte ihm den Ellbogen in den Magen, sodass ihm die Luft wegblieb. Es war kein harter Stoß, vermutlich nur aus Versehen, aber dennoch nicht das, was ihn für gewöhnlich auf dem Weg unter die Dusche erwartete.

Er rang nach Luft – und um Fassung –, dann schnappte er sich den Angreifer. Eine Frau, eine junge. Noch hatte er sie gar nicht näher betrachten können, doch sie fühlte sich zart und wohlgeformt an.

„Du meine Güte, du solltest besser aufpassen, wohin du läufst." Ihre Stimme hatte einen heiseren Beiklang, und dem Akzent nach stammte sie von hier. Hastig befreite sie sich aus seinem Griff und drehte sich zu ihm um. Er musterte sie: dunkle, wachsame Augen und einen nachlässig gebundenen Pferdeschwanz. Caleb war einen Meter fünfundneunzig groß, dennoch überragte er diese Frau nicht so wie die meisten anderen. Er schätzte sie auf mindestens einen Meter fünfundsiebzig, mit einer schlanken Figur sowie langen Armen und Beinen. In der Hand hielt sie eine Mappe, aus der Papiere zu fallen drohten. „Du musst einer dieser verrückten Catfish-Spieler sein."

„Wie kommst du bloß darauf? Wegen des Trikots oder des übermäßigen Gebrauchs an Kraftausdrücken?" Er lächelte reumütig bei der Erinnerung an sein Fluchen vorhin. Er hätte wohl warten sollen, bis er *im* Clubhaus war. Nur hatte er ja nicht damit gerechnet, hier jemandem zu begegnen. Schon gar nicht jemandem wie dieser Frau.

In ihren Augen lag ein Funkeln, und ihre Lippen zuckten. „Tja, es werden wohl die Kraftausdrücke gewesen sein, da ich von einem Trikot nicht mehr viel sehe." Sie betrachtete seinen freien Oberkörper. Erst da fiel ihm wieder ein, dass er sein Trikothemd ausgezogen hatte.

„Ja, also … ich musste Dampf ablassen."

„Dann warst du das, der da so herumgeflucht hat? Ich hatte schon Angst, gleich niedergetrampelt zu werden."

„Kein Niedertrampeln, versprochen."

Dem Ausdruck in ihren Augen nach zu urteilen, neckte sie ihn nur. Dennoch wich er vorsichtshalber einen Schritt zurück. Erneut glitt ihr Blick über seine nackte Brust, als könnte sie nicht anders.

„Keine Sorge, ich werde dir auch sonst nicht zu nahe treten. Zu verschwitzt. Aber wenn du warten willst, bis ich geduscht habe …"

Er hatte das hauptsächlich gesagt, um sie auf die Palme zu bringen, denn irgendwie hatte er das Gefühl, es könnte richtig Spaß machen, sie ein bisschen zu ärgern.

Doch ihre Miene veränderte sich, das übermütige Funkeln erlosch. Sie schritt etwas zurück und musterte ihn misstrauisch. „Nein, das will ich nicht. Ich will diese Nachricht überbringen und danach wieder verschwinden. Könntest du mir sagen, wo ich Mr Ellington finde?"

Ellington, das war Dukes Nachname. Die meisten Baseballtypen hatten Spitznamen, allerdings waren nur wenige nach Jazzgrößen benannt. Was wollte diese Frau von Duke?

„Der ist damit beschäftigt, Baseballspieler zu schikanieren. Ich kann dir garantieren, dass er momentan bestimmt nicht gestört werden will." Caleb verschränkte die Arme vor der Brust. Ausgezeichnet. Jetzt musterten diese lebhaften dunklen Augen seine Unterarme ebenso wie seinen Oberkörper. Üblicherweise signalisierte eine Frau an diesem Punkt auf irgendeine Art ihre Bereitschaft, intime Zeit mit dem Starpitcher zu verbringen, der eine halbe Million Dollar für seine Unterschrift bei den Twins erhalten hatte.

Aber diese Frau nicht. „Okay. Du willst also schwierig sein, was laut dieser Unterlagen hier wohl auch zu erwarten war."

Sie tippte auf die Mappe. „Fein. Damit wir vorankommen – was in deinem Fall wohl bedeutet, unter die Dusche und dann zu einem Sixpack und einem Groupie –, gib mir doch einfach einen Tipp, wo Mr Ellingtons Büro sein könnte. Ich werde dort auf ihn warten."

Oh Mann. Die hatte Haare auf den Zähnen. Er beobachtete ihr Mienenspiel, während sie redete. Sie strahlte mit jeder Faser Lebendigkeit und Bewegung aus. Er schätzte sie auf Anfang zwanzig, und sie hatte etwas von einer Studentin, die überdies anscheinend gern lachte … und redete und Witze riss. Sie trug ein enges weißes T-Shirt, das ihre vollen Brüste umschmiegte, dazu einen geblümten Rock, der knapp über den Knien endete. Vervollständigt wurde das Outfit durch rote Cowboystiefel. Verdammt. Wie sollte er denn roten Cowboystiefeln widerstehen? Diese Dinger gehörten verboten.

Er riss ihr die Akte aus der Hand. „Hast du einen Stift? Du siehst aus wie eine Frau, die einen Kugelschreiber mit sich herumträgt."

„Was soll das denn heißen? Und ja. Aber nein. Warum?"

„Möchtest du irgendetwas davon näher erklären?" Er versuchte verstohlen, in die Mappe zu spähen. Das Schreiben darin begann mit den Worten: *Wir, die Einwohner von Kilby County …*

Sie nahm ihm die Akte wieder weg. „Ja, ich habe einen Stift. Und nein, du kannst nicht auf dieser Petition unterschreiben. Und wieso willst du das überhaupt?"

Er blickte sie gekränkt an. „Ich wollte dir eine Karte zeichnen. Diese Gänge hier können superverwirrend sein. Es ist absolut nachvollziehbar, dass du dich verlaufen hast und plötzlich dort landest, wo die Männer sich ausziehen." Er zwinkerte ihr zu und bemerkte, wie Röte in ihre Wangen schoss. Ja, es machte definitiv Spaß, sie auf die Palme zu bringen.

Erst da drangen ihre Worte in sein Gehirn. „Petition? Was für eine Petition?" Er versuchte die Mappe wieder an sich zu bringen, doch sie hielt sie außerhalb seiner Reichweite. Beinahe hätte er stattdessen ihre Brust erwischt.

Bevor er sich entschuldigen konnte, stieß sie einen verärgerten Laut hervor und wich zurück. „Da, schon wieder. Ihr Catfish-Jungs seid wirklich eine Gefahr für die Gesellschaft. Genau wie es in der Petition steht."

„Was?"

„Ganz recht." Sie wedelte mit der Akte. „Hier steht, dass ihr völlig außer Kontrolle seid."

Caleb hatte das Gerede über die Catfish auch gehört. Die feierten ein bisschen zu gern und liebten Barschlägereien. Andererseits, sie waren junge Baseballspieler, die sich amüsieren wollten. Was sollte man da schon erwarten? Allerdings war es nicht sein Problem. Er hatte die Absicht, Kilby so schnell wie möglich nur noch im Rückspiegel zu sehen. „Keine Ahnung. Kann auch nicht behaupten, dass es mich interessiert."

„Dann sind die Geschichten also wahr? Habt ihr Jungs wirklich das Schwimmbad der Gemeinde mit Gummifischen gefüllt? Die Seniorenschwimmgruppe soll einen ziemlichen Schrecken bekommen haben, und man musste einen Krankenwagen rufen."

Er schnaubte verächtlich.

Traurig schüttelte sie den Kopf. „Die Dinge haben sich gewaltig geändert, seit ich als Kind zu den Spielen gekommen bin. Und ich dachte, es sei hier sicher für ein nettes, zivilisiertes Mädchen wie mich. Nächstes Mal bringe ich einen Bodyguard mit."

Einen Bodyguard? Jetzt übertrieb sie aber ein bisschen … Er bemerkte ihren belustigten Blick. Ja, er hatte recht gehabt. Sie zog ihn tatsächlich auf.

Ob es an der unglaublichen Frustration der letzten zwei Stunden lag und der ewigen Sorge um seine Familie, oder was sonst auch der Grund sein mochte – in diesem Moment überwältigten ihn seine Emotionen jedenfalls. Mit zwei schnellen Schritten war er bei ihr und baute sich so dicht vor ihr auf, dass sie gegen die Wand gedrängt wurde.

Er beugte sich vor und raunte ihr ins Ohr, wobei seine Lippen fast ihre zarte Haut berührten: „Es gibt nur eine Möglichkeit, herauszufinden, ob die Geschichten wahr sind. Aber du musst es schon wollen. Sehr. Du musst so scharf drauf sein, dass du mir nachläufst und drum bettelst. Dann musst du erst noch beweisen, dass du damit klarkommst. Nimm das in deine Petition mit auf."

Sie starrte ihn an, mit so geweiteten Pupillen, dass ihre Augen komplett schwarz wirkten, nur mit einem leuchtenden bernsteinfarbenen Rand. Ihre Halsschlagader pulsierte.

Plötzlich war er so hart, dass seine Sicht verschwamm. Wow, dachte Caleb. Was hatte das nun wieder zu bedeuten? Sie war ja nicht einmal sein Typ. Im Gegenteil, sie gehörte zu den Frauen, über die man sich nur aufregen konnte.

Er wich von ihr zurück, als wäre sie eine Handgranate, die jeden Moment explodieren konnte. „Dukes Büro findest du den Gang entlang auf der rechten Seite."

Er stieß die Tür zum Clubhaus auf und ging auf direktem Weg zu den Duschen. Es würde eine kalte werden müssen.

2. KAPITEL

Nachdem der Baseballspieler verschwunden war – seine Rückansicht hatte sich als genauso aufregend wie die Vorderseite erwiesen –, brauchte Sadie Merritt volle zwei Minuten, bis ihre Atmung sich wieder normalisiert hatte. Du liebe Zeit, war das ein sexy Typ! Nicht nur wegen der Muskeln, obwohl die kaum zu übersehen waren. Einen so wohlgeformten Oberkörper hatte sie noch nie zu Gesicht gekriegt. Aber es lag nicht nur an seinem Äußeren. Es war die Art, wie er redete, die Dinge, die er sagte, und wie er sie angeschaut hatte. Als wollte er ihr gleich hier auf dem Flur die Kleider vom Leib reißen.

Das Beste war jedoch, dass er nicht die geringste Ahnung hatte, wer sie war. Er kannte den hässlichen Klatsch nicht. Und sie hatte mit ihm geflirtet, in gewisser Hinsicht. Ihn ganz offen angestarrt. Etwas derartig Freches hatte sie nicht mehr getan, seit Hamilton Wade ihren Ruf in ganz Kilby beschädigt hatte. Seitdem mied sie Männer und neckte sie auch nicht. Doch irgendetwas an diesem Catfish-Spieler hatte ihre übermütige Seite zum Vorschein gebracht, die sie eigentlich schon längst für tot gehalten hatte.

Was hatte er wegen des Managerbüros gesagt? Den Gang entlang irgendwo. Sie eilte über den Korridor, der schwach nach schmutzigen Socken roch. Vergiss diesen Spieler, ermahnte sie sich. Hatte sie denn nichts aus ihrer Erfahrung mit Hamilton gelernt? Regel Nummer eins: keine verwöhnten, attraktiven Jungs. Besser noch: keine verwöhnten, attraktiven und *sportlichen* Jungs. Am vernünftigsten wäre: überhaupt keine Jungs.

Nur war dieser Baseballspieler kein Junge, sondern zu hundert Prozent ein Mann.

Aber das spielte keine Rolle. Wahrscheinlich gehörte er zu diesen Unruhestiftern, die ihre Chefin, die Bürgermeisterin, und den Frauenverein von Kilby so aufgebracht hatten. Sadie war nicht hier, um Baseballspieler anzuschmachten, sondern um ihren Job zu erledigen. Einen Job, den zu haben sie sich äußerst glücklich schätzen konnte. Nach Hamiltons fieser Schmutzkampagne hatte sie niemand mehr einstellen wollen. Deshalb hatte sie verbissen darum kämpfen müssen. Die Sache gut zu machen, bedeutete Sadie viel. Daran hingen ihre Selbstachtung, ihre Vernunft, ihr Stolz ... einfach alles.

Entfernt nahm sie den Applaus und gelegentliches Fußgetrampel auf den Tribünen über sich wahr. Als sie eine Tür entdeckte, öffnete sie sie vorsichtig, nur um einen Schwall warmer Luft zu spüren und Männerlachen zu hören. Sie blinzelte im plötzlichen Sonnenlicht, erhaschte einen Blick auf grünem Rasen mit verschwommen erkennbaren weißen und blauen Trikots.

Hoppla, sie musste die falsche Tür erwischt haben. Alle liefen vom Feld, also musste das Match zu Ende sein. Rasch machte sie die Tür wieder zu und rannte beinah in die entgegengesetzte Richtung. Auf keinen Fall wollte sie ein weiteres Mal mit diesem Spieler zusammenstoßen. Diesem halb nackten Muskelprotz. Ärgerlicherweise hatte er gar nicht schlecht gerochen, obwohl er verschwitzt war. Nach sonnenwarmer Haut und geöltem Leder. Er hatte von Zorn aufgeladene Energie ausgestrahlt, eine Art ruheloser Kraft, als wollte er die ganze Welt zurechtschütteln.

Sie fühlte sich ganz genauso.

Endlich fand sie die Tür mit der Aufschrift „Manager“. Sie war nur angelehnt, deshalb klopfte Sadie leise und trat nach einem „Ja“ ein, das ebenso gut das Kläffen eines Chihuahuas hätte sein können.

Der Mann am Schreibtisch sah sie unter dem Schirm einer Catfish-Cap finster an. Hatte eigentlich jeder aus dem Team eine derartig mürrische Haltung? Allerdings hatte dieser Mann, der aussah wie ein aufgedunsener Pitbull, nicht die geringste Ähnlichkeit mit dem blauäugigen Gott vor der Umkleidekabine.

Genau genommen waren die Augen dieses Adonis eher grau als blau gewesen, als spiegele sich der Himmel in Stahl.

Vergiss ihn. „Hallo, ich bin Sadie Merritt und repräsentiere eine Gruppe von Bürgern, die eine Petition aufgesetzt haben."

„Ich unterschreibe keine Petitionen." Er wedelte mit der Hand und widmete sich wieder den Unterlagen auf seinem Schreibtisch.

Sadie biss die Zähne zusammen. Bürgermeisterin Trent hatte sie nicht hierher geschickt, damit sie sich wie ein lästiges Schulmädchen abwimmeln ließ. „Nun, Sir, Sie würden diese Petition auch kaum unterschreiben wollen. Es sei denn, Sie haben Ihr Team genauso satt wie der Rest von Kilby. Wenn nur die Hälfte der Geschichten stimmt, haben Sie alle Hände voll zu tun. Wie schaffen Sie das bloß? Haben Sie den heutigen Polizeibericht gelesen?"

Ruckartig schaute er auf. „Wovon reden Sie eigentlich?"

Aha. Jetzt hatte sie seine Aufmerksamkeit. „Die Petition. Ich arbeite für die Bürgermeisterin von Kilby, die wegen des Teams sehr besorgt ist."

„Sagten Sie gerade, Sie arbeiten für die Bürgermeisterin?", war eine Stimme hinter ihr zu hören. Sadie drehte sich um und erblickte einen Mann Ende vierzig, der in einem Sessel lümmelte, die Beine an den Knöcheln übereinandergeschlagen. Sie erkannte ihn sofort. Crush Taylor, der legendäre Pitcher, Playboy und Besitzer der Catfish. Er wirkte verkatert.

„Ja, ich bin die Assistentin von Bürgermeisterin Wendy Trent."

Der Manager stand auf. „Lassen Sie mich mal einen Blick darauf werfen. Petition, was? Das Team wird mich umbringen. Wo ist meine verdammte Brille?"

Er wühlte auf dem Schreibtisch herum, bis Crush Taylor schließlich meinte: „In deiner Tasche, Duke."

Crush richtete sich auf. „Geben Sie mir mal eine Zusammenfassung. Es ist ja nicht so, als könnte dieser Tag noch schlimmer werden. Wissen Sie, was es heißt, mit elf Runs zu verlieren? Und einen Starpitcher zu haben, der bei seinem Einstand einen Rekord aufgestellt hat? Und zwar einen Rekord im Versagen?"

„Nein." Sie fragte sich, ob der Baseball-Gott mit dem Wahnsinnshintern der betreffende Starpitcher war.

„Noch mal von vorn. Wer waren Sie gleich?"

„Mein Name ist Sadie Merritt. Ich arbeite für die Bürgermeisterin."

„Du kennst sie, Duke. Sieht immer aus, als kaue sie auf Eiswürfeln", entgegnete Crush gähnend.

„Was hat das mit mir zu tun? Ich leite hier ein Baseballteam. Meistens jedenfalls. Heute bin ich mir nicht so sicher, was ich hier eigentlich mache."

„Vielleicht lese ich Ihnen die Petition einfach mal vor", erwiderte Sadie, und bevor einer der beiden Männer protestieren konnte, begann sie. „‚Wir, die unterzeichnenden Einwohner von Kilby, sind geschockt und entsetzt über das verwerfliche Verhalten des Pacific-Coast-League-Baseballteams, bekannt unter dem Namen Catfish. Wir fordern die Mitglieder auf, in eine andere Stadt abzuwandern oder ihre Tauglichkeit als Einwohner von Kilby zu beweisen.'"

Duke hob die Hand. „Kleinen Moment. Sie behaupten, Kilby will uns nicht mehr hierhaben? Das ist Unsinn. Kilby liebt uns."

„Nicht alle in Kilby." Sie wedelte mit dem Papier. „Wir haben Hunderte von Unterschriften."

„Und ich habe Tausende von Zuschauern, die zu den Spielen kommen. Jedes Unternehmen in der Stadt will einen Werbeabend. Wissen Sie, welcher heute ist?"

Sie schüttelte den Kopf.

„Der Kilby Fire Department Day. Ein Feuerwehrmann wirft den ersten Ball in voller Montur. Diese Stadt liebt uns. Ach was, das ganze County liebt uns. Kilby ist die kleinste Stadt im Land mit einem Minor-League-Team."

„Das weiß ich. Vielleicht ist es an der Zeit, in eine größere Stadt umzuziehen, in der renitentes Verhalten nichts …"

Duke zeigte unvermittelt auf eine weiße Tafel in der Ecke des Raumes. „Beim Baseball geht es nur um Zahlen, Miss Merritt. Meine Leute sind hier, um Punkte zu sammeln, die sie nach

San Diego bringen. Das Team könnte ebenso gut in einem Kuhkaff in Nebraska spielen. Was zählt, ist die Statistik der Werfer, Schlagmänner, Runs …"

„Ich bin nicht hier, um mit Ihnen zu diskutieren, Mr Ellington." Ehrlicherweise fehlten ihr auch die Argumente. Die Petition war lächerlich. Wer liebte nicht Baseball? Sicher, die Kilby Catfish waren ein bisschen wild. Früher war Sadie aber selbst gern zu den Spielen gegangen. Es wäre schade, wenn die Mannschaft wirklich die Stadt verlassen würde. Ihre persönliche Meinung zählte allerdings nicht viel.

Sie wandte sich an Crush Taylor, schließlich war er der Besitzer des Teams. „Ein Teil der Gemeinde ist entsetzt vom Verhalten der Jungs. Wenn den Spielern etwas an ihrem Ruf läge, hätten sie den Mannschaftsbus nicht zu diesem Nacktbadestrand gelotst. Oder sie sollten aufhören, Mannschaftstreffen bei *Charlie's Showgirls* abzuhalten. Oder – auch eine Idee – sie sollten am Geburtstag eines Mitspielers nicht einen kompletten Whirlpool mit Bier füllen."

„St. Vincent", murmelte Crush Taylor.

„Was?"

„Nick St. Vincent. Der talentierteste junge Spieler, den ich seit dreißig Jahren gesehen habe. Wenn so einer einundzwanzig wird, muss das gebührend gefeiert werden."

Sie sah den Besitzer an. Er schien nicht besorgt zu sein wegen der Situation, und das fing langsam an, sie zu ärgern.

„Mr Taylor, dies ist eine Petition unter dem Motto ‚Catfish in die Dose'. Sie sollten das ein bisschen ernster nehmen. Meinen Sie nicht, es wird peinlich für die San Diego Friars, wenn diese Geschichten an die Öffentlichkeit gelangen?"

Catfish in die Dose. Die Worte schienen in dem unordentlichen Raum nachzuhallen. Die beiden Männer starrten sie einen langen Moment an. Dann gluckste wer.

Ein Mann auf dem Flur steckte den Kopf zur Tür herein. Offenbar hatte er gerade geduscht, denn seine leicht zerzausten braunen Haare klebten an seinen Schläfen und hoben ein Gesicht mit markanten Zügen hervor. Ein Gesicht, das auf ein

Werbeplakat gehörte. In diesen stahlgrauen Augen lag ein aufgewühlter Ausdruck.

Seine große Hand hielt die Tür fest. Als er Sadie erblickte, traten seine Fingerknöchel weiß hervor.

„Ich kann später wiederkommen", sagte er und wollte sich zurückziehen.

„Nein", sagte Crush schnell. Er stand auf und ging gemächlichen Schrittes zur Tür. „Komm rein, Caleb. Duke hat einen Job für dich." Der Besitzer schüttelte Sadie die Hand. „Miss Merritt, ich weiß Ihren Besuch zu schätzen. Wir werden an einer Lösung dieses … fürchterlichen Dilemmas arbeiten. Steht Ihre Nummer irgendwo da drauf?"

„Ja, auf dem Pressebericht, der an die Petition geheftet ist."

„Gut. Ich bin sicher, wir können einen Weg finden, um die Bürgermeisterin zufriedenzustellen." Mit eleganter Geste setzte er eine Designer-Pilotenbrille auf und ging, während der Baseballspieler das Büro betrat.

Duke hielt sich den Kopf, als drohe dieser zu explodieren, und biss die Zähne zusammen. „Miss Merritt, würde es Ihnen sehr viel ausmachen, wenn ich mich einen Moment mit meinem Werfer unterhalte? Wir bleiben in Kontakt, versprochen."

„Selbstverständlich. Ich danke Ihnen für Ihre Zeit." Sie stand auf und schenkte beiden Männern ein strahlendes Lächeln.

Der Baseballspieler – Caleb – hielt ihr die Tür auf, und Sadie tauchte unter seinem Arm hindurch. Sie erschauerte im Vorbeigehen, als umgebe ihn eine Art Kraftfeld. Etwas Elektrisierendes und Verwirrendes … Seufz!

Sie ging zum Parkplatz und hielt Ausschau nach ihrem alten Toyota Corolla. Dann rief sie wie gewünscht Bürgermeisterin Trent an und berichtete, der Auftrag sei ausgeführt worden.

„Haben Sie mit Crush Taylor gesprochen oder nur mit dem Manager?"

„Mit beiden." Noch dazu mit dem aufregendsten Mann, dem sie je begegnet war. „Mr Taylor schien nicht allzu besorgt zu sein, meinte aber, sie würden sich melden. Ich tippe mal darauf, dass sie's tun werden. Ich glaube, ich habe sie aufhorchen lassen. Was soll ich als Nächstes erledigen?"

„Kommen Sie zurück. Die Typen haben die Botschaft erhalten, und mehr wollte ich nicht. Wenn wir dieses Team nur ein kleines bisschen bessern können, haben wir gute Arbeit geleistet." Der missionarische Unterton in der Stimme der Bürgermeisterin veranlasste Sadie, auf ihrer Unterlippe zu kauen. Das Team bessern? Die testosterongeladenen Männer in diesem Büro hatten nicht ausgesehen, als könnte man sie großartig ändern.

Doch Bürgermeisterin Trent hatte sie nicht engagiert, damit sie ihr widersprach.

Caleb nahm widerstrebend in dem Sessel Platz, den gerade die junge Frau in den roten Cowboystiefeln geräumt hatte. Die Sitzfläche war noch ein wenig warm, und er verdrängte die Bilder in seinem Kopf von ihrem schlanken, anmutigen Körper.

„Bevor du irgendetwas sagst – ich habe bereits mit Mitch gesprochen. Ich werde ein paar Würfe machen, damit er sich meine Technik anschauen kann."

„Es hat nichts mit deiner Technik zu tun", erklärte Duke rundheraus.

„Ich glaube, ich werfe einen Tick zu sehr über meinen Körper."

„Das ist es nicht."

Caleb presste den Handballen gegen die Stirn. „Es ist, als würde ein Fluch auf mir lasten", murmelte er. „Mehr fällt mir dazu nicht ein. An einem Tag werfe ich wie ein Weltmeister, das nächste Mal, als wären die Bälle Flipperkugeln. In dem Spiel in der letzten Saison …"

„Wir reden hier nicht über die letzte Saison. Daran ist nichts mehr zu ändern. Weißt du, was ich dachte, als man mir gesagt hat, dass du hierher versetzt wirst?"

„Wie kann ich aus meinem Vertrag herauskommen?"

Duke lachte rau. „Zur Hölle, nein, du machst mir keine Angst. Wie lange kenne ich dich schon?"

„Fünf, sechs Jahre." Duke war Calebs erster Manager gewesen bei seinem Start in der Minor League. Damals war Caleb wie ein Flammenwerfer gewesen, ohne jede Kontrolle und geradezu blutrünstig.

„Ich habe immer gewusst, dass du ein sehr spezieller Spieler bist. Und deine Familiensituation … Nun, die sitzt dir im Nacken."

„Willst du mir damit etwas sagen?" Caleb hatte keine Lust, über seine Familie zu reden. Duke wusste über seinen Vater Bescheid, denn Caleb hatte um einen Vorschuss bitten müssen, als die Zwillinge sich beim Ninjaspielen auf dem Dach jeweils ein Bein gebrochen hatten. Niemand sonst kannte das Familiengeheimnis, und dabei wollte Caleb es auch belassen.

„Du wirfst immer, als hinge dein Leben davon ab. Was immer dich auch damals angetrieben hat, es funktionierte. Aber irgendetwas hat sich in deinem Kopf geändert. Ich weiß nicht, was es ist. Aber eines weiß ich genau: Wenn du den Grund nicht herausfindest, kannst du San Diego vergessen. Dann kannst du sogar die Regionalliga in Wichisaukee vergessen. Vielleicht brauchst du es nicht mehr. Vielleicht bist du fertig mit Baseball und willst jetzt lieber Autorennen fahren oder so was."

Caleb sprang auf. Bei einem derartigen Blödsinn konnte er keine Sekunde länger stillsitzen. „Ich bin nicht fertig mit Baseball." Schon allein bei dem Gedanken fühlte er sich elend. „Ich kriege es in den Griff, Duke. Es ist ein neues Team, eine neue Liga. Wart's ab, es wird bald besser."

Duke schob sich einen riesigen Kaugummi in den Mund, der seine Wange ausbeulte. „Gibt es nichts, was du mir über dein Privatleben erzählen möchtest? Etwas, das ein bisschen Aufschluss gibt?"

„Nein, absolut nichts."

Zumindest nichts, was er jemals mit seinem Manager oder sonst jemandem vom Team besprechen würde.

Duke musterte ihn skeptisch. „Na schön. Wir werden sehen, wie es läuft. Ich lasse dich in der Aufstellung. Arbeite mit

Mitch. Und ruf diese Frau hier an.“ Er schob die Petition über den Schreibtisch. „Wenn du nicht der Starpitcher bist, der du eigentlich sein sollst, kannst du wenigstens ein bisschen PR für das Team machen.“

„Aus welchem Grund soll ich sie anrufen?“

„Lass dir was einfallen. Da ist ein Haufen Ladies, die sich wegen des rüpelhaften Verhaltens der Jungs aufregen. Lass deinen Charme spielen, nutz dein Lächeln. Oder denk dir irgendein Wohltätigkeitsding aus, das sie glücklich macht.“

„Nein.“

„Das wird dich auf andere Gedanken bringen. Vielleicht grübelst du hier zu viel.“

„Damit vergeude ich doch nur meine Zeit“, argumentierte Caleb.

„Möchtest du in der Aufstellung bleiben?“

„Ja.“

„Dann machst du das.“

Tja, dachte Caleb. Wenn Duke ihn zu lange aus der Stammbesetzung nahm, würde das garantiert Probleme geben. Und zwar nicht zu knapp. Sein Vertrag sah vor, dass er Punkte machte. Außerdem wollte er keinen Krach mit Duke, der ihm von allen Managern, die er gehabt hatte, am liebsten war.

„Ich werde mir etwas überlegen“, versprach er und zwinkerte, um die Atmosphäre aufzulockern. „Aber nicht zu viel drüber nachgrübeln.“

3. KAPITEL

Als jemand, der sein Leben in Kilby verbracht hatte, wusste Sadie um die Vor- und Nachteile dieser Stadt. Zu den Pluspunkten zählte, dass es sich um einen reizenden, familienfreundlichen Ort handelte, der für seine Häuser im spanischen Kolonialstil und die vielen Parks bekannt war. Kilby war aus einer Ranch entstanden, die den Wades Ende des neunzehnten Jahrhunderts gehört hatte. Das brachte Sadie auch gleich zu den schlimmsten Seiten der Stadt. Die Wades benahmen sich, als gehörte der Ort ihnen. Wilder Klatsch kursierte, und bei allem, was sich tat, hatten die Wades ihre Finger mit im Spiel.

Das betraf auch Sadie Merritt, die es gewagt hatte, einem Mitglied der Wades den Laufpass zu geben. Nach der Trennung streuten Hamilton und die anderen Wades hässliche Gerüchte über sie, posteten private Dinge auf Facebook und überzeugten die ganze Gemeinde davon, dass sie eine herzlose, hinterhältige Schlampe war.

Und dann kam die ultimative Demütigung – das Geburtstagssexvideo.

In den Wochen vor Hamiltons einundzwanzigstem Geburtstag hatte er Sadie ständig angebettelt, für ihn zu strippen. Mit echter Stripperkleidung und Musik. Also gab sie ihr Bestes und tanzte zu „Don't You Wish Your Girlfriend Was Hot Like Me", mit nichts außer einem String bekleidet – obwohl sie beides hasste, den Song und Strings. Sie hatte keine Ahnung gehabt, dass Hamilton eine Kamera versteckt und alles aufgenommen hatte. Einschließlich dem, was nach dem Striptease kam. Zum Glück zeigte das Video nicht *alles*. Es endete, als Sadie nackt im Bett lag und wie ein Möchtegernpornosternchen posierte, während Hamiltons nackter Quarterback-Hintern sich durchs Bild bewegte. Allerdings konnte man sich gut ausmalen, was als Nächstes passierte. In dem Video wirkte sie billig und nuttig, außerdem bewegte sie sich peinlich unkoordiniert.

Sie wusste nicht einmal von der Existenz dieses Films, bis er durch E-Mails überall in der Stadt auftauchte und jemand sie darauf aufmerksam machte. Warum sollte irgendwer glauben, dass sie so etwas normalerweise *nicht* tat? Dass es sich um eine einmalige Sache gehandelt hatte, den Versuch, ihren Freund zufriedenzustellen, ohne zu wissen, dass alles gefilmt wurde? Besonders da Hamilton mit der „S****y Sadie"-Facebook-Seite beschäftigt war, auf der jede Menge peinlicher Fotos und schmutzige Posts zu sehen waren. Gedemütigt bis aufs Blut hatte Sadie sich einen Monat lang nicht mehr aus dem Haus getraut, aus Angst vor den spöttischen Blicken ihrer früheren Freunde.

Ihre Mutter, die schon einige Jahre knapp an einer Depression vorbeigeschrammt war, hatte sich von ihrem Job bei Kroger krankschreiben lassen. Sadie war wieder nach Hause gezogen, um sich um sie zu kümmern. In anderen Worten: Sie hatte sich bemüht, ihrer Mom über die Weinkrämpfe wegen der Kaltschnäuzigkeit der Männer hinwegzuhelfen. Nur eine Kombination aus Humor und Hartnäckigkeit – und die Tatsache, dass sie dringend einen Job brauchte – hatte Sadie aus dem Tief geholt.

Es hatte sie über ein Jahr gekostet, diesen Posten als Assistentin der Bürgermeisterin zu ergattern. Wendy Trent, eine Schulfreundin von Sadies Mutter, war mit dem Versprechen gewählt worden, dass Kilby sich grundlegend ändern würde, während zugleich der Charakter der Stadt erhalten blieb. Sadie stand zu hundert Prozent hinter der Sache mit der grundlegenden Änderung.

Als sie zurück war in ihrem winzigen Büroabteil in der Kilby City Hall, dem Rathaus mit dem kunstvollen Glockenturm, schlug die Uhr fünf. Bürgermeisterin Trent befand sich in ihrem Büro, bei geschlossener Tür. Sadie sank auf ihren Platz und zog die Flasche Eistee und das Thunfischsandwich hervor, die sie beim 7-Eleven gekauft hatte. Sie biss ab, loggte sich in ihren Computer ein und überflog die E-Mails, die sie bekommen hatte. Die üblichen Bitten um Termine bei der Bürgermeisterin, Klagen über Schlaglöcher in den Straßen und Einladungen zu Wohltätigkeitsveranstaltungen.

Sadie liebte ihre Arbeit für die Bürgermeisterin, obwohl der Job eher simpel war – Anrufe entgegennehmen, Akten anlegen, Terminkalender verwalten. Bürgermeisterin Trent übertrug ihr allerdings auch seit Kurzem mehr Verantwortung, wie zum Beispiel die Herausgabe von Pressemitteilungen und die Leitung von Meetings. Jeden Morgen wachte Sadie auf und war entschlossen, sich zu bewähren und den Skandal hinter sich zu lassen. Indem sie ihr eine Chance gab, hatte Bürgermeisterin Trent ihre bedingungslose Loyalität gewonnen.

Sadie erinnerte sich noch genau daran, wie ihr Herz gepocht hatte, als die Bürgermeisterin, ernst und blond wie eine norwegische Eiskönigin, schweigend ihren Lebenslauf gelesen hatte, während Sadie im „Bittstellersessel" saß, wie sie ihn bei sich nannte. Der Sessel war ein Stück niedriger als der der Chefin, sodass man zu ihr aufsehen musste. „Ich sollte Sie für diesen Job nicht einmal in Erwägung ziehen", hatte die Bürgermeisterin verkündet. „Sie können sich vielleicht vorstellen, welchen Wirbel das auslösen wird, wenn ich Sie einstelle."

„Ja, das weiß ich, Ma'am. Aber Ihre Wahlkampagne hatte das Motto ‚Neuanfang', oder? Mehr will ich nicht. Einen Neuanfang. Eine zweite Chance. Ich habe einen Fehler begangen, als ich mich mit Hamilton Wade einließ. Doch verdient nicht jeder eine zweite Chance?"

„Nicht, wenn es nach den Wades geht. Diese Familie kann wirklich sehr nachtragend sein."

„Das stimmt leider", sagte Sadie zerknirscht. „Niemand will sich mit ihnen anlegen. Sie sind zu mächtig. Ich habe meinen Collegeabschluss gemacht, mit Auszeichnung, und seitdem habe ich genau ein Jobangebot bekommen. Bei *Charlie's Showgirls*. Die mögen Skandale." Die Mundwinkel der Bürgermeisterin zuckten. Sadie setzte rasch hinzu: „Ich tue das natürlich nicht. Ich hasse Skandale. Alles, was ich mir wünsche, ist, einen Job zu finden, der mir Spaß macht, und mich ansonsten bedeckt zu halten und zu arbeiten. Falls ich diesen Posten bekomme, werde ich mit Herz und Seele dabei sein …“

„Nun …“ Die Bürgermeisterin neigte den Kopf. Ihre makellosen Wangenknochen wirkten im Licht wie aus Marmor gemeißelt. „Einverstanden. Ich werde Sie einstellen. Ich verachte die Art und Weise, wie die Wades mit der Situation umgehen. Es ist eine Schande. Außerdem sind Ihre Mutter und ich alte Freundinnen. Allerdings möchte ich tatsächlich, dass Sie sich im Hintergrund halten. Ihr Benehmen muss tadellos sein. Wir dürfen ihnen keine Munition liefern.“

„Das werde ich nicht“, versicherte Sadie ihr entschlossen. Nach dem Trauma, die berüchtigtste Frau in Kilby zu sein, wollte sie nie wieder im Rampenlicht stehen. „Ich schwöre, ich werde die beste Assistentin sein, die Sie je hatten.“

„Nun, Sie werden auf jeden Fall die interessanteste sein.“ Endlich huschte der Anflug eines Lächelns über die perfekt geschminkten Lippen der Bürgermeisterin.

Ja! Sie hatte den Job! Diese Tatsache machte Sadie auch sechs Monate später noch ganz euphorisch.

Der rote Knopf an ihrem Telefon leuchtete auf und riss sie aus ihren Gedanken. Hastig legte sie ihr Sandwich weg, von dem sie gerade erst zweimal abgebissen hatte. Bürgermeisterin Trent brauchte sie. Rasch wischte sie sich die Krümel von den Händen, trank einen Schluck Eistee, damit ihr Atem nicht nach Thunfisch roch, schnappte sich ihren Notizblock und ging ins Büro ihrer Chefin.

Sie verspürte ein flaues Gefühl im Magen, als sie erkannte, wer im „Bittstellersessel“ saß. Brett Carlisle, ein berüchtigter Highschool-Kiffer, ein Typ, der wilde Partys mit Hamilton und seinen Freunden gefeiert hatte. Was, wenn Brett hier war, um schlecht über sie zu reden oder sie zu demütigen? Hamilton war sehr kreativ, wenn es um Rachetaktiken ging. Einmal hatte er ihr einen Schinken der Marke Marie Callender's Honey-Glazed Ham geschickt und anschließend ein Bild bei Facebook gepostet mit der Unterschrift: „Die nuttige Sadie will ein bisschen Ham lutschen.“

Sie bedachte Brett mit einem kühlen Blick, nickte zur Begrüßung kurz und setzte sich, bereit, sich Notizen zu machen.

„Sadie, dies ist der Leiter von Kilbys neuer Kampagne ‚Rettet unsere Schnecken'“, erklärte die Bürgermeisterin freundlich. „Die Gruppe kümmert sich um den Erhalt der Zehenhornschnecke.“

Sadie kaschierte ihr unfreiwilliges Lachen hinter einem Hüsteln. „Nicht schlecht“, murmelte sie vor sich hin.

„Wie bitte?“ Der Bürgermeisterin entglitt ihr Lächeln.

„Ich sagte, das ist ein sehr gutes Anliegen“, korrigierte sich Sadie schnell. „Ich würde liebend gern mehr darüber erfahren.“

Sie warf Brett einen misstrauischen Blick zu, aber er machte ein völlig unschuldiges Gesicht. Zu unschuldig? Furcht breitete sich in ihr aus. Wann würde Hamilton seine dämlichen Racheaktionen endlich einstellen?

„In der Gegend um Kilby findet sich eines der wenigen noch verbliebenen Populationszentren der Zehenhornschnecke“, fuhr die Bürgermeisterin fort. „Orte wie Lake McGee und der Kilby River sind essenziell für ihr Überleben. Für viele Einwohner von Kilby sind die Schnecken so etwas wie ein kultiges Wahrzeichen. Es passt also perfekt zu meinem Wahlversprechen, die traditionelle Lebensart Kilbys zu bewahren. Und nicht nur das – meine Nichte Katie hat ihr Biologiereferat über die Zehenhornschnecke geschrieben. Ich beabsichtige, diesen Bemühungen die volle Unterstützung der Stadtverwaltung zuzusichern.“

Sadie hatte kein gutes Gefühl bei der Sache. „Aber was ist mit der Gruppe, die sich für bessere humane Versorgung der Flüchtlinge entlang der Grenze einsetzt? Oder dem gesunden Schulessen …?“

„Keine Diskussion. Mir gefällt dieses Projekt. Es ist nicht sehr wahrscheinlich, dass Zehenhornschnecken zu einem brisanten Thema werden. Sie kommen hier vor, sie sind harmlos, und sie sind langweilig. Win-win-win.“

„Tja, dann sind das wohl großartige Neuigkeiten“, sagte Sadie mit ihrem allerbesten falschen Lächeln. „Vielleicht kann ich Brett ein paar Fragen stellen, bevor er geht.“

Brett hob die Hände. „Ich gehöre ganz dir.“

Diese zweideutig interpretierbare Bemerkung hätte bei Sadie fast einen Würgereiz ausgelöst. Wenn es sich wirklich um eine neue Hamilton-Aktion handelte, war er endgültig zu weit gegangen.

„Ja, setzen Sie sich zusammen und tauschen Sie Ideen aus“, ermutigte Bürgermeisterin Trent sie. „Ich bin heute zum Abendessen in der Elk Lodge, aber nächste Woche würde ich gern Ihren Bericht hören.“

Mit einem Kopfnicken entließ sie die beiden.

Sobald sich die Tür des Büros hinter Sadie und Brett geschlossen hatte, fuhr sie ihn an: „Ich hoffe, das ist echt. Falls nicht, solltest du lieber schnell anfangen, dich um gefährdete Schnecken zu kümmern.“

„Babe, Babe …“ Er legte ihr die Hand auf die Schulter, doch Sadie schüttelte sie ab. Lieber würde sie sich erschießen, als sich von jemandem, der mit Hamilton in Verbindung stand, berühren zu lassen. „Es ist echt, klar? Siehst du?“ Er zupfte an seinem T-Shirt, auf dem, wie sie erst jetzt bemerkte, in großen orangen Buchstaben ein „SOS“ prangte und darunter eine Art Schneckenbild.

„Seit wann kümmern die Schnecken dich?“

„Am See hab ich ein paar Pilze konsumiert und hatte eine Vision. Die Schnecken haben mir etwas vorgesungen und mich um Hilfe angefleht. Sie meinten, ich sei der Erwählte.“

„Der Erwählte der *Schnecken*?“

Er zuckte die Schultern. „Man kann nicht davonlaufen, wenn man berufen wird.“

„Soll das ein Witz sein? Steckt Hamilton dahinter?“ Das ungute Gefühl war immer noch da – genau genommen, fühlte Sadie sich seit der Trennung ständig so.

„Ham? Nee. Mit dem habe ich schon seit einer ganzen Weile nicht mehr gefeiert.“

Nach wie vor misstrauisch, betrachtete sie Bretts freundliches, offenes Gesicht. Im Grunde hatte er nie zum engeren Kreis um Hamilton gehört. Er war eher ein Mitläufer, weil es im Dunstkreis Hamiltons immer Gras und Geld gab.

„Okay, dann glaube ich dir mal. Lass uns einen Termin für die nächsten Tage vereinbaren."

„Wow, wie du dich anhörst. Voll professionell. Klar, vereinbaren wir einen Termin. Ach, und Sadie …" Er stieß sie an und flüsterte ihr ins Ohr: „Wenn du jemals das machen willst, wovon Hamilton meinte, dass du es gern tust … du weißt schon, das mit dem Schokoladensirup und dem Ablecken …"

Sie stieß ihn weg. „Hamilton ist ein mieser Lügner. Alles, was er von sich gegeben hat, ist eine Lüge. Wieso begreift das niemand?" Sie ließ ihn stehen und ging zurück an ihren Schreibtisch. Sie wollte nicht, dass er sah, wie aufgebracht sie war.

„Na schön." Brett folgte ihr. „Juckt mich nicht weiter. Ich gehöre nicht mehr zu dieser Szene. Ich habe vor einem Jahr das Rauchen aufgegeben. Das mit den Schnecken ist mir echt wichtig, Sadie. Ich weiß, es hört sich anders an, aber ich habe hart daran gearbeitet, diese Truppe zusammenzubekommen. Wir versuchen, die Zehenhornschnecke auf die Liste der geschützten Tierarten setzen zu lassen. Und wir sind echt nah dran. Je mehr positive Aufmerksamkeit wir für das Thema wecken, desto besser stehen unsere Chancen."

„Gut." Möglicherweise wusste er ja tatsächlich, wovon er redete. Brüsk nahm sie ihren Terminkalender. „Wie wäre es am Donnerstag?"

Nachdem Brett fort war, ging Sadie eilig den Flur entlang zur Toilette, die glücklicherweise leer war. Mit zitternden Händen drehte sie am Waschbecken den Hahn auf, ließ das Wasser laufen und atmete mehrmals tief durch. Mit diesem Trick hatte sie die schlimmsten Momente des Hamilton-Desasters überstanden. Das Geräusch des fließenden Wassers beruhigte sie, und indem sie sich die Hände wusch, fühlte sie sich weniger schmutzig.

Sie wehrte sich dagegen, dass Hamilton und seine Freunde sie derartig aus der Fassung bringen konnten.

„Es ist in Ordnung", sagte sie leise zu ihrem Spiegelbild. „Ich bin in Ordnung. Dieser Vollidiot kann mir nicht noch mehr wehtun, als er es ohnehin schon getan hat." In Wahrheit wusste sie natürlich nicht, ob das stimmte. Aber es klang gut. Ihre Augen waren geweitet und voller Besorgnis. Auf ihren Wangenknochen waren ein paar Mascaraspuren zu sehen. Einen verrückten Moment lang fragte Sadie sich, ob sie auch während ihres Gesprächs mit Caleb Hart so zerzaust ausgesehen hatte.

Und wenn, wieso sollte ihn das kümmern? Und wieso sollte es sie interessieren, ob es ihn kümmerte? Denn eine Sache wusste sie genau: Reiche, verwöhnte Sportler waren das reinste Gift. Hamilton war Quarterback auf der Highschool gewesen und entstammte einer der reichsten Familien in der Stadt. Nie mehr. *Nie* mehr. Auch wenn Caleb ihr das Gefühl gab, wieder lebendig zu sein. Kribbelnd lebendig. Als wäre sie in dem Augenblick, in dem sie mit ihm zusammengestoßen war, aus einem Koma erwacht.

Vergiss ihn.

Ihr Telefon klingelte. Sie trocknete sich die Hände ab und meldete sich.

„He, Süße. Ich muss hier raus. Was hast du heute Abend vor?" Donna MacIntyre, die einzige Freundin, die nach dem Skandal weiter zu ihr gehalten hatte, arbeitete als Kindermädchen für eine reiche Familie, bei der sie auch wohnte. Ihr stand ein freier Abend pro Woche zu, und den nutzte sie, so gut sie konnte.

„Was ich immer mache."

„Du kannst dich nicht ewig in deinem kleinen Büroabteil verstecken."

„Bist du dir da sicher?"

„Ich hole dich um acht ab. Wir gehen aus. Hast du es schon vergessen? Heute ist mein Geburtstag."

Sadie schlug sich mit der flachen Hand an die Stirn. „O Mist! Tut mir schrecklich leid, Donna."

„Allerdings, es ist mein Geburtstag, und heute Abend lasse ich es krachen. Dafür brauche ich Beistand."

„N…" Das Nein lag ihr schon auf der Zunge, doch Sadie verkniff es sich. Sie hatte Donna so viel zu verdanken. Ohne sie hätte sie keinen einzigen Freund in der schlimmsten Zeit ihres Lebens gehabt. „Na schön. Ich muss erst nach Hause und mich umziehen, und dann muss ich noch nach meiner Mom schauen."

„Ich habe ein Kleid für dich. Es ist ein Geburtstagsgeschenk von mir für dich."

Sadie fühlte sich noch schuldiger. „Ein Geschenk? Ich habe nicht …"

„Du kannst mir einen Drink spendieren. Oder mehrere. Und du kannst Spaß haben. Verdammt, Süße. Du bist jung und verrückt. Also zeig es doch mal. Ich habe es satt, dass du dich verkriechst, als müsstest du dich wegen irgendetwas schämen. Das ist nicht der Fall, Sadie. Lass die Leute doch reden. Scheiß auf sie."

„Wie viele Drinks hattest du bereits?"

„Einen kleinen Schluck von Mr Gilberts Whiskey, das ist alles. Es hat eine Million Stunden gedauert, den Hai zum Schlafen zu bringen."

Donna nannte ihren acht Monate alten Schützling „den Hai", weil sie seinetwegen ständig in Bewegung war.

Sadie seufzte. „Ich hole dich ab. Also bis acht."

„Oder ein bisschen früher."

Zurück an ihrem Schreibtisch, rief Sadie ihre Mom an, um ihr mitzuteilen, dass sie spät nach Hause kommen würde. Der verschlafenen Stimme nach zu urteilen, war ihre Mutter dabei, über einem Krimihörbuch einzudösen. Wenn sie keine Medikamente nahm, fand ihre Mom das Leben sehr anstrengend und schlief bei jeder Gelegenheit ein. Als der Hamilton-Kampf seinen Höhepunkt erreichte, hatte sie sich sogar geweigert, ans Telefon zu gehen. Stattdessen hatte sie sich die gesamte Stephanie-Plum-Serie auf CD angehört. „Na gut, Süße. Pass auf dich auf."

„Mache ich.“

„Das meine ich ernst, Sadie. Halte dich an deine Freundinnen. Traue keinem von diesen Jungs.“

„Ich denke, ich habe meine Lektion gelernt. Schlaf ein bisschen, Mom. Und vergiss nicht zu essen. Ich habe dir Spaghetti in den Kühlschrank gestellt.“

Ihre Mutter gähnte. „Du solltest dir deshalb keine Sorgen machen. In meinem Alter ist eine Mahlzeit am Tag mehr als genug.“ Nachdem sie aufgelegt hatte, stieß Sadie einen tiefen Seufzer aus und fragte sich, ob sie ihre Verabredung mit Donna absagen und stattdessen ihre Mutter mit ein paar Fritten füttern sollte.

Sie stützte das Kinn in die Hand. Die Sache mit ihrer Mom war so verdammt traurig. Brenda Merritt hatte schon immer Angst vor Männern gehabt – wahrscheinlich weil sie von einem verheirateten Pharmazievertreter geschwängert worden war, der bequemerweise irgendwo auf Reisen seinen Ring verloren hatte. Ihr ganzes Leben lang war Sadie vor dem männlichen Geschlecht gewarnt worden. Das Hamilton-Desaster hatte das noch verstärkt. Ihre Mutter hatte Sadie nie die Schuld an dem Fiasko gegeben, sondern Hamilton, weshalb Sadie sich komisch vorkam. Sie war nicht gerade scharf darauf, zum Club der Frauen zu gehören, die auf einen Mann hereingefallen waren.

Bürgermeisterin Trent kam aus ihrem Büro in einem schwarzen Kleid und mit dezentem Perlenschmuck. Die Frisur saß filmreif. Mit der Aktentasche in der einen Hand und dem Schirm in der anderen, sah sie genauso aus, wie Sadie gern gewesen wäre: cool, souverän, unnahbar – die Herrscherin über ihr Universum.

„Schönen Feierabend, Sadie. Danke für Ihre harte Arbeit.“

Um ein Haar hätte Sadie sich vor ihr verbeugt wie vor einer Göttin. Als ehemalige Miss Texas und erster weiblicher Bürgermeister von Kilby gehörte Wendy Trent zu den Frauen, die Sadie stets aus der Distanz bewundert hatte. Sie wirkte so überlegen in allen Dingen, ganz anders als ihre Mutter.

„Ich kann es noch besser“, erwiderte Sadie eifrig. „Falls Sie noch andere Projekte haben, um die ich mich kümmern soll, ich habe Zeit ...“

„Danke, aber jeder braucht mal ein bisschen Privatleben. Das gilt auch für Sie. Wir sehen uns dann morgen.“

Sadie schluckte ihren Protest herunter und schwor sich stattdessen zum x-ten Mal, zu beweisen, dass sie die unglaubliche Chance verdient hatte, die die Bürgermeisterin ihr gegeben hatte.

Auf seinem Rückweg vom Baseballplatz erledigte Caleb seinen täglichen Anruf zu Hause. Teddy, der eine seiner beiden dreizehnjährigen Brüder – Zwillinge – meldete sich. „Hast du's ihnen gezeigt?“

„Nächste Frage.“

Das war der Code für ein Spiel, über das er nicht sprechen wollte. Seine Brüder und Schwester kannten das, weshalb Teddy sofort mit einer ausführlichen Erklärung begann, wieso sein Karatelehrer früher mal ein Attentäter gewesen sein musste. „Er hat ein Tattoo auf dem Oberkörper, wie eine Zielscheibe. Wer sonst hätte wohl so was?“

Calebs Anspannung ließ nach, während Teddy munter weiterplauderte. Außerhalb der Saison kümmerte Caleb sich um die beiden Kleinen, und seine Schwester Tessa besuchte das College. Während der Baseballsaison übernahm dann Tessa das Ruder. Das System funktionierte, doch Caleb vermisste alle schrecklich, wenn er nicht in Plano war.

„Meinst du nicht, ein Attentäter hätte genug Geld, um keine idiotischen Vorstadtkinder trainieren zu müssen?“, wandte er ein, als Teddy endlich eine Pause machte.

„Ich glaube, er sucht einen Nachfolger“, erklärte Teddy in vertraulichem Ton.

Caleb lachte den ganzen Weg bis zur Tür seiner Mietwohnung. „Bin zu Hause angekommen. Muss Schluss machen.“

„Hast du ihn schon gesehen?“

Caleb musste nicht erst fragen, wen Teddy meinte. Bis vor zwei Wochen war ihr Vater, Thurston „Bingo" Hartwell, Insasse Nummer 14-893 im Gefängnis mit geringer Sicherheitsstufe in Three Rivers gewesen, wo er eine Strafe wegen Betrugs absaß. Jetzt war er Calebs neuer Mitbewohner. „Natürlich habe ich ihn gesehen. Er wohnt bei mir."

„Hat er, na ja, Messer und so'n Zeug?"

„Lass das. Rede nicht so. Wir sprechen uns später wieder, Kumpel."

Er stand einen langen Moment vor seiner Tür, um den Willen aufzubringen, hineinzugehen. Bingo hatte sie alle betrogen und ihr Leben durcheinandergebracht. Trotzdem hatte Caleb sich genötigt gefühlt, Bingo nach seiner Entlassung aus dem Gefängnis eine Bleibe anzubieten. Da er jedoch schon beim bloßen Anblick seines Exbetrüger-Vaters die Luft anhalten musste, war dies nicht gerade die harmonischste Wohnsituation.

Bingo musste den Wagen in der Auffahrt gehört haben; er erwartete seinen Sohn bereits mit einem Eisbeutel. Beim Anblick seines erwartungsvollen Gesichts wollte Caleb sich am liebsten übergeben.

„Ich habe mich schon im Clubhaus gekühlt."

„Ja, klar." Bingo legte sich den Eisbeutel über die Schulter und schob die Hände in die Taschen seiner Chinos. Mit seinem blauen Button-down-Hemd, dem breiten Ledergürtel und dem teuren Haarschnitt hätte er einen *Forbes-Magazine*-Artikel mit dem Titel „Stilvoll zur Ruhe setzen" illustrieren können. Caleb war es zuwider, dass Bingo nach sechs Jahren Gefängnis so gut aussah, während er in dieser Zeit alle Hände voll zu tun gehabt hatte mit der Versorgung der Kinder, die sein Vater zurückgelassen hatte.

„Und? Wie lief das Spiel?", erkundigte Bingo sich.

„Eins für die Geschichtsbücher."

„So kenne ich dich", sagte sein Vater stolz.

Caleb schob sich an ihm vorbei in das einfache möblierte Apartment. Als vielversprechender Baseballspieler war er anonyme möblierte Zimmer gewöhnt, ob in Hotels oder vorübergehend in Wohnkomplexen. In der Küche öffnete er die Kühlschranktür und schaute desinteressiert hinein. Viel mehr außer Bier und Pizzaresten gab es nicht. Passte ihm gut.

Er öffnete ein Budweiser und leerte es bis zur Hälfte, noch ehe er die Kühlschranktür geschlossen hatte.

„Hast du mit deinem Bewährungshelfer gesprochen?", fragte er seinen Vater, der ihm in die Küche gefolgt war.

„Natürlich, heute ist mein Meldetag."

„Deshalb frage ich ja."

„Du musst nicht extra nachfragen", entgegnete Bingo gereizt. „Ich bin erwachsen. Glaubst du vielleicht, ich will zurück ins Gefängnis?"

„Wolltest du jemals dahin?"

„Selbstverständlich nicht."

„Na bitte." Seine Worte kamen Caleb gemein und provozierend vor. Er mochte es nicht, in diesem Ton mit seinem Vater zu reden, aber anscheinend konnte er nichts dagegen tun.

Als Caleb die Bierdose sinken ließ, sah er Bingos vorwurfsvolles Gesicht. „Mit deiner Haltung schadest du nur dir selbst", verkündete sein Vater.

„Vielen Dank, Herr Doktor."

„Mit einer guten Einstellung kommt man weiter im Leben. Versuch mal öfter zu lächeln. Sei mal optimistischer. Dann mögen die Leute dich viel mehr." Bingo zeigte sein berühmtes strahlendes Lächeln, auf das so viele hereingefallen waren. Jenes Lächeln, das Caleb von ihm geerbt hatte. „Wenn du das von mir gelernt hast, reicht es schon."

Caleb zerknüllte die Dose und warf sie quer durch den Raum in den Mülleimer. Berührte nur kurz das Netz. Es freute ihn, dass er es noch ein bisschen konnte. „Wieso sollte ich etwas von dir lernen? Ich bin Baseballspieler, kein Betrüger."

Sein Vater, ein Mann mit Humor, zwinkerte ihm zu. „Vielleicht ist der Unterschied gar nicht so groß, wie du glaubst. Versuchst du nicht, die Schlagmänner und die Jungs auf den Bases zu täuschen und auszutricksen?"

„Männer auf den Bases."

„Sagte ich."

„Wir nennen sie nicht ‚Jungs auf den Bases', es sind ‚Männer auf den Bases'. Und klar versuche ich sie zu täuschen, aber ich halte mich an die Regeln."

„Du schummelst nicht und versuchst auch nie, dir einen kleinen Vorteil zu verschaffen? Wie dieser Typ, von dem ich neulich gelesen habe? Der mit dem Teer auf dem Nacken? Streicht mit der Hand drüber, kann dann besser greifen. Machst du so etwas nie?"

„Nein." Caleb holte die Pizza aus dem Kühlschrank und schob sie in die Mikrowelle. Er drückte den Startknopf ungefähr doppelt so hart wie nötig.

„Wirklich? In dem Artikel hörte es sich aber so an, als würden alle Werfer der Ersten Liga das machen. Vielleicht solltest du es mal versuchen. Das bringt dich wieder dahin zurück, wo du hingehörst, nämlich in ein Major-League-Team."

„Du hast keine Ahnung, wovon du redest."

Bingo lachte, dieses ausgelassene, vertrauliche Das-Leben-ist-wunderbar-Lachen, mit dem er zahllose Opfer und drei Ehefrauen herumgekriegt hatte – mittlerweile Exfrauen. „Wenn es ums Betrügen geht, kenne ich mich aus. Jeder schummelt, Junge, auf die eine oder andere Art. Der einzige Unterschied ist, dass manche erwischt werden."

Caleb sah der Pizza zu, die sich in der Mikrowelle drehte. Vielleicht geschah ja ein Wunder. Vielleicht wäre sein Vater weg, wenn der Timer piepte. Oder er hätte plötzlich einen anderen Vater. Einen, der kein Betrüger war, der nicht im Knast gelandet war und seinen Sohn auch nicht im Stich gelassen hatte.

Ding.

Nein, kein Wunder. Sein Vater war immer noch da und leider ganz der alte. Caleb drehte sich um und marschierte aus der Küche hinaus. „Ehe ich es vergesse – ich treffe mich mit den Jungs zum Essen. Die Pizza gehört dir."

„Ich könnte doch vielleicht mitkommen …"

Doch Caleb war schon zur Haustür hinaus und spazierte

durch die warme Abendluft. Die untergehende Sonne tauchte den Himmel in die Farbe von Flamingofedern. Bestimmt waren irgendwo gerade ein paar Catfish-Spieler unterwegs, die aßen und sich volllaufen ließen. Wenn die Vorwürfe aus der Petition stimmten, würde es jede Menge Ärger geben. Er würde Mike Solo anrufen und hören, was der vorhatte.

Eigentlich sollte er dringend auch mal diese Frau anrufen, erinnerte er sich plötzlich. Er zog die Petition hervor, die er in die Hosentasche gestopft hatte, und wählte dann die angegebene Nummer. Während es am anderen Ende klingelte, stieg er in seinen Jeep Wrangler. Er wusste nicht, wann er zuletzt eine Frau angerufen hatte. Er war so auf Baseball und seine Familie fixiert gewesen, dass Frauen kaum eine Rolle gespielt hatten. Gelegentlich ließ er sich mit einer ein und verbrachte eine angenehme Nacht mit ihr. Wenn sie beschlossen, noch ein bisschen mehr Spaß zu haben, schickten sie sich SMS. Die Texte waren jedoch rein informell: *Wo treffen wir uns? Trägst du Unterwäsche?* Solche Dinge eben.

Es kam ihm seltsam altmodisch vor, jemanden richtig anzurufen.

Ihre Voicemail sprang an. „Sie haben Sadies Nummer gewählt. Hinterlassen Sie Ihre Rufnummer nach dem Signalton." Kurz und bündig. Und dieser Name, Sadie, sanft und sexy, passte zu ihr.

„Hallo, hier spricht Caleb Hart von den Catfish. Duke bat mich, dich anzurufen, um ein paar Ideen für das Team zu besprechen. Und die Stadt. Also … ruf mich bitte zurück. Jederzeit. Hier ist meine Nummer."

Danach brauchte er einen Drink.

Donna hielt Sadies Handgelenk fest, als sie sich den Weg über die Tanzfläche im Kilby Roadhouse bahnte. Eine Bluegrass-Band in Jeans und weiten Flanellhemden spielte auf der Bühne. Ein paar Leute vorn führten einen Line Dance auf, andere tanzten paarweise. Die meisten Leute drängten sich um die kleinen runden Tische am Rand der Tanzfläche.

Donna war bereits voll in ihrem Element und genoss es, für einen Abend aus dem Haus der Gilberts herauszukommen. „Weißt du was, Sadie? Ich werde mich heute Abend in echte Schwierigkeiten bringen. Sechs Tage die Woche mit dem Hai, danach könnte ich mir selbst den Arm abnagen. Ich brauche dringend erwachsene Gesellschaft, na ja, du weißt schon."

Sadie fühlte sich ein wenig exponiert und schaute nervös zurück zur Bar. Donna heute Abend zur Seite zu stehen, würde eine echte Herausforderung darstellen. Die gute Nachricht – für Sadie – lautete aber, dass niemand ihr großartig Beachtung schenkte. Alle waren zu sehr damit beschäftigt, Donna anzustarren.

Ihre Freundin trug eine hautenge Krokodillederhose, dazu ein weißes ärmelloses Ledertop. Sie wäre ein wandelndes Hassobjekt für jede Tierschutzvereinigung gewesen, wenn es sich um echtes Leder gehandelt hätte. Ihr volles rotes Haar war toupiert und mit Haarspray fixiert. Jeden Zentimeter sichtbarer Haut hatte sie mit Glitzerlotion eingerieben, sodass sie regelrecht im Licht funkelte. Wenn die Gilberts ihr Kindermädchen so gesehen hätten, hätten sie sich ihren Hai geschnappt und die Flucht ergriffen. Auf der Highschool hatte Donna mühelos beste Zensuren bekommen. Sadie verstand immer noch nicht, warum sie das College nicht besucht hatte. Donna weigerte sich, darüber zu sprechen.

Unter dem Druck ihrer Freundin hatte Sadie sich für ein enges Kleid mit Spaghettiträgern entschieden, das kurz über den Knien endete und orange war. An den Seiten wurde es durch Nieten verziert. Nur als Donna ihr auch noch Schuhe mit Zehnzentimeter-Absätzen aufschwatzen wollte, hatte Sadie sich geweigert. Bei ihrer Größe von einem Meter fünfundsiebzig trug sie stets flache Absätze. Turnschuhe oder Cowboystiefel. Ende der Schuhgeschichte.

„Hier." Donna winkte sie zu einem kleinen runden Tisch ohne Stühle. „Wir setzen uns einfach auf den Tisch, so etwa." Sie setzte sich auf die Kante und schlug die Beine übereinander, sodass das Licht über die silbernen Muster auf ihrer Hose glitt.

Zur Hose trug sie violette Schlangenlederstiefel. „Ganz schön auffallend, was?“

Sadie hielt die andere Seite des Tischchens fest, damit dieser nicht umkippen konnte. „So könnte man es auch ausdrücken.“

„Hol uns mal etwas zu trinken, meine treue Begleiterin. White Russian für mich und einen doppelten für dich. Du musst noch ein bisschen aufholen. Ich gable uns in der Zwischenzeit ein paar Männer auf. Diese Schätzchen sind wirkungsvoller als ein Lasso.“ Sie rückte ihr Top zurecht, um mehr Dekolleté zu zeigen.

Sadie holte tief Luft und machte sich auf den Weg zur Bar. Vor einem Jahr wäre sie niemals hierhergekommen – zu großes Risiko, öffentlich verspottet zu werden. Auch jetzt bedachten einige Leute sie mit verstohlenen Blicken, doch sie ging erhobenen Hauptes weiter und ignorierte sie. Das blöde Video zeigte einen intimen Moment, den niemand jemals hätte sehen sollen. Also würde sie einfach so tun, als habe es auch niemand gesehen.

Sie kannte Todd, den Barkeeper, von der Highschool, wo sie zusammen im Jahrbuchkomitee gewesen waren. Damals war sie ein braves Mädchen gewesen, und er hatte alle damit überrascht, dass er mit ihr ausgehen wollte. Seither war so viel passiert.

Todd empfing sie verlegen lächelnd. „Wie ist es dir ergangen, Sadie?“

„Ach, fabelhaft.“

Während er Kahlua in zwei Gläser schenkte, beugte er sich vertrauensvoll zu ihr herüber. „Also, ich habe nicht mal die Hälfte von dem geglaubt, was die Leute über dich erzählt haben.“

„Wirklich? Welche Hälfte?“ Die peinliche oder die richtig demütigende?

Er wurde rot. „Die Drinks gehen aufs Haus.“

„Das ist nicht nötig.“ Sie zückte ihre Brieftasche und warf einen Zwanziger auf den Tresen. Das war mehr, als sie ihm schuldete, doch hier ging es um ihren Stolz. „Behalte das Wechselgeld."

„Warte mal", sagte er, als sie die Drinks nahm. „Ist einer davon für Donna?"

„Ja, wieso?"

„Sie sieht aus, als hätte sie schon einige gehabt." Er gab extra Eis in eines der Gläser, um den Drink zu verwässern. „Falls du Hilfe brauchst, sag mir Bescheid."

„Danke." Sadie fühlte, wie ihre Wangen glühten, als sie die Gläser nahm. Du liebe Zeit, ihr Verfolgungswahn hatte sie schon fest im Griff. Todd versuchte nur, nett zu sein, und sie nahm gleich das Schlimmste an. Nicht jeder Mann war ein Idiot.

Ein Glas in jeder Hand, bahnte sie sich ihren Weg durch die Menge. Als sich zwischen den Leuten auf der Tanzfläche eine Lücke auftat, entdeckte sie Donna, die inzwischen mitten auf dem Tisch saß, ein in Alligatorenhaut gekleidetes Bein aufreizend am anderen entlanggleiten ließ und ihre Brüste einem großen gut aussehenden Mann förmlich darbot. Der Mann hatte die Hände in die Gesäßtaschen seiner Jeans geschoben. Diese Jeans bedeckte einen Po, der selbst im Land der knackigen Cowboyhintern heiß aussah.

Tja, dachte Sadie. Womöglich brauchte ihre Freundin gar keinen weiblichen Beistand mehr. Vielleicht konnte sie Donna den Drink bringen und von hier verschwinden, bevor irgendwelche peinlichen Begegnungen den Abend doch noch ruinierten.

„Bitte sehr, Geburtstagskind. Tut mir leid, dass es so lange gedauert hat." Sie wollte Donna den Drink reichen, und der große fremde Mann drehte sich zu ihr um.

Es war Caleb, der Baseballspieler. Er sah hier genauso gut aus wie direkt nach dem Spiel. Vielleicht sogar noch besser, in dieser Jeans und den Cowboystiefeln. Dazu trug er ein blaues T-Shirt, das seine graublauen Augen hervorhob. Warum musste Donna ausgerechnet diesen Mann anbaggern? Den einzigen, zu dem sich Sadie seit dem Hamilton-Desaster hingezogen fühlte?

Während sie seinem erschrockenen Blick begegnete, verschüttete sie prompt etwas von der weißen Flüssigkeit auf seine Hose.

„Vielleicht hätte ich einen Bodyguard mitbringen sollen", scherzte er und hielt die Drinks fest. Zumindest versuchte er es. Es endete damit, dass er und Sadie sich beinah darum prügelten.

„Was machst du hier?" Alberne Frage, aber sie war nun einmal völlig aus der Fassung.

„Momentan? Ringe ich um Frauendrinks." Caleb hatte Mühe, die Gläser aufrecht zu halten, und vergoss White Russian über seine Hände. Ein weiterer Mann, der auf Donnas anderer Seite stand, lachte laut. Sadie registrierte dunkle gewellte Haare, freche grüne Augen und ein Grübchen.

Donna betrachtete die cremige Flüssigkeit auf Calebs Händen. „Soll ich das ablecken, Süßer?" Sie zwinkerte ihm übertrieben zu.

Calebs Freund prustete. „Ich hole mir ein Bier. Bin gleich wieder da, Süßer." Er klopfte Caleb auf den Rücken und machte sich auf den Weg zur Bar.

Endlich gelang es Sadie, die beiden Gläser an sich zu bringen und auf dem Tisch zu platzieren. Donna sah aus, als wollte sie Caleb gleich hier im Roadhouse anspringen. Sadie hatte keine Ahnung, was *er* wollte. Donna sah schließlich sehr gut aus und war ein wunderbarer Mensch, auch wenn sie momentan ein wenig außer Rand und Band zu sein schien.

Doch Donna verzieh man so etwas. Sie hatte eine so lebenslustige, verrückte Art, mit der sie jeden für sich einnahm. Würde Sadie sich derartig an Caleb heranschmeißen, würde das Gerede über sie gleich wieder losgehen, und ihr Leben wäre wieder die Hölle. Und wer weiß, wie Hamilton reagieren würde, käme ihm das zu Ohren.

Nein, sie konnte sich nicht das geringste Fehlverhalten erlauben, und genau deshalb war sie auch die ideale Begleiterin für ihre Freundin. Sie nahm sich einen White Russian und trank einen großen Schluck.

„Wie heißt du, Cowboy?“, fragte Donna gerade und strich mit dem Stiefel an Calebs Bein entlang.

Sadie umfasste ihr Glas, als handele es sich um die Notbremse eines außer Kontrolle geratenen Zuges. Dann leerte sie es, dankbar für den leichten Rausch, den es verhieß. Wenn es je einen Moment gegeben hatte, der nach Alkohol verlangte …

„Caleb Hart.“

„Ich habe von dir gehört. Du spielst bei den Catfish. Ich bin Donna, und das ist Sadie. Du solltest sie zum Tanzen auffordern, denn sie ist eigentlich supercool, auch wenn sie sich im Augenblick seltsam verhält.“

Caleb musterte Sadie amüsiert, und sie verzog das Gesicht, um anzudeuten, dass Donna schon beschwipst war.

„Außerdem geht sie nicht mehr häufig aus.“ Donna beugte sich vor und wäre dabei fast vom Tisch gekippt. „Sie hat *schlechte Erfahrungen* gemacht.“

„Donna, bitte.“

„Es ist mein Geburtstag, da darf ich sagen, was ich will. Außerdem merke ich doch, wie es zwischen euch beiden knistert.“ Sie wedelte mit der Hand zwischen ihnen hin und her, während der Typ mit den gewellten Haaren zurückkam. Er hatte zwei Flaschen Lone Star dabei. „Und ich finde deinen Freund ziemlich heiß. Ich habe beschlossen, mein Geld auf diese süßen Grübchen zu setzen.“

„Das ist eine interessante Wette“, erklärte Caleb. „Wir lassen euch damit mal allein. Komm, Sadie, gehen wir.“ Belustigt nahm er ihre Hand und zog Sadie in Richtung Tanzfläche.

4. KAPITEL

Sobald sie auf der Tanzfläche waren und Caleb Sadie an sich gezogen hatte, bereute er es. Sie trug ein ärmelloses Kleid, das am Rücken tief ausgeschnitten war, weshalb es unvermeidlich war, dass er ihre seidige Haut berührte. Ihre Haare streiften seinen Handrücken. Nie zuvor war er sich einer anderen Person so bewusst gewesen.

Es war äußerst beunruhigend.

„Heute ist Donnas Geburtstag", sagte Sadie. „Sie wollte unbedingt feiern. Ich sollte wieder zu ihr gehen."

„Mike wird mit der Situation schon fertig. Er hat ein paar Schwestern." Er sprach dicht an ihrem zarten Ohr, das auffallend pink aussah. War sie etwa verlegen? Sie schaute sich immer wieder auf der Tanzfläche um, als wollte sie irgendjemandem um jeden Preis aus dem Weg gehen.

„Ist er auch bei den Catfish?"

„Ja. Fänger. Guter Mann."

Sie sah ihn skeptisch an. „Aber er ist ein Baseballspieler. Betonung auf *Spieler*."

Unwillkürlich versteifte sich sein Körper. „Wir sind nicht alle so." Sicher, Frauen kamen ständig auf ihn zu, doch er zum Beispiel achtete sehr genau darauf, mit wem er sich einließ. Er schätzte sein Privatleben und traute den Baseballgroupies einfach keine Diskretion zu. „Mike flirtet gern, aber während der Saison lebt er im Zölibat."

„Er lebt im Zölibat?"

„Das ist sogar wörtlich zu verstehen. Vor dem Trainingsbeginn im Frühling hat er in einer katholischen Kirche ein Keuschheitsgelübde abgelegt. Er behauptet, das würde seine Aggressivität steigern."

„Und? Stimmt es?"

„Für ihn scheint es zu funktionieren. Er hat in dieser Saison einen 322er Schnitt und wird wahrscheinlich spätestens im September in die Major League berufen werden. Wenn nicht schon früher."

Sie lachte, ein tiefes, kehliges Lachen, das ihn erregte. „Du überlässt deinen Freund, der ein Keuschheitsgelübde abgelegt hat, also meiner Freundin, die an ihrem Geburtstag flachgelegt werden will. Das ist entweder genial oder gemein."

Er spürte ihren Atem am Hals, als sie lachte, und musste schlucken. Sadie. Sexy Sadie. Und wow, war sie sexy. Besonders in diesem Kleid. Obwohl das Kleid nichts war im Vergleich zu den roten Stiefeln.

Er umfasste sie fester und schwang sie nach links, um der vorbeieilenden Kellnerin auszuweichen. Der Duft ihrer Haare – Klee? – weckte in ihm den heftigen Wunsch, sein Gesicht in diesen vollen dunklen Locken zu vergraben. Tatsächlich beugte er sich ein wenig herunter, um diesen Duft noch einmal tief einzuatmen. Das Kilby Roadhouse, das auf den ersten Blick etwas trostlos und fad wirkte, pulsierte plötzlich regelrecht vor Energie. Er schwang Sadie an einem unglücklich platzierten Tisch vorbei und bemerkte, wie anmutig sie sich seinen Bewegungen anpasste.

Sadie redete noch immer. „Sie ist meine beste Freundin, und ich schwöre, dass sie normalerweise anders ist. Ob du es glaubst oder nicht – sie arbeitet als Kindermädchen. Normalerweise hat sie Kekskrümel in den Haaren und schleppt Windelpackungen."

Er lachte. Er mochte diese Frau, ihre lebhaften Augen ebenso wie ihren sexy Körper. Er hätte nichts dagegen, noch mehr von ihr kennenzulernen, auch wenn er nicht die Absicht hatte, etwas Festes anzufangen.

Er bemerkte, dass die Leute sie beide beobachteten und gelegentlich miteinander tuschelten. War er schon erkannt worden?

„Ist Sadie dein voller Name? Kein Kürzel für irgendwas?"

„Nein, einfach nur Sadie." Sie sah ihm in die Augen. Ihre waren dunkel und funkelten im gedämpften Licht der Musikkneipe. „Warum?"

„Ich habe die Petition gelesen und mir sämtliche Unterschriften angesehen. Da war keine Sadie dabei. Heißt das, du hast es nicht auf die Catfish abgesehen?"

„Nein, ich habe es nicht auf die Catfish abgesehen", bestätigte sie und kam näher, als wollte sie ihm ein Geheimnis anvertrauen. „Aber verrate das nicht meiner Chefin. Die lässt kein gutes Haar an euch Jungs."

„Mann, das ist so was von unfair. Sie sollte uns erst mal besser kennenlernen, ehe sie sich ein Urteil bildet." Er zwinkerte ihr zu. „Vielleicht könnest du das an ihrer Stelle tun."

„Nein", erwiderte sie rasch. „Das ist keine gute Idee." Sie machte Anstalten, sich von ihm zu lösen, doch er nutzte die Gelegenheit, sie schwungvoll nach hinten zu beugen, sodass sie nicht entkommen konnte.

„Solltest du nicht mehr Informationen sammeln, bevor du dir eine Meinung bildest?", fragte er. „Das erscheint mir nur sinnvoll."

Da sie nicht antwortete, fragte er sich, ob er von der Gewohnheit abgewichen war, nie über etwas zu reden, was nicht mit Baseball zu tun hatte. Selbst die Frauen, die er traf, wollten über das Spiel reden.

Vielleicht wollte Sadie das ja auch. „Du hast gesagt, dass du als Kind bei den Spielen der Catfish gewesen bist."

„Gutes Erinnerungsvermögen."

„Ja, ich habe ein gutes Gedächtnis", sagte er nur. „Vor allem kann ich mich an jede Menge Blödsinn erinnern. Zum Beispiel, welche Bälle ich Derek Jeter zuwarf, bei dem einzigen Mal, als ich ihn ‚aus' machte. Fastball tief und nach innen, Fastball tief und weit – der zählte nicht. Dann einen Slider in die Mitte, den er fast erwischte. Strikeout. Highlight meiner Karriere."

Ihr breites Lächeln erzeugte kleine Lachfältchen um ihre Augen. „Bis jetzt."

An diesem Punkt hätte er lieber über etwas anderes als seine Karriere gesprochen. „Was ist mit dir? Wie lange arbeitest du schon für die Bürgermeisterin?"

„Seit ungefähr sechs Monaten. Ich möchte irgendwann Jura studieren."

„Nett. Man muss Anwälte lieben. Sie sorgen dafür, dass wir Baseballspieler mit unseren Verträgen nicht übers Ohr gehauen werden." Er erwähnte den Anwalt seines Vaters nicht, der ein echter Helfer gewesen war während des Prozesses und der Haftzeit.

Sadie wirkte leicht empört. „Mehr fällt dir zu dem Thema nicht ein? Reiche Baseballspieler mit guten Verträgen zu versorgen?"

„Na ja, das kommt im Clubhaus oft zur Sprache. Was für eine Anwältin willst du denn werden?"

„Wahrscheinlich eine Bürgerrechtsanwältin. Ich will für Leute kämpfen, deren Rechte nicht respektiert werden. Besonders wenn sie weiblich sind. Ich habe auch an Umweltrecht gedacht." Sie lachte kurz auf. „Pflanzen verdienen auch Respekt."

Er grinste. Sie war so anziehend und sexy mit all der gebräunten Haut, die ihr Kleid sehen ließ und den darunter verborgenen Kurven. Die ganze Zeit über war er halb erregt, und allmählich bekam er eine echte Erektion. Diese Kombination aus sexy und kratzbürstig hatte es ihm wirklich angetan.

Sie schüttelte die Haare, sodass sie ihr über die Schulter fielen. „Lachst du jetzt wegen der Pflanzen?"

„Nein. Ich lache niemals über Pflanzen."

Das war zu viel für sie. Sadie prustete los und sah ihn mit lebhaften Augen an.

„Aber ich glaube", fuhr er fort, „du wirst eine großartige Anwältin."

„Warum?"

„Wegen der Art, wie du redest. Jeder Anwalt, den ich kenne, kann einen an die Wand quasseln. Mein Va…" Um Himmels willen, fast wäre ihm etwas über Bingos Anwalt herausgerutscht. „War nur so eine Bemerkung."

Als wollte sie ihm beweisen, dass er sich irrte, tanzte Sadie einige Minuten lang schweigend. Allerdings blieb dieses elektrisierende Gefühl. Caleb fühlte außerdem, wie sich ihre Rückenmuskeln unter seiner Hand bewegten. Diese Frau machte etwas mit ihm, und wenn er schlau war, würde er so schnell wie möglich das Weite suchen.

„Was meinte deine Freundin eigentlich mit ‚schlechter Erfahrung‘?“ Woher kam das denn jetzt? Er stellte nie derart persönliche Fragen. Im schwachen Licht auf der Tanzfläche war das schwer zu sagen, aber er hatte den Eindruck, dass Sadie dunkelrot anlief.

„Ach, die ist ein bisschen beschwipst.“

Ihre Weigerung, ihm zu antworten, fachte seine Neugier noch weiter an. Irgendwie machte alles an dieser Frau ihn neugierig. Er mochte es, mit ihr zu reden. Es gefiel ihm, wie schnell sie auf seine kleinen Sticheleien reagierte, wie viel Energie sie ausstrahlte und dass sie manchmal auf der Hut zu sein schien. Vor allem aber gefiel ihm, wie sie sich an ihn schmiegte.

„Ich habe übrigens versucht, dich anzurufen“, sagte er.

„Tatsächlich?“ Sie wirkte erstaunt, und erneut sah er dieses Blitzen in ihren Augen, als würden ihr eine Million Gedanken gleichzeitig durch den Kopf gehen.

In diesem Moment traf er eine spontane Entscheidung. Er wollte mit ihr zusammenarbeiten, und zwar richtig. Obwohl diese Petition verrückt war. „Ja, ich habe ein paar Ideen wegen des Teams. Wir sollten uns mal treffen und darüber sprechen. Nach dem Spiel morgen geht die Mannschaft auf Tour. Wie wäre es, wenn ich wieder zurück bin?“

Die Band spielte jetzt eine schnellere Nummer, und Sadie löste sich von ihm. „Also, na ja … ich weiß nicht.“

„Hey, du willst doch nicht, dass ich Ärger mit meinem Manager bekomme, oder?“ Er tat, als schauderte ihn. „Du hast ja erlebt, wie schrecklich der ist.“

„Na schön. Wir unterhalten uns, sobald du wieder da bist. Und jetzt mache ich mich lieber mal auf die Suche nach Donna.“

Er schaute Sadie nach, wie sie die Tanzfläche verließ, auf ihren langen Beinen, die dunklen Haare ein wenig vom Tanzen zerzaust. Wie würde ihr Haar wohl aussehen, nachdem er sich mit ihr im Bett gewälzt hatte? Nachdem er sie ausgezogen, jeden Zentimeter ihrer nackten seidigen Haut abgeleckt und ihr bis zur Erschöpfung Vergnügen bereitet hatte? Ihre Augen, ihre Haut, das Feuer ihrer Leidenschaft … Verdammt! Das sah so unglaublich sexy aus, wie ihre Hüften sich unter dem kurzen Kleid bewegten …

Tja, dachte Caleb. Glasklarer Fall: Er begehrte Sadie. Und er würde sie auch bekommen, obwohl sein Instinkt ihn warnte, dass sie eine gewaltige Ablenkung sein würde. Sie nahm jetzt schon mehr Platz in seinen Gedanken ein als die meisten Frauen, *nachdem* er mit ihnen im Bett gewesen war.

Nicht, dass er stolz darauf war.

„Hey, bist du nicht der neue Werfer bei den Catfish?" Zwei Typen mit umgedrehten Baseballcaps auf dem Kopf hatten sich ihm genähert, während er Sadies Po hinterherschaute.

„Stimmt."

Sie gaben ihm ein Bier. „Harte Niederlage, Mann. Anscheinend denkst du da draußen auf dem Spielfeld zu viel nach."

Caleb stieß mit seiner Flasche gegen ihre. Aus irgendeinem Grund störte ihn diese Bemerkung nicht mehr annähernd so wie vorher. „Da könntet ihr recht haben."

Als Sadie über die Schulter zurückblickte, unterhielt Caleb sich gerade mit zwei Männern, offenbar Fans, ihrer sichtlichen Bewunderung nach zu urteilen. Sie atmete lange aus und war froh, überhaupt wieder normal atmen zu können. Caleb Hart lag weit außerhalb ihres Erfahrungshorizontes. Natürlich hatte sie schon viele Männer kennengelernt. Jungen auf der Highschool, auf dem Kilby Community College. Und den Mann, der ihr Leben ruiniert hatte – Hamilton Wade.

Doch nicht einmal Hamilton hatte ihr solches Herzklopfen verursacht, wie Caleb das tat. Ham hatte sie im Sturm erobert, aber sie hatte sich dabei ständig voller Ehrfurcht gefragt, was er wohl an ihr fand. Bei ihm hatte sie keine feuchten Hände bekommen oder war bei jeder Begegnung völlig aus dem Konzept geraten.

Aber, okay. Caleb hatte sie einfach zu einer heiklen Zeit in ihrem Leben erwischt, das war alles. Es musste eine rationale Erklärung geben für dieses verrückte Gefühl, dass der

Boden plötzlich unter ihr schwankte. Vielleicht gab es sogar eine medizinische Erklärung – es könnte sich zum Beispiel schlicht nur um Schwindel handeln. Oder Donna hatte ihr noch irgendetwas in diesen White Russian getan. Auf jeden Fall durfte sie sich keine weitere Demütigung durch einen Mann erlauben.

Sie fand Donna an der Bar, wo sie am Tresen lehnte und mit Mike redete. Immerhin hatte sie noch alle Sachen an. „Donna, ich muss nach Hause. Ich habe meiner Mom gesagt, dass ich nicht zu spät komme."

Donna sah sie strahlend und beschwipst an. „Mike erläutert mir gerade die Vorteile des Zölibats. Wusstest du, dass Enthaltsamkeit den Durchschnitt eines Schlagmanns um fünfzig Prozent erhöhen kann?"

Sadie lächelte und sah zu Mike, der ihr zuzwinkerte. „Danke, Mike. Hat mich gefreut, dich kennenzulernen, aber jetzt nehme ich Donna lieber mit nach Hause."

„Gute Idee." Er salutierte und lehnte sich an den Tresen, während Sadie ihre Freundin auf das rote Ausgang-Schild zusteuerte.

Unterwegs dorthin konnte sie nicht anders, sie musste kurz Ausschau halten nach Caleb. Da er einer der größten Männer hier war, zudem einer, den sich fast alle Frauen genauer ansahen, war er nicht schwierig zu entdecken. Als Sadie die Tür erreichte, hatten sich bereits zwei Frauen zu den männlichen Fans gesellt. Caleb lehnte an der Wand und lauschte geduldig der kleinen Schar von Bewunderern. Das gedämpfte Licht ließ sein Gesicht noch markanter wirken und hob das prägnante Kinn hervor. Ein lässiges Lächeln lag auf seinen Lippen.

Plötzlich trafen sich ihre Blicke, und er strahlte. Das reinste Filmstarlächeln. Prompt bekam Sadie weiche Knie und konnte nicht verhindern, dass sie ebenfalls lächelte.

Ein wenig unbeholfen winkte sie und wäre dabei beinah über Donna gestolpert, die unvermittelt stehen geblieben war, um sich ihr Top zurechtzuzupfen.

Donna schwankte und hielt sich an einem Tisch fest. Sadie holte sie wieder auf die Füße und schaute mit glühenden Wangen zu Caleb.

Sein Grinsen wurde noch breiter. Er legte die Hand an sein Ohr und zeigte auf sie, um ihr zu verstehen zu geben, dass er sie anrufen würde.

Sie konnte es kaum erwarten. Sicher hatte er schon eine Nachricht auf ihrem Handy hinterlassen.

Donna flüsterte ihr ins Ohr: „Ich weiß, ich habe dir gesagt, du sollst mit ihm tanzen. Aber ich muss dich warnen, weil du meine Freundin bist. Er ist ein Catfish. Und du bist Sadie Merritt. Du kannst dir also denken, was die Leute sagen werden."

„Du kennst ihn ja nicht einmal." Sadie musste Caleb inzwischen recht geben – ehe man jemanden wirklich kannte, durfte man sich kein Urteil erlauben. Die Leute hatten sie damals abgeurteilt, ohne dass sie es verdient gehabt hätte.

Donna gestikulierte in Calebs Richtung. „Ich weiß genug. Er sieht klasse aus. Der Typ ist der geborene Herzensbrecher. Dagegen ist Hamilton nur ein dummer kleiner Junge gewesen. Du hast ihm doch wohl nicht deine Nummer gegeben, oder?"

„Die hatte er schon." Sie erreichten den Ausgang. Der Türsteher sprang von seinem Hocker und hielt ihnen die Tür auf. „Ich soll den Catfish helfen, ihr Image zu verbessern."

„Wow, da bin ich dabei", meinte Donna begeistert. „Zieh ihn aus, das würde sein Image schon verbessern. Der hat vielleicht Sex-Appeal."

Eine Gruppe junger Frauen tuschelte und kicherte im Vorbeigehen. Erneut fühlte Sadie, dass ihre Wangen glühten. Unwillkürlich fragte sie sich, ob diese Frauen wohl über sie redeten und welche schändliche Lüge sie wohl wiederholten.

„Weißt du, ich habe meine Meinung gerade geändert. Schnapp ihn dir, Sadie. Du lebst schon zu lange enthaltsam. Dieser Mike hat ja keine Ahnung, wovon er redet. Du verdienst einen heißen Baseballspieler. Nicht, dass ich eifersüchtig bin, du wundervolles Miststück." Sie schlang den Arm um Sadies

Nacken, sodass sie beinahe ins Schwanken geraten und umgefallen wäre.

„Auf keinen Fall, Donna. Ich werde nicht mit ihm schlafen. Er will wegen der Catfish-in-die-Dose-Petition anrufen. Das ist alles."

„Na, was für eine Vergeudung von gegenseitiger Anziehung. Im Ernst, es knisterte ziemlich heftig zwischen euch. Selbst Mike hat es bemerkt."

„Tut mir leid, Donna. Da gibt es keine Chance auf Sex."

„Hast du den Mann nicht gesehen? Die Chance auf Sex lag bei zweitausend Prozent."

Sadie schaute zum Himmel, wo die Sterne friedlich funkelten. Je mehr Donna auf diese Weise über Caleb redete, desto zittriger fühlte sie sich.

„Klar, er ist sexy und kann vermutlich mit jeder Frau im Roadhouse schlafen, wenn er will. Aber das zwischen uns wird rein beruflicher Natur sein."

„Rede dir diesen Schwachsinn nur schön weiter ein, Sadie. Ich lache mich schlapp." Donna gähnte herzhaft und schaute sich auf dem Parkplatz um. „Vielleicht muss ich im Auto ein Nickerchen machen. Ich komme sonst nie dazu, im Auto ein Nickerchen zu machen. Das übernimmt der Hai. Hättest du was dagegen?"

„Überhaupt nicht."

Nein, dachte Sadie. Das machte ihr ganz und gar nichts aus. Dadurch würde sie nämlich noch mal in Ruhe jedes einzelne Wort ihrer Unterhaltung mit Caleb Hart, Starwerfer und Sexgott, Revue passieren lassen können.

Caleb musste zugeben, dass eine Sache wirklich für die Kilby Catfish sprach: Sie besaßen einen fantastischen Bus. Als er noch bei den Twins gespielt hatte, wenn auch nur kurz, war er mit Chartermaschinen geflogen und hatte in Fünfsternehotels gewohnt. Glücklicherweise hatte er sich gar nicht erst zu sehr daran gewöhnen können, da er nach dem desaströsen letzten Spiel ausgetauscht worden war. Das Leben in der Major League war ihm immer fremd geblieben – er war sich die ganze Zeit vorgekommen wie ein staunender Neuling, der noch nicht richtig dazugehörte.

Jetzt fuhr er also wieder in gemieteten Bussen, ab und zu flog er Economyclass und übernachtete in Motels. Aber Crush Taylor hatte lange genug in der Minor League gespielt und wusste, wie das war. Die Catfish konnten sich also glücklich schätzen, in einem Luxusbus mit Klimaanlage und weichen Sitzen mit viel Beinfreiheit fahren zu dürfen. Jeder Sitz hatte sein eigenes Audio-Video-System, doch die meisten Spieler hörten Musik auf ihren iPods oder schliefen. Es gab sogar eine Art Stewardess, ein heißes junges Ding, die Getränke- und Sandwichbestellungen entgegennahm.

„Das ist reisen mit Stil, was?“ Im Sitz neben ihm streckte Mike Solo seufzend seine Beine aus. Er besaß die Statur eines Catchers, groß und muskulös, und einen Kopf voller wilder schwarzer Locken. „Die Friars können da nicht mithalten.“

„Rede dir das nur schön weiter ein“, erwiderte Caleb. „Ein Anruf aus San Diego, und du bist so schnell weg, dass wir uns kaum an dein Aussehen erinnern werden.“

„Es sei denn, ihr seht mich im Fernsehen.“ Er zwinkerte.

Auf der anderen Seite des Ganges hauchte Sonny Barnes, der schlaksige First Baseman mit der Brille, dessen beide Arme vollständig tätowiert waren, gegen die Fensterscheibe und malte kleine Herzen auf das beschlagene Glas.

„Frisch verheiratet“, erklärte Mike. „Die Hochzeit war letzten Monat. Die beiden haben ihre Flitterwochen im EconoLodge in Albuquerque verbracht. Einmal haben wir sein Handy geklaut, und Dwight und ich haben die Texte nachgesprochen, die er und seine Frau sich gegenseitig geschickt haben. Das war lustig.“

„Dwight ist …“

„Dwight Conner. Der große schwarze Kerl und witzigste Centerfielder, den man sich vorstellen kann. Sitzt vorn im Bus, weil er behauptet, hinten sitzen zu müssen würde bei Leuten mit seiner Hautfarbe ungute Erinnerungen wecken.“

Duke bestieg den Bus, gefolgt vom Fahrer, und einige Minuten später waren sie unterwegs. Auf der anderen Seite verrenkte Barnes sich beinah den Hals bei dem Versuch, seiner Frau so lange wie möglich zu winken.

Caleb lehnte sich in seinem Sitz zurück und hielt die Ohrstöpsel seines iPods bereit. Er wollte ein Nickerchen machen, denn er hatte letzte Nacht nicht gut geschlafen. Genau genommen hatte er schon seit jenem Tag nicht mehr gut geschlafen, als sein Vater aufgetaucht war. Andererseits gefiel es ihm, auf diese Weise im Bus seine Mitspieler kennenzulernen. Wie bei den meisten Minor-League-Teams waren sie eine Mischung aus aufstrebenden Spielern, Verletzten und Spielern, die den Zenit ihres Talents erreicht hatten.

„Wer sind die Aufstiegskandidaten?“, fragte er Mike. Die Aufsteiger waren die Geldbringer, die immer zuerst in die aktuelle Mannschaftsaufstellung gewählt wurden, weil man von ihnen erwartete, dass sie die Major League erreichten und Stars wurden.

„Abgesehen von dir?“

Caleb verzog das Gesicht. Sicher, er war ein Aufstiegskandidat *gewesen*. Er hatte in der dritten Liga gut gespielt, noch besser in der zweiten bei den Rochester Red Wings. Aufgrund von Verletzungen verpasste er eine Saison, kam jedoch noch stärker zurück. Dann war er in die Major League berufen worden und erlebte das unglaubliche Gefühl, in einem großen Stadion vor einem großen Publikum zu spielen. Drei Spiele lang hatte er geworfen und war auf Wolke sieben geschwebt. Jetzt galt er nicht mehr als potenzieller Aufsteiger, sondern als Problem … das alle irgendwie zu lösen versuchten.

„Ja, genau. Abgesehen von mir.“

„Tja, wir haben die Verletzten. Don London hat sich den Zeh gebrochen, als er gegen eine Kühlbox trat. Dumm gelaufen, aber der ist bald weg. Müsste gut heilen. Ramirez wird nicht lange dabei sein. Er hat einen Schnitt von 343 und zwanzig Homeruns bis jetzt. Der wird aufsteigen, keine Frage. Das ist der Latino mit den Bose-Ohrstöpseln und dem Zeichenblock.“ Mike zeigte auf einen Platz ein paar Reihen weiter vorn.

Caleb hakte nach: „Zeichenblock?“ So etwas sah man auch nicht jeden Tag im Bus eines Baseballteams.

„Ramirez zeichnet gerne. Redet nicht viel. Drückt sich lieber durch Homeruns und seine Kunst aus.“

Das war wirklich ungewöhnlich. Andererseits gab es alle möglichen Charaktere im Baseball.

„Ich habe gehört, die Friars versuchen, Trevor Stark zu bekommen“, fuhr Mike fort. „Das könnte interessant werden.“

„Meinst du, die schicken ihn dann hierher?“

„Wahrscheinlich. Er kommt gerade aus der Reha und ist noch nicht wieder ganz auf dem Posten. Hat noch keinen Treffer geschafft. Wird wahrscheinlich absteigen, egal in welchem Team er ist.“

Caleb hatte bei seinem zweiten Versuch in der Major League gegen Trevor Stark geworfen. Dieser gewaltige Schlagmann hatte dreimal hintereinander getroffen. Und auf halbem Weg zwischen Second und Third Base, während Caleb hilflos darauf wartete, dass der Outfielder den Ball erwischte, hatte dieser Mistkerl Stark tatsächlich sein Tempo verringert. Dabei hatte er direkt zu Caleb gesehen und frech gegrinst. Um anschließend zum Hattrick in die Third Base zu rutschen.

Caleb hasste diesen Typen. Sollten sie im gleichen Team landen … nun, dann würde es vermutlich hässlich werden. „Mann“, murmelte er vor sich hin, ehe er das Thema wechselte. „Sag mal, ist eigentlich irgendwas an den Gerüchten über dieses Team dran?“

„Du meinst, dass wir böse und verrückt sind?“

Der neue Third Baseman vor ihnen schaute über seine Rückenlehne. „Das ist doch nicht unser Problem. Geh einfach mal auf eine von Crushs Partys, dann siehst du, wo das Problem liegt.“

„Veranstaltet er gute Partys?“

„Die besten“, sagte der Typ ehrfürchtig und schaffte es, seine Hand zwischen den Sitzen hindurchzuschieben. „Ich bin Tommy John Gates, aber alle nennen mich TJ.“

„Tommy John, was? Waren deine Eltern Baseballfans?“

„Chirurgen. Aber sie kommen zu jedem Spiel, wenn es ihnen möglich ist“, erklärte er stolz. Caleb wappnete sich gegen den unvermeidlich erwachenden Neid. Für viele Spieler war Baseball eine Familiensache. Etwas, das vom Vater an den Sohn weitergegeben wurde und ein enges Band darstellte. Nicht für ihn. Er hatte Baseball in der Nachmittagsbetreuung gelernt, in die sein Vater ihn abgeschoben hatte, während er sich um seine „Geschäfte“ kümmerte.

„Wie dem auch sei, Crush wurde ja nicht umsonst der ‚Playboy Pitcher‘ genannt. Inzwischen ist er geschieden. Es scheint fast so, als habe er die Mannschaft nur gekauft, um ein paar Baseballspieler um sich zu haben. Er mag es, wenn das Team sich wild gebärdet. Vielleicht hegt er noch einen Groll gegen die Friars, weil sie ihn 2004 in ein Absteigerteam verfrachtet haben. Vielleicht gefällt es ihm, denen Probleme zu machen.“

Calebs Handy vibrierte in seiner Tasche. Er zog es heraus und sah, dass er eine Textnachricht von seiner Schwester Tessa erhalten hatte.

Zahnarzt meint, Zwillinge brauchen Klammern. Kosten: zehntausend Dollar. Kannst du das bezahlen?

Mit den Daumen tippte er eine Antwort.

Ich überweise mehr Geld aufs Haushaltskonto.

Klasse. Dann springe ich vorläufig noch nicht in den Rio Grande. Wie geht’s Bingo?

Tessa weigerte sich, ihn Dad zu nennen, genau wie Caleb. Er schrieb:

Wenn der Rio Grande näher wäre …

LOL. Mag den Scherz nicht, trotzdem LOL.

Er grinste und schob das Telefon wieder in seine Tasche. Als Bingo ins Gefängnis musste, war Tessa siebzehn gewesen, er neunzehn und die Zwillinge sieben. In der Woche nach Bingos Schuldspruch war Caleb in etwa fünf Jahre erwachsener geworden. Er rief sofort den Agenten an, der ihm mitteilte, er könne einen großen Bonus bekommen, wenn er das College verließ und bei einem Verein unterschrieb. Also hatte Caleb das getan. Zwei Wochen später hatte er zum Team der Texas Twins gehört statt zur Texas Christian University. Seitdem lebte die Familie von seinem Bonus, während Tessa während der Baseballsaison die Rolle der großen Schwester Schrägstrich alleinerziehenden Mutter übernahm.

Er wollte es Tessa nicht sagen, aber dieser Bonus war mittlerweile zu einer alarmierend kleinen Summe zusammengeschrumpft. Sein Gehalt in der Minor League würde nicht reichen, um die Familie über Wasser zu halten. Er musste unbedingt wieder in die Major League aufsteigen. Musste sich vor allem selbst beweisen und einen gut dotierten Vertrag bekommen.

Unbedingt.

5. KAPITEL

Sadie hatte erwartet, dass Caleb sich mit seinem Anruf Zeit lassen würde. Ein Irrtum, wie sich schnell zeigte. Er rief schon am zweiten Tag seiner Tour an, und zwar aus Austin. Zufällig hatte sie gerade Mittagspause und war auf dem Weg in den kleinen Park in der Nähe des Rathauses, wo sie sich mit Donna treffen wollte.

„Hier ist Caleb Hart", sagte er gelassen in seinem rauen Bariton, als riefen Star-Pitcher sie jeden Tag an.

„Hallo, Caleb." Ihre Stimme klang seltsam flatterig in ihren Ohren. Hoffentlich merkte er das nicht.

„Ich habe mir ein paar Dinge überlegt, um das Team besser aussehen zu lassen."

„Oh, da wird sich die Bürgermeisterin aber freuen, das zu hören." Aus einem übermütigen Impuls heraus fügte sie hinzu: „Wobei ihr Jungs natürlich auch so schon nicht allzu schlecht ausseht …" Caleb weckte in ihr tatsächlich die Lust am Flirten. Schon seit der ersten Begegnung im Stadion. Es tat gut und war, als würde man verkümmerte Muskeln wieder trainieren.

„Hm, verklagst du mich, wenn ich behaupte, dass das wie eine Anmache klingt?"

Wie von selbst huschte ein breites Lächeln über ihr Gesicht. *Böse Sadie.* „Du liest zu viel zwischen den Zeilen, Catfish."

„Na ja, ich nehme, was ich kriegen kann. Es ist hart hier draußen für einen Baseballspieler. Zeig ein bisschen Gnade, Sadie." Der neckende Tonfall machte seine Stimme noch tiefer, sodass er sich anhörte wie ein Radiomoderator, der spätnachts einen Marvin-Gaye-Song ankündigte.

„Ach, tatsächlich? Ich habe noch nie gehört, dass es für Baseballspieler hart ist. Die Fans, die Lobhudeleien, das viele Geld …"

„Die Verletzungen, die langen Busfahrten, die einsamen Nächte im Motelzimmer …"

„Armes Baby." Sie entdeckte Donna vor der Rasenfläche des Parks und winkte.

„Meine traurige Geschichte wirkt aber, schließlich versuchst du gerade, mich zu trösten. Richtig?“

Nicht flirten, Sadie. Du weißt, dass das keine gute Idee ist. Sie lenkte die Unterhaltung wieder zum ursprünglichen Thema zurück. „Was hast du dir denn zum Team einfallen lassen?“

„Wie wäre es mit einem Baseballtraining für unterprivilegierte Kinder?“

Sie gab einen verächtlichen Laut von sich. „Was für ein Klischee. Außerdem haben die Catfish jedes Jahr eins veranstaltet. Es geht so offensichtlich nur um den Fototermin.“

„Sehr harsch. Was machst du gerade?“ Mit dieser tiefen, fast schon intimen Stimme hätte er sie ebenso gut fragen können, was sie anhatte.

„Nicht viel. Ich treffe mich zum Lunch mit Donna.“ Sie erreichte ihre Freundin, die sie skeptisch musterte, während sie auf und ab wippte, wegen des Hais in ihrer Rückentrage. „Und du? Was machst du gerade?“

„Meine Schulter kühlen und Nachos essen. Du weißt schon, das glamouröse Leben, von dem wir gerade gesprochen haben.“

Als Sadie in sich hineinlachte, sah Donna sie schief an. Sofort wurde Sadie wieder ernst. „Deine Schulter schmerzt?“, fragte sie Caleb.

„Nicht mehr als sonst. Die kühle ich nach jedem Spiel. Wie wäre es, etwas in der Sommerschule zu veranstalten? Vielleicht irgendetwas mit Kunst?“ Angesichts des Tempos der Themenwechsel schwirrte Sadie so langsam der Kopf. „Ich kann Duke und dem PR-Huhn das vorschlagen. Das würde uns ein freundliches Image geben.“

„Hast du gerade PR-Huhn gesagt?“

„Klar.“ Erneut nahm seine Stimme diesen tiefen neckenden Klang an, von dem Sadies Handflächen kribbelten. „Hast du ein Problem damit? Weißt du was? Warum springst du nicht in deinen Wagen und fährst hierher nach Round Rock, um mir eine gute alte Standpauke zu halten?“

„Du bist echt schlimm."

„Oh, ich kann ziemlich schlimm sein." Seine Stimme wurde noch eine Oktave tiefer, und Sadie erschauerte von Kopf bis Fuß.

Dennoch entging ihr nicht, dass er das Thema von seiner Position als Werfer geschickt weggelenkt hatte. Caleb mochte ein starker Spieler sein, aber vor allem besaß er eine mentale Schnelligkeit, die sie faszinierte.

„Ich muss Schluss machen", sagte er. „Jemand ist an der Tür. Wahrscheinlich die anderen aus dem Team. Wir wollen den Bürgermeister entführen und als Kühlerfigur vorn an unseren Bus binden. Kilby soll stolz auf uns sein. Bekommen wir dafür Punkte von den Catfish-in-die-Dose-Ladies?"

Sie lachte. „Nein, aber die Jäger werden euch lieben, und die wählen schließlich auch."

„Hast du etwas dagegen, wenn ich dich morgen wieder anrufe? Vielleicht fällt mir noch etwas Brillantes ein. Man weiß nie."

„Gern. Das wäre gut."

Es wäre sogar besser als gut. Mit ihm zu telefonieren, war fast noch amüsanter, als sich mit ihm von Angesicht zu Angesicht zu unterhalten, weil sie dann von seiner Ausstrahlung nicht ständig weiche Knie bekam.

Nachdem das Gespräch beendet war, musste Sadie über die Vorstellung der Kühlerfigur lachen. Donna stieß sie an. „Du siehst aus wie die Katze, die den Catfish verspeist hat."

Prompt errötete sie.

„Ich wusste doch, dass es dieser Baseballspieler war. Die Sache gefällt mir. Seit der Junior Highschool habe ich dich nicht mehr so lachen gesehen. Es ist schön, meine lustige Freundin wiederzuhaben."

„Er ist witzig und bringt mich zum Lachen. Aber es ist rein beruflich", versicherte Sadie ihr und verstaute das Handy wieder in ihrer Tasche. „Es gehört zu meinem Job, wie ich dir schon erklärt habe."

„Diese verrückte Catfish-Petition?"

Sadie stöhnte. „Ich dachte, es sei damit erledigt, dass ich sie überbringe und die Jungs mich auslachen. Aber die nehmen die Sache tatsächlich ernst. Der Besitzer rief Bürgermeisterin Trent an und sicherte ihr seine volle Kooperation zu. Du hättest mal ihr Gesicht sehen sollen."

Die Bürgermeisterin war sogar errötet. Das hatte Sadie bei ihr noch nie erlebt.

„Wenn für dich ein toller Baseballspieler dabei herausspringt, wieso beklagst du dich dann?", meinte Donna. „Ich würde eine Petition überbringen, die fordert, das Team auf den Mond zu schießen, wenn ich dadurch ein Date mit einem dieser Typen bekäme."

Sadie schaute auf das Gesicht des schlafenden Babys hinter Donna. „So süß und unschuldig. Man käme nicht im Traum darauf, dass sein Kindermädchen bescheuert ist."

„Das wird er schon früh genug herausfinden", erwiderte Donna fröhlich. „Ich sollte mit ihm mal aus dieser Hitze verschwinden. Ich habe ihn mit Lichtschutzfaktor tausend eingeschmiert, aber trotzdem."

„Weißt du, was, Donna? Du bist als Kindermädchen wirklich gut. Ein wahres Naturtalent."

Donna wirkte für einen Moment bestürzt, doch es ging so schnell vorbei, dass Sadie glaubte, es sich nur eingebildet zu haben. Sie sah ihre Freundin an, während sie den Weg zum Einkaufszentrum in der Innenstadt einschlugen.

„Ja. Nun. Zurück zu deinem Dilemma mit dem heißen Werfer. Bestellen wir uns etwas Kaltes zu trinken und überlegen, wie wir dich mit ihm zusammenbringen."

Hm, dachte Sadie. Irgendetwas stimmte nicht mit Donna. Doch sie kannte ihre Freundin gut genug, um zu wissen, dass diese nichts preisgeben würde, ehe sie nicht bereit dazu war.

„Ich habe nicht vor, mit jemandem zusammenzukommen", sagte Sadie und folgte Donna aus dem Park. „Beim letzten Mal habe ich mir zu sehr die Finger verbrannt. Das ist es nicht wert."

„Das weißt du erst, wenn du ihm eine Chance gibst. Du kannst nicht ewig den Männern abschwören. Wo bleibt denn da der Spaß?“

Sie erreichten die Innenstadt von Kilby und bewunderten die Ballkleider im Schaufenster der Happy Days Boutique und die staubige alte Coca-Cola-Flaschen-Dekoration im Schaufenster des Eisenwarenladens.

„Übrigens habe ich deinen neuen Freund neulich im Fernsehen gesehen. Er holte zwei Strikeouts und versiebte acht weitere Versuche. Scheint mir insgesamt kein so gutes Verhältnis zu sein.“

Sadie hatte sich das Spiel ebenfalls angesehen. Genauer gesagt, hatte sie sich Caleb angeschaut. Die anderen Spieler hatte sie, ehrlich gesagt, kaum wahrgenommen. „Ich weiß. Das war schlimm. Alle sagen, er sei ein toller Pitcher, und sie verstehen nicht, was mit ihm los ist.“ Sie erschauerte. „Aber das ist nicht mein Problem. Weißt du noch, wie Hamilton immer darauf bestanden hat, dass ich zu jedem Training erscheine, weil ich sein Glücksbringer bin? Jedenfalls hat er das damals behauptet.“

„Ich erinnere mich. Meine Vermutung war ja, dass dieser Idiot es absichtlich vermasselt hat, wenn du zu einem Spiel nicht kommen konntest, nur damit du dich schuldig fühlst. Aber Caleb ist Profi. Der würde so einen Blödsinn nicht machen.“

„Wie gesagt, es spielt keine Rolle. Ich bin nicht mit ihm zusammen. Er hat mich nicht um ein Date gebeten, und selbst wenn, hätte ich Nein gesagt.“

Donna murrte, argumentierte jedoch nicht mehr dagegen. Während Donna draußen Kreise lief, ging Sadie in das neue New-Age-Bio-Café und kaufte für sie beide zwei gesüßte Eistees.

Als sie wieder herauskam, plauderte LucyBelle, ein Mädchen, das sie aus der Highschool kannte, mit Donna. Als LucyBelle sie entdeckte, weiteten sich ihre Augen, und sie verabschiedete sich hastig, um in ihrer pinkfarbenen Spandex-Hose weiterzujoggen.

„Anscheinend bin ich immer noch die Schlampe der Stadt“, bemerkte Sadie und versuchte, ihre Bitterkeit hinter Spott zu verbergen.

„Ignorier sie einfach.“ Donna machte eine wütende Geste hinter LucyBelles Rücken. „Wir verschwinden von hier und sparen unser Geld. Du wirst Richterin am Obersten Gerichtshof und erlässt ein Gesetz gegen dämlichen Klatsch. Und ich werde …“

„Na?“

„Ach, ich werde mir etwas einfallen lassen.“ Ein weiterer Schatten huschte kurz über Donnas Gesicht, doch sie warf ihre prachtvolle rote Mähne zurück und nahm Sadies Arm. „Etwas echt Gutes, du wirst schon sehen.“

Als Caleb das nächste Mal anrief, war Sadie zu Hause. Ihre Mutter hatte einen ihrer gelegentlichen Energieausbrüche und ein seltsames Bastelprojekt begonnen, zu dem das Ausschneiden von Filmstarfotos gehörte, die dann auf hochhackige Schuhe geklebt wurden. Sadie hatte angeboten, ihr zu helfen, getreu dem Motto: Was immer Mom glücklich macht.

Als das Telefon klingelte, tat ihr Herz einen Hüpfer, sodass sie mit ihrer Schere beinah Angelina Jolies Kopf abgetrennt hätte. „Hallo?“

„Hier ist Caleb.“

Sie sprang auf. „Ich muss dieses Gespräch annehmen, Mom. Es ist beruflich.“

Brenda Merritt nickte vage und wischte sich die Stirn mit der Hand ab, was einen Streifen Klebstoff unterhalb der Haarlinie hinterließ. Sadie ging mit dem Telefon und einem Glas Eistee in ihr Zimmer und schloss die Tür. Sie setzte sich im Schneidersitz aufs Bett und hob das Gesicht zum Deckenventilator, der träge die warme Luft im Zimmer bewegte.

„Das war deine Mom?“ Caleb klang außer Atem, und sie hörte Außengeräusche.

„Du rufst ziemlich spät an.“

„Tut mir leid, das Spiel ist gerade zu Ende. Ich bin zu Fuß auf dem Rückweg zum Hotel. Wolltest du schon ins Bett?" Seine Stimme nahm wieder diesen sinnlichen tiefen Klang an, der sie dahinschmelzen ließ.

„Nein. Wie war dein Spiel?"

„Das willst du gar nicht wissen."

„Warum sollte ich das nicht wissen wollen?"

„Ich will es ja selbst nicht wissen. Es war grauenhaft. Also, wenn ich das richtig sehe, wohnst du noch zu Hause?"

„Vorübergehend. Meine Mom brauchte Hilfe." Sadie hatte die kurze Zeit genossen, die sie auf dem Campus gelebt hatte. Aber dann war die Hamilton-Katastrophe passiert und der damit einhergehende Rückfall ihrer Mutter. Brenda erholte sich langsam wieder davon, doch Sadie konnte sie erst allein lassen, wenn sie stabiler war. „Wenn ich ausziehe, isst meine Mutter nichts mehr außer Erdnussbuttercrackern." Sie versuchte, es unbeschwert klingen zu lassen.

„Um ehrlich zu sein, ich finde daran nichts verkehrt. Ich mag Erdnussbuttercracker."

Lächelnd griff sie nach ihrem Eistee. „Gut zu wissen."

„Ja, dann weißt du, was du mir vorsetzen kannst, wenn ich dich mal besuchen komme."

Um ein Haar hätte sie sich verschluckt. Ein Schwall Eistee spritzte über ihre Decke. „Wie bitte?"

„Um über das Imageproblem der Catfish zu sprechen. Rein beruflich."

„Ja, natürlich." Sie nahm ein Handtuch aus ihrem Wäschekorb und tupfte den verschütteten Tee auf. „Weil es das Imageproblem der Catfish ja auch ganz sicher beheben wird, wenn wir miteinander ausgehen." Kaum hatte sie das gesagt, zuckte sie innerlich zusammen. Caleb wusste nichts von „Schlampen-Sadie". Und wenn es nach ihr ging, würde das auch so bleiben.

Dummerweise entging ihm nichts. „Was bedeutet das?"

„Ach, nichts. Nur … Du solltest mit Kindern oder Tieren arbeiten, statt dich mit der kleinen schlichten Assistentin der Bürgermeisterin abzugeben." Sie warf das Handtuch in den

Wäschekorb und ging zu ihrem Schreibtisch. Es fiel ihr schwer, sich auf irgendetwas anderes als diese faszinierende Stimme am anderen Ende der Leitung zu konzentrieren.

„Als ‚schlicht' würde ich dich nicht gerade bezeichnen", erwiderte er.

„So meine ich das auch nicht. Außerdem musst du mir keine Komplimente machen."

„Tue ich nicht. Ich sage dir, du bist ..." Er schien nach den richtigen Worten zu suchen. „Du bist wie ein saftiger Fastball."

„Ein saftiger?"

„Ja, eben schnell und hart. Voller Leben und Energie. Wenn das alles in einem Wurf steckt, sagen wir, der hatte Saft."

Er fand also, sie sei voller Leben und Energie. Na ja, vielleicht vor Hamilton. Jetzt war davon nicht mehr viel übrig. „Und? Haben deine Würfe Saft?"

„Ja, leider zu viel."

Seine düstere Antwort brachte sie zum Lächeln. „Besser zu viel Saft als zu wenig, oder?"

„Kann sein. Wenn ich das wüsste. Was macht deine Mom, wenn sie gerade keine Erdnussbuttercracker isst?"

„Sie arbeitet bei Kroger. Sammelt Klatschzeitungen. Sagt mir, ich solle mich von Jungs fernhalten. Schläft. Viel. Hat Schwierigkeiten, sich in der modernen Welt zurechtzufinden."

„Das tut mir leid."

Sie zuckte die Schultern, als könnte er das sehen. Dann trat sie zurück ans Bett, strich mit der flachen Hand über die Bettdecke und dachte an die Nächte, die sie zusammengekauert darunter verbracht hatte, sich vor der Welt versteckend, nur mit einem riesigen Pandateddy als Gesellschaft. Saft? Ja, klar.

„Und deine Mom hat recht. Du solltest dich von Jungs fernhalten. Ich muss es wissen, denn ich habe zwei Brüder, die sind Zwillinge und nervtötend wie zwei kleine Affen."

„Im Ernst?" Unwillkürlich stellte sie sich zwei Miniaturausgaben von Caleb vor, mit grauen Augen. „Sehen die aus wie du?"

„Wenn sie mal still stehen. Ich kümmere mich um sie außerhalb der Saison. Dann bin ich ein echter Stubenhocker. Wenn ich Baseball spiele, kümmert sich meine Schwester um die beiden."

„Was ist mit deinen Eltern?"

„Lange Geschichte." Seine Stimme entfernte sich für einen Moment, während Sadie darüber nachdachte, dass er sich um seine Geschwister kümmerte. Das klang nicht nach etwas, was ein verwöhnter Spitzensportler tun würde. Sie hörte ein Autohupen im Hintergrund, dann eine Tür, die geöffnet und wieder geschlossen wurde. „Sorry, bin gerade zum Hotel gekommen. Ich muss Schluss machen, die Jungs warten schon auf mich. Nur eine Sache noch."

„Was?"

„Halt dich ruhig von Jungs fern."

Sie gab einen verächtlichen Laut von sich. „Wag es bloß nicht, zu sagen, ich brauche einen Mann."

„Absolut nicht. Ich wollte sagen, dass du einen Mann verdienst." Ohne ihr die Chance auf das letzte Wort zu lassen, legte er einfach auf. Erst jetzt merkte sie, wie fest sie den Hörer umklammert gehalten hatte. Ihre Hand kribbelte.

Genau genommen, kribbelte es überall in ihr.

Im Lauf der nächsten endlosen Tour – Albuquerque, Reno, Las Vegas – erlebte Caleb mehr Auf und Ab als in einer Hüpfburg. In jedem Spiel begann er gut. Bei seinem ersten Einsatz gegen die Isotopes machte er fünf Strikeouts.

Doch kaum hatte er das Gefühl, seinen Rhythmus gefunden zu haben, änderte sich etwas. Plötzlich waren seine Würfe irgendwie schlapper, seine Konzentration litt, und die Schlagmänner erwischten seine Bälle.

Den Rest des Spiels verbrachte er auf der Ersatzbank und verfolgte die alberne Werbung. Die hellte seine Stimmung nicht sonderlich auf, nicht einmal die von Bubble Wrap Night, in der jeder Fan ein Stück Luftpolsterfolie erhielt, damit sie versuchen konnten, einen Weltrekord im simultanen Zerplatzenlassen aufzustellen.

Gegen die Albuquerque Isotopes absolvierte er vier hervorragende Innings, versiebte nur einen Versuch und machte fünf Strikeouts. Dann landeten fünf Würfe hintereinander beim Schlagmann, der letzte sogar bei einem Typen, dessen Schlagdurchschnitt bei unterirdischen 100 lag. Seine Performance gab ihm reichlich Gelegenheit, auf der Ersatzbank zu grübeln, während die Isotopes mit ihren Fans vor dem siebten Durchgang einen Muh-Wettbewerb starteten.

Vielleicht sollte er die Zeit nutzen, um ebenfalls an seinen Muh-Fähigkeiten zu arbeiten und damit ein Steak-Dinner zu gewinnen.

Caleb war natürlich nicht der Einzige, dem das Muster auffiel. Mitch, der Pitching Coach, filmte ihn bei jedem Spiel und schnitt die Momente zusammen, in denen es abwärts zu gehen begann. Sie sahen sich das Ergebnis auf Mitchs iPad in der Umkleidekabine an. Der Coach saß auf der Bank, während Caleb sich vor seinem Spind abtrocknete und ihm über die Schulter schaute. Im Fernseher an der Decke lief das Spiel Friars gegen Dodgers. Die übrige Mannschaft duschte oder lief an dem langen Tisch mit Essen vorbei, während sie ihren Frauen oder Freundinnen Textnachrichten schickten.

„Weißt du, wonach das für mich aussieht?“, fragte Mitch. „Als würden im sechsten Inning allerhand Aliens von dir Besitz ergreifen. Und zwar lauter Aliens von einem Planeten ohne Baseball.“

Caleb verdrehte die Augen. „Das werde ich mal der Presse gegenüber erwähnen. Gebt mir nicht die Schuld, sondern den Aliens. Mehr fällt dir dazu nicht ein?“

„Ich könnte das große Porträt von dir in *Sports Illustrated* lesen, aber da esse ich lieber Glas.“

„Porträt? Das fiel nicht so gut aus, oder?“

„Ich habe es nicht gelesen. Die PR-Frau hat mir davon erzählt, und sie wirkte dabei nicht allzu glücklich.“

Super. Genau das, was er noch brauchte – *Sports Illustrated* saß ihm im Nacken.

„Wir könnten ein weiteres MRT beantragen, aber darin sehe ich wenig Sinn, da du keine Schmerzen mehr hast. Es muss also irgendetwas anderes sein. Entweder ist es etwas in deinem Kopf, oder es sind die unsichtbaren Aliens."

Der ärgerliche Shortstop mit dem Kindergesicht gesellte sich zu ihnen. Caleb hatte inzwischen erfahren, dass sein Name Jim Lieberman und der Typ ein geschickter Fänger mit ebenfalls sehr gutem Schlagdurchschnitt war. Er schien überall zu sein und wusste alles. Die einzige Möglichkeit, ihn loszuwerden, war, ihn mit seinem Spitznamen anzureden – Bieberman, in Anlehnung an den jungen Popstar. Das brachte ihn zuverlässig auf die Palme.

„Ich habe den Artikel in der *Sports Illustrated* gelesen", sagte Bieberman, „und ich finde, das ist Quatsch. Ich würde mein Geld auf die Aliens setzen. Als Kind habe ich bei uns im Wald hinterm Haus E. T. gesucht."

„Wann war das? Letztes Jahr?", mischte Mike Solo sich ein und schlug mit dem Handtuch nach ihm. „Es gibt keine Aliens. Und wenn es sie gäbe – warum sollten die sich ausgerechnet Hart aussuchen? Wenn ich ein Alien wäre und nach einem Körper suchen würde, in den ich schlüpfen könnte, würde ich den einer kurvigen Blondine nehmen. So eine wie die, die den Muh-Wettbewerb angekündigt hat. Habt ihr die gesehen? Die werde ich fragen, ob sie mit mir ausgeht."

Caleb schüttelte den Kopf. Mikes Enthaltsamkeitsgelübde bedeutete nicht, dass es absolut keine Frauen gab. Er schien sie anzuziehen wie Honig die Bienen.

„Zu spät", sagte Dwight Conner und hängte sich seine Tasche über die Schulter. Er rief dem Clubhaus-Angestellten zu: „Hast du den Tisch reserviert, Mann? Tisch für zwei, in einer ruhigen Ecke mit Blick auf den Fluss und gekühltem Champagner?"

„Ja, Sir."

Dwight gab dem Angestellten einen Fünfer Trinkgeld und grinste die anderen an. „Gute Arbeit, Mann. Ich sehe euch Schlaffis morgen." Und damit schlenderte er zufrieden hinaus, als würde im Hintergrund gerade sein persönlicher cooler Soundtrack laufen.

„Das ist nicht fair", meinte Mike beleidigt. „Ich mochte das Mädchen wirklich."

„Sie war ja nicht einmal blond, Schwachkopf", sagte Caleb. „Sie ist eine Rothaarige." Und jetzt, wo er darüber nachdachte, ähnelte sie Sadies Freundin Donna.

„Dann ist sie dir auch aufgefallen, was?"

„Nur weil ich jede Menge Zeit hatte, mir diesen dämlichen Muh-Wettbewerb anzusehen. Keine Sorge, ich bin nicht interessiert." Das war er wirklich nicht. Bisher hatte er keine der Einladungen auf dieser Tour angenommen. Keine der Frauen kam ihm so unterhaltsam vor wie ein Telefonat mit Sadie. Und genau das war auch sein Plan für heute Abend. Er wollte sich etwas zu essen besorgen, sich ins Bett legen und die Schnellwahltaste drücken. Ja, er hatte ihre Nummer auf die Schnellwahlfunktion gelegt. Er war sogar schon so weit, sie zu fragen, ob sie sich nicht per FaceTime unterhalten wollten.

Allerdings wollte er sich lieber nicht die Konsequenzen ausmalen.

„Könnt ihr Armleuchter nicht verschwinden?" Mitch wedelte mit den Armen und meinte die anderen Spieler. „Wir müssen arbeiten."

„Was gibt's denn da noch zu klären?", meinte Mike. „Wenn er das nächste Mal wirft, setz ihm vorher einen Metallhelm auf, um die Aliens abzuwehren."

Das brachte ihm große Lacher ein. Mitch hatte die Nase voll, klappte seinen Laptop zu und marschierte davon.

Caleb war nicht überrascht, als er am nächsten Tag vor seinem Spind eine mit Alufolie verkleidete Baseballmütze fand.

Das Einzige, was während dieser verrückten Tour seinen Verstand rettete, waren seine abendlichen Telefonate mit Sadie. Ungefähr eine Stunde telefonierte Caleb mit Tessa und den Zwillingen, die dauernd nach Bingo fragten, wenn sie nicht vom Karate oder ihren Videospielen erzählten. Anschließend rief er Bingo an, um sicherzugehen, dass der nicht die Stadt verlassen hatte. Nachdem er seinen Familienpflichten nachgekommen war, genoss er eine lange, angenehme Unterhaltung mit Sadie. Meistens neckte er sie und erzählte ihr lustige Anekdoten aus dem Clubhaus. Über die Geschichte mit der Alufolie amüsierte sie sich köstlich. Aber sie unterhielten sich auch über Filme und Autos, ihre Angst vor Spinnen und seine Begeisterung für die X-Men-Comics und ob Blaubeerpfannkuchen besser mit oder ohne Sahne waren. Belanglose, lustige Sachen. Doch als Sadie mit leicht heiserer Stimme von Schlagsahne sprach, wäre Caleb fast in seinen Boxershorts gekommen.

Nach einigen Telefonaten, weiteren schlichten Hotelzimmern und trostlosen Spielen wurde er einmal persönlicher als sonst und erkundigte sich, ob sie mit jemandem zusammen sei.

„Nein. Nein. Nein, nein, nein."

„Okaaay."

Eine lange Pause. Als sie wieder sprach, klang sie angespannt. „Hat dir noch niemand etwas über mich erzählt? Gar nichts?"

„Nein. Ich rede nicht mit anderen Leuten." Das stimmte. Er redete mit seinen Mitspielern und Bingos Bewährungshelfer. Das war es schon im Großen und Ganzen.

„Okay." Die Erleichterung in ihrer Stimme machte ihn stutzig. „Wie dem auch sei, ich bin mit niemandem zusammen. Das war ich mal, aber ich habe vor einem Jahr Schluss gemacht."

Zum Glück war dies kein FaceTime-Telefonat, sonst hätte sie sein zufriedenes Grinsen gesehen. Der Gedanke, sie könnte mit einem anderen zusammen sein, gefiel ihm nicht. „Das tut mir leid", log er.

„Braucht es nicht. Es war ein Desaster. Nicht von Anfang an. Als wir zusammenkamen, schien er wirklich süß zu sein. Er brachte mir Schokolade in die Bibliothek."

Wirklich süß. Niemand würde ihn je so nennen. Kein Problem. Er musste sie nur noch davon überzeugen, dass „wirklich süß" nicht das Richtige für sie war. Und dass sie dringend einen

Baseballspieler mit schlechtem Ruf brauchte. Denn jedes Mal, wenn er mit ihr telefonierte, wurde das Gefühl deutlicher: Sie würden miteinander ins Bett gehen. Es ging längst nicht mehr um das Ob, sondern nur noch um das Wann.

„Handelte es sich um die ‚schlechte Erfahrung', die deine Freundin erwähnte?"

„Ja. Er entpuppte sich als Idiot. Und was für einer. Falls dir also doch etwas über mich zu Ohren kommt, glaub es nicht. Oder frag zumindest mich danach."

Als er den Schmerz in ihrer Stimme hörte, hätte Caleb den Typen am liebsten in der Luft zerrissen, wer auch immer es sein mochte. „Ich höre nicht auf das, was andere Leute erzählen, denn ich bilde mir gern selbst mein Urteil. Damit habe ich schon ein paar Trainer in den Wahnsinn getrieben. Du musst dir keine Sorgen machen, Sadie. Es sei denn, du versuchst mir zu erzählen, wie ich werfen soll."

Sie lachte. „Ich habe einen Vorschlag: Wie wäre es, wenn du einfach dein Trikot beim Spielen ausziehst. Vielleicht ist dir der viele Stoff im Weg."

O Mann.

Seine Schwanzspitze zuckte, während er sich ausmalte, wie er sein Trikot auszog und sich mit Sadie im Bett wälzte, lachend und verschwitzt vom Sex. Er umfasste seinen Schaft, der noch härter wurde. Ja, wahrscheinlich war es wirklich gut, dass sie nicht per FaceTime telefonierten.

„Wie dem auch sei, dieser Abschnitt meines Lebens ist vorbei", erklärte sie, wieder ganz ernst und nüchtern, als hätte ihr kleiner Flirtversuch ihr Angst eingejagt. „Momentan bin ich vollkommen auf meinen Job konzentriert."

Sein Lächeln verschwand. Nun musste er sie auch noch davon überzeugen, dass es mehr gab im Leben als Arbeit. „Wie lief es heute im Büro der Bürgermeisterin?"

„Es gab ein Treffen wegen der Schnecken."

„Schnecken?"

„Die Zehenhornschnecken. Sind gefährdet. Wahrscheinlich weil Jungen sie gern den Mädchen ins T-Shirt fallen lassen."

Verdammt, warum musste sie jetzt auch noch ihr T-Shirt erwähnen? Sofort sah er Sadie vor sich, ihren schlanken, sexy Oberkörper, der sich nach seiner Zunge sehnte. Er umfasste seinen Penis fester und konzentrierte sich wieder auf das, was Sadie sagte. Sie sprach mit amüsierter, heiserer Stimme, die eine ähnliche Wirkung zu haben schien wie die Hand um seine Erektion.

„Damit wollen die Jungen erreichen, dass die Mädchen kreischen und sich ihre T-Shirts vom Leib reißen, um die Schnecken loszuwerden. Es ist nur ein Spaß, aber mir haben schon immer die Schnecken leidgetan. Die haben schließlich nicht darum gebeten, in irgendwelche Shirts gestopft zu werden."

„Dir haben die Schnecken leidgetan?"

„Ja, natürlich! Ich fing an, sie zu retten, denn die Jungs traten auf sie, um die Mädchen zu beeindrucken."

„Nachdem sie sie ihnen in die T-Shirts gestopft hatten."

„Genau."

„Du hast ein weiches Herz." Vielleicht war es falsch, aber er wollte, dass sie sich auch von ihm erweichen ließ. Wenn er an ihren Körper dachte, an ihre sanften Hände …

„Tja, es stellte sich jedenfalls heraus, dass die Schnecken zu einer speziellen Art gehören, die es nur in unserer Gegend in Texas gibt. Und sie sind vom Aussterben bedroht. Es gibt eine Gruppe, die sich für die Rettung der Zehenhornschnecke einsetzt, sie heißt ‚Rettet unsere Schnecken'. Die Bürgermeisterin macht da mit. Aus irgendeinem Grund mag sie Schnecken."

„Habe ich das richtig verstanden? Die Bürgermeisterin liebt die Schnecken, aber sie hasst Baseballspieler?"

„Toll, Catfish. Hundert Punkte."

Da war wieder dieser flirtende Ton. Wenn sie auf diese Weise redete, wollte er am liebsten vor Freude hüpfen, wie ein Kind, das ein neues Spielzeug bekommen hatte.

„Das melde ich sofort der Presse. Sadie Merritt findet mich toll."

„Ich wette, alle möglichen Leute finden dich toll."

„Ist mir egal.“ Er bildete sich ein, geradezu *hören* zu können, wie sie errötete. Dann fiel ihm etwas ein. „Das ist es doch!“ In seiner Aufregung ließ er seinen Penis los, setzte sich auf und stieß gegen das Kopfteil des Bettes. „So können wir die Catfish gut dastehen lassen.“

„Wovon redest du?“

„Rettet die Schnecken.“

„Na ja, es sind Schnecken … schleimig.“

„Das ist Catfish auch. Wels. Catfish bedeutet Wels. Schleimige Fische. Ist doch klar, dass wir anderen schleimigen Kreaturen helfen.“

Sie kicherte.

„Du nimmst das nicht ernst. Wir werden es ‚Schläger für Schnecken‘ nennen. Du weißt schon, wegen der Baseballschläger.“

„Schläger für Schnecken. Hm, etwas doppeldeutig. Aber gar nicht so schlecht.“ Er hörte, wie sie etwas aufschrieb. „Geschrieben sieht es auch ganz gut aus.“

„Eine Werbekampagne mit süßen Hundewelpen oder armen kleinen Kätzchen kann doch jeder. Es wird Zeit, dass die Schnecken Unterstützung erhalten.“

„Jetzt machst *du* Witze, das merke ich.“

„Ja, kann sein. Möglicherweise finden die Leute es wirklich gut. Es ist witzig und ausgefallen. Albern auch, wie alle Werbesachen in der Minor League. Ein Major-League-Team würde die Finger davon lassen, aber für ein Team wie die Kilby Catfish ist es perfekt. Wir könnten Veranstaltungen dazu auf dem Platz machen, zum Beispiel einen … Zieh-dich-an-wie-eine-Schnecke-Tag. Oder immer, wenn ein Schlagmann einen Homerun erzielt, spendet das Team Geld für die Kampagne. Wir könnten auch ein weiteres Maskottchen dazunehmen. Slimy die Schnecke? Was auch immer. Die Kids würden darauf stehen.“

„Glaubst du, das Team würde da mitspielen?“ Ihrem ernsten Ton nach zu urteilen, hatte er jetzt Sadies volle Aufmerksamkeit. Gut, denn die wollte er behalten.

„Es heißt, Crush Taylor möchte bei der Bürgermeisterin gut dastehen. Und das Team ist ständig auf der Suche nach neuen Werbeideen. Es muss allerdings besser sein als der Muh-Wettbewerb neulich in Albuquerque. Schnecken machen doch keine Geräusche, oder?“

„Nein.“

„Gut. Denn dieser Muh-Wettbewerb war nicht zum Aushalten.“

„Ich denke, ich kann es der Bürgermeisterin vorschlagen. Besteht die Chance, dass ihr Macho-Baseballspieler euch für einen Fototermin als Schnecken verkleidet?“

Er lachte. „Wenn wir genug Bier getrunken haben, machen wir fast alles.“

„Die Kostüme werden hauteng sein.“

Der flirtende Ton war wieder da. Er kam dieser Frau näher, langsam, aber sicher. Unwillkürlich fragte er sich, wie es wäre, sie nach den vielen Telefonaten wiederzusehen. Seltsam? Würde Verlegenheit dabei sein? Oder würde sein Wunsch in Erfüllung gehen, und sie würden beide gleich im Bett landen? „Was immer die Massen anlockt.“

„‚Schläger für Schnecken‘– weißt du was? Ich halte das für eine großartige Idee.“ Er malte sich aus, wie Sadie fröhlich in ihrem Zimmer herumhüpfte. Allerdings war es riskant, sie sich in ihrem Schlafzimmer vorzustellen. „Ich werde gleich morgen früh mit der Bürgermeisterin sprechen. Bis dahin versuche ich mir auch noch ein paar Werbeideen einfallen zu lassen und schreibe vielleicht einen Pressetext. Das ist brillant, Caleb! Absolut brillant. Gib dir selbst von mir einen Kuss.“

„Den nehme ich lieber persönlich in Empfang, wenn ich zurück in Kilby bin.“

„Na, mal sehen, Catfish.“

Nachdem Sadie aufgelegt hatte, warf er das Telefon ans Fußende des Betts und umfasst erneut seine Erektion. Sich selbst einen Kuss geben … da fiel ihm etwas Besseres ein. Er schloss die Augen. Die Wirkung ihrer Stimme sandte ihm immer noch Schauer über den Rücken.

Schläger für Schnecken. Es war ihm gelungen, sie mit einer Idee in seiner Nähe zu halten. Das lieferte ihm einen Vorwand, sie weiterhin anzurufen. Und sie zu treffen.

Während er die Hand locker auf und ab bewegte, breitete sich ein zufriedenes Lächeln auf seinem Gesicht aus. Die Dinge liefen gar nicht so schlecht. Er war noch nicht in der Lage, vernünftig zu werfen, aber dafür würde er Sadie Merritt ins Bett bekommen. Und wenn es ihn umbrachte.

6. KAPITEL

In dieser Nacht träumte Caleb von dem Spiel. Jenem Spiel, das schlimmer als jeder Albtraum gewesen war, einschließlich Bingo und seinem Gefängnisaufenthalt. Das erste Inning, kein Problem. Das zweite Inning, kein Problem. Und das war wohl der schlimmste Teil, nämlich wie das Desaster im dritten Inning begann. Gegen den Bodensatz, die schlechtesten Spieler der Orioles.

Der erste Schlagmann schied aus. Der zweite auch. Der erste Läufer schaffte es bis zur Third Base. Caleb warf anschließend zu weit, sodass der Ball zum Mannschaftsunterstand flog und beide Läufer Punkte machten. Der nächste Schlagmann schaffte ein Double, erreichte also die Second Base. Der Teammanager kam aufs Feld, um mit Caleb zu reden und ihm die Gelegenheit zu geben, sich zu beruhigen. Doch es half nicht, sondern machte ihn wütend. Wer war er denn? Ein Kind, auf das man einreden musste?

In dem Traum schubste er, anders als in der Realität, den Manager aus dem Weg, und zwar so heftig, dass dieser zu Boden stürzte und sich in einer Rauchwolke auflöste. Da der Manager nun weg war, konzentrierte Caleb sich auf den nächsten Schlagmann, einen Riesen. Ein beängstigender Hüne mit Armen wie Baumstämme. Caleb musste den Ball irgendwie unter diesen Armen hindurchwerfen, doch es schien keinen Platz zu geben. Er spähte, kniff die Augen zusammen und versuchte, nur eine kleine ungedeckte Stelle zu finden, auf die er zielen konnte. Doch es war unmöglich, und als er schließlich trotzdem warf, zersplitterte der Ball in Millionen Stückchen, die der Hüne aufaß, indem er wild mit dem Maul danach schnappte. Dann schwang er den Schläger über dem Kopf, immer im Kreis. Caleb schaute wie hypnotisiert und hilflos zu, als der Riese den Schläger losließ, der auf Calebs Kopf zugeflogen kam.

Schweißgebadet wachte er auf. Er rollte sich aus dem Bett und schüttelte sich wie ein Hund, um diesen Traum loszuwerden. Da er das Gefühl des Versagens und der Hilflosigkeit leider trotzdem nicht abschütteln konnte, ging er ins Badezimmer. Dwight, sein Zimmergenosse auf dieser Tour, war nachts nicht zurückgekommen, daher scheuchte ihn niemand aus der heißen Dusche, bevor er fertig war.

Caleb ließ sich Zeit. Der Raum füllte sich mit Dampf, während das Wasser über seine Haut rann.

Was, wenn das Spiel ihn gebrochen hatte? Was, wenn dieses eine Spiel so traumatisch gewesen war, dass er sich nie mehr davon erholen würde?

Er schüttelte den Kopf. Das war Unfug. Er war Baseballspieler. Ein Fastballer, der den psychischen Aspekt des Spiels noch mehr genoss als den physischen. Er war mental stark, das sagten alle. Er hatte Hunderte guter Würfe gemacht. Tausende. Er schüchterte seine Gegner ein. Galt als Spitzenathlet. Er würde diese kleine Formkrise überwinden.

Aus einem Impuls heraus startete er nach dem Duschen seinen Laptop und rief die Website von *Sports Illustrated* auf. Tippte seinen Namen ein. Sofort erschien der aktuelle Artikel. „Hart of Darkness – Was ist los mit Caleb Hart?“ Geschrieben von John Firestone.

Verflucht. Er sollte das lieber nicht lesen. Das würde ihn nur noch mehr durcheinanderbringen. *Lies es nicht. Lies es nicht.*

Doch nun, wo er den Artikel vor sich hatte, konnte er es nicht lassen.

Fragen Sie jeden sachkundigen Baseballfan nach dem faszinierendsten Werfer in der Major League, und Sie werden den Namen Caleb Hart zu hören bekommen. Er gilt als intelligenter, ehrgeiziger, talentierter junger Baseballspieler, der seine Gegner schwindelig werfen kann. Einige seiner Fastbälle erreichten eine Geschwindigkeit von bis zu 97 Meilen pro Stunde. Seine Statistik in der Major League lag bei 1.23, und er machte im Schnitt sechs Strikeouts pro Spiel. Warum spielt dieses Phänomen auf einmal

in einem Kaff namens Kilby, Texas, bei den schrulligen Catfish?
Der Versuch, herauszufinden, was mit Caleb Hart nicht stimmt, begann als Analyse, entwickelte sich jedoch mehr und mehr zu einer Reise ins Herz der Finsternis, frei nach der Geschichte „Heart of Darkness" von Joseph Conrad.

Von plötzlichem Entsetzen gepackt, überflog Caleb den Rest des Textes, auf der Suche nach dem Namen „Bingo" oder sonst einer Erwähnung seines Vaters. Aber nein, der Autor hatte es dabei belassen, mit Trainern zu sprechen, mit Managern und sogar mit einem der Batboys, der bei jenem denkwürdigen Spiel in Target Field dabei gewesen war. Phrasen wie „Verlust des Selbstvertrauens", „die merkwürdigste Sache, die ich je gesehen habe" sowie „*Apocalypse Now*" stachen ihm ins Auge. Hastig schaltete er seinen Laptop aus, klappte ihn zu und stand auf. Ging zum Fenster und schaute hinunter auf den tristen kleinen Parkplatz des EconoLodge-Hotels.

Frühstück. Er brauchte Kaffee, ein paar Spiegeleier und Speck, vielleicht auch Toast. Und er brauchte den Ball. Mehr Training, das war die Antwort. Er würde seine Beine trainieren, damit er sich besser vom Werferhügel abstoßen konnte. Und er würde seine Oberkörpermuskeln ebenfalls trainieren.

Caleb schaute auf seine Uhr. Keine Zeit mehr für einen Lauf. Es reichte kaum noch für ein Frühstück. Rasch packte er seine Tasche, schob den Laptop in die Schutzhülle und schrieb Tessa eine Nachricht.

Sind die Kinder gut zur Schule gekommen?

Habe sie gerade abgesetzt. Schreib dir später. Weißt du was? Ich habe einen Studienplatz für Medizin bekommen. Hab die Neuigkeit gestern Abend erfahren, aber zu spät, um dich noch anzurufen.

Klasse, Tessa! Wusste, du schaffst es. Dr. Hart. Hübsch.

Es ist teuer.

Wie gut, dass du einen millionenschweren Baseballspieler als Bruder hast.

Er malte sich aus, wie sie prustete.

Medizinstudium. Tausende Dollar Studiengebühren. Endlose Stunden fort von den Zwillingen. Auf dem örtlichen College Kurse zu belegen, war eine Sache, doch ein richtiges Medizinstudium war eine ganz andere Geschichte. Das würde Tessas Zeit vollständig in Anspruch nehmen. Sie würden sich etwas anderes für die Kinder einfallen lassen müssen. Tante Mary hatte angeboten, bei ihnen zu wohnen, aber die Zwillinge schenkten ihr überhaupt keine Beachtung. Wenn sie die Aufsicht über die Jungen hatte, würde das Haus womöglich abbrennen.

Wann immer Bingo erwähnte, dass er gerne die Zwillinge sehen würde, ging Caleb an die Decke. Seiner Ansicht nach hatte Bingo seine Rechte als Vater mit dem Gang ins Gefängnis verwirkt. Caleb wollte die Kids nicht in seiner Nähe. Eher würde er das Baseballspielen aufgeben.

Im Flur begegnete er Mike Solo, und sie gingen gemeinsam den Gang entlang, wobei sie die Blicke anderer Gäste auf sich zogen.

„Du hast eine höllische Party verpasst, Alter", sagte Mike und setzte seine Sonnenbrille auf, um seine blutunterlaufenen Augen zu verbergen.

„Lässt mich kalt. Es gibt immer irgendwo eine Party."

„Was hast du getrieben? Dich mit deiner Trefferquote ins Bett gekuschelt? Nadeln in den Wurfarm deiner Voodoo-Puppe gesteckt?"

„Lass mich in Ruhe." Sie liefen die Treppe hinunter, und ihre Schritte hallten von den Wänden wider. „Warum können alle nicht mal von was anderem reden?"

„Will ich ja, aber wenn mein guter Kumpel von *Sports Illustrated* porträtiert wird, muss ich den Scheiß doch lesen."

Caleb blieb unvermittelt stehen und drückte Mike mit einer Hand gegen die Wand. „Erwähne diese verdammte Story nicht mehr in meiner Gegenwart. Das meine ich ernst."

„Okay." Mike nickte, doch kaum war er ein paar Schritte weit weg, fing er an zu pfeifen. Caleb war sich nicht sicher, da er den Film seit Jahren nicht mehr gesehen hatte, doch er glaubte die Titelmelodie von *Apocalypse Now* zu erkennen.

Brett Carlisle fand den Slogan „Schläger für Schnecken" toll. Bürgermeisterin Trent dagegen hatte Zweifel.

„Ich will keine Kontroverse auslösen. Wir reden hier schließlich über die Catfish."

„Aber sie versuchen ihr Image zu verbessern. Und sie würden uns mehr Aufmerksamkeit von der nationalen Presse bescheren", argumentierte Sadie.

„Ich traue den Catfish nicht. Die machen noch einen Witz daraus. Ich will sicherstellen, dass die positive Berichterstattung das Risiko wert ist. Fühlen Sie mal bei der lokalen Presse vor, Sadie, wie die zu dem Thema steht. Aber diskret, für den Fall, dass ich den Plan doch noch verwerfe."

Also traf Sadie sich einige Tage später mit Burwell Brown, Reporter beim *Kilby Press Herald*, draußen vor der Redaktion der Zeitung in der Innenstadt. Ein Jahr zuvor hatte die Familie Wade ihn dazu benutzen wollen, eine verleumderische Story über Sadie zu bringen. Burwell hatte sich geweigert und war seither Sadies Lieblingsreporter. Seit sie für die Bürgermeisterin arbeitete, ließ sie ihm immer mal wieder kleine Neuigkeiten zukommen, als wollte sie einen Raubvogel zähmen.

„Bitte sagen Sie mir, Sie haben einen Tipp für den großen Artikel, mit dem ich dann den Pulitzer-Preis gewinne", begrüßte Burwell sie. „Oder der wenigstens für die Titelseite taugt."

„Tut mir leid." Sie schüttelte bedauernd den Kopf. „Ich habe momentan nichts Berichtenswertes. Ihre letzte Geschichte hat mir aber gut gefallen."

„O ja, eine weitere Sammlung lustiger kleiner Anekdoten aus der Minor League. In dieser Stadt sichern die mir mein Einkommen. Haben Sie schon gehört, was die Catfish während ihrer letzten Tour gemacht haben?"

Sadie verneinte und fragte sich, was er wohl denken würde, wenn er wüsste, dass sie mit einem Werfer der Mannschaft letzte Woche jeden Abend telefoniert hatte.

„Sie haben eine Kuh gekidnappt und sie ins Clubhaus der Isotopes gebracht. Dann haben sie ihr ein Trikot der Isotopes angezogen und ein Diadem aufgesetzt. Ellington ist ausgerastet."

Sadie dachte daran, wie lustig es sein würde, Caleb wegen seines wilden Teams aufzuziehen.

„Aber was kann ich für Sie tun, Sadie? Sie sind ja wohl kaum wegen Baseball hier."

„Ehrlich gesagt, doch. Jedenfalls zum Teil. Haben Sie schon mal von der Zehenhornschnecke gehört?"

„Das Schicksal der armen, zum Untergang verdammten Zehenhornschnecke lässt mich nachts nicht schlafen", erwiderte Burwell trocken und schob die Brille in seinem dunkelbraunen Gesicht zurecht. „Warum?"

„Es ist noch nichts Festes, ich wollte nur mal das Medieninteresse testen. Was würden Sie sagen, wenn ein neues und sehr prominentes Mitglied der Catfish zum Fürsprecher der Rettet-unsere-Schnecken-Kampagne würde? Wie würden Sie es finden, wenn man die Kampagne ‚Schläger für Schnecken' nennen würde? Glauben Sie, das würde die Leser interessieren? Und glauben Sie, es würde den Catfish zur Abwechslung mal positive Berichterstattung einbringen?"

„Handelt es sich bei besagtem Spieler um Caleb Hart?"

Sie zuckte zusammen. „Sie haben von ihm gehört?"

„Mädchen, jeder in Kilby hat von ihm gehört. Der faszinierendste Spieler, den wir hier je hatten. Und er weigert sich standhaft, mit den Medien zu sprechen, seit er in die Minor League geschickt wurde."

Das hatte Caleb nicht erwähnt. Die ganze Sache war also noch besser, als sie gehofft hatte. „Ich könnte in der Lage sein,

Caleb Hart zum Reden zu bringen.“ Er hatte jedenfalls nicht gesagt, dass er nicht reden würde. „Zumindest über die Schnecken. Wären Sie theoretisch an dieser Story interessiert, Burwell? Ich kann natürlich ein paar Dinge exklusiv für den *Press Herald* zurückhalten.“

Burwell Brown sah aus wie ein Kind auf seiner ersten Geburtstagsparty. Sadie hatte ihn noch nie so aufgeregt gesehen. So konnte er also sein, wenn man ihn nicht ständig damit bedrängte, über die Schulspeisung zu berichten. „Das ist ein dickes texanisches Ja, Sadie. Sie nehmen mich aber nicht auf den Arm, oder? Denn das wäre grausam, nach allem, was mir Ihre Chefin in letzter Zeit zugemutet hat.“

Sie wischte seine Zweifel beiseite. „Nein, es ist mein Ernst. Aber wie ich schon erwähnte: Noch ist nichts sicher. Ich wollte nur mal das Wasser testen.“

„Das Wasser sagt: Kommen Sie rein!“

„Großartig.“

Burwell boxte mit seiner Faust sanft gegen ihre. „Kümmern Sie sich darum, Sadie. Falls Sie irgendetwas brauchen, hinsichtlich dieser Wades ...“

„Alles bestens. Ich komme klar und schaue nach vorn“, sagte sie schnell, wurde aber dennoch rot. „Haben die Leute in dieser Stadt nichts, worüber sie sonst noch tratschen können?“

„Wenn Kilbys Gründerfamilie mit Dreck wirft, horchen die Leute auf. Rufen Sie mich an, sobald Sie etwas Konkretes haben, ja?“ Und damit eilte er davon, mit federnden Schritten, wie sie es noch nie bei ihm erlebt hatte.

Sadies Füße hingegen fühlten sich bleischwer an. Immer, wenn sie hoffte, das Hamilton-Desaster endlich überwunden zu haben, erwähnte irgendwer die Wades, und alles kam zurück. Die Wades waren ... vielleicht nicht unbedingt böse. Aber sie schützten ihre Familie ohne Rücksicht auf andere. Einer von Hamiltons Onkeln war der Polizeichef in Kilby, und dessen Vater besaß die größte Ranch im County. Als man dort Öl entdeckt hatte, wurden die Wades prompt Millionäre. Offenbar war all dieses Geld darauf verwendet worden, ihren blonden, blauäugigen Sohn und Footballhelden zu verwöhnen.

Hamilton war nicht der einzige verwöhnte Spross der Familie. Alle Wade-Cousins bekamen ständig ihren Willen. Und sie feierten ständig. Aber sie mochten es ganz und gar nicht, wenn man die Beziehung zu ihnen beendete. Sadie war tatsächlich die Erste, die so etwas gemacht hatte.

Schluss zu machen, war an sich nicht schwierig gewesen. Von Drogen benebelt, schaufelte Hamilton sich eine Tüte Chips rein, während sie ihre sorgfältig vorbereitete Rede hielt, darüber, dass sie sich voneinander entfernt hatten und sie ihn nicht aufhalten wolle. Natürlich verschwieg sie die wahren Gründe – seinen zunehmenden Drogenkonsum, sein Fremdgehen und dass sie ganz allgemein nicht zusammenpassten.

Als sie schließlich endete, hob er eine Hand und spähte durch die Lücke zwischen gespreizten Daumen und Zeigefinger. Dann schnippte er und meinte: „Hasta la vista, Baby. Möchte nicht in deiner Haut stecken."

Das war's? dachte sie. Sie verließ seine Wohnung, rannte praktisch an seiner am Pool herumlungernden Entourage vorbei und war so erleichtert, es hinter sich gebracht zu haben, dass sie über seine letzten Worte gar nicht richtig nachdachte.

Doch die kamen mit Wucht zurück, als sie danach zum ersten Mal bei Starbucks einen Kaffee holen wollte. Alle schauten auf, als sie hereinkam, und die Barista nahm ihre Bestellung lachend entgegen. Während Sadie auf ihren Eiskaffee wartete, nahm sie plötzlich das Flüstern um sich herum wie Schlangengezische wahr. „Sadie … hast du gesehen, dass … Facebook … Schlampe … Sadie …"

Und dann rief die Barista ihren Namen, aber nicht „Sadie", sondern hinter einem Husten verborgen „Schlampie". Unterdrücktes Lachen breitete sich im Raum aus, doch niemand sah ihr ins Gesicht, als sie mit glühenden Wangen hinausging. Mit zugeschnürter Kehle warf sie ihren Kaffee draußen in den Mülleimer. Sobald sie zu Hause war, schaute sie auf Facebook nach und entdeckte eine neue Seite namens S****y Sadie. Es gab bereits fünfhundert Likes. Schreckliche erotische Fotos, einige von ihr, manche von anderen Leuten, füllten diese Seite. Ihr voller Name wurde nie erwähnt, aber jeder, der sie und Hamilton kannte, wusste Bescheid.

Entsetzt betrachtete sie die Fotos, die gerade noch daran vorbeischrammten, aus dem sozialen Netzwerk verbannt zu werden. Wann hatte Hamilton denn das verschwommene Bild von ihr unter der Dusche gemacht? Daran konnte sie sich überhaupt nicht erinnern. Und wann hatte er sie in BH und Slip vor der offenen Kühlschranktür fotografiert? Mit Nahaufnahme ihres Pos, während sie sich bückte, um in den Kühlschrank zu schauen? Diesen Fotos nach zu urteilen, lief sie die meiste Zeit halb nackt herum. Einige der Fotos musste jemand anders gemacht haben – wie das, das sie während einer Party auf Hamiltons Schoß und ihre Hand auf seinem Reißverschluss zeigte … An diesen Vorfall konnte sie sich nicht erinnern, an die Party jedoch schon. Sie hatte auch ein paar Margaritas zu viel getrunken. Es wurden Bodyshots gemacht – Tequila aus Bauchnabeln getrunken, Salz von Haut geleckt … Ja, es gab ein Foto, auf dem zu sehen war, wie Hamilton Zitronensaft in ihren Bauchnabel träufelte.

Ach, verdammt. Vielleicht hätten die Fotos gar nicht so verfänglich und schlimm gewirkt, wenn er nicht diese Bildunterschriften hinzugefügt hätte, wie zum Beispiel: „S****y Sadie leckt gern."

Verstört hatte sie den Laptop zugeklappt. Alle peinlichen Momente waren nicht nur mit der Kamera festgehalten, sondern in verschiedenen Netzwerken gepostet worden. Mit schmutzigen Bildunterschriften.

Was soll ich nur tun? hatte sie sich gequält gefragt. Was *konnte* sie tun?

Ignorier es, lautete ihre Entscheidung. Er ist jetzt wütend auf dich, aber das wird sich bald wieder legen. Er wird dich vergessen.

Das Problem war nur, dass er sie nicht vergessen hatte. Hamilton und seine Entourage machten ein Spiel daraus. Ein gemeines, bösartiges Spiel. Sie traten Sadies Ruf mit Füßen, zogen sie in den Dreck. Sadie hatte mit der Grundregel der Wades gebrochen, die vorsah, dass die Familie stets in allen Dingen die Oberhand behielt. Und dafür musste sie bezahlen. Und wie sie zahlte. Ebenso ihre Mutter, die so traumatisiert wurde, dass sie bis heute das Internet und die klatschvernarrten Einwohner von Kilby mied.

Dann spielte ihr jemand das „Sex-Tape“ zu, und plötzlich kapierte Sadie, was der Grund für all die Jobabsagen war, die sie bekommen hatte. Wenigstens würde Caleb das schreckliche Video nie sehen, denn es war öffentlich nicht zugänglich oder auf Facebook gepostet. Nein, das hielt Ham für besondere Anlässe zurück. Zum Beispiel für ihre Termine zu Bewerbungsgesprächen.

Etwas streifte ihre Wange. Überrascht stellte Sadie fest, dass es sich um eine Träne handelte. O verdammt. Sie würde nicht schon wieder wegen dieser Geschichte weinen. In diese Hölle würde sie nicht zurückkehren. Diese Tage waren vorbei. Ihr Leben lag jetzt in ihren eigenen Händen. *Die Schnecken. Konzentriere dich darauf.*

Sie wischte die dumme Träne fort und zog ihr Handy aus der Tasche. Sie würde Bürgermeisterin Trent anrufen und sie darüber informieren, was Burwell Brown zu ihr gesagt hatte. Doch beim Eintippen der Nummer verharrten ihre Finger wie von selbst über dem Eintrag mit Calebs Kontaktdaten.

Caleb, mit dem sie in der vergangenen Woche fast täglich telefoniert hatte. Caleb, der wie ein erwachsener Mann sprach, nicht wie ein verwöhnter kleiner Junge. Caleb, der schon ein Kribbeln in ihrem Bauch erzeugte, wenn er sich nur am Telefon meldete.

Wahrscheinlich war er mit Wurftraining beschäftigt oder sonstigen Übungen. Oder er saß im Mannschaftsbus, und sie musste ihm eine Nachricht hinterlassen. Sie sah noch immer seine Nummer an und sehnte sich danach, seine Stimme zu hören. Es tat ihr gut, mit ihm zu reden, das war im Grunde alles. Es schien, als hätte sich eine Freundschaft zwischen ihnen entwickelt, mehr nicht, auch wenn sie manchmal flirteten. Na ja, öfter als manchmal. Dennoch handelte es sich hier um ein Projekt. Um Berufliches. Rettet unsere Schnecken. Das war eine sichere Sache. Absolut gefahrlos.

Sie tippte seine Nummer.

„Ich habe gerade an dich gedacht", meldete er sich mit dieser rauen sexy Stimme. Es war die Stimme eines Mannes, der es verstand, mit einer Frau zu tanzen und sie in seinen Armen dahinschmelzen zu lassen.

„Im Ernst?", erwiderte sie schwach. *Die Schnecken. Konzentriere dich auf die Schnecken.* „Was hältst du davon, wenn ich dir den Lebensraum der Schnecken zeige?"

„Den Lebensraum der Schnecken", wiederholte er.

„Ja. Du willst vermutlich alles über die Schnecken wissen, weil du dich doch für ihr Überleben einsetzen wirst."

„Gutes Argument. Alles klar, machen wir. Zeig mir den Lebensraum der Schnecken. Wo wollen wir uns treffen?"

„Kannst du jetzt weg? Ich hole dich ab."

„Natürlich." Er klang nach wie vor verwirrt. Sadies Mundwinkel zuckten.

„Oh, und bring eine Badehose mit."

Es folgte eine Pause. „Heißt das, du bringst einen Bikini mit?"

„Das wirst du noch herausfinden. Ich bin in fünfzehn Minuten da."

Lächelnd beendete sie das Telefonat. Jetzt war sie an der Reihe, den schwer aus der Ruhe zu bringenden Caleb Hart mal aufzuziehen.

Eine Badehose. Sehr gut. Wenn zum Lebensraum der Schnecke eine schöne Frau im Bikini gehörte, dann umso besser.

Auf dem Parkplatz vor dem Spielfeld warteten wie üblich die Frauen der Baseballspieler, die Freundinnen und Groupies. Als Caleb die Menge absuchte, bekam er einen Schreck. Bingo stand etwas abseits, die Hände in den Taschen, ein unbeschwertes Grinsen im Gesicht.

Caleb wäre fast aus dem Bus gefallen, so eilig hatte er es, zu ihm zu kommen. „Was machst du hier?“ Er umfasste Bingos Ellbogen. „Ich habe dir doch gesagt, du sollst dich vom Stadion fernhalten.“

„Du hast mir gefehlt, mein Sohn. Ich dachte, wir gehen zusammen was essen.“

„Wie bist du überhaupt hierhergekommen?“

„Hab den Bus Nummer sieben genommen und bin anschließend noch gut eine Meile gelaufen.“

„Bingo ...“ Caleb schaute über die Schulter, aber das Team ging auseinander, und niemand achtete auf ihn. „Netter Gedanke, nur habe ich schon etwas vor. Du hättest vorher anrufen sollen.“

„Du gehst ja nie dran, wenn ich es versuche.“

„Es ist eine Serie von Auswärtsspielen. Ich hatte zu tun.“

„Wenn du zu Hause bist, hast du zu tun, und wenn du unterwegs bist, auch.“ Bingo setzte sein trauriges Gesicht auf, und für einen Moment ging Caleb das nahe. Sein Vater musste einsam sein. Er kannte niemanden in Kilby. Aber dann verhärtete sich Calebs Herz. Es war sehr gut, dass Bingo niemanden in Kilby kannte, sonst würde er schnell wieder mit seiner alten Masche anfangen. Caleb hatte ihn vorher gewarnt, er könne nicht den Babysitter für ihn spielen; er würde ihm kostenlose Unterkunft gewähren, solange Bingo auf Jobsuche war. Mehr nicht.

„Na ja, ich versuche eben, meine Baseballkarriere wieder in Schwung zu bekommen. Das erfordert nun einmal einen Großteil meiner Aufmerksamkeit.“

„Aber ... ich könnte dir helfen. Wenn wir mehr miteinander reden würden, dann würde ich vielleicht mehr über Baseball wissen und ...“

„Ich weiß das wirklich zu schätzen. Ehrlich. Trotzdem hättest du vorher anrufen müssen. Wir sehen uns später in ...“

„Hallo, Caleb.“

Er wirbelte erschrocken herum. Sadie stand direkt hinter ihm, außer Atem, als sei sie auf der Suche nach ihm über den

Parkplatz gerannt. Mit ihren dunklen Augen und dem strahlenden Lächeln empfand er ihre Gegenwart wie eine frische Brise in der Wüste.

„Ich hatte schon Angst, ich verpasse dich."

„Nein, ich bin noch hier." Er lächelte nervös und überlegte, wie er es vermeiden könnte, ihr Bingo vorzustellen.

Zu spät. Bingo bot ihr die Hand. „Hallo, hübsche Frau. Ich bin Bingo, Calebs Vater."

„Bingo", wiederholte Sadie schwach lächelnd. „Das gefällt mir. Ich bin Sadie." Sie sah zu Caleb. „Wollen wir das ein andermal machen? Die Schnecken können warten. Die verschwinden ja nicht so schnell irgendwohin."

„Nein, heute ist der perfekte Zeitpunkt. Wir wollen schließlich nicht, dass sie uns noch aussterben, oder?" Er zog seinen Autoschlüssel aus der Hosentasche und warf sie seinem Dad zu. „Du kannst mit dem Jeep zurückfahren. Wir sehen uns später."

Bingos niedergeschlagene Miene weckte in Caleb den Impuls, laut zu schreien. Er wünschte, er könnte das Gesicht seines Vaters vor Sadie verbergen, denn ein weichherziges Ding wie sie würde garantiert darauf hereinfallen.

Sie versprach Bingo: „Ich werde ihn nicht lange beanspruchen."

Caleb führte sie so schnell über den Parkplatz weg, dass sie fast gestolpert wäre.

„Was ist denn los?", protestierte sie.

„Du hast mir gefehlt. Wir haben fast einen ganzen Tag lang nicht mehr miteinander gesprochen. Ich brauche meine Dosis Sadie."

Trotz des verächtlichen Lauts, den sie von sich gab, ließ sie sich von ihm zu ihrem Corolla führen. Caleb musste den Beifahrersitz bis ganz nach hinten schieben, und seine Knie stießen immer noch ans Armaturenbrett. Eine Weile fuhren sie schweigend.

„Möchtest du mir erklären, warum du mich vor deinem Vater retten musstest?", fragte Sadie schließlich, als sie durch die Stadt fuhren.

„Nein.“

Sie musterte ihn fragend, verfolgte das Thema aber nicht weiter.

„Es tut übrigens gut, dich wiederzusehen, Sadie.“ *Du hast ja keine Ahnung, wie gut.* Nach all den Telefonaten waren sie schon ziemlich vertraut miteinander, doch mit ihr zusammen zu sein war tausendmal besser. Sie sah aus wie ein langbeiniger Wildfang in ihrer abgeschnittenen Jeans und dem engen roten T-Shirt. Er schenkte ihr sein charmantestes Lächeln und sah, wie eine zarte Röte in ihre Wangen schoss.

„Ich muss sagen, Rot steht dir wirklich gut“, bemerkte er. „Zum Beispiel diese Cowboystiefel, die du an dem Tag getragen haben, als wir uns zum ersten Mal begegnet sind.“

„Ich kann nicht glauben, dass du dich an meine Stiefel erinnerst.“

„Ich erinnere mich an alles. Habe ich dir doch gesagt.“

Sie wurde noch ein wenig mehr rot, bis sie praktisch die Farbe ihres Shirts angenommen hatte.

O ja, dachte Caleb. Sadie zum Erröten zu bringen, war die angenehmste Art, einen Dienstagnachmittag zu verbringen.

Nach einer etwa fünfzehnminütigen Fahrt bog sie außerhalb der Stadt in einen Schotterweg, der sich durch ein Wäldchen zart belaubter Wasserbirken schlängelte. Der weite texanische Himmel wölbte sich über ihnen, und ein paar verspätete Glockenblumen wuchsen entlang des Wegs. Zum ersten Mal seit langer Zeit hatte Caleb wieder das Gefühl, tief durchatmen zu können. Schon bald endete die Schotterstraße am Ufer eines kleinen bräunlichen Sees.

„Hier lebt die Schnecke?“, erkundigte er sich bei Sadie.

„Das ist ihr Lebensraum, ja. Einer der letzten Orte, an denen man die Zehenhornschnecke noch finden kann. Natürlich kommen die meisten Leute zum Angeln her. Wenn es doch nur mehr Spaß machen würde, Schnecken zuzusehen“, fügte sie nachdenklich hinzu. „Das ist leider das Problem. Schnecken tun nicht viel. Und süß sind sie auch nicht gerade.“

„Deswegen wollt ihr ja die Baseballspieler für die Kampagne gewinnen.“ Er zwinkerte ihr zu. „Die Mädchen finden, wir sind eine Bande schnuckeliger Typen.“

Sie verdrehte die Augen und stieg aus dem Wagen. Er folgte ihr, ging ans matschige Seeufer, an das kleine Wellen schlugen. Schleimige neongrüne Algen bedeckten die Strandkiesel, und der Geruch verrottender Vegetation wehte ihnen entgegen. Caleb musterte die unappetitliche Uferlinie. „Ah ... das mit der Badehose war ein Witz, oder?“

„Was? Zu eklig für den großen starken Baseballspieler?“ Ihre Augen funkelten.

Er warf erneut einen Blick auf den trüben See, der mit jeder weiteren Sekunde weniger verlockend aussah.

Sadie prustete los. „Tut mir leid, wenn ich dir Hoffnung gemacht habe. Ob du es glaubst oder nicht, man kann wirklich in diesem See schwimmen. Aber wenn man hier nicht aufgewachsen ist, kommt es einem vermutlich abstoßend vor. Wie dem auch sei, die Schnecken leben entlang des Ufers, nicht direkt im Wasser.“

Er schaute auf den See. Mist, er hatte sich wirklich schon auf ihren Bikini gefreut. Plötzlich kam ihm eine Idee. „Na ja, dann macht es wohl nichts, dass ich keine Badehose dabeihabe.“

Sie musterte ihn skeptisch. „Wie meinst du das?“

„Ich schwimme lieber nackt.“ Und dann zog er sein Catfish-T-Shirt aus. Die warme Luft fühlte sich gut an seiner nackten Brust an.

„Wie bitte?“ Sadie schnappte so laut nach Luft, dass ein paar Tauben erschraken, die in den Birken schliefen. Caleb lachte und legte die Hände an seinen Hosenbund.

7. KAPITEL

„Das ist nicht dein Ernst.“ Sadies Stimme klang atemlos – kein Wunder, da sie plötzlich Schwierigkeiten hatte, überhaupt vernünftig zu atmen.

„Und ob.“ Caleb knöpfte seine Jeans auf und schob sie bis auf die Oberschenkel herunter. Auf seine unglaublich muskulösen Oberschenkel mit den feinen goldenen Härchen. Unter der Jeans trug er einen grauen Slip, der seinen sexy Po straff umspannte. „Aber du musst ja nicht zuschauen.“

Er zwinkerte ihr zu, zumindest bildete sie sich das ein. Denn es gelang ihr leider nicht, den Blick lange genug von seinem Körper loszureißen, um sich sicher zu sein. Du lieber Himmel, diese Brust- und Armmuskeln, die sich unter seiner gebräunten Haut anspannten. Und diese Oberkörpermuskeln, die sich bis zu seinen Hüften hinunterzogen. Wie nannte man die noch?

„Dreh dich um, dann bin ich im Nu im Wasser.“

„Okay“, brachte sie krächzend hervor. Es war ziemlich unhöflich, so zu starren. Aber was sollte man denn machen, wenn jemand anfing, sich direkt vor einem auszuziehen? Jemand, der nackt aussah wie eine Statue aus der griechischen Antike. Da er zur Seite gedreht stand, konnte sie keinen genauen Blick auf seinen … Wow, was tat sie da? Sie wandte sich rasch ab und betrachtete eine der Birken, statt die Unterwäsche eines Werfers der Catfish.

Sie hörte quatschende Schritte, dann ein Platschen, gefolgt von einem lauten Jubelruf.

„Du solltest auch reinkommen“, rief er ihr zu. „Es ist erfrischend, jedenfalls so weit man das von dieser schlammigen Brühe behaupten kann. Ist es hier wirklich sicher?“

Sadie warf einen Blick über die Schulter und sah Caleb auf dem Rücken durch das braune Wasser schwimmen, als befinde er sich im klaren Wasser der Karibik.

„Das fragst du mich jetzt? Ja, es ist sicher. Das Wasser wird ständig kontrolliert, weil hier so viele Leute angeln.“ Sie trat näher ans Ufer und zog ihre Turnschuhe aus, bevor sie zu feucht wurden.

„Na los, komm, Sadie. Leb mal ein bisschen", rief er. „Schwimmen mit mir."

„Bist du wirklich nackt?"

„Komm rein und finde es heraus", neckte er sie und schüttelte sich die nassen Haare aus dem Gesicht. Seine graublauen Augen leuchteten übermütig. „Oder traust du dich etwa nicht?"

„Ich bin seit der Highschool nicht mehr hier geschwommen."

„Warum sollen nur Kids den ganzen Spaß haben? Komm." Er spritzte mit Wasser, und sie sprang zurück, wobei sie fast über seinen Kleiderhaufen stolperte, zu dem, wie sie sofort registrierte, keine graue Unterhose gehörte. Die musste er also noch tragen, dieser heimtückische Mistkerl.

„Du hast mich reingelegt", rief sie. „Das wirst du mir büßen! Dreh dich um."

„Nein." Seine funkelnden Augen blieben fest auf sie gerichtet. „Angsthase."

„Na gut, aber ich behalte meine Unterwäsche auch an."

„Ich nehme, was immer ich kriegen kann."

Oh, diese Stimme war so … unwiderstehlich. Nur um sicherzugehen, zog Sadie am Hosenbund ihrer Cutoffs. Falls sie ihre Notfallunterwäsche trug, die gerippte, die sie eigentlich hatte wegwerfen wollen, würde sie sich unter gar keinen Umständen ausziehen. Glücklicherweise hatte sie ihren hellblauen Lieblingsslip angezogen.

Bevor der Mut sie verlassen konnte, öffnete sie ihre Cutoffs und zog sie aus. Caleb gab ein anerkennendes Pfeifen von sich. „Mach weiter", feuerte er sie an. „Du willst doch dieses schöne Top nicht nass werden lassen, oder?"

Sie verzog das Gesicht und zog provozierend ihr Trägertop aus. Ihr BH passte nicht zum Slip, aber peinlich war er auch nicht. Er saß sogar ganz gut, ohne zu lockere Träger, und er drückte ihre Brüste ein wenig zusammen, sodass sich ein ansehnliches Dekolleté ergab.

„O ja“, rief Caleb begeistert. „So macht die Schneckenjagd Spaß. Noch was?“ Er klang hoffnungsvoll.

„Nein! Und jetzt mach mal Platz!“

„O nein, ich bin Gentleman, ich helfe den Ladies. Darf ich?“ Er watete ans Ufer, und das Wasser rann an seinem Körper herab. Sein Slip klebte an seinem beeindruckenden Unterleib. Sadie zwang sich, den Blick zu heben, hinauf zu seiner breiten Brust und den starken Schultermuskeln.

Mit einer Verbeugung bot er ihr die Hand. Anmutig wie eine Herzogin legte sie ihre Hand in seine. Nicht gut. Ehe sie sich versah, wurde sie durch die Luft geschleudert und landete in dem herrlich kühlen Wasser.

Sie planschten herum und rangen aus Spaß miteinander. Calebs fester Griff wurde nie locker, und Sadie klammerte sich an seine Schultern, prustend und hustend.

„Tut mir leid“, flüsterte er ihr ins Ohr. „Bin im Matsch ausgerutscht.“

„Wer's glaubt.“

„Kann auch eine Schnecke gewesen sein.“ Er hielt sie an seine harte Brust gedrückt wie ein Baby. An ihrer Hüfte spürte Sadie etwas, das sich langsam aufrichtete.

Sie lachte. „Entweder stupst mich da ein Fisch an oder …“

„Wohl eher ein ‚Oder‘“, erwiderte er grinsend. „Was erwartest du denn, wenn du dich ganz ausziehst und mir auf die Arme springst?“

Wenn du dich ganz ausziehst … Du meine Güte, sie hatte sich gerade zum ersten Mal seit dem Hamilton-Desaster vor einem Mann ausgezogen. Und kein einziges Mal hatte sie an das dumme Video denken müssen.

Caleb bewirkte schlicht und einfach, dass sie den Kopf verlor.

Sie legte ihre Stirn gegen seine Brust, wieder einmal verblüfft, wie trainiert und muskulös er war. Seine Körperwärme stellte einen faszinierenden Kontrast zum kühlen Wasser dar. „Vielleicht habe ich über das, was ich hier tue, nicht gründlich nachgedacht.“

„Soll das heißen, ein blöder Baseballspieler hat eine brillante zukünftige Jurastudentin herumgekriegt? Nicht doch." Er schmiegte das Gesicht an ihre Haare. „Du duftest gut. Wie Wasserlilien."

Sie roch einen aufregenden Mann, dazu Seewasser und sonnengewärmte Vegetation. Irgendwie waren sie von dem Kieselstrand und dem schlammigen Stück weggekommen. Sadie fühlte sich träumerisch und sicher in Calebs Armen, während sie ziellos durch den See trieben.

„Früher bin ich mit meinem Vater hergekommen, wenn er in der Stadt war", erzählte sie. „Wir brachten ein kleines Ruderboot mit und warfen die Angel aus. Saßen stundenlang da, ließen uns nur treiben und angelten. Ich habe mich nie gelangweilt und fand es herrlich." Sie legte den Kopf zurück, sodass er an Calebs Schulter ruhte. „Angelst du gern?"

„Nein, das war nie meine Art von Sport. Aber ich bin wohl ein Naturtalent, weil ich hier einen ganz netten Fisch geangelt habe." Er grinste, und das Licht, das die Wasseroberfläche reflektierte, machte das bläuliche Grau seiner Augen sanft und klar. Die Sonne schien auf seine Haare, und die Wassertropfen darin glitzerten. Er war wirklich ein erstaunlich gut aussehender Mann. Alles um sie herum schien stillzustehen, wenn sie die vielen kleinen Einzelheiten seiner Erscheinung in sich aufnahm, seine raue Schönheit und den Anflug von Verletzlichkeit, den sie in seinem Blick zu bemerken glaubte.

Sie konnte sich in seiner Betrachtung regelrecht verlieren. Vollkommen. Nie zuvor hatte sie etwas auch nur annähernd Vergleichbares erlebt.

„Träum weiter", sagte sie und befreite sich aus seinen Armen. Sie tauchte unter und ließ vom Wasser die alarmierende Wirkung dieses Moments fortwaschen.

Sadie war schon immer gern geschwommen, und sie brauchte nicht lange, um etwas Abstand zwischen sich und Caleb zu bringen. Allerdings war er Profisportler, und schon im nächsten Moment befand er sich direkt hinter ihr.

Sie tauchte tiefer, bis hinunter zum schlammigen Grund, wo sie eine andere Richtung einschlug. Als sie wieder auftauchte, schwamm er in die entgegengesetzte Richtung. Sie lachte laut. „Wohin willst du, Catfish?“

„Nicht schlecht, Sadie. Aber so leicht gebe ich nicht auf.“ Er wendete und verfolgte sie im Schmetterlingsstil, halb untertauchend und mit weit ausgebreiteten Armen wieder auftauchend. Sadie holte tief Luft und glitt erneut unter die Wasseroberfläche, bewegte sich hierhin und dorthin, wie ein Fisch. Obwohl sie das Schwimmen liebte, hatte sie es seit Jahren nicht mehr getan, höchstens mal ein paar Bahnen im Pool auf dem Campus. Dies hier war jedoch eine ganz andere Art zu schwimmen, frei und wild. In ihrer Freude, im Wasser zu sein, verlor sie das Gefühl für Calebs Position, und nachdem sie, nach Luft schnappend, aufgetaucht war, befand er sich nur wenige Schwimmzüge von ihr entfernt.

Lachend warf sie sich nach hinten, wie auf eine Couch aus Wasser. Er schaffte es, sie am Knöchel zu fassen, und sie drehte sich auf den Bauch, um mit starken Beinstößen zu entkommen. Doch es hatte keinen Zweck, Caleb zog sie unerbittlich zu sich heran, mit seinen wundervollen großen Händen.

Und dann wurde sie gegen seine Brust gedrückt, die sich mit jedem seiner schnellen Atemzüge hob und senkte. „Schon besser“, meinte er zufrieden, und seine Stimme war wie ein sanftes Grollen dicht an ihrem Ohr. „Allmählich gefällt mir dieses Angeln.“

„Das ist unfair, ich war abgelenkt“, protestierte sie und wand sich in seinen Armen, damit sie ihm ins Gesicht schauen konnte. Wasser rann aus seinen Haaren, von seinem Hals auf seine breiten Schultern. Seine Augen sahen plötzlich ganz blau aus, wie nie zuvor. „Ich hatte schon ganz vergessen, wie gern ich im See schwimme.“

„Mir gefällt es langsam auch ganz gut. Zumindest einiges daran. Und es sind mit Sicherheit nicht die Algen.“

Sie kicherte. Zunächst leise, doch dann, als er immer breiter grinste, lachte sie laut. Während er sie beobachtete, veränderte sich seine Miene. Sein Lächeln verschwand und wurde ersetzt durch einen intensiven, hungrigen Ausdruck. Er beugte den Kopf, seine Augen glitzerten. Die Welt um sie herum trat in den Hintergrund, sodass Sadie praktisch nur noch sein Gesicht wahrnahm, das sich ihrem näherte und näherte, sein Mund …

Oh, wow. Caleb Hart würde sie küssen.

Und dann küsste er sie wirklich. Seine Lippen lagen heiß auf ihren, und dieses Gefühl sandte einen Schauer durch ihren Körper. Küsse fühlten sich normalerweise nicht so an. Sie setzten Lippen nicht scheinbar in Brand oder raubten einem derart den Atem, dass man kaum noch Luft holen konnte. Sie ließen einen nicht schwindelig werden.

Erschrocken wich Sadie zurück, noch immer in seinen Armen. Ihre Gesichter waren sich so nah, dass sie seine raschen Atemzüge spürte. Caleb sah so verblüfft aus, wie sie sich fühlte, und seine Augen hatten sich verdunkelt, als zöge ein Sturm in ihnen auf. Für einen langen Moment schauten sie einander nur schweigend an, am Rand des Unbekannten. Wasser plätscherte gegen ihre Hüften, und ein Windhauch streifte Sadies Schulter. Doch überall dort, wo ihr Körper Calebs berührte, strömte Hitze zu ihr hinüber.

Erneut trafen sich ihre Lippen zu einem wilden Kuss. Begierig erkundete Caleb ihren Mund mit seiner Zunge, was einen sinnlichen Schauer auslöste. Er schmeckte wunderbar, nach Sommertagen, an denen man staubige Feldwege entlangradelte, oder wie jene Tage, an denen Sadie auf einer Wiese gelegen und von der Zukunft geträumt hatte.

Leise wimmernde Laute entrangen sich ihrer Kehle. Sie löste ihren Mund von seinem, und ihre Wange streifte sein stoppeliges Kinn, was sie erneut erzittern ließ. Sein Griff wurde lockerer, und sie glitt an seinem Körper herunter, bis sie den Boden wieder unter ihren Füßen spürte. Eng an ihn geschmiegt, stand sie da, und die große Ausbuchtung in seiner Hose machte sie ein wenig benommen.

„Verdammt“, flüsterte er, als sie ihn zärtlich in die Wange biss. Sie konnte einfach nicht widerstehen; am liebsten hätte sie ihn verschlungen. „Du treibst mich in den Wahnsinn. Wir können das hier nicht tun."

„Schsch." Sie wollte nicht reden. Sie wollte nur diese alles verzehrende Feuersbrunst spüren, die sie sich nicht einmal in ihren kühnsten Träumen ausgemalt hatte. Bevor sie wusste, was sie machte, hatte sie auch schon seine Schultern umklammert, sich auf die Zehenspitzen gestellt und die Lippen auf seine gepresst.

Stöhnend gab er nach und erwiderte den Kuss voller Begierde. Sie drückte sich an ihn. Als ihre Zungen sich berührten, schossen winzige Stromstöße durch ihre Adern. Mit jedem Atemzug wuchs das Verlangen, mit jeder Berührung, jedem Seufzen und Zittern.

Kaum dass Caleb mit seiner warmen Hand ihre Brust in dem vom Wasser durchnässten BH umschloss, hielt Sadie es fast nicht mehr aus. Mit dem Daumen zog er den BH etwas tiefer und brachte so ihre Brustwarze zum Vorschein, die sich sofort an der frischen Luft aufrichtete. Die Reizüberflutung aus feuchter Haut und sinnlichen Berührungen ließ Sadie scharf die Luft einsaugen. Caleb streifte ihr den BH herab und hielt ihre Brüste in beiden Händen. Sadie wurde nur deshalb nicht ohnmächtig, weil sie dieses Gefühl weiter genießen wollte. Heiße Begierde erfüllte sie und …

„He, ist das nicht Caleb Hart?", rief jemand. Caleb löste sich von Sadie und drehte sich um, wobei er sie hinter seinem Körper verbarg. Sadie bedeckte erschrocken ihre nackten Brüste und suchte verzweifelt nach ihrem BH. Da vorn trieb er mit der Strömung langsam fort. Mist!

Sie tauchte ganz ins Wasser und kauerte sich hinter Calebs Rücken zusammen, damit niemand sie entdeckte. In etwa dreißig Metern Entfernung fuhr ein Motorboot mit drei Anglern. Besser gesagt, zwei angelten, während der andere ein Smartphone hochhielt. O nein. Ein Smartphone. Schlampen-Sadie war drauf und dran, mit einem Catfish-Star erwischt zu werden – oben ohne. Wenn das an die Öffentlichkeit kam, würde der Klatsch wieder aufleben. Und zwar zehnmal schlimmer als zuvor.

„He, Mann“, schrie Caleb. „Das ist nicht cool.“
„Du bist der Neue bei den Catfish, stimmt’s?“
„Würdet ihr bitte verschwinden? Meine Freundin und ich unterhalten uns gerade.“
„Ich wette, ihr quatscht über diesen BH, der gerade ans matschige Ufer gespült wird.“ An Bord des Bootes lachten alle, und jemand machte eine Bemerkung über diese verrückten Catfish.
Einer der Angler fragte: „Wer ist denn diese Freundin? Auf jeden Fall eine, die gerne Catfish angelt, oder?“
Caleb knurrte; Sadie spürte, wie er vor Zorn bebte. Sie befürchtete schon, er würde sich auf die Angler stürzen. Dann wäre ihre Deckung weg.
„Nicht bewegen“, presste sie hervor. „Lass nicht zu, dass sie mich sehen.“
„Du hast keine Ahnung, wie gern ich die Typen jetzt verprügeln würde“, erwiderte er knurrend.
„Bitte. Wenn die herausfinden, wer ich bin … Das würde böse enden.“
Nach einem kurzen Moment klang seine Stimme sanfter. „Ich werde nicht zulassen, dass jemand dich sieht. Bleib, wo du bist. Aber ertrinke mir nicht.“ Er wandte sich wieder an die Männer. „Ach, kommt schon, Leute. Das hier ist ein privater Moment. Ich bin jetzt kein Baseballspieler, bloß ein Mann.“
„Für solche Sachen gibt es Hotelzimmer.“
Sadie spähte an Calebs Hüfte vorbei und stellte fest, dass niemand sich rührte. Etwas Schleimiges streifte ihr Schienbein. Am liebsten hätte sie laut aufgeschrien und wäre aus dem Wasser gehüpft. Doch sie riss sich zusammen und blieb stumm.
„Seid ihr Baseballfans mit Manieren?“, fragte Caleb. „Wie wäre es mit Plätzen ganz vorn für die gesamte Familie? Für euch alle drei.“
„Das ist glatt Bestechung.“
„Nur eine kleine Geste der Dankbarkeit dafür, dass ihr das Richtige tut und uns zurück ans Ufer lasst. Ich gebe noch ein

paar Tüten Popcorn dazu. Und signierte Baseballkarten für die Kids. Hat einer von euch Kinder? Enkelkinder?"

Sadie beobachtete gebannt und gequält, wie die Männer miteinander tuschelten.

„Na schön. Diesmal bleibst du aus den Schlagzeilen heraus." Der ältere der Typen ließ sein Smartphone sinken. Die anderen beiden reckten die Hälse, um zu erkennen, wer sich hinter Caleb verbarg. Doch Sadie presste ihr Gesicht an seinen Rücken, sodass die Idioten sie unmöglich identifizieren konnten.

Erst nachdem sie das Motorengeräusch des über den See davonrasenden Bootes vernommen hatte, wagte sie es, ihre zusammengekauerte Haltung aufzugeben.

Caleb half ihr auf. Er wirkte immer noch wütend. „Das tut mir leid."

Sie stapfte auf das Ufer zu, die Arme fest vor ihren Brüsten verschränkt. „Es ist ja nicht deine Schuld, sondern meine. Das alles war ein Riesenfehler."

„So weit würde ich nicht gehen", rief er ihr hinterher. „Bevor die uns entdeckt haben, war es so ziemlich das Beste, was mir seit sehr, sehr langer Zeit widerfahren ist."

Ein Schauer überlief Sadie. Aber sie konnte es sich nicht leisten, weich zu werden. Um ein Haar wäre der Albtraum des vergangenen Jahres von vorne losgegangen.

„Ich muss weg", erklärte sie. „Das hier ist nicht gut."

„Warum bist du so aufgebracht? Ein paar verrückte Kids küssen sich im See. Das passiert doch bestimmt ständig. Was ist schon groß dabei?"

Sadie erreichte die Stelle, an der ihr BH sich an einem ins Wasser hängenden Birkenzweig verfangen hatte. Sie wollte danach greifen, aber das hätte bedeutet, dass sie ihre Brüste erneut entblößte. Nein, dachte sie. Keine weitere Entblößung – in jeder Hinsicht. „Das ist mein Lieblings-BH", wandte sie sich an Caleb. „Kannst du ihn holen?"

Er kam nun auch ans Ufer, pflückte das Kleidungsstück aus dem schlammigen Nest und zupfte die Algen ab. „Ich hege ebenfalls zärtliche Gefühle für ihn."

Sie wollte ihm den BH am liebsten entreißen, behielt die Arme jedoch fest vor ihren Brüsten. „Leg ihn bitte in meinen Wagen."

Irritiert dreinblickend ,ging Caleb zu ihrem Wagen und warf den BH durch das offene Fenster. Dann nahm er seine Trainingsjacke von dem Kleiderhaufen am Boden und legte sie Sadie um die Schultern. Als sie fröstelte, rieb er ihre Arme. Seine Berührung rief sofort ein angenehmes Kribbeln hervor. „Was geht hier eigentlich vor? Machst du dir Sorgen wegen deines Jobs? Würde Bürgermeisterin Trent es nicht gutheißen, wenn du Umgang mit einem Catfish hast?"

Perplex sah sie ihn an. Darüber hatte sie nicht mal ansatzweise nachgedacht.

„Ja. Genau, das ist es", sagte sie in angespanntem Ton. „Ich soll einen Job erledigen. Das scheine ich vergessen zu haben. Ich muss mich anziehen. Bitte dreh dich um."

Gehorsam drehte Caleb sich um. Nur um dann seine Kreisbewegung zu vollenden, sodass er genau wieder an der Stelle ankam, wo er begonnen hatte, und sie direkt ansah. Er grinste.

„Sehr witzig", murmelte Sadie. Es wäre allerdings noch lustiger gewesen, wenn ihr nicht gerade allerhand düstere Szenarien durch den Kopf gegangen wären.

„Sorry. Konnte nicht widerstehen." Er legte seine Hand an ihre Wange. Sadie wollte den Trost nicht, den seine große warme Hand bot. „Du solltest dir wegen der Bürgermeisterin nicht so viele Gedanken machen. Ich glaube, sie ist cooler, als es den Anschein hat."

Da sie weder antwortete noch eine Miene verzog, wandte er sich ab und holte ihre Kleider. Er reichte sie ihr – endlich nahm sie die Arme von der Brust, aber nur, um schnell ihre Sachen an sich zu drücken – und kehrte ihr den Rücken zu. „Ich verspreche, ich werde nicht hinsehen. Für einen Tag habe ich dir genug Ärger gemacht. Wenn wir beide angezogen sind, warte ich im Wagen auf dich."

„Danke."

Caleb hielt sich an sein Versprechen. Das wusste Sadie, da sie gefühlte tausendmal über die Schulter sah. Das Spiel seiner Muskeln unter der noch nassen Haut, während er Jeans und T-Shirt anzog … Nun, dieses Bild würde eine ganze Weile genügen müssen, da sie diesen Fehler nicht so bald wiederholen würde.

Wenn Bürgermeisterin Trent hiervon erfuhr, wäre sie sicher sehr enttäuscht. Diese Sache war in vielerlei Hinsicht schlecht.

Aber oh, was für Träume sie heute Nacht haben würde …

Im Auto, während sie den Schotterweg entlangholperten und Sadies Sachen an ihrer noch feuchten Haut klebten, sprach sie etwas an, das sie beschäftigte, seit er es ausgesprochen hatte: *Ich habe dir genug Ärger gemacht.*

„Caleb, fühl dich bitte nicht schuldig wegen dieser Sache. Versprich es mir."

Seine Miene verriet, dass sie einen wunden Punkt erwischt hatte.

„Das meine ich ernst. Es war nicht deine Schuld. Wenn überhaupt, dann war es meine. Ich habe dich hierher gebracht, ich bin aus freien Stücken in den See gesprungen, und ich wusste, dass er bei Anglern sehr beliebt ist."

„Ich habe dich dazu angestachelt, dich auszuziehen. Und dann ging es mit mir …" Er brach ab und presste die Lippen fest aufeinander.

„Es ging mit dir durch. Ich weiß. Mit mir auch. Ich will nicht, dass du die ganze Verantwortung allein auf dich nimmst."

Er schwieg und hatte das Gesicht zum Seitenfenster gedreht, sodass sie seine Miene nicht deuten konnte.

„Du trägst immer ziemlich viel Verantwortung mit dir herum, nicht wahr?", hakte Sadie leise nach.

„Nein. Aber ich übernehme Verantwortung, wenn etwas wichtig ist. Zum Beispiel für die Frau, mit der ich … Was ist das da eigentlich auf deinem T-Shirt?"

Sie blickte an sich hinunter. Ein kleines schleimiges braunes Wesen klebte am Ärmel ihres roten T-Shirts. Prompt kreischte sie, genau wie damals in der Schule. Bevor sie das Lenkrad loslassen konnte, hatte Caleb ihr die Kreatur vom Ärmel gepflückt.

Er betrachtete das Ding in seiner Hand von allen Seiten. „Zehenhornschnecke?“

„Ja“, bestätigte sie mit erstickter Stimme.

„Halt an, ich setze sie auf einem Blatt aus.“

Sprachlos verfolgte Sadie, wie der große Baseballspieler ausstieg, das Schleimmonster vorsichtig in der Hand haltend. Er lief ein paar Schritte und setzte die Schnecke in ein kleines Nest aus heruntergefallenen Birkenblättern. Dann betrachtete er sie noch einen Moment. Als er aufblickte, fragte Sadie: „Du willst nicht, dass ihr etwas passiert, oder?“

„Auf keinen Fall. Rettet unsere Schnecken. Das ist mein Motto.“

Als sie weiterfuhren, fragte sie sich, wer sie wohl retten würde ... bevor sie sich in diesen Mann verliebte.

8. KAPITEL

Ihre Mutter war schon zu Hause, als Sadie dort eintraf; sie hatte ihren alten braunen Van einfach mitten auf der Auffahrt stehen lassen. Als Sadie noch jünger gewesen war, hatte sie ihr kleines pinkfarbenes Haus geliebt. Heute sah es schäbig und baufällig aus. Doch ihre Mutter verweigerte sich jeder Veränderung, einschließlich Dingen wie einem Außenanstrich und einem dringend benötigten neuen Verandageländer.

„Mom?" Sadie betrat den Flur, der vollgestellt war mit Kartons, in denen alte Zeitschriften, Kataloge und Zeitungen aufbewahrt wurden, die ihre Mutter für Bastelarbeiten verwendete. Vermutlich erhöhte es die Feuergefahr, aber da nur das Interesse für Kunst das Gemüt ihrer Mutter aufhellte, war es das Risiko wohl wert.

„In der Küche, Schätzchen."

Das Abendlicht fiel durch die Fenster und verlieh allen Küchengegenständen einen rosigen Schimmer. Brenda Merritt saß in ihrem flauschigen Bademantel am Küchentisch, die langen Haare zu einem lockeren Knoten gebunden, und sah die Post durch, ein leeres Glas neben sich.

„Wie war die Arbeit?", erkundigte sie sich und schaute von einem Baumarktkatalog auf.

„Toll", antwortete Sadie wie immer. Ihre Mutter konnte mit Problemen, gleich welcher Art, nicht umgehen.

„Das ist schön, Liebes. Es ist gut, dass du dich ablenkst. Denk an etwas, das dir nicht das Herz bricht."

Na schön, das war also kein guter Tag für ihre Mutter gewesen. „Sind irgendwelche Unterlagen für mein Jurastudium gekommen?" Sofort zuckte Sadie innerlich zusammen, denn das war die falsche Frage. Ihre Mutter hasste die bloße Erwähnung des Jurastudiums, weil ihr einziges Kind dann weit weg sein würde. Trotzdem wollte Sadie diesen Traum nicht einfach aufgeben. Sie ließ sich die Unterlagen verschiedener Universitäten schicken, weil sie die glänzenden Fotos der Hochschulwelten darin mochte.

„So etwas habe ich nicht gesehen, aber du kannst gern alles durchschauen.“ Brenda schniefte. „Ich weiß nicht, warum du dir so etwas Abwegiges überlegst. Das ist, als würde ich zur Oscar-Verleihung gehen. Du solltest vernünftiger sein, Sadie. Bleib bei dem, was du hast.“

Sadie verkniff sich einen Kommentar und suchte in der Post nach Briefen, die womöglich von irgendwelchen Hochschulen stammten – solche mit Backsteingebäuden auf dem Umschlag oder ernsten Gesichtern.

„Und wie war denn dein Tag?“, fragte sie ihre Mutter.

„Oh, ganz toll. Mrs Wade kam durch meine Kasse.“

Das erklärte natürlich die schlechte Laune ihrer Mutter. „Hat sie etwas gesagt?“

„Nicht zu mir. Sie hat die ganze Zeit am Telefon über ein Barbecue geredet, das sie geben wollen. Hat einen ganzen Haufen Chicken Wings eingekauft.“

Sadie malte sich kurz aus, wie die Gäste der Wades alle an Salmonellen erkrankten, tadelte sich jedoch im Stillen sofort für diese bösen Gedanken.

„Ständig erwähnte sie Hamiltons neue Freundin. Meinte, die sei ganz verrückt nach ihm. Immer und immer wieder.“

„Gut. Vielleicht vergisst er dann irgendwann, dass er von einem Niemand wie mir verlassen wurde.“

Brenda nahm ihr Glas, merkte, dass es leer war und stellte es geräuschvoll wieder ab. Ihr Kinn zitterte. „Wie oft habe ich dir schon gesagt, dass du dich von solchen Typen fernhalten sollst?“

Und wie oft musste Sadie noch zugeben, dass sie damals einen Fehler gemacht hatte? Dass sie sich einen bösartigen, verwöhnten Jungen ausgesucht hatte? Hatten Mädchen denn nicht das Recht, sich auch mal in den Falschen zu verlieben? Wenn ihre Mutter wüsste, was sie gerade am See getrieben hatte, mit einem Baseballspieler, der heute hier und morgen dort war, würde sie garantiert einen Anfall bekommen. „Du hast mich gewarnt“, gestand sie zum bestimmt hundertsten Mal. „Ich habe nicht auf dich gehört. Aber mal im Ernst, Mom …“

„Dann hör jetzt besser auf mich. Du bist so störrisch, Sadie Merritt. Du glaubst immer, du weißt alles, und jetzt redest du verrücktes Zeug von einem Jurastudium. Ich mache mir Sorgen um dich, Sadie. Ich mache mir wirklich Sorgen."

Sadie ließ den Stapel Post liegen und ging zur Tür. „Es ist doch ganz egal, was ich tue, du machst dir immer Sorgen! Wegen allem! Ich bin im Chevy, falls du mich brauchst."

Brenda rief ihr hinterher: „Hast du eine Ahnung, wie komisch das klingt? Wer verbringt denn seine Zeit damit, in einem alten Auto zu hocken? Du bist ein so seltsames Mädchen. Kein Wunder, dass ich mir ständig Sorgen mache."

Sadie blendete die vertrauten Klagen ihrer Mutter aus und eilte zur Tür hinaus, zu ihrem absoluten Lieblingsplatz auf dieser Welt – einem 1964er Chevy-Kombi, der im hintersten Winkel des Gartens stand, im Schatten einer alten Eiche. Der Wagen hatte ihrem vor langer Zeit gestorbenen Vater gehört. Das Auto fuhr nicht mehr und war Sadies Zufluchtsort in der Kindheit gewesen und auch, als der Hamilton-Albtraum begann. Es bot ihr auch heute noch nostalgischen Trost, im Alter von dreiundzwanzig Jahren.

Sie setzte sich auf den bequemen Rücksitz, der ihr als Arbeitszimmer diente oder als Schlafzimmer, wenn ihre Mutter Gäste hatte. Es war außerdem ein Ort zum Träumen. Sie fühlte sich entsetzlich, weil sie ihre Mutter so angefahren hatte, nach allem, was Brenda hatte durchmachen müssen – all das, was Sadie durch ihre komplette Fehleinschätzung von Hamilton Wade verursacht hatte. Aber ihre Mutter kaute immer wieder die gleichen Sorgen durch, egal, was Sadie tat oder sagte. Gab es denn nicht noch mehr im Leben als nur Sorgen?

Ich werde es später wiedergutmachen. Popcorn und ein Serienmarathon auf AMC.

Sie streckte sich auf der Rückbank aus, faltete die Hände hinter dem Kopf und betrachtete die herabhängenden, sich sanft im Wind wiegenden Äste über ihr. Die sonnenwarme Brise strich über ihre Wangen.

Und dann war sie wieder im See, in Calebs Armen, während er sie küsste, als sei sie das Wundervollste auf Erden.

Im Bullpen – dem Bereich, in dem sich die Pitcher einwarfen – machte Caleb seine Aufwärmübungen, lehnte sich zurück und schleuderte einen Ball mit 97 Meilen pro Stunde in Mike Solos Fanghandschuh.

„Der war richtig gut", rief Mitch, ihr Werfer-Trainer. „Da saß Dampf dahinter."

„Sauberer Wurf", pflichtete Mike ihm bei. „Du hast es noch immer drauf, Hart. Egal, was *SI* schreibt."

Eine ganz neue Entschlossenheit machte sich in Caleb breit. Seine Mitspieler waren es nicht müde geworden, ihn wegen des Artikels aufzuziehen, aber das ließ ihn kalt. Immerhin hatte sich noch nicht herumgesprochen, dass er Sadie im See geküsst hatte. Sie schien so besorgt zu sein, dass jemand davon erfahren könnte, dass es ihn wiederum animierte, sie vor Klatsch zu schützen. Sie brachte den grimmigen Beschützer in ihm zum Vorschein, eine Rolle, die sonst seiner Familie vorbehalten war. Aber Sadie … Sadie war etwas Besonderes. Und sollten ihm Zweifel daran kommen, musste er nur wieder an diesen Kuss zurückdenken.

Das Aufregendste, was er je erlebt hatte. Und dabei war es nur ein Kuss gewesen.

„Noch mal so ein Ding, Caleb. Tiefer Fastball diesmal, und weg von mir."

Der Ball lag wieder in seiner Hand. Er warf erneut, ehe er darüber nachdenken konnte, noch bei der Erinnerung daran, wie ihre Lippen sich an seinen angefühlt hatten, wie sie sich teilten und süße Bereitschaft signalisierten.

Zack! Der Ball knallte in Solos Handschuh. Mike pfiff und richtete sich aus der Hocke wieder auf. „Mann, Hart. Was hast du gemacht? Einen zusätzlichen Gang eingebaut?"

Das tat gut.

„Quatsch nicht und wirf ihn zurück."

Solo warf den Ball zurück und ging wieder in die Hocke. Nach einem Blick zu Mitch signalisierte der Fänger einen

Changeup. Caleb sollte den Schlagmann durch diesen Wurf mit vorgetäuschter Geschwindigkeit dazu verleiten, den Schläger zu früh zu schwingen.

Okay. Er fixierte in Gedanken sein Ziel, fasste den Ball richtig und warf den besten Changeup seines Lebens.

Mike jubelte. „Das ist es, Mitch. Wir haben unseren Jungen zurück."

Caleb grinste. Er fühlte sich energiegeladen, schnell und wild. In dieser Stimmung konnte er den ganzen Tag und die ganze Nacht werfen. Kilby mochte glauben, die Catfish gehörten zu ihnen, doch der Sinn und Zweck eines Minor-League-Teams bestand darin, Spieler für die Major League vorzubereiten. Und wenn er weiter so in Form blieb, würden die Friars ihn garantiert zurück in ihrer Mannschaftsaufstel lung haben wollen. Er musste jetzt nur noch beweisen, dass er bereit dazu war.

Mike legte ihm den Arm um die Schulter, während sie den Bullpen verließen und auf den Mannschaftsunterstand zugingen. „Nimm das, *Sports Illustrated.*"

„Direkt ins Gesicht." Wow, tat das gut. Die Platzwarte zogen die weißen Linien nach. Strahlendes Weiß auf grünem Gras, die Farben des Sommers. Caleb saugte den Anblick in sich auf.

„Yo, Mann. Ich und ein paar andere haben einen Anruf bekommen von einem Lokalreporter wegen irgendeiner bekloppten Petition gegen die Catfish. Das Lustigste, was ich je gesehen habe. Darin steht, wir sind moralisch verkommen und solcher Scheiß. Ich glaube, die machen da so eine von diesen komischen Dokus über das Leben in der Minor League draus. Meinst du, ich sollte denen von meinem Zölibat erzählen?"

„Auf keinen Fall. Dann läuft dir jedes Mädchen in der Stadt hinterher. Frauen lieben solche Herausforderungen."

„Ja, genau. Ich bin dann im September dran."

„Mistkerl." Sie trotteten in den Unterstand, wo Caleb sich auf die Bank setzte, um den Dreck aus den Stollen unter seinen Schuhen zu kratzen.

„Na jedenfalls, die rufen dich vielleicht auch an, obwohl du ja noch neu hier bist. Check deine E-Mails. Die PR-Abteilung hat prompt die Order ausgegeben, dass wir den Mund halten sollen."

„Musst du mir nicht zweimal sagen."

Als Mike durch die Tür des Unterstands verschwunden war, zog Caleb sein Handy aus der Tasche und rief Sadie an. „Hey. Das mit der Petition hat sich herumgesprochen."

„Ich weiß. Eine der Damen vom Frauenverein hat es dem *Press Herald* gesteckt." Sie klang ganz geschäftsmäßig. Mist. Er hatte gehofft, sie sei ein wenig weicher geworden nach dem kleinen Seeabenteuer. „Zumindest ist es auf die Lokalpresse beschränkt."

„Was sagt die Bürgermeisterin dazu?"

„Die telefoniert gerade mit Crush Taylor. Ich glaube, sie verhandeln über einen gemeinsamen Kommentar."

„Irgendwas Neues wegen gestern?" Seine Stimme wurde tief und heiser bei der Erinnerung an ihren gemeinsamen Moment im See.

Es folgte eine Pause. Dann: „Caleb ..."

Verdammt. Sie wollte ihm eröffnen, dass sie ihn nicht mehr treffen konnte. Ihr Ton verriet, dass es vorbei war. Sie hatte Angst um ihren Job. Aber das war doch Quatsch. Sie waren beide jung und ungebunden; wer konnte es ihnen verdenken, dass sie sich zueinander hingezogen fühlten? Es musste noch etwas anderes dahinterstecken. Etwas, was Sadie ihm verschwieg.

Bevor Sadie noch etwas Schlimmes sagen konnte, unterbrach Caleb sie schnell: „Ich wette, ich weiß, was Crush der Bürgermeisterin gerade sagt. Wenn die Petition an die Öffentlichkeit geht, sollen wir sofort mit der ‚Schläger für Schnecken'-Kampagne loslegen."

„Kann sein. Die reden schon ziemlich lange."

„Ich spiele heute Abend. Möchtest du kommen? Ich kann Tickets für dich hinterlegen lassen." Er wartete gespannt auf ihre Antwort. Er hatte das Gefühl, dies könnte sein großer

Abend werden. Jetzt, wo der alte Schwung zurück war, konnte er es kaum erwarten, da rauszugehen und den gegnerischen Schlagmann zu demütigen.

„Ich werde es versuchen. Ich muss Überstunden machen und Etatfragen mit der Bürgermeisterin durchgehen."

„Ich kann auch für sie ein Ticket besorgen. Mit besten Empfehlungen der moralisch verkommenen Catfish. Und des Mannes, der den Lieblings-BH ihrer Assistentin ruiniert hat."

Das brachte Sadie zum Lachen. „Wenn ich es mir recht überlege, dann schuldest du mir was, Catfish."

Da war ihr flirtender Ton endlich wieder. Er atmete auf. Sie würde nicht Schluss machen, das hatte er abgewendet. Zumindest vorläufig.

Dieser Abend, an dem das erste von drei Heimspielen gegen die Sacramento River Cats stattfand, stand unter dem Motto „Dental Health Night" und wurde gesponsert von einer Zahnärztevereinigung. Auf der Leinwand im Stadion wurden Tipps zur Kariesvorsorge gezeigt, und die ersten fünfhundert Fans erhielten riesige Schaumstoffzahnbürsten. Es war einfach ein weiterer schrulliger Tag in der Minor League. Normalerweise hätte Caleb die Augen verdreht, doch heute Abend hatte er andere Dinge im Kopf. Während die Schlagmänner der Catfish an der Reihe waren, suchte er ständig die Tribünen nach Sadie ab.

Auf dem Werferhügel entwickelten sich die Dinge tatsächlich exakt so, wie er gehofft hatte. Während der ersten beiden Durchgänge stand er unter Strom. Im ersten Inning musste er nur elf Würfe machen, im zweiten noch weniger, als er einen Schlagmann bis zur ersten Base brachte, einen Foul Out bekam und einen Strikeout in unter zehn Minuten hinlegte.

Die Fans merkten es auch. Der Klang von Tausenden – na ja, mindestens zweitausend – Menschen, die wild applaudierten, verlieh diesem Abend einen Glanz. Man konnte süchtig danach werden. Es war einer dieser wundervollen Momente im Stadion, bei denen man glaubt, nichts könne diese Stimmung trüben. Die Catfish punkteten, die River Cats konnten Caleb nichts anhaben, und die Temperatur war auch genau richtig. Das Einzige, was fehlte, war Sadie.

Caleb sagte sich, dass sie wahrscheinlich bei der Bürgermeisterin ausharrte, als Sühne für das Problem, das er ihr durch den Kuss am See verursacht hatte.

Sadies Warnung, er solle die Schuld nicht bei sich suchen, war ihm zum einen Ohr hineingegangen und zum anderen wieder hinaus. Natürlich gab er sich die Schuld. Hatte er nicht schon seit Tagen überlegt, wie er sie am besten ins Bett bekommen konnte? Es war nicht sein Plan gewesen, sie dazu zu bewegen, in Unterwäsche in einem See zu schwimmen. Aber selbstverständlich hatte er sich die Gelegenheit nicht entgehen lassen, als sie sich ihm bot. Es war alles komplett seine Schuld.

Abgesehen davon trug er gar nicht so viel Verantwortung mit sich herum. Nur für das Team. Und seine Familie. Dazu musste er als Mann schon in der Lage sein.

Gegen Ende des fünften Innings, als die Catfish zwei Männer auf der Base hatten und die 3-0-Führung auszubauen versuchten, erregte etwas auf der Tribüne Calebs Aufmerksamkeit. Ein Mann mit Strohhut – eine Kopfbedeckung, die man schon allein wegen des seltsamen Hutbands eher beim Kentucky Derby erwarten würde. Der Mann trug eine große weiße Sonnenbrille, die beinah sein Gesicht verbarg und ihm ein albernes Aussehen verlieh. Er aß Erdnüsse aus einer Tüte und unterhielt sich mit einer Gruppe von Leuten in der Reihe vor ihm. Es war die Art, wie er konzentriert zuhörte, mit leicht geneigtem Kopf, als gebe es nichts Interessanteres auf der Welt, die Caleb vor allem auffiel.

Das war doch nicht möglich. Sein Vater würde es bestimmt nicht wagen, trotz Calebs ausdrücklichem Verbot die Spiele zu besuchen. Oder? Nein, unmöglich. Es musste eine zufällige Ähnlichkeit vorliegen.

Als der Mann sich wieder zurücklehnte und sich mit einer blitzschnellen Bewegung eine Erdnuss in den Mund warf, war Caleb sich leider sicher. Das war der Lieblingstrick seines Vaters, um Kids zu unterhalten. Es hatte bei Caleb funktioniert und bei lauter Kindern, die mit reichen älteren Damen verwandt waren. Wer misstraute denn einem Mann, den die Enkelkinder liebten?

Tja, es gab keinen Zweifel. Bingo saß auf der Tribüne.

Mitte des siebten Innings. Caleb ging mit den anderen hinaus aufs Feld und joggte zum Werferhügel. Seine Beine fühlten sich bleischwer an. Seine Gedanken überschlugen sich. *Was macht er hier? Wiedervereinigung von Vater und Sohn, meine Fresse. Der führt doch was im Schilde. Wo hat er diese weiße Sonnenbrille her? Ich sollte der Security Bescheid sagen und ihn rausschmeißen lassen. Vielleicht hat er die Sonnenbrille aus der Handtasche irgendeiner alten Dame gestohlen. Ja, das sähe ihm ähnlich.*

Jemand schrie. Es war der Schiedsrichter. Klar. Der erste Schlagmann war bereit. Pedro Guttierez, Rechtshänder, der die Bälle schnell und hoch mochte. Solo verlangte erneut einen Changeup. *Konzentriere dich, Hart. Konzentriere dich. Und wenn Beyoncé auf der Tribüne stehen würde, du musst diesen Pedro rauswerfen. Apropos Beyoncé: Irgendwie sieht Bingos Brille fast so aus, als hätte er sie ihr geklaut. Vielleicht hat er das tatsächlich. Shit. Was war das?*

Der Ball, den er gerade geworfen hatte, taumelte gemütlich durch die Luft. Caleb zuckte zusammen, versuchte ihn mit dem Fanghandschuh zu erwischen, kam aber einen halben Schritt zu spät. Dann stolperte er auch noch, während Pedro, fassungslos über sein Glück, zur ersten Base rannte.

Caleb versuchte, den Patzer abzuschütteln, und lief auf dem Werferhügel hin und her. Ein Fehler war noch kein völliges Desaster. Er musste jetzt nur den nächsten Typen, Koji Tanaka, rauswerfen. Mit einem Strikeout. Oder einem Flyout. Es gab so viele Möglichkeiten, einen Schlagmann zu erledigen. *Jeder ist ein Betrüger. Versuchst du denn nicht, die Schlagmänner zu überlisten?*

Mike hob zwei Finger, zum Zeichen für einen angeschnittenen Ball, doch Caleb schüttelte den Kopf. Mike zuckte die

Schultern und bereitete sich auf einen Fastball vor. Caleb machte sich ebenfalls bereit, holte aus, achtete nicht mehr auf die Gesichter der Zuschauer, die plötzlich alle Sonnenbrillen zu tragen schienen, und warf einen rasend schnellen Ball – direkt über die Plate hinweg. Homerun.

Drei Würfe später kam Duke auf den Werferhügel und hielt die Hand auf für den Ball. „Das war's, Hart." Caleb schaute noch einmal kurz zur Tribüne, aber der Strohhut und die weiße Sonnenbrille waren verschwunden.

„Ich krieg das hin, Duke. Ich hab mir diesen Schlamassel eingebrockt, ich hole uns da wieder raus."

„Nein, du bist fertig. Du hattest sechs gute Innings. Nicht schlecht. Es scheint aufwärts zu gehen. Und jetzt verschwinde."

Mit dem bitteren Geschmack der Niederlage im Mund gab Caleb den Ball ab und verließ das Spielfeld. Seine Teamkollegen zeigten keine Reaktion, was ihm nur recht war.

Er ließ sich auf die Reservebank fallen, ein gutes Stück entfernt von allen anderen. Der vertraute Geruch nach Schweiß und dreckigen Socken, Lederhandschuhen und Rasen beruhigte ihn. Das war der Geruch von Baseball. Er liebte dieses Spiel. Es hatte ihn schon so oft gerettet. Beim Baseball ging es nur um Zahlen, und Zahlen logen nicht. Zahlen betrogen nicht. Zahlen waren die kalte, harte Realität, und das war ihm allemal lieber, als herauszufinden, dass seine ganze Kindheit eine einzige Lüge gewesen war.

Als die Polizei zum ersten Mal bei ihnen zu Hause aufgetaucht war, hatte Caleb sich gerade auf seine Chemieprüfung vorbereitet. Er und sein Freund Pete, ein Genie in Naturwissenschaften, sprachen am Telefon über eine todsichere Methode, wie Caleb an die Antworten seines Freundes gelangen konnte. Caleb war in Geschichte gut, deshalb vereinbarten sie einen Deal. Sie hatten eben einen Code entwickelt, als ein Klopfen an der Tür sie unterbrach. Es klang ernst. Er machte die Tür auf, und zwei Polizisten standen davor. Caleb erschrak zutiefst.

Schickte die Schule Polizisten zu Schummlern?

Er verbarg seine Angst hinter dem berühmten Hartwell-Lächeln und beantwortete die Fragen der Officer. Als ihm klar wurde, dass sie nicht hinter ihm her waren, sondern hinter Bingo, dämpfte das seine Furcht keineswegs.

„Er ist im Applebee's, glaube ich. Mit seiner Freundin." Nein, im Applebee's war er nicht. Sein Vater verachtete das Lokal. Blöde Lüge, denn es war ohnehin leicht nachzuprüfen. Dennoch quollen die Lügen nur so aus ihm heraus.

Die beiden Polizisten erkundigten sich nach seiner Mutter. „Die ist nach Europa verreist." Das klang viel besser als: „Sie hat uns wegen eines Rennfahrers verlassen."

„Ist dein Vater häufig zu Hause?"

„Er ist Berater."

Bei dem Blick, den die Polizisten tauschten, fehlte nur ein Augenrollen. „Tja, Junge, wir haben einen Durchsuchungsbefehl. Lässt du uns herein, damit wir unserer Pflicht nachkommen können?" Das war keine Bitte.

„Aber ... sollten Sie meinen Dad nicht anrufen? Er ist nicht weit weg. Er kann in wenigen Minuten hier sein."

„Ich fürchte, da irrst du dich. Dein Dad hat den Bundesstaat verlassen, mein Junge. Aber wir werden ihn schon in Kürze in Gewahrsam haben."

Caleb begriff, dass der Polizist die ganze Zeit seine Lügen durchschaut hatte. Am liebsten wäre er im Boden versunken.

„Das Jugendamt wird bald hier sein."

„Das brauchen wir nicht", versicherte Caleb dem Polizisten eilig. „Ich bin achtzehn. Zwei Monate und drei Tage", fügte er der Genauigkeit halber hinzu, als könnte er damit die Lügen wettmachen.

„Das liegt nicht in unserem Ermessen." Die beiden Männer gingen an ihm vorbei und hielten ihm kurz den Durchsuchungsbeschluss vor die Nase. Caleb überlegte panisch, wie er das Chemiebuch verstecken könnte und sein Handy mit all dem vielen Text. Wurden Leute, die bei Prüfungen schummelten, eigentlich auch verhaftet? Und was, wenn man nur ans Schummeln gedacht, es aber nicht getan hatte?

Nachdem sie Bingos Arbeitszimmer durchsucht hatten, schleppten die zwei Polizisten mehrere Kartons voller Unterlagen und Fotos aus dem Haus. Auf dem Weg zur Tür meinte einer der beiden: „Du scheinst ein guter Junge zu sein, deshalb lass mich dir einen Rat geben. Vergiss nicht, wie du dich in diesem Moment gefühlt hast. Und versuche, das Richtige zu tun. Wenn du denkst, du gibst dir Mühe, dann streng dich noch mehr an."

Sie wissen von meinem Schummelversuch. Caleb schämte sich zutiefst und nickte, obwohl es ihn große Anstrengung kostete, den Kopf zu bewegen. Den Rest seiner verbliebenen Kraft brauchte er dafür, seine Beine in Bewegung zu setzen und zur Tür zu gehen. Er machte sie zu und beobachtete durch das Fenster, wie die Polizisten die Kartons zu den beiden vor dem Haus geparkten Polizeiwagen trugen. Jeder Nachbar in der Straße konnte die Show verfolgen.

Obwohl er seit diesem Erlebnis nie wieder in Erwägung gezogen hatte, bei irgendetwas zu schummeln, war dieses lähmende Gefühl der Schande geblieben. Inzwischen war es ein so fester Bestandteil seines Lebens, dass er es die meiste Zeit gar nicht mehr bemerkte. Es war einfach da, eine Selbstverständlichkeit wie das Rot der Rosen oder der Gestank von Mist. Doch manchmal kroch es aus seinem Versteck und packte ihn mit ganzer Kraft.

Fario warf jetzt. Auf den Bases waren nach wie vor die gegnerischen Spieler verteilt, aber es gelang Fario, den nächsten Schlagmann hinauszuwerfen. Das Publikum feuerte ihn an und wedelte mit den Schaumgummizahnbürsten. Caleb grinste und fühlte sich schon ein bisschen besser. Egal, was kam, das Leben ging weiter. So war es auch beim Baseball.

Er suchte erneut die Menge ab. *Weiße Sonnenbrille.* Da war Bingo. Er hatte sich einen anderen Platz gesucht. Was machte er hier überhaupt? Falls er auf der Suche nach einer weiteren alten Dame war, die er übers Ohr hauen konnte, sollte ihm jemand sagen, dass ein Baseballstadion nicht das beste Jagdrevier war. Caleb kniff die Augen zusammen und versuchte zu erkennen, mit wem Bingo sich diesmal unterhielt. Dann sah er rot.

Sadie in Rot. Die sich mit Bingo unterhielt.

Alles, was als Nächstes kam, nahm Caleb nur noch verschwommen wahr.

9. KAPITEL

Duke warf seine Bürotür so fest zu, dass ein gerahmtes Nolan-Ryan-Foto von der Wand fiel. Es landete mit der Vorderseite nach unten, sodass der Star der New York Mets nicht mehr zu sehen war. Gut so. Vermutlich hätte Nolan sich schrecklich geschämt, mit einem derartigen Versager im selben Raum zu sein.

Caleb zuckte zusammen, als er das Glas splittern hörte. Sicherheitshalber blieb er nahe bei der Tür stehen, da er es nicht wagte, dem wütenden Manager näherzukommen. Nicht in dieser Stimmung.

„Was zur Hölle hast du denn da oben gemacht? Und wenn du mir jetzt mit irgendwelchen dämlichen Erklärungen kommst, du wolltest dem Mann nur bei der Zahnpflege helfen, setze ich dich einen Monat lang auf die Bank."

„Sorry, Duke", murmelte Caleb.

„*Sorry*? Du solltest dafür sorgen, dass die Catfish gut aussehen. Stattdessen attackierst du das Publikum auf der Tribüne."

„Ich habe niemanden attackiert ..."

„Habe ich da etwas verpasst? Heißt es nicht ‚Schläger für Schnecken'? Und heißt das, wir greifen ab jetzt unsere Fans an?"

„Ich habe niemanden angegriffen!"

Duke warf sich in seinen Sessel, schob sich einen Kaugummi in den Mund und sprang dann sofort wieder auf. „Ganz ehrlich: So etwas habe ich noch nie gesehen. Ein Pitcher, der auf die Tribüne klettert und auf einen Fan einschlägt."

„Es wird nicht wieder vorkommen." Caleb räusperte sich und suchte nach einer Erklärung, mit der er nicht zu viel verriet. „Ich war im Unterstand und dachte, da geschieht gerade ein Verbrechen. Mein Beschützerinstinkt erwachte."

„Netter Versuch."

Und doch die reine Wahrheit. Er hatte lediglich Bingo von Sadie wegbekommen wollen. Was auch funktioniert hatte. Bingo war entwischt und aus dem Stadion geflohen.

„Als ich merkte, dass es sich um ein Missverständnis handelte, bin ich noch einen Moment bei den Zuschauern geblieben, um sie zu beruhigen. Ich habe zwanzig Schaumgummizahnbürsten signiert. Und die Brust einer Frau."

„Wer war das? Wen hast du dort oben gesehen?"

Mist! Angst sandte ihm einen kalten Schauer über den Rücken. Duke durfte nicht wissen, dass Bingo in der Stadt war. „Ich sagte doch schon, es handelte sich um ein Missverständnis."

Duke baute sich drohend vor Caleb auf. Sie standen Brust an Brust, sodass Caleb der Kirschatem seines Managers ins Gesicht blies. „Falls du da irgendwelchen Familienmurks laufen hast, klär das außerhalb des Stadions."

„Ja, Sir."

„Ich muss das in meinen Bericht an San Diego aufnehmen, Hart. Was soll ich denn da schreiben? Der Spieler hat es wieder voll drauf, nur leider verliert er gelegentlich seinen verdammten Verstand?"

Caleb schwieg und wartete darauf, dass Dukes Wut allmählich verrauchte. Ihm war klar, dass der Zornesausbruch des Managers gerechtfertigt war. Und das war vermutlich noch nichts im Vergleich zu dem, was er von Sadie zu hören bekommen würde.

Sie war so entsetzt gewesen von der ganzen Szene, dass sie sich hinter die Sitzreihe geduckt hatte und anschließend noch schneller als Bingo verschwunden war. Caleb hatte ihr eine Textnachricht geschrieben, aber keine Antwort erhalten. Bingo dagegen hatte ihm etwa zwanzig Entschuldigungs-SMS geschrieben. Calebs Agent hatte sich ebenfalls gemeldet – natürlich mit einer scharfen Verwarnung und der Botschaft, dass sie reden mussten. Und zwar sofort.

Als Tessa und die Zwillinge an diesem Abend anriefen, musste Caleb ihnen erzählen, was passiert war. Teddy und Frankie lachten. Tessa sagte nur: „Herrje, Caleb. Willst du, dass die Friars dich fallen lassen?"

Konnte er es noch schlimmer machen? Schwer vorstellbar.

Doch am nächsten Tag wurde prompt alles noch viel, viel schlimmer. Caleb starrte auf den Sportteil des *Kilby Press Herald*, der ein Foto von der Schlägerei veröffentlicht hatte. Caleb packte seinen Vater gerade am Hemd, und mit der komischen Sonnenbrille sah Bingo aus wie ein gefangenes Insekt. Neben ihnen stand Sadie mit offenem Mund, die Hände in der Luft, als säße sie in einer Achterbahn. Und im Hintergrund wedelte ein Wald aus Schaumgummizahnbürsten.

Bingo schaute ihm über die Schulter. „Diese Sonnenbrille war eine gute Entscheidung, finde ich."

„Ja, genial. Ich danke dir dafür, Bingo", erwiderte Caleb sarkastisch. „Du hast mir immer noch nicht erklärt, warum du zu einem Spiel erschienen bist, obwohl ich dich darum gebeten hatte, dich vom Stadion fernzuhalten."

„Als Kind hast du geweint, wenn ich es nicht zu einem Spiel geschafft habe."

„Nein, habe ich nicht." Doch, hatte er. Aber das würde er jetzt auf keinen Fall zugeben. Das naive Kind von damals gab es nicht mehr.

„Ich versuche doch nur, dich zu unterstützen, Junge." Bingo ging zum Kühlschrank. Seine Leinenhose wirkte unpassend elegant in der winzigen Küche. „Ist das so falsch?"

„Wenn du mich unterstützen willst, könntest du mit den Finanzen anfangen. Wie läuft die Jobsuche?"

Bingo nahm eine Tüte Orangensaft aus dem Kühlschrank und schenkte sich ein großes Glas voll. Dieser Orangensaft war teuer. Der Mann verzichtete nie, soweit Caleb das beurteilen konnte.

„Nun, mein Sohn, es ist nicht leicht, wenn man eine Berufserfahrung hat, die eher illegaler Natur ist. Aber bei Laundromat sieht es gut aus. Die Tätigkeit ist weit unter meinen Fähigkeiten, doch mein Bewährungshelfer meint, ich solle nicht so wählerisch sein. Durch den Job werde ich jede Menge Zeit haben, um an meinen Memoiren zu schreiben."

„Deinen Memoiren?"

„Selbstverständlich unter Pseudonym. Gerate nicht gleich in Panik, Junge. Ich habe eine ziemlich faszinierende Lebensgeschichte, jedenfalls höre ich das immer wieder."

Entweder dachte Bingo sich das gerade alles nur aus, um Caleb zu rühren, oder er meinte es tatsächlich ernst. In dem Fall … nein, Caleb wollte nichts mehr davon hören. Er ging an seinem Vater vorbei und schnappte sich das Telefonbuch, das zusammen mit lauter anderen Dingen ein Durcheinander auf dem Kühlschrank bildete.

Er fand nur einmal den Namen Merritt, Vorname Brenda, in der Brownsville Lane. Entschlossen klappte er das Buch wieder zu und warf es auf die Küchenarbeitsfläche. „Ich muss los, mich mit jemandem treffen. Bis später. Solltest du rausgehen, dann verzichte auf diese Sonnenbrille. Die hat einen zu hohen Wiedererkennungswert. Du kannst meine aufsetzen." Er warf seinem Dad die Pilotenbrille zu.

„Klar, mach ich. Ich will keinen weiteren Ärger produzieren."

Natürlich wollte er das nicht. Das wollte er nie. Es passierte nur einfach trotzdem.

Caleb fuhr zu der im Telefonbuch aufgelisteten Adresse, die in einer Gegend lag, in der die Mieten niedrig waren und in den Vorgärten der winzigen Häuser alte Pick-ups oder schrottreife Autos standen. Nicht viel anders als die Gegenden, in denen er gewohnt hatte, nachdem es mit Bingos Glück zu Ende gegangen war.

Er nahm seinen Mut zusammen und klingelte an einem lachsfarbenen Haus mit einer alten schiefen Fernsehantenne auf dem Dach.

Eine Frau in den Vierzigern mit verschlafenen Augen und schwarzen Haaren öffnete die Tür. Sie zupfte sich einen Ohrstöpsel aus dem Ohr. „Wer zum Geier sind Sie?"

„Ich bin Caleb Hart."

„Verschwinden Sie aus der Stadt."

Meinte sie das wörtlich? Er wollte gerade fragen, ob Sadie hier wohnte, aber da erschien sie schon am Ende des Flurs, barfuß in einem engen weißen Top über einem Sport-BH. Ihre alte abgeschnittene Jeans endete knapp unterhalb ihres Pos und brachte ihre langen Beine zur Geltung.

„Sadie, kann ich dich kurz sprechen?“

„Ich habe zu tun“, erwiderte sie steif und verschränkte die Arme vor der Brust. „Ich helfe meiner Mom bei einer wichtigen Sache. Deshalb bin ich auch nicht ans Telefon gegangen.“

Sie schien keinerlei Interesse daran zu haben, ihn ihrer Mutter vorzustellen, deshalb nahm er die Sache selbst in die Hand. „Mein Name ist Caleb“, wandte er sich noch einmal an ihre Mutter. „Freut mich, Sie kennenzulernen …“

Sie machte ein Gesicht, das ihn sehr an seine erste Begegnung mit Sadie erinnerte, als sie ihm den Ellbogen in den Magen gerammt und anschließend aufgefordert hatte, doch besser aufzupassen, wohin er ging. „Brenda Merritt.“

„Haben Sie etwas dagegen, wenn ich mich für ein paar Minuten mit Ihrer Tochter unterhalte?“

Brenda Merritt zuckte die Schultern und machte widerstrebend Platz für Sadie, die barfuß durch den schmalen Flur auf ihn zukam. „Wenn es nach mir ginge, würde ich sagen: Verschwinden Sie. Aber hier hört ja keiner auf mich.“

„Ich höre auf dich, Mom“, meinte Sadie scharf. „Ich habe nichts anderes getan, als dauernd auf dich zu hören.“

„Ich bin hier drinnen, falls die Dinge aus dem Ruder laufen“, sagte Brenda, die eine Hand in die Hüfte gestemmt.

„Keine Sorge. Wir werden nur reden.“ Sadies überzeugter Ton weckte in Caleb den Wunsch, sie hier und jetzt zu widerlegen. Sie ging an ihm vorbei, die Verandastufen hinunter auf das struppige Gras und winkte ihm, ihr zu folgen. Es fiel ihm nicht schwer, das zu tun, da er ohnehin den Blick nicht von ihren langen Beinen abwenden konnte, mit denen sie sich über den Rasen bewegte.

„Du hättest nicht herkommen dürfen“, fuhr sie ihn an, nachdem sie ihn weit genug weg vom Haus geführt hatte, zu einem alten Chevy, der unter einem Baum stand. Das schien der ungestörteste Ort weit und breit zu sein, und Caleb fragte sich, ob es vielleicht Sadies Version von einem Baumhaus war.

„Wenn ich nicht gekommen wäre, hättest du meine Anrufe und Nachrichten weiterhin nicht beantwortet. Ich konnte es nicht länger aufschieben."

„Ich nehme an, du bist hier, um dich dafür zu entschuldigen, dass ich im *Kilby Press Herald* gelandet bin."

„Ja, das tut mir aufrichtig leid."

„Entschuldigung abgelehnt. Ich brauche schon mehr." Sie lehnte sich gegen den Chevy und verschränkte erneut die Arme. Unwillkürlich richtete Caleb den Blick auf ihre Brüste. Die Andeutung eines Schattens bildete sich zwischen ihnen, geheimnisvoll und verführerisch.

Er wurde wütend. Warum kümmerte es ihn überhaupt, ob Sadie seine Entschuldigung annahm oder nicht? Was bedeutete ihm das? *Nichts.* Er machte auf dem Absatz kehrt, überquerte den hauptsächlich aus Unkraut bestehenden Rasen und war mit wenigen Schritten auf dem rissigen Betongehsteig.

Scheiß drauf. Er war Caleb Hart, Starpitcher, und er musste sich für gar nichts entschuldigen.

Nach etwa zwanzig Schritten erwischte ihn eine Art Kraftfeld, das ihn zurückzog, und sein Tempo verlangsamte sich, bis er ganz stehen blieb. Nein. Er konnte nicht gehen. Nicht so. Also drehte er sich wieder um. Sadie lehnte nach wie vor an dem Chevy und beobachtete ihn mit großen, glänzenden dunklen Augen, das eine lange Bein über das andere geschlagen.

Diese Augen. Wie Feuer in der Dunkelheit. Diese Augen ließen ihm keine Ruhe.

Er ging zurück und stützte sich mit beiden Händen auf den Wagen, sodass Sadie zwischen seinen Armen gefangen war. „Was willst du eigentlich von mir?" Seine Worte klangen wie das bedrohliche Knurren eines Hundes.

Sie wich nicht zurück. Im Gegenteil, sie erwiderte selbstbewusst: „Wie wäre es mit einer schlüssigen Erklärung dafür, dass du das Spielfeld verlassen hast und wie ein Irrer auf die Tribüne geklettert bist, um auf deinen Vater loszugehen?"

„Du musst dich von ihm fernhalten. Er sollte eigentlich gar nicht da sein. Er trug diese dämliche Verkleidung, damit ich ihn nicht erkenne."

„Aber warum? Was ist denn so schlimm an deinem Vater?" Sie bohrte ihm den Zeigefinger in die Brust. „Du verschweigst mir etwas, Catfish. Und das gefällt mir gar nicht."

Er biss die Zähne so fest zusammen, dass er kaum die Worte herausbrachte. „Vielleicht ist es besser, wenn du ein paar Dinge nicht weißt."

Sie kniff die Augen zusammen, legte beide Hände an seine Brust und drückte ihn weg. Er machte einen Schritt rückwärts, weil er glaubte, sie wolle Abstand zu ihm gewinnen. Stattdessen erreichte sie das Gegenteil, denn sie schwankte in seine Richtung, sodass ihre Körper plötzlich nur noch wenige Zentimeter voneinander entfernt waren.

„Das ist Blödsinn, Caleb." Sie schlug mit der flachen Hand auf den Wagen. „Siehst du diesen Chevy? Das ist die einzige Verbindung zu meinem Vater, abgesehen von einem albernen Stofftier. Als ich ein Kind war, hat mir meine Mutter immer erzählt, mein Dad sei bei der CIA und müsse undercover leben. Ich habe ihr das lange geglaubt. Als ich schließlich herausfand, dass er bloß ein ganz gewöhnlicher verheirateter Mann war, der seine Frau betrog, kam ich mir wie der letzte Idiot vor. Ich würde also lieber die Wahrheit hören. Und bevor du mir erklärst, die ginge mich nichts an, kann ich nur sagen: Das hättest du dir überlegen müssen, ehe du auf die Zuschauertribüne gesprungen bist und mir eine Heidenangst eingejagt hast."

Ihre Brust hob und senkte sich mit jedem aufgebrachten Atemzug, ihre Wangen waren gerötet. Sie schien zu vibrieren wie eine angeschlagene Gitarrensaite. So verrückt es auch war, dieser Anblick erregte Caleb. Er verlagerte sein Gewicht, um keinen zusätzlichen Druck auf die beginnende Erektion auszuüben. *Tolles Timing, Hart.*

„Ich habe dir doch schon gesagt, dass es mir leidtut, Sadie. Deshalb bin ich hergekommen. Um mich zu entschuldigen."

Seine Stimme klang rau wie Sandpapier. Er wollte das Feuer und die Leidenschaft, die sich gerade gegen ihn richteten. Nie zuvor hatte er so empfunden. Frauen waren toll, er mochte sie. Aber noch nie hatte er dieses Gefühl gehabt, als würde er es schlicht nicht überstehen, wenn er sie nicht bekam.

Das Funkeln in ihren Augen verriet ihm, dass die Entschuldigung nicht ausreichte.

„Es tut mir sehr leid. Besser? Wie kann ich das wiedergutmachen?"

Ihre Nasenflügel bebten. Ihm schoss der Gedanke durch den Kopf, wie hochexplosiv es wohl sein würde, wenn sie zusammen wären.

„Das ist ein Anfang. Aber ..." Sie bekam keine Chance, den Satz zu beenden, denn er hielt es nicht mehr länger aus. Er zog sie an sich, indem er die Hände auf ihren Po legte und seine Lippen auf ihre presste. Stöhnend vor Erleichterung, sie fest an seinem aufgerichteten Glied zu spüren, nahm er kaum noch etwas um sich herum wahr.

„Was machst du?"

„Ich will dich, Sadie. Du hast ja keine Ahnung, wie sehr. Und wenn du so mit mir redest, so aufgebracht und voller Leidenschaft, dann kann ich einfach nicht die Finger von dir lassen." Konnte er wirklich nicht. Seine Hände schienen ein Eigenleben zu entwickeln und bewegten sich über ihren sexy Po, hinauf zu ihrem Rücken und wieder hinunter zu diesen wundervollen Wölbungen. Er ließ seine Hände kurz über die Unterseite ihrer Beine gleiten, die er liebend gern um seine Taille geschlungen fühlen würde. Er spürte, wie ihre Brustwarzen hart wurden. „Du fühlst dich wunderbar an", flüsterte er mit sinnlicher Stimme. „Ich will dich ausziehen, jetzt gleich. Dich hier und sofort nehmen, an den Wagen gelehnt, so hart und wild, dass du dich nachher nicht erinnern wirst, wie du hierhergekommen bist. Sag mir, dass du mich auch willst. Sag es mir, Sadie."

Sie befreite sich aus seinem Griff. „Caleb, du weißt, dass ich mich ... zu dir hingezogen fühle." Ihre Worte waren ein heiseres Flüstern. „Aber ich kenne dich nicht, und ich werde mir so etwas nicht noch einmal antun.“

„Wovon sprichst du eigentlich?“

„Du verschweigst mir etwas Wichtiges. Vielleicht hattest du ja Angst davor, dass dein Dad es mir erzählen würde, und bist deshalb ausgerastet.“

Für einen kurzen Moment stockte ihm der Atem. Kannte sie etwa schon das Geheimnis, das er mit sich rumtrug? War das möglich? „Und was soll das, bitte schön, sein?“

„Na ja ... vielleicht hast du schon eine Freundin und machst mich lächerlich.“

„Ich habe keine Freundin.“ Er lachte auf. Wenn sie nur wüsste, wie sehr er jede Beziehung, die über Sex hinausging, vermieden hatte. Im Grunde war es ein Wunder, dass er diese Unterhaltung mit ihr überhaupt führte.

„Dann bist du also einer von *den* Typen? Lieb sie und lass sie? Oder besser gesagt: Vögel sie und vergiss sie? Nein danke.“ Sie wedelte mit dem Arm Richtung Gehsteig, als wollte sie ihn auffordern zu verschwinden. Er tat es nicht, sondern blieb dort stehen, wo er war, denn er sehnte sich immer noch danach, Sadie zu berühren. Er würde nicht von ihrer Seite weichen, jedenfalls noch nicht. „Ich bin nicht die Richtige für dich.“

„Komm schon, Sadie. Da gibt es ganz eindeutig eine Art von Chemie zwischen uns. Warum versuchst du, das zu leugnen?“

„Weil Sex nicht genug ist. Und weil ich immer wissen wollen würde, was darin vorgeht.“ Sie tippte ihm gegen den Kopf. Selbst nachdem sie die Hand wieder hatte sinken lassen, spürte Caleb das Kribbeln, das diese Berührung ausgelöst hatte.

Sadie holte tief Luft und fuhr dann fort: „Ich kann verstehen, wenn du jetzt gehen willst. Das ist okay. Wir arbeiten weiter an ‚Schläger für Schnecken‘ oder was immer das Team sich vorstellt. Ich dachte daran, die Spieler Cupcakes backen zu lassen fürs Frühstücksfernsehen. Bretts Schwester besitzt eine Bäckerei, und sie hat uns angeboten, den Platz zu nutzen.

Jeder liebt Cupcakes, und dadurch würdet ihr Jungs toll dastehen. Abgesehen davon könnten wir sie für, sagen wir, fünfzig Dollar pro Cupcake verkaufen. Das Geld würde zur Rettung der Schnecken …"

Caleb fuhr sich durch die Haare und kam sich vor, als würde er in ihren Worten ertrinken. Wieso redete sie von Cupcakes? Außerdem gab sie ihm kleine Schubser und versuchte, ihn zum Gehsteig und hinaus aus ihrem Leben zu bugsieren.

Und dann kamen plötzlich die Worte aus seinem Mund, die er absolut nicht hatte aussprechen wollen: „Mein Dad ist Thurston Hartwell. Er ist ein Betrüger und verurteilter Krimineller. Er wurde gerade erst aus dem Gefängnis entlassen und wohnt bei mir. Niemand weiß davon, und ich möchte nicht, dass er mit anderen Leuten zusammenkommt. Schon gar nicht mit denen, die mir etwas bedeuten. Ich traue ihm einfach nicht."

Sadie hatte mit allem Möglichen gerechnet, aber nicht mit etwas so Spektakulärem.

„Thurston Hartwell …" Der Name sagte ihr irgendetwas. Sie sah zum Haus hinüber und fragte sich, ob ihre Mutter wohl lauschte. Diese Ecke im hinteren Teil des Gartens war der einzige ungestörte Platz hier, weshalb sie ihn ja ausgewählt hatte. Trotzdem konnte man sicher Stimmen hören.

„Komm her." Sie nahm Calebs Hand, öffnete die Tür des Chevys und glitt auf den breiten Rücksitz. Als sich die Tür hinter Caleb fest geschlossen hatte und sie sich in behaglicher, stickiger, nach Duftbaum riechender Ungestörtheit befanden, fragte sie mit leiser Stimme: „Thurston Hartwell ist der Trickbetrüger aus Houston? Der vorgab, diese Witwen heiraten zu wollen?"

„Genau der. Das war übrigens nur eine seiner Maschen." Calebs Miene war ausdruckslos; er zeigte keinerlei Gefühlsregung. Selbst seine Augen verrieten keine Emotionen. Sadie fühlte sich schrecklich, dass sie ihn zu diesem Geständnis getrieben hatte.

„Du hast deinen Namen geändert."
„Hättest du das nicht getan?"
„Wow." Langsam lehnte sie sich auf dem rissigen schwarzen Vinyl des Sitzes zurück. Ihre Mutter mochte ja auch chaotisch und gefühllos sein, aber wenigstens hatte sie keine Betrügereien begangen. „Er wohnt also bei dir?"
„Vorläufig." Mit einer Hand fuhr Caleb sich über den Nacken. „Die Alternative wäre eine offene Haftanstalt gewesen, und ich konnte nicht ... Er ist nicht gewalttätig. Man kann ihm einfach nur nicht trauen."
„Du bist also auf die Tribüne gesprungen, weil du um mich besorgt warst?"
„Ich weiß es nicht. Ich habe nicht mal darüber nachgedacht. Ich sah meinen Vater, ich sah dich, und als Nächstes weiß ich nur noch, wie ich mir den Weg zwischen tausend Schaumgummizahnbürsten hindurch gebahnt habe." Endlich huschte die Andeutung eines Lächelns über sein Gesicht. „Hat mich selbst geschockt, das kann ich dir sagen."
„Weiß es sonst noch jemand?"
„Duke kennt einen Teil der Geschichte. Nicht alles. Er weiß, dass ich die Vormundschaft für meine Zwillingsbrüder übernommen habe. Er kennt auch meinen richtigen Namen. Aber ich bin, was Bingo angeht, nie ins Detail gegangen. Falls Duke mehr wissen sollte, hat er es selbst recherchiert."
Sadie blickte auf den Boden des Wagens, auf dem ein Mango-Lippenstift aus längst vergangener Zeit sich zu einer alten Zeitschrift gesellt hatte. All die Ängste in ihrem Kopf waren bloße Fantasiegebilde, Produkte ihrer Hamilton-Paranoia. Die verrückten Dinge, die sie gedacht hatte ... dass Caleb verheiratet sein und sie zum Narren halten könnte.
Er berührte ihr Kinn mit seiner starken Hand, damit sie ihn ansah. Sein Gesicht füllte ihr Blickfeld aus, in seinen graublauen Augen lag Bedauern. „Das ändert alles, oder?"
Sie sah ihn perplex an. Natürlich tat es das. Zum ersten Mal hatte sie hinter die Fassade des selbstbewussten Baseballspielers geschaut.

„Ich weiß, was du denkst, wenn du mich so ansiehst", fuhr er mit leiser Stimme fort. „Was jeder andere auch denken würde. Da braucht man ja nur mal die ‚Can the Catfish'-Petition lesen. Moralisch verkommen. Eine Schande für die Stadt. Verdorben …"

Entsetzt legte sie ihm die Hand auf den Mund. „Was redest du da? Dein Vater hat diese Taten begangen, nicht du. Warum sollte irgendwer so von dir denken?"

Calebs Miene wurde wieder verschlossen. Er bewegte sich ein Stück fort von ihr, auf eine Art, die sie daran erinnerte, dass er ein sehr erfolgreicher Athlet war.

„Er hat mich großgezogen. Sein Blut fließt durch meine Adern."

„Was ist mit deiner Mutter?"

„Die war nicht viel besser. Eine Betrügerei nach der anderen. Ich wusste von einigen, aber nicht von allen. Und ich habe nie etwas dagegen unternommen, sondern stattdessen mein eigenes Ding gemacht."

„Was hättest du schon tun sollen? Du warst ein Kind."

Er sah sie mit einem tadelnden Blick an. „Kinder sind nicht immer so unschuldig. Du kennst den Spruch: Der Apfel fällt nicht weit vom Stamm. Da ist was dran."

„Das bezweifle ich." Sie schwang ein Bein auf den Sitz und kniete sich hin. Dann rutschte sie auf Caleb zu und legte ihm die Arme um die Schultern. Seine Brust war wie eine feste Wand, hinter der sie sein Herz pochen spürte. „Denn wenn das so wäre, würde ich den halben Tag verschlafen, genau wie meine Mom. Glaubst du nicht, wir bestimmen unser Schicksal selbst?"

Er legte sich ihre Arme um den Oberkörper. Sadie verschränkte ihre Finger. „Ich weiß es nicht."

Sie gab einen skeptischen Laut von sich. „Du weißt es nicht? Bist du nicht Baseballspieler geworden, statt Betrüger?"

Er verzog den Mund. Caleb, das begriff sie allmählich, konnte höllisch stur sein, selbst wenn es darum ging, Blödsinn zu glauben.

„Hör zu, Catfish, ich verstehe ja nicht viel von Baseball", fuhr sie fort, „aber ich bin mir ziemlich sicher, dass man nicht durch Betrügereien in der Major League landet."

„Wenn man es könnte, meinst du, ich wäre dann noch in Kilby?"

Sie holte übertrieben tief Luft und wich zurück. „Na, das war …" Sie warf ihr Haar zurück. „Unnötig. Als Mitarbeiterin der Bürgermeisterin protestiere ich."

„Ach, nimm es nicht persönlich." Er umfasste ihr Gesicht mit seinen großen Händen. „Dass ich dich kennengelernt habe, ist das Beste an meinem Abstieg in die Minor League. Daran gibt's keinen Zweifel."

Sie runzelte die Stirn. „Das ist so ähnlich, als würde man sagen, das Beste an der Hölle sind die warmen Temperaturen, oder?"

Er lachte laut und warf den Kopf in den Nacken. Sein Adamsapfel hüpfte unter den frischen Bartstoppeln an seinem Hals. „Ich mag es, wie du mich zum Lachen bringst. Ich weiß nicht, wie du das anstellst, aber es funktioniert wirklich gut bei mir." Er zog sie auf seinen Schoß, sodass ihre vollen Brüste an seine muskulöse Brust gepresst wurden. Ein sinnlicher Schauer durchlief Sadie.

„So", fuhr Caleb fort. „Ich habe dir jetzt gesagt, was du hören wolltest. Du meintest, du würdest nicht mit mir schlafen, weil ich dir etwas verschweige. Tja, nun weißt du alles. Und wie geht es weiter?"

10. KAPITEL

Die Luft um sie herum schien zu pulsieren wie etwas Lebendiges. Sadie konnte spüren, wie schnell Calebs Herz schlug. Die Wärme seiner Umarmung ließ sie dahinschmelzen, und seine nervöse Miene weckte in ihr den Wunsch, sein markantes Gesicht mit Küssen zu bedecken. Er mochte ein Baseballstar sein, der jede Menge Aufmerksamkeit gewöhnt war, doch in diesem Moment schienen für ihn nur die Worte zu zählen, die als Nächstes aus ihrem Mund kamen.

Das Problem war nur, dass sie keine Ahnung hatte, was sie sagen sollte. Ihr Verstand riet ihr, schleunigst zu verschwinden, aus zahllosen guten Gründen. Sadie zwang sich, diese Gründe gedanklich aufzulisten. Erstens: Caleb Hart war Baseballspieler, und sie hatte sich schon einmal die Finger an einem verwöhnten Sportler verbrannt. Allerdings schien Caleb keineswegs so verwöhnt zu sein wie Hamilton. Er wirkte eher … einsam. Als sorgte er bewusst für Distanz zwischen sich und anderen Leuten.

Zweitens: Caleb hatte ihr sein Geheimnis anvertraut. Im Gegensatz dazu war sie nicht gerade offen gewesen. Was, wenn sie etwas miteinander anfingen und jemand ihm erzählte, dass er mit der skandalträchtigen Schlampen-Sadie zusammen war und er damit die gesamte Wade-Familie gegen sich aufbrachte?

Drittens: Sie hatte einen Helferkomplex, und jetzt, wo sie Calebs Geschichte kannte, erwachte prompt der Wunsch in ihr, alle Probleme für ihn zu lösen.

Viertens: Er war einfach zu attraktiv. Wenn sie jetzt einen Rückzieher machte, bestand immer noch die Chance, Herzschmerz zu vermeiden. Aber sobald sie ihrem Verlangen nachgegeben hatte – wie würde es dann aussehen?

Ja, das waren eine ganze Menge Gegenargumente. Und dabei hatte sie noch nicht mal ihren Job einberechnet. Bürgermeisterin Trent erwartete von ihr, dass sie sich unauffällig verhielt und sich um die „Can the Catfish“-Kampagne kümmerte.

Die Catfish auf Vordermann zu bringen, bedeutete höchstwahrscheinlich nicht, mit einem von ihnen zu schlafen.

Dennoch konnte Sadie sich nicht von Calebs Anblick losreißen, konnte nicht aufhören, seinen Duft einzuatmen – nach Sonne auf frisch gemähtem Gras. Seine wachsame Miene rührte sie, als spanne sich ein Abschleppseil zwischen ihnen, das Sadie näher und näher zu ihm hinzog. Aber wenn dieses Seil sich zu sehr straffte, was dann? Caleb würde aus Kilby verschwinden, sobald der Anruf aus San Diego kam und er in die Major League aufsteigen konnte.

Nein.

Hastig kletterte sie von seinem Schoß herunter und rutschte ans andere Ende des Rücksitzes.

„Warum?"

Seine direkte Frage irritierte sie. „Wahrscheinlich streiten sich die Frauen normalerweise darum, wer mit dir ins Bett gehen darf. Ich habe die Groupies vor dem Stadion gesehen, als ich dich abgeholt habe. Hast du eine Ahnung, wie viele dich gemustert haben? So ziemlich alle. Selbst die, die schon einen der anderen Spieler hatten."

„Was hat das mit dir und mir zu tun?" Er veränderte seine Sitzposition, was Sadies Aufmerksamkeit auf die deutliche Wölbung in seiner Jeans lenkte.

„Ich halte es eben für keine gute Idee. Du bist besser mit einer dieser Frauen dran."

„Da bin ich anderer Ansicht. Ich will dich."

Die ruhige Überzeugung in Calebs Stimme ließ sie erschauern. „Ich … ich glaube, wir sollten es bei einem freundschaftlichen Verhältnis belassen. Es ist besser so."

Er betrachtete sie lange, und seine Miene verhärtete sich. Dann öffnete er die Wagentür, stieg aus, ging ein paar Schritte und blieb stehen. Er rieb sich den Nacken und schien mit sich zu ringen. Schließlich kam er zurück und stieg langsam und widerstrebend in den Wagen, als könne er nicht anders.

„Nur eine Sache noch, Sadie. Du hast eine Entschuldigung nach der anderen parat, aber keine ergibt irgendeinen Sinn. Da ist dieses Knistern zwischen uns, die Luft ist geradezu elektrisch geladen, und doch erzählst du mir ständig irgendwelchen Blödsinn. Weißt du, was ich inzwischen denke?“

Er zog sie an sich, und sie spürte sofort seine intensive Körperwärme. Ein erregendes Kribbeln lief von ihrem Kopf bis hinunter zu ihrem Rücken.

„Ich glaube, du hast Angst davor, wie gut es mit uns wäre. Du möchtest lieber auf der sicheren Seite bleiben und alles unter Kontrolle haben. Ich bin ein Risiko. Und genau das willst du. Du willst *mich*. Aber du gestattest es dir nicht, etwas mit mir anzufangen.“

Seine Worte waren wie ein Luftzug, der auf ein Feuer traf. Plötzlich spürte Sadie, wie brennend heiße Lust in ihr erwachte und sich in Windeseile ausbreitete. Ein leises Wimmern entrang sich ihrer Kehle. Ja, sie wollte ihn, ganz und gar. Sie wollte sich im berauschenden Liebesspiel mit ihm verlieren. Also gab Sadie ihrer Begierde nach und sank auf eine Weise gegen Caleb, die ihm ohne Worte zu verstehen gab, was sie wollte: Dass er sie nahm, hier und jetzt, auf dem Rücksitz eines alten Chevys, draußen im Garten oder wo immer er sie wollte.

Er küsste sie mit einer Leidenschaft, die sie aufstöhnen ließ. Sie klammerte sich an seine breiten Schultern, deren Muskeln hart wie Eisen waren. Langsam schob er eines seiner kraftvollen Beine zwischen ihre Oberschenkel. Unwillkürlich bog sie sich ihm entgegen.

Er küsste sie noch intensiver, und es kam Sadie vor, als würde sie von einem Wirbelsturm hinweggefegt. Heißes Verlangen durchflutete sie, während er ihr T-Shirt hochschob, um ihre nackte Haut zu berühren.

Sie stand praktisch in Flammen. Calebs Hände waren die reinste Magie, groß und rau bewegten sie sich zielsicher ihren Oberkörper hinauf. Er schob den BH hoch und rieb mit dem Daumen über ihre Brustwarzen. Sadie zuckte zusammen und stieß einen kleinen Schrei aus, den er jedoch mit einem weiteren stürmischen Kuss erstickte. In ihrem Kopf drehte sich alles, und sie schloss die Augen, um sich ganz fallen zu lassen.

Irgendetwas war da in ihrem Rücken … Vinyl … sie lag mit dem Rücken auf der Sitzbank … und dann drängte Caleb seinen Oberschenkel zwischen ihre Beine, presste ihn gegen ihren sensibelsten Punkt. Und wow, es fühlte sich gut an. Sämtliche Nervenenden erwachten und flehten nach Erlösung.

„Ich werde dafür sorgen, dass du kommst, Sadie. Jetzt gleich." Seine Worte waren ein heiseres Flüstern, und sie spürte seinen Atem an ihrem Hals. Sinnliche Schauer überliefen sie. Er senkte den Kopf hinunter zu ihren Brüsten und nahm eine ihrer Brustwarzen in den Mund. Wilde Begierde erfasste sie.

„Oh …", murmelte sie und vergrub die Finger in seinem Haar. „Himmel!" In einem kurzen Moment der Klarheit fragte sie sich, warum ihr plötzlich die Worte ausgingen. Ausgerechnet ihr, der nie die Worte fehlten. Caleb umfasste die andere Brust, barg sie in seiner verführerisch warmen Hand, und Sadie war wieder verloren.

„Komm für mich", flüsterte er und ließ eine Hand geschickt zwischen ihre Schenkel gleiten. Sadie hatte noch immer ihre Shorts an, doch darunter brannte sie vor Begierde. Sie sehnte sich danach, Caleb ganz und gar zu spüren, Haut an Haut. Kaum jedoch berührte er durch den Stoff hindurch ihre empfindsamste Stelle, explodierte Sadie förmlich. Alles in ihr zog sich zusammen, wieder und wieder, heftig und wundervoll. Sie schmiegte ihr Gesicht an seinen schweißfeuchten Hals und versuchte, ihre Schreie zurückzuhalten. Doch mit einem Orgasmus wie diesem hatte sie keinerlei Erfahrung. Es fühlte sich an, als wäre es das allererste Mal.

Schlaff und benommen lag sie hinterher auf dem Rücksitz des Chevys.

„Verdammt, das war heiß", murmelte Caleb, der sich mit einer Hand aufstützte und sie anblickte. Seine Augen waren nun so blau wie zwei helle Flammen.

Sadie keuchte noch immer und konnte daher nicht gleich antworten. Wenn er sie so ansah, als sei sie das Wichtigste auf der Welt, konnte sie nicht mehr klar denken. Sie ließ den Kopf zur Seite fallen, sodass ihr Blick auf das schäbige Wageninnere fiel, statt auf Caleb Hart. Die Fensterscheiben waren tatsächlich beschlagen, und ihre Wangen glühten. Das … das hier änderte alles.

Eines wusste Sadie mit Sicherheit – etwas Derartiges hatte sie mit Hamilton nie erlebt. Sie hatte immer lange gebraucht, um zum Orgasmus zu gelangen, und wenn es dann endlich passierte, war es nicht besonders aufregend gewesen. Lag es an Caleb? Wusste er einfach, wie man es besser machte? Dabei hatten sie sich nicht einmal ausgezogen. Vielleicht hatte Hamilton die richtige Methode nicht gekannt, obwohl er doch ein solcher Angeber war.

Perplex schaute sie Caleb wieder an. Er war dabei, sich von ihr herunterzubewegen, und nahm vorsichtig sein Bein, das zwischen ihren lag, weg. Ein kleiner feuchter Fleck war vorn auf seiner Jeans zu sehen.

„Du …“

„Ich bin in meiner Hose gekommen“, bemerkte er trocken. „Es ist dir aufgefallen.“

Sie biss sich auf die Unterlippe, um ein Grinsen zu verbergen. Offenbar war nicht nur sie überwältigt gewesen von dem, was zwischen ihnen passierte. Als hätte ein Hurrikan sie hinweggefegt. Sadie setzte sich auf und merkte, dass ihr BH nach wie vor hochgeschoben war. Doch bevor sie ihn zurechtzupfen konnte, zog Caleb sanft ihre Hände weg. „Ich tue das“, sagte er. Seine Berührung war so sacht wie eine Feder, die über ihre Haut strich.

Unwillkürlich seufzte Sadie.

„Entschuldige“, meinte er, nachdem er fertig war. „Es ist mit mir durchgegangen. Das war nicht meine Absicht. Du bist nur einfach so …“ Er strich sich durch die Haare, wodurch sie noch zerwühlter aussahen. Seine muskulöse, energiegeladene Erscheinung raubte Sadie auch jetzt noch regelrecht den Atem. „Du stellst irgendetwas Verrücktes mit mir an.“

Seine Worte machten sie verlegen. Wenn es mit irgendjemandem durchgegangen war, dann mit ihr. „Vielleicht können wir das alles einfach vergessen", schlug sie mit erstickter Stimme vor.

Er kniff die Augen zusammen. „Eher unwahrscheinlich."

Verzweifelt probierte sie es erneut. „Es ändert doch nichts. Das mit uns ist nach wie vor eine schlechte Idee."

„Findest du? Vielleicht habe ich ja eine Schwäche für schlechte Ideen." Er lächelte leicht, und ein kleines Grübchen war zu sehen, das jede Frau dahinschmelzen lassen würde. Sadie wappnete sich dagegen. Auf keinen Fall würde dieser sexuell überwältigende, emotional verwundete Baseballspieler sie zum Weinen bringen. Er hob ihre Hand, drehte die Handfläche nach oben und küsste ihr Handgelenk. Benommen senkte sie die Lider.

Die Stimme ihrer Mutter bewirkte allerdings, dass sie die Augen auf der Stelle wieder aufriss.

„Sadie? Wo bist du, Liebes?" Es klang, als wäre sie schon halb über den Rasen.

Sadie fluchte leise und öffnete die Tür so hastig, dass sie beinah aus dem Chevy gefallen wäre. „Hier bin ich, Mom."

Brenda, die einen Aluminium-Baseballschläger über der Schulter trug, blieb wie angewurzelt stehen. „Du warst zu lange hier draußen." Sie spähte in den Wagen zu Caleb. „Was tun Sie denn noch hier?"

„Mom! Das ist wirklich nicht nötig!"

Ihre Mutter ignorierte Sadie und beobachtete misstrauisch, wie Caleb auf der anderen Seite des Wagens ausstieg, wobei er die ganze Zeit die Hände vor die Hose hielt. Keine leichte Sache. Als er endlich vor Sadies Mutter stand, sahen seine Haare aus, als hätte ein Murmeltier darin genistet. Während er die eine Hand über der Stelle auf seiner Jeans hielt, versuchte er mit der anderen, seine Frisur in Ordnung zu bringen. Das sah so komisch aus, dass Sadie fast laut losgelacht hätte.

„Tut mir leid, dass Sie sich unseretwegen Sorgen gemacht haben, Mrs Merritt", sagte er. „Das war wirklich nicht meine Absicht, ehrlich."

Brenda Merritt blickte von einem zum anderen. „Was habt ihr im Wagen gemacht?“

„Nichts, wir haben nur geredet.“ Sadie hielt es für besser, die Aufmerksamkeit ihrer Mutter weiter auf sich zu lenken, statt auf Calebs merkwürdig verkrümmte Haltung. „Bitte leg doch den Schläger weg. Bist du eigentlich mit diesem Angelina-Jolie-Schuh fertig geworden?“

Brenda stützte sich auf den Baseballschläger wie auf einen Gehstock. „Natürlich. Und anschließend habe ich ein Schläfchen gemacht. Ich bin aufgewacht, weil dein Handy klingelte, und ich dachte, es könnte Wendy Trent sein.“

Sadie ging um den Chevy herum und bewegte sich dabei schneller, als sie für möglich gehalten hätte. „Du hast kein Recht, meine Anrufe entgegenzunehmen, Mom.“

„Es war ja nicht Ihre Königliche Hoheit, also beruhige dich, Liebes.“ Brenda reichte Sadie ihr Smartphone.

Wenn sie so smart wäre wie ihr Telefon, hätte sie es nicht in der Nähe ihrer Mutter rumliegen lassen, während diese sich dem Alkohol widmete.

„Es war eine Reporterin. Keine Sorge, ich habe einen Kommentar abgegeben.“

„Wie bitte? Wovon redest du?“

„Du heimlichtuerisches Mädchen warst heute in der Zeitung und hast mir nichts davon erzählt. Doch die nette ESPN-Reporterin hat mir alles erklärt. Wir haben ein langes Gespräch geführt. Sie meinte, die Story könnte morgen in *Outside the Lines* erscheinen. Stell dir das mal vor!“

Endlich meldete Caleb sich zu Wort. „Was für eine Story, Mrs Merritt?“ Er klang so angespannt, dass Sadie sich schrecklich fühlte. Wenn ihre Mutter gelauscht und die Sache mit Bingo an die Presse weitergegeben hatte, würde Sadie sich das nie verzeihen.

„Na, das mit der Kampagne natürlich! ‚Catfish in die Dose‘. Welche andere Story sollte es denn geben?“ Sie gähnte ein wenig. „Diese Petition, um das Team aus der Stadt zu vertreiben. Wie ich der Reporterin schon sagte – wenn diese verrückten

Catfish-Spieler sich an meine Familie heranmachen, verwandle ich mich in Mama Bär.“ Sie sah zu Caleb und hob den Baseballschläger an.

„Stell den Schläger wieder hin, Mom. Im Übrigen hat er sich nicht an mich herangemacht. Wir haben bloß … geredet, über berufliche Dinge.“

Sadie schaute kurz zu Caleb, der nicht sonderlich amüsiert aussah. Er hielt wieder beide Hände vor seine Jeans, wie eine Art hervorragend trainierter Butler.

Brenda warf eine Hand in die Luft. Der Baseballschläger glänzte im Sonnenlicht. „Du musst nicht lügen. Ich habe das Foto von euch beiden in der Zeitung entdeckt. Ich weiß, dass da was läuft. Manche Dinge weiß eine Mutter einfach.“

„Du weißt überhaupt nichts“, konterte Sadie mit zusammengebissenen Zähnen.

„Ich weiß, dass du dazu neigst, dich ausnutzen zu lassen, Schätzchen. Genau wie ich. Das liegt in unserer Familie, jedenfalls gilt das für die weibliche Seite. Außerdem weiß ich, wie Baseballspieler sind. Wahrscheinlich ist er hier hereinmarschiert und hat dich verdorben. So wie es in der Petition steht.“

Sadie drückte die Fäuste gegen ihre geschlossenen Lider. Wenn irgendwer sie in irgendeiner Form verdorben hatte, dann war das Hamilton. „Du hättest diese Reporterin abwimmeln müssen, Mom. Sprich niemals mit den Medien. Hast du eine Ahnung, wie das auf Bürgermeisterin Trent wirken wird? Ich könnte meinen Job verlieren.“

„Sie hat dich ohnehin nur eingestellt, um mir einen Gefallen zu tun.“ Mühsam beherrschte Sadie sich. Es tat weh, es laut ausgesprochen zu hören, obwohl sie natürlich gewusst hatte, dass die Freundschaft zwischen Wendy und ihrer Mutter etwas mit ihrer Anstellung zu tun hatte. Warum sonst sollte die Bürgermeisterin jemanden einstellen, der in der Stadt für einen Skandal gesorgt hatte?

„Dein Leben ist chaotisch, Sadie. Und der Grund dafür ist immer ein Kerl.“ Brenda hob den Baseballschläger und zeigte damit vage auf Caleb. Doch dann schien sie in ihrem üblichen lethargischen Zustand zu versinken und marschierte einfach zurück zum Haus.

Sadie wünschte, sie könnte wieder in den Chevy steigen, ihn von innen verriegeln und nie wieder herauskommen. Eine demütigendere Szene konnte sie sich kaum ausmalen. „Es tut mir leid, Caleb. Ich hoffe, diese Reporterin macht dir keinen Ärger."

Sie sollte mehr sagen, die wirren Drohungen und Andeutungen ihrer Mutter erklären. Aber Caleb zog bereits sein Handy aus der Tasche.

„Es ist nicht deine Schuld", erwiderte er grimmig. „Trotzdem rufe ich besser Duke an. Der sollte wenigstens vorgewarnt sein, dass wir womöglich bei ESPN erscheinen."

„Es tut mir wirklich leid", beteuerte Sadie gequält, während sie ihm hinterherlief. „Ich werde meine Kontaktperson bei der Zeitung anrufen und mal nachfragen, ob er vielleicht irgendetwas tun kann."

„Es wäre mir alles egal, wenn nicht ..." Caleb verstummte, aber er musste den Satz auch gar nicht beenden, damit Sadie wusste, was er meinte. Die Wahrheit über seine Herkunft könnte sehr leicht an die Öffentlichkeit geraten. „Ich habe meinem Dad gesagt, er soll nicht ins Stadion kommen. Das alles ist meine Schuld, Sadie. Und ich werde mich darum kümmern. Ich will, dass du dir keine Gedanken machst. Hey ..."

Er zog sie an sich für einen leidenschaftlichen Abschiedskuss, der das Feuer in Sadie erneut anfachte.

„Das zwischen uns ist noch lange nicht vorbei", flüsterte Caleb. Dann eilte er über den Rasen davon, das Handy bereits am Ohr.

Sadie schaute ihm hinterher und fühlte sich mies. Einerseits spürte sie noch die prickelnden Nachwirkungen dieser unglaublichen erotischen Erfahrung. Andererseits gingen ihr tausend verschiedene Dinge durch den Kopf. ESPN ... ihre Mutter ... die Bürgermeisterin ... Calebs Geständnis ... und noch etwas anderes kam ihr in den Sinn.

„Hey, warte!“, rief sie, doch er befand sich schon außer Hörweite. Im Stadion, bevor Caleb über die Brüstung gesprungen war, hatte Bingo mit jemandem geredet, und sie war sich ziemlich sicher, das Wort „Wette“ herausgehört zu haben. Jetzt, wo sie Bingos Identität kannte, kam ihr das ein bisschen verdächtig vor. Wenn er gerade erst aus dem Gefängnis entlassen worden war, dann bestimmt auf Bewährung, oder? Sie nahm sich vor, es Caleb bei der nächsten Begegnung zu erzählen. Dann nahm sie ihr Smartphone wieder aus der Hosentasche, um Burwell Brown anzurufen und herauszufinden, ob sie irgendwie Schadensbegrenzung betreiben konnte.

11. KAPITEL

Bürgermeisterin Trent hatte eine nervöse Angewohnheit. Sobald sie unter Stress geriet, trommelte sie mit den Fingern ihrer rechten Hand. Je gestresster sie war, desto schneller das Trommeln. Im Moment ähnelte sie einer Konzertpianistin, die sich dem Höhepunkt ihres Stücks näherte.

„Ich fasse also zusammen: Die Medien wissen von der Can-the-Catfish-Petition. Bis jetzt betrachten sie es eher als einen Scherz."

„Ja." Sadie wühlte in den Blog-Einträgen und Artikeln, die sie für dieses Meeting hatte ausdrucken lassen. „Hier ist ein Beispiel: ‚Während die meisten Städte froh wären, eine Minor-League-Mannschaft zu haben, will Kilby die Catfish wieder zurück ins Wasser werfen'. Und ein weiteres: ‚Erinnert ihr euch an den Film *Footlose*? Ihr glaubt, das wäre längst Geschichte? Dann hört euch das an: Eine Stadt in South Texas findet, ihr Baseballteam habe die Moral eines streunenden Katers. Sind diese Spieler zu verdorben für Kilby? Sind sie zu lasterhaft für eine anständige Gesellschaft?' Und hier heißt es: ‚Stadt findet Catfish ungenießbar'."

Bürgermeisterin Trent rieb sich die Schläfen. „Verstehe. Ich hatte gehofft, die Sache örtlich begrenzt zu halten, damit Kilby nicht zum Gespött wird."

„Wen kümmert es schon, was die anderen sagen. Es sind doch nur Worte." Genau das hatte Sadie sich auch im vergangenen Jahr gesagt, wieder und wieder.

„Unglücklicherweise haben Worte in der Politik mehr Macht, als Sie ahnen, Sadie. Ich will nicht, dass Kilby während meiner ersten Amtszeit landesweit zum Gespött wird. Na ja. Dean Wade wird sich auf jeden Fall ins Fäustchen lachen. Sie haben schon mitbekommen, dass er gegen mich kandidieren will?"

Sadie biss sich auf die Lippe. Nein, das war ihr noch nicht zu Ohren gekommen. Dean war einer von Hamiltons Onkeln.

Normalerweise kümmerten sich die Wades nicht um Politik, außer wenn sie Politiker bestachen. Da Bürgermeisterin Trent nicht bestechlich war, hatten sie möglicherweise ihre Einstellung geändert. „Der wird bestimmt nicht gewinnen. Das wäre ja eine Katastrophe."

„Darüber sollten wir uns noch keine Sorgen machen. Zurück zu unserer Situation: Die Story ist raus und zieht Kreise. Dann, am Samstag, passiert *das* hier." Die Bürgermeisterin nahm die Zeitung mit dem Foto von Sadie, Caleb und Bingo in die Hand. „Was in aller Welt hat das zu bedeuten?"

Über dieses Thema hatte Sadie sich das Hirn zermartert, seit Caleb ihr von seinem Vater erzählt hatte. Sollte sie die Fakten an die Bürgermeisterin weitergeben? Sie vertraute ihrer Chefin, aber war ihr Vertrauen in diesem speziellen Fall groß genug? Caleb hatte sich ihr anvertraut, als er ihr von Bingo erzählt hatte. Wie könnte sie ihn da hintergehen?

Unmöglich. „Ich weiß es nicht. Offenbar glaubte er, etwas auf der Tribüne gesehen zu haben."

„Ich wünschte wirklich, man hätte Sie in dem Artikel nicht namentlich genannt."

„Ich hatte nichts damit zu tun. Burwell Brown auch nicht."

„Tja, jetzt ist es ohnehin nicht mehr zu ändern. Die Frage ist, was machen wir nun?"

„Das ist einfach." Beim Klang der tiefen Männerstimme von der Bürotür her drehten die beiden Frauen sich auf ihren Stühlen um. Crush Taylor, groß und muskulös, lehnte am Türrahmen. Die dunklen Stoppeln an seinem Kinn und die blutunterlaufenen Augen verliehen ihm ein verwegenes, ja sogar gefährliches Aussehen.

Wendy Trent stand auf. Im Gegensatz zu ihm wirkte sie in ihrem dunkelblauen Kostüm, mit Perlenkette und Haarspray-Frisur, tadellos. „Wie sind Sie denn hier hereingekommen?"

Crush hob eine Braue. „Der Hausmeister hat mir den Weg gezeigt."

„Bürgermeisterin Trent, darf ich Ihnen Crush Taylor vorstellen, den Besitzer der Catfish", sagte Sadie schnell.

„Ich weiß, wer das ist. Ich weiß nur nicht, was er hier macht.“ Ihre Wangen färbten sich pink. Sadie hatte ihre Chefin noch nie so unter Spannung erlebt.

„Ich bin hier, um unser gemeinsames Problem zu besprechen.“ So, wie Crush das Wort „gemeinsam“ aussprach, klang es, als gehöre es ins Schlafzimmer. Er betrat das Büro und setzte sich in den Besuchersessel. Dann tat er etwas, was vor ihm noch niemand getan hatte, der in diesem Sessel saß: Er legte die Beine auf den Schreibtisch der Bürgermeisterin und die extrem teuren Cowboystiefel mit Stahlspitze übereinander.

Die pinkfarbenen Flecken auf den Wangen der Bürgermeisterin färbten sich dunkelrot. „Nehmen Sie sofort die Stiefel von meinem Schreibtisch, oder ich rufe den Sicherheitsdienst!“

„Nur zu. Für solche Fälle habe ich immer einen Vorrat signierter Baseballkarten in der Tasche.“ In seinen dunkelgrünen Augen lag ein herausforderndes Funkeln. „Machen Sie sich mal nicht gleich ins Hemd. Warum wollen Sie mich hinauswerfen, wo ich doch hier bin, um Ihnen meine Hilfe anzubieten?“

„Welche Hilfe könnte ein Playboy-Pitcher schon anzubieten haben?“ Bürgermeisterin Trent stand immer noch, als wollte sie sich auf keinen Fall setzen, solange Crush ihren Schreibtisch mit seinen langen Beinen entweihte.

„Ich hatte die Absicht, eine nicht unerhebliche Geldspende anzubieten sowie zur Schläger-für-Schnecken-Kampagne signifikante Mittel beizusteuern. Es ist mir unerträglich, diese kleinen Tierchen aussterben zu sehen. Ich erinnere mich noch genau daran, wie ich zum ersten Mal einem Mädchen eine Schnecke ins T-Shirt fallen ließ. Das war meine Nachbarin Maisie. Die hat vielleicht gekreischt und gezappelt. Natürlich matschte sie mir das Vieh prompt ins Gesicht. Ich hätte mich eben nicht mit Maisie anlegen sollen.“ Er verschränkte die Arme hinter dem Kopf und schaute zur Decke, ein wehmütiges Lächeln im Gesicht.

„Sie sind abscheulich.“ Die Lippen der Bürgermeisterin waren so fest aufeinandergepresst, dass die Mundwinkel weiß wurden. Sadie verstand nicht, was ihre Chefin so empörte. Crush Taylor war bestimmt nicht der Erste, der ein Mädchen geärgert hatte, indem er ihm eine Schnecke ins T-Shirt fallen ließ.

„Sagen Sie das zu allen Männern, die Ihnen hunderttausend Dollar anbieten? Oder ist das für eine Lady wie Sie bloß Kleingeld?“ Er musterte rasch und kaum merklich die perfekte Figur der Bürgermeisterin.

Sadie sog scharf die Luft ein. „Hunderttausend Dollar?“ Die Tatsache, dass Crush sich ganz unverhohlen an Wendy Trent heranmachte, verblasste plötzlich vor dieser enormen Summe.

„Hunderttausend Dollar. Ich will den guten Bürgern von Kilby beweisen, dass den Catfish etwas an ihrer Gemeinde liegt. Und was ist wohl amerikanischer als Badetümpel und Baseball? Meine PR-Abteilung arbeitet bereits an einigen großartigen Ideen. Ihre Assistentin Miss Sadie Merritt hat bereits gute Arbeit geleistet, und einer der Catfish-Stars, Caleb Hart, übernimmt die Rolle des Sprechers.“

Die Bürgermeisterin setzte sich unvermittelt. „Das wird nicht gehen. Er wurde gerade dabei fotografiert, wie er einen Fan attackiert.“

„Er hat ein Verbrechen beobachtet. Damit ist er praktisch ein Superheld. Zumindest wird er das sein, wenn meine PR-Abteilung fertig ist mit der Sache.“

Sadie räusperte sich. „Caleb ist möglicherweise nicht mehr lange hier, oder? Alle sagen, er wird bald in die Major League aufsteigen.“

„So läuft das nun mal in der Minor League, Mädchen. Die Spieler kommen und gehen. Aber er ist der größte Star, den wir momentan haben. Außerdem sieht er verdammt gut aus. Wenn Sie Aufmerksamkeit wollen, ist er genau der richtige Mann.“

Crush erzählte ihr da nichts Neues, aber es schmerzte Sadie dennoch, die Wahrheit so unverblümt zu hören. Natürlich würde Caleb bald fort sein. Sie selbst wünschte es ihm ja auch, denn das würde bedeuten, dass er seinen Traum verwirklicht hatte.

„Kann dieser Caleb Hart sich benehmen?“, meldete Bürgermeisterin Trent sich wieder in scharfem Ton zu Wort.

„So sehr, wie wir anderen moralisch verkommenen Baseballspieler das können.“

„Das dürfte dann ein Nein sein.“

„Autsch, das tut weh, Bürgermeisterin.“ Crush legte die Hand aufs Herz. „Grr! Sind Sie sicher, dass sich hinter dieser Perlenkette keine Wildkatze verbirgt?“

Die Nasenflügel der Bürgermeisterin bebten, die Farbe ihrer Wangen wurde wieder dunkler. Rasch sagte Sadie: „Ich glaube, Caleb würde das gut machen. Er ist vertrauenswürdig.“

„Als Baseballspieler ist er absolut untadelig“, pflichtete Crush ihr bei. „Meine zweite Wahl wäre Trevor Stark, aber der ist erst vor Kurzem aus der Reha zurück. Ich überlasse die Entscheidung Ihnen. Die Catfish haben sehr viele Fans in dieser Stadt. Es wäre doch sehr schade, wenn die eine Antipathie gegen unsere wunderbare Bürgermeisterin entwickeln würden.“

Schon wieder diese Doppeldeutigkeit. Crush Taylor verstand es wirklich, Wendy Trent zu reizen.

„Na schön“, sagte diese seufzend. „Sie müssen allerdings vorher mit dem Team der Schnecken-Kampagne reden. Das Büro der Bürgermeisterin unterstützt diese Initiative jedenfalls voll und ganz.“

„Ausgezeichnet.“ Crush schwang die Füße vom Schreibtisch, zog einen Umschlag aus der Innentasche seiner Jacke und legte ihn auf den Tisch der Bürgermeisterin. Sie wich davor zurück, als könne er explodieren. Ein Lächeln erschien auf Crushs Gesicht, und Sadie musste zugeben, dass es attraktiv war. „Also gut, Bürgermeisterin Trent. Das sind Tickets für das Spiel heute Abend gegen das Team von Round Rock. Wir haben uns ein paar besondere Dinge ausgedacht für die Schnecken-Kampagne. Ihre Anwesenheit würde das glanzvoll abrunden.“

„Danke, Mr Taylor." Die Bürgermeisterin erhob sich anmutig, wie eine Königin, die einen Diener entließ. „Aber ich bin mir hundert Prozent sicher, dass ich andere Pläne habe, zu denen keine erwachsenen Männer gehören, die ein albernes Jungsspiel spielen."

Hätte Sadie nicht so nah bei Crush gesessen, wäre ihr sein leichtes Zusammenzucken wohl entgangen. „Tja, Frau Bürgermeisterin. Eines der schönen Dinge am Baseball ist, dass man immer wieder in eine Situation gerät, in der man etwas beweisen muss. Das hat Nolan Ryan gesagt. Aber möglicherweise wissen Sie gar nicht, wer Nolan Ryan ist, und das wäre schade für Sie. Wir sehen uns dann beim Spiel."

Die letzten Worte richtete er an Sadie und zwinkerte ihr kurz zu. Nachdem er verschwunden war, und zwar so schnell wie ein echter Catfish im Wasser, ließ Bürgermeisterin Trent sich wieder in ihren Sessel fallen.

„Dieser Mann", stieß sie hervor. „Ich verstehe nicht, was die Leute alle an diesen Baseballspielern so toll finden."

Sadie wagte nicht, sie darauf aufmerksam zu machen, dass sie aufgewühlter aussah denn je.

„Keine kluge Frau sollte sich in ihre Nähe begeben", fuhr Wendy Trent fort. „Zumindest so viel sollten wir doch gelernt haben, nicht wahr, Sadie?"

„Da haben Sie vollkommen recht", log Sadie und dachte: Nichts liegt weiter von der Wahrheit entfernt. Es war peinlich, wie viel sie seit dem Vorfall im Chevy an Caleb dachte.

Sie räusperte sich. „Ich gebe dann wohl besser eine Presseerklärung heraus." Als sie aufstand, schob die Bürgermeisterin ihr den Umschlag über die Schreibtischplatte zu.

„Gehen Sie zu dem Spiel. Ich möchte, dass Sie für mich beobachten, wie sich die Dinge entwickeln. Aber meiden Sie die Presse. Und dann können wir einfach nur hoffen, dass Caleb Hart es schafft, sich aus allem Ärger herauszuhalten."

Sadie eilte zurück in die Sicherheit ihres kleinen Büroabteils. In ihrem Drehsessel, umgeben vom vertrauten Geruch nach Tinte und gesaugtem Teppich, schloss sie die Augen und tat einen Schwur. *Kein Caleb Hart mehr. In Zukunft werde ich absolut sachlich bleiben. Ich werde mich völlig professionell verhalten.*

Auf seinem Weg ins Stadion begegnete Caleb Crush Taylor. Der Besitzer des Teams hielt einen silbernen Flachmann in der Hand, was Caleb schockierte. Niemand vom Team oder dem Trainerstab würde auf die Idee kommen, so kurz vor dem Spiel Alkohol zu trinken.

„Freut mich, Sie wiederzusehen, Hart", sagte Crush.

Caleb schüttelte ihm die Hand. Sie waren sich ein paarmal begegnet, und Caleb empfand jedes Mal einen kurzen Moment der Ehrfurcht, die er erst überwinden musste. Crush musste um die fünfzig sein, wirkte jedoch so fit, als wäre er zwanzig Jahre jünger. Sie waren beide große, starke Texaner, besaßen einen ähnlichen Kampfgeist und sogar eine ganz ähnliche Technik.

„Hören Sie, dieser Vorfall auf der Tribüne tut mir sehr leid ...", begann Caleb. Falls der Teambesitzer eine Erklärung wollte, würde er ihm die Wahrheit sagen. Er respektierte den Mann viel zu sehr, um ihm etwas vorzulügen. Doch Crush winkte nur ab.

„Ach, bloß ein weiterer verrückter Tag in unserer Liga. In den Nachrichten kursierte es als abgefahrene Geschichte. Ich mache mir deswegen keine Sorgen." Crush bot ihm den Flachmann an. „Wollen Sie einen Schluck?"

Caleb schüttelte den Kopf. Er trank selten. Schon gar nicht vor den Augen zahlloser lärmender Fans auf den Tribünen über ihnen. Das kam ihm zutiefst respektlos vor.

„Guter Mann", meinte Crush anerkennend. „Immer auf den Körper achten. Das ist sehr wichtig."

„Ich tue mein Bestes."

Crush trank einen Schluck. „Ich musste vor dem Spiel oft Dampf ablassen. Hab's wohl manchmal damit ein bisschen übertrieben. Die Trainer haben mir ständig Vorträge gehalten. Aber ich habe Spiele entschieden, und da konnten sie nicht viel sagen. Tja, und jetzt … Es ist jedenfalls gut, sich nicht ständig rechtfertigen zu müssen. Das genieße ich in vollen Zügen."

Caleb nickte, obwohl Crush nicht gerade aussah, als genieße er das Leben besonders. Als der legendäre Pitcher den Flachmann erneut an die Lippen hob, bemerkte Caleb die tiefen Falten um den Mund und die Müdigkeit in seinen Augen.

„Wie läuft es mit dieser Anti-Catfish-Kampagne?", erkundigte sich Crush.

„Noch ist die Petition nicht raus."

„Dieses verdammte Weib."

Caleb brauste innerlich auf. „Sadie Merritt? Ich würde sie nicht so nennen, Sir."

„Nein, nicht die. Die Bürgermeisterin." Crushs frustriertes Ausatmen wurde von einer Alkoholfahne begleitet.

Caleb entspannte sich ein wenig. „Bürgermeisterin Trent. Ich bin ihr noch nicht begegnet. Aber Sie können sie nicht ursprünglich für die Petition verantwortlich machen."

Crush bedeutete Caleb, ihm zu folgen. Sie gingen über den Parkplatz zu dem Stellplatz, der für den Teambesitzer reserviert war. „Mag sein, aber sie könnte diese ganzen Irren stoppen, wenn sie es nur wollte. Diese Kirchenfrauen verehren sie doch. Die tun, was immer sie sagt. Ich würde denen ja sagen, dass sie uns mal kreuzweise können, aber die Friars hassen mich bereits. Die würden sich auf jede Kleinigkeit stürzen, um mich loszuwerden. Ich gehe aber nicht, Hart. Da bin ich stur. Deshalb habe ich meine Spielerkarriere auch erst mit zweiundvierzig beendet. Ich gebe den Dingen gerne Zeit, und ich mache es gerne auf meine Art, ohne Rücksicht auf sonst wen zu nehmen."

Crush machte eine obszöne Geste, als wollte er der ganzen Welt den Finger zeigen. Sie standen inzwischen vor einem eleganten Sportwagen, der in der Spätnachmittagssonne glänzte. Caleb betrachtete den Wagen sehnsüchtig. Das brachte einem eine von Auszeichnungen gekrönte dreiundzwanzigjährige Werfer-Karriere also ein.

„Die heilige Wendy", spottete Crush. „Ich habe sie heute getroffen. Bin direkt in die Höhle des Löwen marschiert. Sie wirkte ziemlich humorlos auf mich. Ich verstehe das Getue nicht, um ehrlich zu sein."

„Ich weiß, dass Sadie großen Respekt vor ihr hat."

Crush stutzte und musterte ihn scharf. „Sadie, ja? Hören Sie mir gut zu, mein Junge. Sie sind Single, richtig? Nie verheiratet gewesen? Geschieden?"

„Nein, nie verheiratet gewesen."

„Ich war dreimal verheiratet. Es ist ein verdammtes Wunder, dass mir überhaupt noch etwas Geld geblieben ist. Ich wollte immer Kinder, doch stattdessen bekam ich ein Baseballteam. Ich hätte mich bei einem Major-League-Team einkaufen können, wenn ich nicht gleich dreimal den Kopf verloren hätte. Warum heiratet ein Mann dreimal, Hart?"

Caleb zuckte die Schultern. Er fragte sich, was wohl in dem Flachmann war und wie viel Crush davon schon getrunken hatte.

„Meine Vorstellungen von Liebe und Familie sind mit mir durchgegangen. Alles ein Haufen Mist. Die Weiber wollen bloß den Ruhm und das Geld. Das wahre Leben passt nicht zu ihren Vorstellungen, deshalb schnappen sie sich, was sie kriegen können. Ich werde Ihnen eine harte Wahrheit anvertrauen. Sind Sie bereit, Hart?" Er drückte auf den Schlüssel, und der Porsche gab ein verheißungsvolles Piepen von sich.

Caleb nickte erneut und wägte die Chancen ab, dass Crush Taylor ihn auffordern würde, mit seinem Wagen eine Spritztour zu unternehmen. Momentan hätte er jedenfalls lieber den Wagen als den Rat dieses Mannes.

„Konzentrieren Sie sich voll auf Baseball. Das wird Sie an die Spitze bringen. Die Mädchen lenken bloß ab. Und wenn Sie oben sind, laufen Ihnen sowieso alle nach. Ich rate Ihnen nicht, wie ein Mönch zu leben. Seien Sie einfach nur schlau. Und heiraten Sie um Himmels willen keine. Nicht, bevor Sie sich einen Namen gemacht haben. Und sorgen Sie für einen verdammt guten Ehevertrag."

Crush öffnete die Fahrertür und warf den Flachmann auf den Beifahrersitz. Wow, der musste fast leer sein.

„Ich habe Sie beobachtet und eine Theorie darüber entwickelt, was Sie bremst."

„Bei allem Respekt ..."

Crush hob die Hand. „Es ist Ihre Sache. Ihre und die der Friars. Ich halte mich da raus. Aber trotzdem, mal ganz unter uns linkshändigen Werfern: Ich habe einen Batzen Geld in diese Schläger-für-Schnecken-Geschichte investiert. Sorgen Sie dafür, dass das kein Zirkus wird, ja? Ich will dieser Eisstatue im Rathaus beweisen, dass sie sich irrt."

Er stieg in seinen Wagen, wobei er sich den Kopf am silbernen Türrahmen stieß.

„Sir, sind Sie sicher, dass Sie noch fahren sollten? Möchten Sie nicht lieber, dass ich Sie irgendwo absetze?"

„Netter Versuch, Hart." Crush zwinkerte ihm zu. „Tun Sie, was ich Ihnen sage, dann verdienen Sie sich selbst einen Porsche."

„Klar."

12. KAPITEL

Zum Auftakt der Kampagne gab es heute Abend nur noch Stehplätze. Selbst die Rasenflächen jenseits des Spielfelds waren überfüllt mit Picknickern und herumtobenden Kindern, die Kaugummiblasen machten und Fangen spielten. Mehr Medienvolk als sonst üblich drängelte sich auf der Pressetribüne. Sadie machte einen großen Bogen um sie, bemerkte jedoch die bekannten Lokalreporter unter den besser gekleideten Mitgliedern der überregionalen Presse.

Schläger-für-Schnecken-Banner schmückten die Kassenhäuschen. Am Eingang erhielt Sadie eine kleine Tüte mit Gummibärchen in Schneckenform. Ihre Aufgabe im Hinterkopf, Bürgermeisterin Trent genauestens Bericht zu erstatten, fotografierte sie alles. Die Gummibärchen bewahrte sie für die Nichte der Bürgermeisterin auf.

Es zeigte sich, dass Sadie ein Ticket bekommen hatte für einen Platz direkt hinter der Home Plate – die Stelle des Feldes, die den Ausgangspunkt für jeden Spielzug bildet und gleichzeitig die Endbase darstellt. Hier sollte Donna sich mit ihr treffen, je nachdem, wann die Mutter des Hais nach Hause kam. Ein bisschen hoffte Sadie, dass ihre Freundin es nicht schaffte, damit sie Caleb nonstop anstarren konnte, ohne sich mit jemandem unterhalten zu müssen.

Die Zuschauer erwarteten das Spiel mit Spannung. Der Geruch von Erdnüssen und Zuckerwatte hing verheißungsvoll in der Abendluft. Der Stadionsprecher hatte die Menge schon eine Weile angeheizt, sie zu Anfeuerungsrufen und Catfish-Klatschen – zweimal lang, einmal kurz, einmal lang – animiert. In der Mitte des Spielfelds war ein Mikrofonständer platziert worden. Auf dem Riesenbildschirm erschienen die Namen der Kinder, die während der Nationalhymne neben den Spielern stehen durften. Eine aufgeregte Horde von ihnen rannte jetzt durch den Gang, der hinaus aufs Spielfeld führte. Eine schlanke junge Frau mit Cowboyhut führte sie auf die diamantförmige

Rasenfläche. Sie ging ans Mikrofon und stellte es auf ihre Größe ein.

„Und nun heißen Sie bitte mit mir Miss Daisy Lynn herzlich willkommen. Sie ist Mitglied des Baptisten-Chors aus der Main Street. Sie wird unseren Lieblingssong für uns und unsere Catfish singen!“ Ein Tosen erhob sich in der Menge. Als fiele es ihm gerade noch ein, fügte der Stadionsprecher hinzu: „Und einen Applaus für den Round Rock Express. Hey, die Jungs sind auch aus Texas, die können nicht alle schlecht sein.“

Sadie verdrehte die Augen, aber die Begeisterung war ansteckend. Wie alle anderen stand sie auf, als die Spieler aufs Spielfeld liefen. Sie entdeckte Caleb sofort. Diese Statur, diesen athletischen Körper würde sie überall wiedererkennen. Er sah so gut aus in seinem Trikot, dass ihr buchstäblich das Wasser im Munde zusammenlief. Sie betrachtete ihn ausgiebig, während er zur Reihe der Spieler trabte und sich neben einen dünnen Jungen stellte, der voller Ehrfurcht zu ihm aufblickte.

Das konnte Sadie gut nachvollziehen.

Caleb lächelte dem Jungen zu und bot ihm die Hand. Ein breites Grinsen erschien auf dem Gesicht des Kleinen, und Sadie musste unwillkürlich auch lächeln. Ihrer Meinung nach stand Caleb die Heldenpose gut. Nur hatte sie den Verdacht, dass sie bei diesem Thema nicht länger objektiv war.

Die junge Frau fing an zu singen, ihre schöne Stimme erhob sich über die andächtig verstummte Menge, vermischte sich mit dem ersten Zirpen der Grillen und dem gelegentlichen Knistern des Mikrofons. Die Frau war gerade bei der letzten Strophe der Hymne angelangt, da beschlossen die Zuschauer, sie sei fertig, und spendeten tosenden Applaus. Der Sängerin schien das nichts auszumachen. Sie winkte fröhlich, dankte kurz und lief dann vom Spielfeld, gefolgt von den Kids.

„Das Spiel beginnt!“, rief der Schiedsrichter.

Sadie setzte sich zufrieden seufzend und schob die Hand in die Schachtel Cracker Jacks. Die Atmosphäre im Stadion war fröhlich-aufgeputscht, und sie liebte es, wie alle sich einstimmten auf das Motto „Schläger für Schnecken“. Die Gummi-

Schnecken waren ein voller Erfolg. Auf dem Riesenbildschirm erschienen hin und wieder Fakten über die Zehenhornschnecke. „Wussten Sie, dass die Zehenhornschnecke ein Ureinwohner Texas' ist?" Dazu ein mit Photoshop bearbeitetes Bild einer Schnecke mit Cowboyhut. Das löste ein Johlen beim Publikum aus.

Alle Probleme, die Sadie bedrückt hatten, verschwanden, als hätten sie nie existiert. Was konnte besser sein als Baseball an einem warmen Sommerabend und die Chance, den Mann, für den sie schwärmte, die ganze Zeit anhimmeln zu können?

Sie hatte jedenfalls die Absicht, diese Gelegenheit voll auszukosten. Schließlich war sie ja auch bestens vorbereitet. Sie hatte das kleine Fernglas ihrer Mutter mitgebracht, mit dem diese früher die Kolibris im Garten beobachtet hatte. Die Cat fish liefen aufs Feld und nahmen ihre Positionen ein, während der erste Schlagmann von Round Rock noch rasch ein paar Lockerungsübungen absolvierte. Sadie richtete das Fernglas auf Caleb, der zum Aufwärmen einem kräftig gebauten Fänger mit Schutzmaske Bälle zuwarf. Er kaute auf irgendetwas herum, und ein kleiner Wangenmuskel zuckte in seinem Gesicht. Falls er nervös war, ließ er es sich nicht anmerken. Im Gegenteil, er wirkte cool, gelassen und vollkommen beherrscht. Und zum Niederknien attraktiv mit diesem intensiven Funkeln in den stahlgrauen Augen.

Sadie erinnerte sich daran, wie er ausgesehen hatte, als er sie zum Höhepunkt gebracht hatte, und musste für einen Moment das Fernglas sinken lassen, um tief einzuatmen. Es schien kaum möglich zu sein, dass dieser selbstbewusste, beherrschte Mann bei ihr völlig die Kontrolle verloren hatte. Er hatte sogar in seine Jeans ejakuliert.

Unwillkürlich hielt sie sich die Hand vor den Mund, um ein Kichern zu unterdrücken.

Der ältere Mann zu ihrer Rechten zwinkerte ihr zu. Er trug einen verwitterten Hirschjägerhut, und an das eine Knie hatte er einen Gehstock gelehnt. „Muss Ihnen nicht peinlich sein, Mädchen. Alle Frauen himmeln Hart an, seit er hier ist."

„Ich himmele ihn nicht an“, erwiderte sie errötend. „Ich sehe mir bloß das Spiel an.“

„Tja, also wenn Sie ihn nicht anhimmeln, sind Sie die Einzige. Sehen Sie mal da drüben.“ Er zeigte auf eine Gruppe von Mädchen, die sich über das Geländer oberhalb des Mannschaftsunterstandes beugten. Mit ihren bauchfreien T-Shirts und den toupierten Haaren hätten sie ebenso gut Statistinnen in einem Musikvideo sein können. Lachend und johlend hielten sie ein Banner hoch, auf dem stand: „He, Caleb, komm und hol uns, Baby!“

„Seit er die Tribüne gestürmt und sich auf diesen Mann gestürzt hat, hoffen die Mädchen natürlich, dass er das auch bei ihnen macht“, erklärte ihr Nachbar.

Sadie schnaubte. „Wie albern. Das war garantiert ein einmaliger Zwischenfall. Es gehört ja nicht gerade zur Gewohnheit von Spielern, auf die Tribüne zu klettern.“

„Zumindest nicht während eines Spiels. Aber bei Hart weiß man nie. Der Mann ist unberechenbar wie der Blitz. Aber gerade das macht ihn so gut.“

Sadie hob wieder das Fernglas und bekam Calebs konzentriertes Gesicht in den Blick. „Ich verstehe nicht so viel von Baseball. Wie gut ist er denn eigentlich?“

Brauchte hier irgendwer einen Vorwand, um über Caleb zu sprechen?

„Das ist die spannende Frage. Hart könnte einer von den ganz Großen werden. Er hat das Zeug dazu. Wirft einen hundert Meilen schnellen Fastball, ziemlich treffsicher, und er hat diesen Hunger. Außerdem besitzt er Siegeswillen, und den kann einem keiner beibringen. Ich habe Nolan Ryan werfen sehen, Catfish Hunter, Crush Taylor, und die besaßen allesamt diese Eigenschaft. Wissen Sie, welche?“

„Nein, welche denn?“ Sadie tat nicht länger so, als wäre sie nicht vollkommen fasziniert von dem, was der Mann ihr erzählte.

„Starqualität. Wenn die auf dem Werferhügel stehen, nimmt man kaum noch irgendjemand anderen wahr. Es ist, als hielten sie das ganze Spiel in ihrer Hand. Das ist atemberaubend. Wie Picasso beim Malen zuschauen oder Aretha Franklin zuhören, wenn sie den Blues singt. Caleb Hart hat das auch. Versuchen Sie mal, woandershin zu schauen, wenn er wirft. Ich wette mit Ihnen um eine Schachtel Cracker Jacks, dass Sie das nicht können."

„Ich wette nicht."

Außerdem würde Sadie diese Wette ohnehin verlieren, denn es gelang ihr ja nicht mal, das Fernglas nicht permanent auf den Mann auf dem Werferhügel zu richten. Caleb sah über seinen Fanghandschuh hinweg zum Fänger, nickte leicht und bog den Oberkörper zurück. Mit rasender Geschwindigkeit warf er den Ball Richtung Home Plate und berührte beim Vorschnellen des Oberkörpers beinah mit der rechten Hand den Boden. Sadie hielt das Fernglas auf sein Gesicht gerichtet, auf dem sich Zufriedenheit über den Applaus des Publikums widerspiegelte.

„Strike!", rief der Schiedsrichter.

Der Mann neben Sadie klatschte einmal. „Guter Start. Wenn er dem Ball diesen Drall gibt, kriegt ihn keiner. Jeder wettet übrigens, Mädchen."

„Ich nicht", erwiderte sie mit Bestimmtheit. „Ich überlasse die Dinge nicht gern dem Zufall. Der Zufall kann alles zunichtemachen."

Der Mann lachte. „O ja, er hat die hässliche Angewohnheit, Pläne zu durchkreuzen. Wissen Sie, was eine Nebenwette ist?"

Der junge Mann in der Reihe vor ihnen, der mit seiner hübschen blonden Frau und zwei unruhigen Jungen dort saß, drehte sich bei diesem Stichwort zu ihnen um. „Ich mache mit. Ich wette zehn Dollar auf die erste Pinkelpause von Catfish Bob. Gegen Ende des vierten Durchgangs."

„Abgemacht." Die beiden Männer schlugen ein.

„Dürfen Sie das überhaupt?" Sadie beugte sich zu ihm herüber und senkte die Stimme. Auf dem Feld war der erste Schlagmann aus. Caleb zupfte am Schirm seiner Mütze, umrundete den Werferhügel und wartete auf sein nächstes Opfer.

„Klar, warum nicht? Schadet doch niemandem. Und diese Spiele können schrecklich lange dauern."

Der andere Mann vor ihnen meinte belustigt: „Ich hab noch eine für Sie. Wie lange hält der Pitcher durch? Schafft er diesmal fünf Innings?"

„Da mache ich nicht mit. Gegen einen Pitcher wie Hart wette ich nicht."

In diesem Moment lenkte das laute Krachen des Schlägers die Aufmerksamkeit aller zurück auf das Feld. Ein Schlagmann hatte den Schläger so heftig geschwungen, dass er auf den Knien im Sand gelandet war. Sein Schläger war zerbrochen. Der Fänger, den Sadie jetzt als den Typen aus dem Roadhouse erkannte, richtete sich auf. Er hatte den Ball sicher im Handschuh. Es sah aus, als versuche er, nicht über die Haltung des Schlagmannes zu lachen. Er warf den Ball zurück zu Caleb und bot dem Schlagmann die Hand, um ihm aufzuhelfen. Der ignorierte sie, kam selbst auf die Füße und marschierte zum Unterstand der Gastmannschaft. Er erntete Pfiffe und Gejohle.

An den Seitenlinien tanzte Catfish Bob, das Maskottchen, und reckte die Faust in die Luft, womit er das Publikum zu weiterem Jubel anfeuerte. Die Mädchen mit dem Banner hüpften auf und ab und kreischten Calebs Namen.

Caleb achtete nicht auf die Zuschauer, sondern konzentrierte sich auf den Ball in seinen Händen, den er intensiv betrachtete, während der nächste Schlagmann auf die Home Plate kam. Was ging ihm nur durch den Kopf? Wie hielt er das aus, im Zentrum der Aufmerksamkeit so vieler Menschen zu stehen? *Tausende Zuschauer beobachten jede deiner Bewegungen, analysieren sie, bewundern dich, zweifeln an dir, beneiden dich. Der Druck muss enorm sein.*

Und was war mit seinem Geheimnis, das er zu wahren versuchte? Sorgte es dafür, dass Caleb jedes Mal, wenn er den Werferhügel betrat, Angst bekam? Angst, dass irgendjemand ihn als Sohn des notorischen Betrügers Thurston Hartwell identifizieren könnte?

Auch der nächste Schlagmann flog hinaus. Drei Schlagmänner, drei Strikeouts. Die Catfish-Fans waren außer Rand und Band, als die Teams schließlich in den Unterständen verschwanden. Catfish Bob schlug Räder vor der Third Base. Der Katy-Perry-Song „Roar“ dröhnte aus den Lautsprechern. Die ersten Sterne funkelten am Himmel über den Tribünen. Ein angenehmer Schauer überlief Sadie.

Magie. Das war es, was sie hier erlebte.

Sie richtete ihr Fernglas auf den Unterstand der Catfish und kam sich dabei vor wie eine Spionin. Dann schaute sie auf den Riesenbildschirm, auf dem ein neuer Schläger-für-Schnecken-Text erschien: *Wollt ihr zusammen mit den Catfish helfen, unsere seltenen Kilby-Schnecken zu retten? Na klar, die sind schleimig. Aber ihr wisst ja wohl, wie gut man mit ihnen Fisch fängt, oder?*

Sadie verzog das Gesicht. Nun, wenn das beim Baseballpublikum in Kilby ankam, dann konnte sie damit leben.

Also, Catfish-Fans, schürzt die Lippen! Jedes Mal, wenn ihr eine Schnecke küsst, bringt das einen Dollar für die Kampagne. Rettet unsere Schnecken!

Auf dem Riesenbildschirm erschien ein Cartoon von einer Schnecke mit gigantischen Lippen. Die Live-Kamera wurde dazugeschaltet, sodass es aussah, als würde die Person, die gerade von der Kamera erfasst wurde, die Schnecke küssen. Die Kamera schwenkte über die Menge. Als sie eine junge Frau mit Pferdeschwanz und Catfish-Cap einfing, lachte sie und hielt sich die Hände vors Gesicht. Doch als die Menge klatschte und sich Sprechchöre erhoben, ließ sie die Hände sinken, lächelte schüchtern und schürzte die Lippen, als würde sie die wulstigen Lippen der Schnecke küssen.

Alle lachten und jubelten. Sadie musste auch grinsen. Die Kampagne war ein Erfolg, denn sie war wirklich cool.

Die gegnerische Mannschaft war nun in der Verteidigung, was bedeutete, dass sie den Werfer stellte. Sadie richtete das Fernglas auf den Mannschaftsunterstand, wo sie Caleb entdeckte, der mit dem Fänger plauderte. Dieser band sich gerade die übergroßen Knieschützer ab. Caleb sah entspannt aus, er hatte die Beine ausgestreckt, und der Stoff seiner weißen Hosen spannte über den muskulösen Oberschenkeln. Den Fanghandschuh hatte er auf sein Knie gelegt und hielt ihn dort mit einer Hand fest. Plötzlich erinnerte Sadie sich daran, wie diese Hand sich auf ihrem Körper angefühlt hatte.

Hastig schwenkte sie das Fernglas in eine andere Richtung. Verschwommen zogen die vielen Gesichter vorbei. Doch statt den Riesenbildschirm zu finden, blieb sie an einem inzwischen bekannten Gesicht hängen. Bingo befand sich schon wieder auf der Tribüne. Diesmal trug er eine Hornbrille, und damit sah er aus wie ein Professor. Trotz der Brille erkannte Sadie ihn sofort an seinem gewinnenden Lächeln. Er schwatzte munter mit seinen Nachbarn und schüttelte jedem die Hand.

Zum Glück hatte Caleb ihn noch nicht bemerkt. Er war nach wie vor in die Unterhaltung mit seinem Fänger vertieft. Der Stadionsprecher verkündete: „Als Nächstes haben wir die Spitze des Catfish-Lineup, Dwight Conner, T. J. Gates und zum dritten Mal als Batter den Fänger Mike Solo."

Sadie erschrak, als jemand ihr auf die Schulter klopfte. Ein Junge in Batboy-Uniform stand hinter ihr. Er überreichte ihr einen Zettel und rannte gleich wieder weg. Sie entfaltete den Zettel und las: *Lass uns nach dem Spiel zusammen rausgehen. C. H.*

Sie schaute auf und entdeckte ihn im Unterstand. Er sah direkt in ihre Richtung und zwinkerte. Prompt bekam sie weiche Knie, obwohl sie doch saß.

Du lieber Himmel, sie steckte definitiv in Schwierigkeiten.

Mit dem 3:0-Sieg gegen die Express-Mannschaft verbesserte Caleb seine Statistik auf respektable 3.42. Er schaffte sieben Strikeouts und kassierte keinen Gegenpunkt. Noch ein paar Spiele wie dieses, und er war wieder im Geschäft. Hinterher duschte er schnell, verschlang am Buffet einen Hamburger und eilte zum Ausgang.

Auf dem Weg hinaus nahm er die Glückwünsche und das Schulterklopfen kaum wahr. Draußen trat er in die warme Nachtluft und schaute zu einer kleinen Gruppe von Leuten auf dem Parkplatz. Sadie stand etwas entfernt von den anderen. Sie trug eine schlichte Khakihose, dazu ein ärmelloses violettes Top. Im Laternenlicht sah es aus, als würde ein rötlicher Heiligenschein über ihrem Haar schweben. In Calebs Innerem entspannte sich etwas. Bei Sadies Anblick fühlte er sich gleich besser. Besser ... genauer vermochte er es nicht zu benennen.

Er ging zu ihr, angezogen von ihren dunklen Augen, die leuchteten wie Feuerwerk am vierten Juli. Ihr reizender Mund öffnete sich. Anscheinend wollte sie etwas sagen, doch ehe er groß nachdenken konnte, hatte er sie schon auf die Arme gehoben und küsste sie. Ihr Körper schmiegte sich an seinen. Beinahe sofort bekam Caleb eine Erektion.

Du Idiot, beschimpfte er sich im Stillen. Wollte er sie etwa jedes Mal küssen, sobald sie sich sahen? Er hatte Crushs Warnung nicht vergessen, und er wusste, dass sie berechtigt war. Aber wenn er mit Sadie zusammen war, schien einfach nichts anderes mehr zu zählen. Am liebsten hätte er sie mit Haut und Haaren verschlungen. Er wollte sie dazu bringen, sich gehen zu lassen wie in dem alten Chevy.

Aus dem Augenwinkel nahm er weitere Spieler wahr, die durch die Doppeltüren am Eingang nach draußen strömten. Ein Kuss war schlimm genug, doch ein Kuss und das gesamte Team als Zeugen ... diese Art von Aufmerksamkeit konnte Sadie nicht gebrauchen. Also löste er sich von ihr, wenn auch nur äußerst widerstrebend.

„Was du mit mir machst", murmelte er und strich mit dem Daumen über ihre Lippen. „Das ist verrückt."

Sie räusperte sich und wirkte ebenfalls aufgewühlt. „Eigentlich wollte ich gerade sagen: Gutes Spiel."

Caleb nickte. „Hat Spaß gemacht. Ich könnte noch ein paar dieser Sorte gebrauchen. Bist du hungrig oder noch satt von Cracker Jacks und Erdnüssen?"

„Ich bin hungrig, aber … ich sollte nicht …" Sie biss sich auf die Unterlippe. Er wartete geduldig und drängte sie nicht. „Okay."

Zufrieden grinste er. Da sie beide mit dem Wagen gekommen waren, folgte er Sadie zu einem kleinen Tex-Mex-Restaurant namens Tico Taco. Bei einer Platte Enchiladas, die so voll war, dass die Pintobohnen herunterkullerten, sprach Sadie die ganze Zeit von der Kampagne, als handele es sich um ein Geschäftsessen. Sie redete von dem bevorstehenden Auftritt der Catfish in einer Bäckerei und darüber, wie aufgeregt alle schon waren.

Auch Caleb war aufgeregt, allerdings nicht aus denselben Gründen. Er spürte, wie ihr Bein unter dem Tisch seines streifte. O ja, davon gerne noch ein bisschen mehr. Kaum merklich rutschte er ein wenig nach vorn, sodass sie ihr Bein gegen seines drücken musste. Röte stieg ihr in die Wangen. Er beobachtete es voller Verlangen und genoss die Wirkung, die Sadie auf ihn hatte, denn er wusste, dass es umgekehrt genauso war.

Seine Sadie konnte ruhig so tun, als sei es anders, aber sie wollte ihn.

Seine Sadie. Was war nur los mit ihm? Sadie gehörte nicht ihm, konnte ihm nicht gehören. Er musste erst einmal seine Karriere retten. Seine jüngeren Brüder weiter unterstützen. Seinen Vater aus Schwierigkeiten und Ärger heraushalten. All die Gründe, weshalb er sich lieber von Sadie fernhalten sollte, gingen ihm durch den Kopf, sodass er fast nicht mitbekommen hätte, was sie sagte.

„… sollten auf rein beruflicher Ebene bleiben … nur die Schnecken-Kampagne, sonst nichts."

Er richtete seine ganze Konzentration wieder auf sie. „Wie bitte?"

Sie spielte mit ihrer Gabel und zog sie durch den See aus Bohnen auf ihrem Teller. „Was bei mir zu Hause passiert ist, war ein Fehler."

Von wegen. „Hast du dir Crush angehört?"

„Was meinst du damit?"

„Crush behauptet, Frauen seien schlecht für eine Baseballkarriere. Er hat mir einen Vortrag darüber gehalten."

Sie wich zurück. Das rote Licht von der unechten Kerze in Kaktusform flackerte auf ihren Wangenknochen. Ein Feuer loderte in den Tiefen ihrer Augen. „Ach, wirklich? Und, hast *du mir* zugehört? Denn ich bin mir ziemlich sicher, eine Einladung von dir bekommen zu haben, überbracht von einem Balljungen."

Er beugte sich über den Tisch und umfasste leicht ihr Kinn. „Hey. Es ist mir egal, was Crush sagt. Außerdem halte ich das, was bei dir zu Hause passiert ist, nicht für einen Fehler. Ginge es nach mir, würde ich jetzt in diesem Augenblick mit dir im Bett liegen. Ich würde die ganze Nacht mit dir verbringen, und ich würde erst wieder gehen, wenn sie mich für das nächste Spiel aus deinem Bett zerren. Anschließend würde ich gleich zurückkommen und weitermachen."

„Na ja, und ich würde bloß daliegen und auf dich warten, was?" Ihre Pupillen weiteten sich und hoben sich schwarz von dem leuchtenden Dunkelbraun ab.

„Ja." Seine unverblümte Antwort ließ sie stutzen.

Obwohl ihr Mund noch einige Zentimeter von seinem entfernt war, knisterte es gefährlich zwischen ihnen. Er fühlte ihre zarte Haut unter seiner Hand, sah das unruhige Flackern in ihrem Blick und ahnte, was es heißen mochte, einen Blitz in Händen zu halten.

Das Kameraklicken veranlasste ihn zu einem Seitenblick. Ein kräftig gebauter Kerl in den Zwanzigern, mit einer Footballjacke der Kilby Highschool bekleidet, stand vor ihnen. Eine etwas kleinere Ausgabe des Typs lauerte dahinter. Der Große hielt ein iPhone in der Hand. „Das muss ich schleunigst bei Facebook posten. Schlampen-Sadie treibt's wieder."

13. KAPITEL

Sadie kam sich vor wie in einem dieser Albträume, wenn man zu schreien versucht und keinen Ton herausbringt. Sie sprang auf und schnappte nach Luft, wie ein Fisch auf dem Trockenen. „Was fällt euch … Wehe …"

Hamilton und sein grauenhafter Freund Steve, der das Geburtstags-Sexvideo veröffentlicht hatte, grinsten sie hämisch an. „Wir haben gehört, du machst neuerdings für die Catfish die Beine breit", meinte Hamilton. „Nett, es live bestätigt zu sehen."

Ekel stieg in ihr auf. Steve legte die Hand vorn auf seine Hose und tat, als würde er seinen Schwanz reiben.

„Ich …" Das Blut rauschte Sadie in den Ohren. Vielleicht würde ja gleich ihr Kopf explodieren und dieser schrecklich peinliche Moment auf diese Weise enden. Sie könnte in die Küche rennen und den Kopf in den Ofen stecken. Oder in einen Bottich heißer Sauce. Sie wollte nur noch sterben.

Plötzlich schoss eine große Hand vor und packte Hamilton am Hemdkragen, so fest, dass sein Gesicht rot anlief.

„Lösch das", war Calebs tödlich kalte Stimme zu hören.

„Von wegen …" Hamilton keuchte. „Steve!"

Steve holte aus und schlug Caleb ins Gesicht. Das Krachen von Knochen auf Knochen hallte durch das ganze Restaurant. Caleb schüttelte die Wirkung dieses Treffers einfach ab und verpasste dem Angreifer mit der freien Hand einen Hieb in den Magen. Steve taumelte rückwärts. Der Kellner zückte ein Handy und rief wahrscheinlich die Polizei.

Ach du Schande. Caleb prügelte sich mit Hamilton. Die reinste Katastrophe. Was, wenn Caleb verletzt wurde? Was, wenn es sich herumsprach? Ein weiterer Ausrutscher eines Catfish-Spielers. Dabei sollte Sadie sich doch unauffällig verhalten, um die Bürgermeisterin zu schützen. Sie musste Caleb so schnell wie möglich von hier wegbringen.

Sie zerrte an seinem Arm. „Komm schon, verschwinden wir", flüsterte sie panisch.

Caleb achtete gar nicht auf sie, sondern war ausschließlich auf Hamilton fixiert. Er zerrte ihn vom Boden hoch, hielt ihn aber weiter umklammert. „Du dämlicher Arsch. Noch ein Foto oder eine solche Bemerkung über Sadie, und du wirst es büßen."

„Sie ... wissen ... wer ... ich ...", tobte Hamilton, sofern ein Mann in tödlicher Umklammerung zu toben imstande war.

„Ich weiß nicht, wer du bist, und es ist mir auch völlig egal. Nie mehr, verstanden?"

„Lass ihn los." Sadie zerrte weiter an Calebs Arm. Seinem rechten Arm. Der, mit dem er nicht warf. Um Himmels willen, da musste eine unglaubliche Kraft drinstecken. „Das ist es nicht wert. Lass uns von hier verschwinden. Bitte, Caleb. Bitte."

Endlich schien ihr Flehen zu Caleb durchzudringen. Er stellte Hamilton wieder auf den Boden, ließ ihn jedoch noch nicht los. „Diesmal hast du noch Glück gehabt, Schwachkopf." Mit der freien Hand zog er ein paar Geldscheine aus der Tasche und warf sie auf den Tisch. „Hier, bitte geben Sie sich ein ordentliches Trinkgeld", rief er dem Kellner zu, der sein Handy zuklappte. „Außerdem möchte ich Sie bitten, jedem, der diese Szene miterleben musste, ein bisschen extra Avocado-Dip zu bringen."

Caleb legte den Arm um Sadie und drückte sie eng an sich, sodass sie seinen wilden Herzschlag spürte. Dann stieß er Hamilton gegen die Wand und verfehlte dabei nur knapp einen riesigen Kaktus. Hamilton stützte die Hände auf die Knie und keuchte.

Sadies Ängste verflogen mit einem Mal, an ihre Stelle trat ein Gefühl tiefer Genugtuung. Hamilton hatte das verdient. Und noch mehr. Vielleicht sollte es ihr keine Freude bereiten, ihn so zu sehen, besiegt und gedemütigt. Aber wow, das tat es. Am liebsten wäre sie vor Freude herumgehüpft und hätte gejubelt. Stattdessen musste sie fast schon rennen, um mit Caleb auf dem Weg aus dem Restaurant Schritt zu halten.

„Ich habe ihn viel zu leicht davonkommen lassen", sagte er und blieb am Ausgang, der auf den Parkplatz führte, stehen.

„Ist doch egal. Du musst jedenfalls weg von hier. Bevor die Polizei eintrifft. Der Polizeichef ist Hamiltons Onkel."

„Das war dein Ex? Hamilton?"

Sie nickte. „Geh. Bitte."

„Du kommst mit. Ich will nicht, dass du dich allein mit denen auseinandersetzt."

Sie zog ihren Autoschlüssel aus der Tasche. „Ich bin selbst mit dem Wagen hier. Schon vergessen?"

„Dann fährst du zuerst los. Ich rühre mich erst von der Stelle, wenn ich weiß, dass du sicher auf dem Weg bist."

„Aber Caleb, du verstehst nicht!" Sie wollte schreien. „Wenn Chief Wade hier aufkreuzt und Hamilton so vorfindet …"

„Ich habe mich nur selbst verteidigt. Er hat zuerst zugeschlagen, oder vielmehr schlagen lassen."

„Wir sind hier in Kilby, und Hamilton ist ein Wade. Bitte, Caleb." Sie flehte inständig auch im Stillen, er möge auf sie hören.

Nur äußerst widerstrebend gab er schließlich nach. „Also gut. Trotzdem fährst du zuerst. Kannst du fahren?"

„Ja. Kein Problem. Bitte."

„Ruf mich an, sobald du zu Hause bist." Mit einem letzten durchdringenden Blick entließ er sie, und Sadie lief zu ihrem Corolla. Im Nu hatte sie ihren Wagen gestartet und umklammerte das Lenkrad, damit ihre Hände nicht mehr so zitterten.

Caleb hatte sie verteidigt. Etwas Derartiges hatte noch kein Mann für sie getan.

Als er schließlich in seinen Wagen stieg und ihr vom Parkplatz folgte, sprang ihr das Herz fast aus der Brust. Caleb, ihr Held. Ihr Verteidiger. Und er hatte keinen Schimmer, wovor er sie verteidigte.

Furcht beschlich sie. Sie würde ihm alles erzählen müssen.

Nur wann? Die Catfish hatten eine Serie von Auswärtsspielen in Colorado Springs und starteten am nächsten Morgen. Am Telefon konnte Sadie ihre Geschichte nicht erzählen, daher hing das Unausgesprochene bei jedem Telefonat mit Caleb zwischen ihnen. Caleb drängte sie nicht, ihm zu erklären, was im Tico Taco passiert war, aber natürlich wusste sie, dass er neugierig war. Wer wäre das nicht?

Zum Glück hatten die Wades wegen Hamiltons Auseinandersetzung mit Caleb öffentlich weder etwas verlauten lassen noch etwas unternommen. Vielleicht hatte Hamilton gar nichts erzählt. Aber wenn, dann wäre das ein erstes Mal. Normalerweise stand die gesamte Familie fest zusammen, wenn einer der Ihren Mist baute.

Sadie sah Caleb erst am Tag des großen Cupcake-Werbe-Events wieder, dem die Fans entgegengefiebert hatten.

Die Bäckerei von Bretts Schwester, What's Up, Cupcake, lud die Catfish-Spieler ein, einen Tag lang „Schläger-Sweetheart"-Cupcakes zu backen und zu dekorieren. Rasend schnell sprach sich herum, dass man tatsächlich einen Cupcake kaufen konnte, den ein echter Baseballspieler dekoriert hatte. Als Sadie dort eintraf, reichte die Schlange schon bis um die nächste Häuserecke.

Ihre Rolle bestand darin, Fragen über die Zehenhornschnecke zu beantworten. Sie erwartete keinen großen Ansturm.

Brett hatte ihr die gesamte Öffentlichkeitsarbeit überlassen.

„Du kannst dich um die Presse kümmern", hatte er am Telefon gesagt. „Du bist der Profi."

Das war Musik in Sadies Ohren gewesen. Wenn es ihr gelang, als kompetenter Profi gesehen zu werden, statt als Hamiltons Skandal-Ex, hatte sich diese Geschichte gelohnt.

Sie machte rasch eine Runde durch die Bäckerei, um sich einen Überblick zu verschaffen, wie die Dinge liefen. What's Up, Cupcake war voller großer, gut aussehender Baseballspieler. Nur war keiner von ihnen Caleb. Die Räumlichkeiten vibrierten förmlich vor Testosteron. Die Spieler amüsierten sich köstlich bei dem Projekt. Sie scherzten mit den Kunden und zogen sich gegenseitig auf.

Dwight Conner, der muskulöse Centerfielder, musste den Teig anrühren und beugte sich gerade über eine riesige Schüssel. „Hey, Fotografin!" Er pfiff die junge PR-Assistentin herbei, die die Fotos schoss. „Schauen Sie mal.“ Er warf einen Baseballschläger wie ein Tambourmajor in die Luft und tat anschließend, als wolle er damit den Teig anrühren. Bei seinem breiten Grinsen und der albernen Haltung konnte Sadie sich gut vorstellen, das Foto am nächsten Tag auf der Titelseite der Tageszeitung zu sehen.

Gold. Pures Gold.

Bei der Deko-Station war am meisten los. Ein langer Tisch mit weißer Papiertischdecke war mitten in der Bäckerei aufgebaut worden. Dahinter standen die Spieler und kreierten mithilfe von Glasurtuben und bunten Streuseln ihre Meisterwerke. Manche schrieben mit Glasur ihre Initialen, manche zeichneten simple Schneckenbilder. Vor einem Spieler lateinamerikanischer Herkunft hatte sich eine lange Schlange gebildet, und Sadie erkannte auch schnell den Grund dafür. Mit schlafwandlerischer Sicherheit und atemberaubender Kunstfertigkeit übertrug er akribisch genau das Foto einer Schnecke auf einen großen Cupcake.

„Mann, ich dachte, Ramirez vertrödelt bloß seine Zeit mit seinem Zeichenblock“, brummte Mike Solo und schnappte sich eine Platte frisch gebackener Cupcakes. Er trug ein rotes Kopftuch und sah damit aus wie ein Pirat. Nur dass er auf der Hand ein Tablett unverzierter Cupcakes balancierte. „Wenn ich versuchen würde, eine Schnecke auf einen dieser Kuchen zu malen, würde sie aussehen wie mein Schwanz.“

„Du kannst es nicht lassen, was?“, fuhr Jim Lieberman, der Shortstop, ihn an. „Es gibt eine Million Worte in unserer Sprache, aber du musst dich immer für ‚Schwanz‘ entscheiden.“

„Stimmt nicht. ‚Schwachkopf‘ benutze ich auch.“ Solo gab ihm eine Kopfnuss.

„Lass. Das. Sein.“ Lieberman drohte ihm mit einer Tube Glasur.

„Willst du mich etwa glasieren?“ Mike grinste und zwinkerte der PR-Assistentin zu. „Nur zu. Das haut rein. Ich wette, ich kann jemanden dazu bringen, alles fein säuberlich abzulecken.“

Die PR-Assistentin verdrehte die Augen und flüsterte Sadie ins Ohr: „Ich bin diese Typen ja gewöhnt, aber wenn die zu grob werden, sag mir Bescheid."

„Alles bestens", flüsterte Sadie zurück. „Gehen wir nach vorn und machen ein paar Fotos von den Cupcakes. Aber pass auf, dass die nicht aussehen wie der ... von jemand. Du weißt schon."

Nachdem Mike es erwähnt hatte, kamen Sadie die Schnecken tatsächlich alle ein wenig phallisch vor. Vielleicht lag das aber auch an ihr, weil sie einfach nicht aufhören konnte, an Calebs wundervollen Körper zu denken ...

Und dann kam er hereinmarschiert, und jede Zelle in ihrem Körper war alarmiert. *Caleb ist hier! Caleb ist hier!*

Natürlich war sie nicht die Einzige, die seine Anwesenheit bemerkte. Ein Raunen ging durch die Menschenmenge, die sich um ihn scharte und um Autogramme bettelte. Die PR-Assistentin schoss Fotos, während Sadie sich im Hintergrund hielt. Denn das, was sie ihm zu sagen hatte, würde diesen Moment nur ruinieren.

Während Caleb seinen Platz hinter dem Bankettisch einnahm, kam sie nicht umhin, wieder einmal seine anmutigen Bewegungen zu bewundern. Man sollte meinen, all die Muskeln würden Anmut eher verhindern, aber das Gegenteil schien der Fall zu sein. Sie bildeten eine synchrone Einheit, spannten und entspannten sich auf genau die richtige Art. Er band sich eine Schürze um – ja, auch das gelang ihm sehr sexy – und schaute auf. Ihre Blicke trafen sich. Er sah besser aus denn je – seine Augen waren von einem klaren Grau mit einem Hauch Blau, das Gesicht gebräunt vom Werfen unter der texanischen Sonne.

Sie nahm ihren Mut zusammen. Besser, sie brachte das so schnell wie möglich hinter sich. „Caleb, könnte ich dich kurz sprechen, bevor du anfängst?"

„Klar", entgegnete er knapp. Er verließ den Tisch, quetschte sich an den anderen Spielern vorbei, die mit ihren Glasurtuben aufgereiht dastanden. Dieses Gefühl der plötzlichen Distanz zwischen ihr und Caleb machte Sadie tieftraurig, aber vielleicht versuchte er ja nur, professionell zu sein. Schließlich befanden sie sich hier in der Öffentlichkeit.

Und zwar nicht zu knapp. Die Fans drängten sich jetzt um Caleb. Alle wollten mit ihm reden, über seinen bevorstehenden Durchbruch zu den ganz großen Stars, wollten wissen, ob er sich darüber ärgerte, dass er nicht für das All-Star-Team der Pacific League berücksichtigt worden war. Er beantwortete geduldig die Fragen, während Sadie immer nervöser wurde. Endlich fanden sie doch eine ruhige Ecke in der Backstube, in der Dwight zur Musik aus seinen Ohrstöpseln rockte.

„Ich muss dir erklären, was im Tico passiert ist", sagte Sadie leise.

Caleb stützte sich mit der Hand gegen die Wand, während er ihr zuhörte. „Du musst mir gar nichts erklären. Wir haben alle unsere Geheimnisse."

„Aber ich will vor dir keine Geheimnisse haben."

Dieses offene Geständnis erzeugte ein kurzes Flackern in seinen stahlgrauen Augen. „Na schön. Ich höre."

Sie holte tief Luft. „Als ich mit Hamilton Schluss gemacht habe ..."

„Hart! Was machst du denn da? Flirtest du, während der Rest von uns schuftet?" Mike Solos breit grinsendes Gesicht erschien neben ihnen. Er trug ein leeres Tablett auf der Hand.

„Hau ab, Solo", knurrte Caleb. „Sadie erzählt mir gerade etwas."

Ihr Herz pochte, und sie war sich nicht sicher, ob vor Erleichterung über die Galgenfrist oder aus Frustration.

„Entschuuuldige bitte. Dachte nur, du willst vielleicht wissen, dass unser neuester Catfish gerade eingetroffen ist."

Caleb horchte auf. „Wer?"

„Nein, ich haue jetzt ab, wie befohlen." Mike bewegte sich in Richtung Ofen, aus dem Dwight gerade ein Blech mit frischen Cupcakes zog. „Quatscht ruhig weiter."

Caleb konzentrierte sich wieder auf Sadie. „Vielleicht ist das hier nicht ganz der richtige Ort."

„Du hast vollkommen recht, aber ich muss es dir sagen, und …“

„Sadie, da sind Sie ja.“ Burwell Brown tauchte auf, mit gezücktem Notizbuch. „Können Sie mir etwas über die Anatomie der Zehenhornschnecke erzählen? Hat sie Hörner wie Zehen oder Zehen wie Hörner?“

„Burwell“, presste sie hervor. „Geben Sie mir eine Minute, ja?“

„Ja, klar doch. Wo ich schon mal hier bin, Caleb – möchten Sie einen Kommentar dazu abgeben, dass Trevor Stark zum Team stößt? Es gibt Gerüchte, dass es zwischen Ihnen böses Blut gab.“

„Kein Kommentar. Und das ist inoffiziell.“

„Wie kann ‚kein Kommentar‘ inoffiziell sein? Warum wollen Sie nicht mit der Presse reden?“

Caleb verschränkte die Arme vor der Brust und bedachte Brown mit einem tödlichen Blick. Der Reporter zuckte nur die Schultern und wandte sich ab, wobei er fast mit einem Mann zusammenstieß, der erstaunlich helles Haar und leuchtend grüne Augen hatte. Eine dünne weiße Narbe verlief unterhalb des einen Wangenknochens, was seiner Schönheit keinen Abbruch tat, sondern sie eher noch auf interessante Weise akzentuierte.

„Stark“, sagte Caleb und musterte den anderen misstrauisch.

„Hart.“

Brown horchte auf und hielt gebannt den Stift über dem Schreibblock.

Sadie stöhnte innerlich. Das musste Trevor Stark sein. Sie hatte von dem berühmt-berüchtigten Spieler gelesen. Er war ein erfolgreicher Schlagmann und Rebell, der in der Vergangenheit mit Alkohol- und Drogenproblemen zu kämpfen gehabt hatte. Die Friars hatten ihn frisch eingekauft und ihn, obwohl er alle Drogentests bestanden hatte, in das Minor-League-Team geschickt, um sicherzustellen, dass er wirklich clean war, bevor man ihn dem heimischen Publikum präsentierte.

Angesichts der Szene, die sich vor Sadies Augen anbahnte, hatte sie keine Chance mehr, Caleb ihre peinliche Geschichte zu erzählen.

Trevor sah von Caleb zu ihr, und ein dünnes Lächeln erschien auf seinem Gesicht. „Ich habe gehört, hier gibt's Cupcakes, aber ich wusste nicht, dass sie welche mit braunen Haaren meinten."

„Sie ist kein Cupcake. Sie ist die Organisatorin dieser Veranstaltung."

„Verstanden. Danke, dass ich bei der Veranstaltung mitmachen darf, Cupcake."

Die beiden Baseballspieler starrten sich finster an. Die Feindseligkeit zwischen ihnen war deutlich spürbar.

„Yo, Mann", rief Dwight vom Backbereich. „Schön ruhig bleiben."

„Ich bin ruhig", sagte Trevor, in dessen kristallklaren Augen es glitzerte. „Wollte nur mal Hallo zum Cupcake sagen."

Sadie registrierte Calebs schnelle Bewegung und schaffte es, seinen Arm festzuhalten. „Komm, gehen wir wieder nach vorn. Wir können uns ein andermal unterhalten."

„Nein. Dieser Typ hat uns unterbrochen. Das ist unhöflich."

Sadie sah, wie Burwell Brown hastig etwas in seinen Block kritzelte. „Burwell, würde es Ihnen etwas ausmachen?"

„Was denn, Sadie? Ich kümmere mich doch nur um die Berichterstattung über die Cupcakes backenden Baseballspieler."

„Wen nennen Sie denn Baseballspieler?", meinte Trevor in provozierendem Ton. „Den da doch wohl nicht. Als ich ihn das letzte Mal werfen sah, war er unterirdisch."

Sadie spürte Calebs Anspannung, wie bei einem Raubtier kurz vor dem Sprung. Trevor schien sich mit einer gewissen Vorfreude bereit zu machen, als könne er die Auseinandersetzung kaum erwarten. Die Luft knisterte förmlich. Gebannt hielt Sadie den Atem an. Sie fürchtete sich hinzuschauen, aber wegschauen konnte sie auch nicht.

Dann flog plötzlich etwas durch die Luft und traf Trevors Hinterkopf. Er drehte sich um und schnappte reaktionsschnell das nächste Flugobjekt aus der Luft. Ein Cupcake zerkrümelte in seiner Hand. Dwight und Mike holten bereits aus, um weitere kleine Kuchen auf ihn zu werfen.

„Seid ihr zwei so weit, euch wieder der Sache zu widmen?“, erkundigte Mike sich grinsend.

Statt zu antworten, schleuderte Trevor die Kuchenreste in seiner Hand auf Mike, der sich duckte und seinerseits warf. Diesmal traf der Cupcake Calebs Brust. Ehe Caleb sich auf Mike stürzen konnte, hielt Sadie ihn am Arm fest.

„Lass mich los“, brachte er knurrend hervor, schüttelte sie ab und rannte zur Tür, die die Backstube vom Verkaufsraum mit Sitzbereich trennte, um sie zu schließen. Gute Idee, fand Sadie. Wenigstens würde dann niemand die verrückte Szene sehen, die sich hier abspielte.

Und „verrückt“ war noch milde ausgedrückt. Staunend verfolgte Sadie, wie vier erwachsene Baseballspieler sich gegenseitig mit Kuchen bewarfen. Innerhalb von Minuten waren überall Krümel verstreut, klebten in Haaren und an der Kleidung. Mike stellte seine Fähigkeiten als Fänger unter Beweis, indem er einen Cupcake fing, um ihn anschließend auf Caleb zu schleudern. Caleb hingegen glänzte mit seiner Zielsicherheit, als er Trevor einen Cupcake genau zwischen die Augen warf. Dwight warf weit. Trevor matschte Mike einen Kuchen auf die Schulter.

Auf einmal schien allen die Absurdität ihres Tuns bewusst zu werden, und sie fingen an zu lachen, bis sie sich den Bauch halten mussten und in die Knie gingen.

Sadie stand da, die Hände in die Hüften gestemmt, und kämpfte selbst gegen das Lachen an. „Das werdet ihr alles wieder sauber machen, kapiert?“

„Du siehst ein bisschen böse aus, Sadie“, meinte Mike, nach Luft schnappend. „Was ist los, Cupcake?“

Das brachte alle erneut zum Lachen. Sadie schüttelte den Kopf und wartete, bis sie ein „Jawohl, Ma'am“ von Dwight und ein „Wir machen das, Sadie“ von Caleb bekam. Dann fasste sie Burwell am Ellbogen und führte ihn zur Lieferantentür hinaus.

„Darüber können Sie nichts schreiben, Burwell. Bitte."

Der Reporter wischte sich die Lachtränen aus den Augen. „Träumen Sie weiter. Das war unbezahlbar."

„Nein. Nein! Burwell, hören Sie zu. Was kostet es Sie denn, bloß einen reizenden kleinen gut recherchierten Artikel zu schreiben über die Zehenhornschnecke und die netten Baseballspieler, die für einen guten Zweck Cupcakes backen? Das ist doch schon eine gute Story. Ihre Leserinnen werden das lieben. Vielleicht kann ich irgendwie noch ein Kätzchen mit reinbringen. Wie wäre es mit: ‚Bad Boy Trevor Stark backt Cupcakes und adoptiert kleines Kätzchen'. Was halten Sie davon?" Ihr war klar, wie verzweifelt das klang. Pech, denn sie war nun einmal wirklich verzweifelt.

„Ich mache Ihnen einen Vorschlag. Ich tue so, als wäre ich niemals Zeuge der Cupcake-Schlacht geworden, wenn Sie mir Caleb Hart liefern", sagte Brown.

„Wie meinen Sie das?"

„Das Exklusivinterview mit ihm, das Sie mir versprochen haben. Besorgen Sie mir das, dann lasse ich Ihre Baseballspieler wie kleine Heilige aussehen."

„Exklusivinterview mit Caleb Hart. Verstanden. Ich werde sehen, was ich tun kann." Sie wusste, dass Caleb es hasste, mit der Presse zu reden. Allerdings war es seine Aufgabe, dazu beizutragen, das Image der Catfish zu verbessern. Ein Artikel in der Zeitung über eine Cupcake-Schlacht würde nicht unbedingt dazu dienen.

„Bald, Merritt. Sorgen Sie dafür, dass er sich möglichst bald mit mir unterhält." Burwell schwenkte seinen Notizblock. „Ich will ein Interview mit dem Pitcher, über den alle Welt redet. Und ich will, dass er mir ein paar echte Fragen beantwortet."

14. KAPITEL

Während der Kuchenschlacht bei What's Up, Cupcake hatte Caleb sich ein wenig abreagiert. Nur war dadurch jede Chance auf ein Gespräch zwischen ihm und Sadie zunichtegemacht worden. Er verabschiedete sich zum Training mit einem knappen „Wir reden später".

Trevor Stark hätte zu keinem ungünstigeren Zeitpunkt eintreffen können. Nur weil sie in der Bäckerei ein bisschen Spaß gehabt hatten, hieß das nicht, dass er den Kerl mochte. Seit Bingo bei ihm wohnte, war Caleb höllisch gereizt. Inzwischen kam es ihm so vor, als jage ein bedenklicher Vorfall den nächsten. Da war zum Beispiel die Sache auf der Tribüne. Der Kampf mit Hamilton. Die Konfrontation mit Trevor. Neuerdings hatte Caleb das Gefühl, ständig auf Messers Schneide zu balancieren.

Sadies seltsames Benehmen machte alles nur noch schlimmer. Sie hatte ihm etwas Wichtiges mitzuteilen, etwas, das mit Hamilton zu tun hatte und ihr offenbar äußerst unangenehm war. Das machte ihn natürlich nervös.

Er hatte ihr sein größtes Geheimnis anvertraut. War das ein Fehler gewesen? Da er nur sehr wenigen Leuten traute, war es eigentlich nicht schwer, in seinen üblichen Zustand der Wachsamkeit zurückzukehren. Doch mit Sadie war es irgendwie anders. Er hatte Gefühle für sie entwickelt, die ihm selbst ganz neu waren. Irgendetwas an ihr – ihr Geist, ihre Intelligenz, ihre Verletzlichkeit – weckte völlig unbekannte Impulse in ihm. Er begehrte sie, ja. Aber er wollte ihr auch nah sein, auf eine Weise, für die ihm jede Erfahrung fehlte.

Er wollte sie außerdem beschützen. Die Wut, die ihn dazu getrieben hatte, sich Hamilton und dessen Freund vorzunehmen, kochte immer noch in ihm, wenn er daran dachte, was die zwei gesagt hatten. Warum redeten sie so über Sadie? Und warum hatte sie dagestanden wie das sprichwörtliche Lamm vor der Schlachtbank?

Beim Schlagtraining ignorierte Caleb geflissentlich Trevor Stark und schwang seinen Schläger. Als ehemaliger American-

League-Spieler hatte er sich bei den Trainingseinheiten bisher nicht sonderlich anstrengen müssen. Allerdings wurde bei den Catfish nach den Regeln der National League gespielt, und er wollte sich nicht blamieren.

Lolo, der frühere Coach aus Kuba, der das Schlagtraining leitete, zeigte ihm das Fünfminutensignal. Caleb setzte sich ins Gras auf dem Infield und begann mit seinen Aufwärmübungen.

Lolo rief: „Rechtes Feld“, und warf Trevor einen Ball zu. Trevor schlug ihn prompt zur rechten Spielfeldseite. Keine Frage, dachte Caleb finster, der Kerl konnte schlagen. Trevor besaß einen äußerst muskulösen Oberkörper. Caleb wusste, dass er Mike einen Gefallen dafür schuldete, dass er die Konfrontation in der Bäckerei verhindert hatte. Vermutlich hätte Trevor Stark ihm sonst eine Tracht Prügel verabreicht.

„Hey, Hart“, rief Trevor und schlug einen weiten Ball. Eines der Kids, die immer auf dem Platz waren, rannte ihm hinterher. Der Kleine stürzte sich auf den Ball und machte dabei einen Purzelbaum im Gras des Outfields.

„Dieser Junge hat dir gerade ein Double geklaut“, sagte Caleb. „Arbeite mal lieber an deiner Technik, Kumpel.“

„Selber. Ich habe übrigens alles über dein Cupcake-Mädchen herausgefunden.“

Verdammt. Caleb beendete sein Oberschenkel-Stretching und sprang auf die Füße. „Fang nicht damit an, Stark.“

„Soll ich Duke holen? Wenn’s Ärger gibt, setzt er euch beide auf die Ersatzbank“, warnte Lolo sie.

Trevor hob den Schläger mit einer Hand. „Ich bin nicht auf der Suche nach Ärger. Außerdem bin ich hier ohnehin fertig. Ich dachte nur, unser Star möchte vielleicht gern wissen, was ich auf Facebook gefunden habe.“

Lolo, der noch immer besorgt aussah, signalisierte Caleb, dass er Trevors Platz am Schlagmal einnehmen sollte.

„Ist mir scheißegal, was du auf Facebook gefunden hast.“

Trevor legte sich den Schläger über die Schulter und zog sein iPhone aus der Tasche. „Na, red dir das schön weiter ein. Ich schaue mir inzwischen diese Fotos an.“ Er wedelte mit dem

Smartphone. „Deine Freundin ist noch besser gebaut, als man auf den ersten Blick sieht. Diesen roten Bikini füllt sie jedenfalls prächtig aus."

Er schlenderte an Caleb vorbei, nah genug, um ihm das Display des Handys vor die Nase zu halten.

„Warte mal", sagte Caleb mit angespannter Stimme. Scheiß drauf. Wenn Trevor etwas über Sadie wusste, sollte er das lieber auch wissen. Er hielt Trevor am Ärmel fest. Ein anderer Spieler verlangsamte bereits seine Schritte, um einen Blick auf das Handy zu werfen.

Lauter Fotos von Sadie. Am Strand in einem knappen roten Bikini posierend, langbeinig und gebräunt. Unter der Dusche, der Kamera den Rücken zugedreht, während das Wasser über ihren zwar leicht verschwommenen, aber eindeutig nackten Po lief. Und Sadie, wie sie auf Hamiltons Schoß saß, während er mit einer Dose Sprühsahne auf ihre kaum verhüllten Brüste zielte. Es handelte sich um erotisch aufgeladene Bilder, offensichtlich von jemandem aufgenommen, der sie intim kannte. Es waren grenzwertige Fotos, jedoch nicht so eindeutig, dass sie von der Seite entfernt worden wären.

„Siehst du den Namen dieser Seite? S****y Sadie. Hat immerhin schon achthundert Likes."

„Du solltest dir diesen Mist nicht ansehen." Calebs Stimme klang nicht wie seine eigene. Seine Brust fühlte sich aufs Äußerste gespannt an. „Es ist widerwärtig."

„Ich mache mir nur Sorgen um den Ruf meiner Teamkollegen." Trevor grinste, und die Narbe in seinem Gesicht bewegte sich. „Ich möchte doch nicht, dass du auf einmal bis zum Hals in Schwierigkeiten steckst, Hart. Und diese Frau bedeutet nun mal Ärger."

„Kümmere dich um deine eigenen Angelegenheiten."

„Genau das versuche ich ja." Trevor nahm das Handy wieder an sich und schob es in die Tasche. „Du bist jetzt mein Mitspieler, Hart. Ist bloß die Minor League, und ich hoffe ernsthaft, dass ich morgen wieder weg bin. Aber bis dahin hab ich dich am Hals."

Am liebsten hätte Caleb ihm dieses dreiste Grinsen aus dem Gesicht geschlagen, doch Lolo hielt ihn zurück, indem er ihm seine Pranke auf die Schulter legte. Trevor marschierte gut gelaunt zum Clubhaus und rief über die Schulter: „Ich bin hier nicht der Bösewicht, Hart."

Sadie rief an diesem Abend an, während Caleb gerade mit Teddy und Frankie telefonierte. Er rief nicht zurück. Zwei Tage später brachen die Catfish zu ihren letzten Auswärtsspielen vor der All-Star-Pause auf. Wie so oft, wenn die Schwierigkeiten überhandnahmen, versuchte Caleb, die Probleme zu verdrängen. Er strich diese Fotos von Sadie einfach aus seiner Erinnerung. Na ja, zumindest versuchte er es. Trotzdem sah er die Bilder von der Facebook-Seite jedes Mal von Neuem vor sich, sobald er die Augen schloss. Sie machten ihn völlig wahnsinnig. Am schlimmsten war jedoch, dass ihn diese Fotos aus heiterem Himmel getroffen hatten. Er hasste das plötzliche Hereinbrechen solcher Katastrophen, wie zum Beispiel Polizisten mit einem Haftbefehl vor seiner Haustür. Oder Trevor Stark, der ihm sein iPhone vors Gesicht hielt.

Sadie hätte ihm davon erzählen müssen. Ja, klar. Genau das hatte sie versucht, das wusste er. Aber trotzdem …

Er erinnerte sich an eine Bemerkung bei einem ihrer ersten Telefonate, als sie ihn bat, nicht alles zu glauben, was die Leute möglicherweise über sie erzählten. Aber das, was er gesehen hatte, war nicht nur Gerede; es waren Fotos. Fotos, die er nicht mehr aus seinem Gedächtnis löschen konnte, sosehr er es auch versuchte.

Es machte ihn völlig fertig. Er wollte mit Sadie sprechen, aber sie würden auch über das sprechen müssen, was er gesehen hatte. Und er wusste weder, was er denken, noch, was er sagen sollte. Wenn er diese Bilder doch nur nie zu Gesicht gekriegt hätte. Hatte er aber. Und nun konnte er sie nicht mehr vergessen.

Sein einziger Zufluchtsort war nun der Werferhügel, auf dem es endlich funktionierte. Sein Fastball war 98 Meilen pro

Stunde schnell, laut Pitching Coach. Sein Changeup fiel in genau dem richtigen Moment. Er warf ein ganzes Spiel hindurch gegen die Fresno Grizzlies, die sie 6:2 besiegten, eine Partie, die Caleb einen wunderbaren Durchschnitt von 2.23 bescherte. Im Clubhaus fing er an, die im TV übertragenen Spiele der Friars genauer zu betrachten. Bisher waren deren Werfer topfit und gut. Aber im Baseball konnte alles passieren.

Natürlich wünschte er einem anderen Werfer nichts Schlechtes. Doch sollte sich die Gelegenheit ergeben, wollte er bereit sein.

Spätabends fuhr Caleb mit den anderen Spielern zurück zum Hotel, trank ein paar Bier bei irgendwem im Zimmer und ging dann ins Bett. Hundertmal nahm er sein Telefon in die Hand, um Sadie anzurufen. Aber die richtigen Worte wollten nicht kommen, deshalb tat er es nie.

Dafür träumte er jede Nacht von ihr, heiße, wüste Träume, die ihn jeden Morgen mit einer heftigen Erektion aufwachen ließen. Es erstaunte ihn, wie sehr er diese Frau begehrte. Dabei hatte er noch nicht mal mit ihr geschlafen. Trotzdem konnte er sie einfach nicht vergessen. Vielleicht verfolgte sie ihn gerade deshalb in seinen Gedanken und Träumen. Wenn sie miteinander geschlafen hatten, würde er die Sache vielleicht endlich abhaken können.

In der Zwischenzeit hielt er Distanz zu Trevor Stark. Niemand mochte diesen Typen. Stark hatte einen Kalender im Spind, in dem er die Tage abstrich, als befände er sich im Gefängnis. Sicher, niemand wollte lange in der Minor League bleiben, aber eine solche Haltung trug nicht unbedingt zu seiner Beliebtheit bei. Auch das Essen im Clubhaus verachtete Trevor. Also schickte er jeden Abend den Clubwart los, um ihm ein Steak aus dem teuersten Restaurant der Stadt zu besorgen.

Zu diesem Zweck googelte Trevor „Teuerstes Steak“, nannte dem jeweiligen Clubwart den Namen des Restaurants, drückte ihm hundert Dollar in die Hand und wartete wie ein König auf seine Mahlzeit.

„Er führt sich auf wie eine Major-League-Diva", grummelte Mike Solo, als er und Caleb ihre Sachen zum Bus schleppten. Trevor trug sein Gepäck nicht selbst, sondern ließ es gegen Geld von einem Jugendlichen tragen. In jeder Stadt, in der sie spielten, heuerte er einen anderen Jungen an.

Trevor nannte das „einen Beitrag zur lokalen Wirtschaft leisten". Angeberei nannten es seine Mitspieler.

„Wenn er das Geld hat …", meinte Caleb gleichgültig.

„Nicht mehr lange, wenn er so weitermacht."

„Ist nicht mein Problem."

„Ach nein? Ich habe gehört, er will mit Sadie Merritt ausgehen, sobald wir zurück in Kilby sind."

Jeder Muskel in Calebs Körper spannte sich an. „Warum sollte mich das etwas angehen? Sie ist nicht meine Freundin." Er stieg in den Bus und marschierte den Mittelgang entlang, auf der Suche nach einem Platz, auf dem er in Ruhe gelassen wurde.

„Gut zu wissen. Das habe ich ihm auch gesagt, aber ich war mir nicht sicher." Mike setzte sich auf einen Platz auf der anderen Seite des Ganges und schob sich die Ohrstöpsel in die Ohren. „Kannst du dann nicht deine Eifersucht bändigen? Stört mich beim Musikhören."

Caleb zeigte ihm den Finger und lehnte sich zurück, um ein Nickerchen zu machen. Doch er konnte keine bequeme Stellung finden, und als er endlich in einen unruhigen Schlaf fiel, träumte er von Sadie im roten Bikini, die aus einem grünen See auftauchte. Wasser rann von ihrem anmutigen Körper. Sie kam näher, legte ihre Hand auf seine Hose, flüsterte ihm etwas zu. In ihren Augen lag ein sinnlicher, verführerischer Ausdruck. Dann zerstörte sie diese Stimmung, indem sie lachte und ihn mit Wasser nass spritzte. Er lief ihr hinterher, doch sie entwich ihm wie ein flinker kleiner Fisch. Und plötzlich war sie fort, nur die sich kräuselnde Wasseroberfläche blieb zurück. Panisch sah Caleb sich nach ihr um. Und erwachte mit wild pochendem Herzen.

Draußen vor seinem Busfenster erhob sich die bescheidene Skyline Kilbys aus dem Farmland der Umgebung. Er konnte sogar den im spanischen Stil erbauten Glockenturm des Rathauses erkennen. Dort arbeitete Sadie vermutlich gerade. Rettete die Schnecken oder benachteiligte Kinder. Diese Frau hatte ein verdammt weiches Herz.

Er musste sie anrufen. Das würde er auch.

Sobald er wusste, was er ihr sagen sollte.

Später an diesem Tag traf er sich mit Bingo und dessen Bewährungshelferin in ihrem Büro in der Nähe des Polizeireviers.

„Ihr Vater macht sich wirklich sehr gut", sagte Officer Kelly, eine junge Frau mit kurzen blonden Haaren. „Er meldet sich fristgemäß und geht bereitwillig zu sämtlichen Bewerbungsgesprächen. Es ist wohl nur eine Frage der Zeit, bis er ein Jobangebot erhält, dem wir zustimmen."

„Großartig. Warum bin ich dann hier?" Caleb legte den Knöchel des einen Beines auf das Knie des anderen, das er auf und ab wippen ließ. Unterhaltungen mit oder über Bingo waren für ihn zum Aus-der-Haut-Fahren.

„Sie sind hier, weil Mr Hartwell eine Bitte hat. Und er bat mich, an dem Gespräch teilzunehmen." Sie schenkte Bingo ein mitfühlendes Lächeln.

Na fabelhaft. Bingo war es schon gelungen, seine Bewährungshelferin um den Finger zu wickeln. Dieser Mann gab es nie auf … und er würde sich nie ändern. Heute trug er einen nüchternen grauen Anzug mit karierter Krawatte, sodass er wie ein respektabler Buchhalter aussah. Weiter entfernt von der Wahrheit ging es nicht. Bei Bingo war selbst das Aussehen eine Lüge.

„Na, mal raus damit. Was ist denn los?"

Jetzt erst meldete Bingo sich zu Wort. „Ich möchte Tessa und die Zwillinge sehen."

„Nein." Das Wort war aus Calebs Mund, ehe er nachdenken konnte. „Kommt nicht infrage."

„Es sind meine Kinder. Was glaubst du denn, was ich mit ihnen mache? Ich will sie doch nur sehen. Meinst du nicht, sie vermissen ihren Vater?"

„Wenn sie einen Vater hätten, dann vielleicht. Aber stattdessen haben sie dich." Caleb zuckte angesichts seiner eigenen harten Worte innerlich zusammen. Er erhob sich und begann, in dem kleinen Büro auf und ab zu gehen. „Warum willst du sie sehen?"

„Weil sie meine Kinder sind, mein eigen Fleisch und Blut. Welchen Grund könnte ich sonst haben?" Bingo zuckte die Schultern und hob die Hände, die Unschuld in Person. Officer Kellys mitfühlender Miene nach zu urteilen, war seine schauspielerische Leistung glaubwürdig.

Caleb wandte sich an die junge Frau. „Hören Sie, ich passe auf meine Geschwister auf. Ich wurde ihr Vormund, als mein Vater ins Gefängnis kam. Ich will nicht, dass man ihnen wehtut."

„Was denkst du denn, was ich ihnen antun will?", wiederholte Bingo. „Ich habe noch nie jemandem wehgetan. Was habe ich dir jemals angetan?"

Die Absurdität dieser Frage veranlasste Caleb, sich die Haare zu raufen. „Du hast mir mit neunzehn eine ganze Familie hinterlassen, um die ich mich kümmern musste."

„Das habe ich nicht absichtlich getan. Ich habe nur ein paar sehr dumme berufliche Entscheidungen getroffen." Dieser selbstmitleidige, ihn zum Opfer stilisierende Ton machte Caleb wahnsinnig. „Seither habe ich viele Therapiestunden gehabt. Ich war nie ein gewalttätiger Straftäter, und ich hatte nie etwas mit Drogen zu tun. Es gibt überhaupt keinen Grund, weshalb ich die Jungs und Tessa nicht sehen sollte."

Jetzt meldete Officer Kelly sich zu Wort. „Was ist der Grund für Ihre ablehnende Haltung, Caleb?"

Er ist Gift. Ein Betrüger. Er macht nie etwas ohne Hintergedanken. Und es kümmert ihn nicht im Geringsten, welchen Schaden er dabei anrichtet.

„Er war im Stadion", platzte Caleb wütend heraus. „Ich habe ihn gebeten, dort nicht aufzutauchen, aber er hat es trotzdem getan."

„Das Stadion zu meiden gehört nicht zu den Bewährungsauflagen", erklärte Bingo rasch. „Außerdem habe ich darauf geachtet, dass mich niemand erkennt. Es war nicht meine Schuld, dass du auf die Tribüne gesprungen bist und mich angegriffen hast."

„Du weißt genau, dass ich dich nicht angegriffen habe." Caleb spürte, wie sich seine Nackenmuskeln immer weiter anspannten. „Ich habe nur versucht, dich von meiner Freundin fernzuhalten."

Officer Kelly mischte sich erneut ein: „Caleb, haben *Sie* mal in Erwägung gezogen, einen Therapeuten aufzusuchen? Offensichtlich tragen Sie noch viel Zorn mit sich herum wegen der Inhaftierung Ihres Vaters."

Bevor Caleb der Kragen endgültig platzen konnte, marschierte er zur Tür. „Ich glaube, Bingo kriegt schon genug Therapie, das reicht für uns beide. Halten Sie ihn vom Stadion fern, dann überlege ich mir das mit dem Besuch der Kinder."

Bingo sprang auf und stolperte ihm hinterher. „Abgemacht. Sehr fair von dir, Caleb, sehr fair. Ich will nur wieder bei meiner Familie sein, etwas anderes habe ich nicht im Sinn. Das ist ein heiliges Versprechen, mein Sohn. Ein heiliges Versprechen."

„Wir sehen uns dann nächste Woche", rief Officer Kelly ihnen nach. „Machen Sie weiter so, Bingo."

Sie traten aus dem Gebäude der Gemeindeverwaltung in die Nachmittagshitze. Caleb fühlte, wie sich sofort Schweiß auf seiner Stirn bildete.

„Warum konntest du mich nicht direkt nach den Kindern fragen, Bingo? Warum musstest du mich den ganzen Weg hierherschleifen?"

Bingo setzte sich einen Cowboyhut mit breiter Krempe auf den Kopf. „Officer Kelly wollte dich kennenlernen. Ich habe so sehr mit dir geprahlt. Kommt ja nicht jeden Tag vor, dass eine Berühmtheit ihr Büro betritt."

„Du wolltest mich bloß deiner Bewährungshelferin vorführen? Warum? Um sie zu beeindrucken?"

„Na klar. Wieso denn nicht?"

Caleb blieb auf dem Gehsteig stehen und sah seinen Vater an. Bingo war nur einen halben Kopf kleiner, aber deutlich schlaffer; ein Mann, der sich auf seinen Charme verließ und auf seine Schlauheit statt auf Körperkraft. Vor Gericht war sogar herausgekommen, dass Bingo seine Fitness minimiert hatte, um nicht bedrohlich auf seine Opfer zu wirken. „Es spielt keine Rolle, wer dein Sohn ist. Es zählt nur, ob du dich an deine Bewährungsauflagen hältst. Keine kriminellen Aktivitäten!"

„Selbstverständlich nicht!"

Doch Bingos Beteuerung bedeutete Calebs Erfahrung nach nicht viel. „Das hast du früher auch immer gesagt. Als Tessa und ich dir Nachrichten zukommen ließen. Du hast immer gesagt, es sei nichts Besorgniserregendes, nichts Illegales. Du hast deine Kinder benutzt, Bingo."

„Ich habe euch Kinder immer aus dem Gerichtssaal herausgehalten. Zu solchen Dingen äußerte ich mich nicht."

„O ja, du bist der reinste Heilige. Bist du wirklich so geschockt, dass ich dich nicht in der Nähe der Zwillinge haben will?"

„Aber …" Bingo schob den Hut in den Nacken und kratzte sich dort, wo der Hut eine Druckstelle an der Stirn hinterlassen hatte. „All das war vor meiner Gefängniszeit. Ich bin heute ein anderer. Warum sollte ich jetzt solche Taten begehen? Glaubst du vielleicht, ich will zurück in den Knast?"

Das klang alles sehr logisch. Aber entsprach es der Wahrheit? Caleb hörte die Alarmglocken in seinem Kopf schrillen, laut und deutlich.

Ein Schatten fiel auf sie. Caleb schaute auf und brauchte einen Moment, um zu erkennen, wer zu ihnen getreten war. Als er dieses überhebliche Grinsen zuletzt gesehen hatte, hatte er den Kerl an der Jacke gepackt. Die Footballkluft war verschwunden, jetzt trug er ein strahlend weißes Golfhemd, aus dessen Brusttasche eine Sonnenbrille ragte.

Hamilton Wade sah von Caleb zu Bingo und wieder zurück. „Mein lieber Schwan, wen haben wir denn hier? Ich kenne Sie."

Caleb versuchte, Bingo schneller Richtung Mietwagen zu bugsieren, doch Hamilton folgte ihnen. „Ich habe in einem Collegekurs über Strafrecht eine Arbeit über Sie geschrieben."

„Du bist aufs College gegangen?", bemerkte Caleb beiläufig. „Die lassen heutzutage wohl jeden studieren."

Hamilton war schlau genug, diesen Köder zu ignorieren. „Thurston Hartwell, außergewöhnlicher Trickbetrüger. Und du musst sein Sohn sein. Hart. Kurzform von Hartwell."

Calebs Füße schienen auf dem Asphalt zu kleben. Er konnte sich nicht mehr bewegen, konnte nicht fort von diesem selbstzufriedenen, arroganten Armleuchter.

„Sie irren sich", sagte Bingo. „Glauben Sie nicht, jeder wüsste es, wenn ich einen Baseballstar als Sohn hätte? Lass uns gehen, Caleb."

„Gute Frage, alter Mann. Anscheinend gibt es etwas, das Caleb Hart gern unter Verschluss halten würde. Kann ich ihm nicht verdenken." Hamiltons verächtlicher Blick auf Bingo machte Caleb noch wütender. Es war eine Sache, dass er selbst sauer auf seinen Vater war. Aber etwas völlig anderes war es, wenn ein Dreckskerl wie Hamilton Bingo beleidigte.

„Lass ihn in Ruhe", befahl er knapp. „Falls du mir etwas zu sagen hast, nur zu." Eine kleine Schlägerei käme ihm jetzt gerade recht. Natürlich würde es ein weiterer Punkt gegen die Catfish sein, und Sadie würde sich vermutlich aufregen. Aber dieser Typ verdiente es wahrhaftig nicht anders.

„Ich habe eine viel bessere Idee. Pass auf. Du hältst dich von Sadie fern, und ich behalte dein Geheimnis für mich."

Ich soll mich von Sadie fernhalten? dachte Caleb. *Auf keinen Fall!* Obwohl er seit Tagen nicht mehr mit ihr gesprochen hatte und nicht einmal genau wusste, was er zu ihr sagen sollte, würde er sich doch im Leben nicht vorschreiben lassen, mit wem er sich traf. „Du kannst mich mal."

Hamilton zuckte die Schultern. „Liegt ganz bei dir. Warte, bis sie auf ESPN etwas darüber bringen."

„Moment mal“, sagte Bingo und legte die Hand auf Hamiltons Arm. „Geben Sie uns ein bisschen Zeit, um darüber nachzudenken.“

„Ich muss hier über gar nichts nachdenken“, knurrte Caleb. „Der Typ ist ein Arsch.“ Er näherte sich Hamilton bedrohlich. „Was ist das überhaupt zwischen dir und Sadie? Warum hasst du sie so? Du bist derjenige, der diese Facebook-Seite gestaltet hat, oder?“

„Dann hast du sie also gesehen. Gut. Im Ernst, Hart: Wieso willst du dich eigentlich mit dieser Schlampe abgeben?“ Hamilton machte nun doch unwillkürlich einen Schritt rückwärts, als erinnere er sich an Calebs Kraft, als der ihn im Restaurant gepackt hatte.

Caleb sah rot. Der Kerl war tot. Trotzdem gelang es ihm nicht, seine Faust in Hamiltons Gesicht zu bringen, denn Bingo hielt seinen Arm fest.

„Gehen wir“, drängte Bingo zum wiederholten Mal. „Vergiss ihn. Er ist es nicht wert. Komm schon.“ Er zerrte Caleb den Gehsteig entlang, fort von dem Gesicht, auf das Caleb gern eingeprügelt hätte. „Wir finden schon einen Weg“, versicherte er ihm immer wieder, bis Caleb im Wagen saß und das Lenkrad so fest umklammerte, dass seine Fingerknöchel weiß hervortraten.

Allmählich kam er wieder zu sich. Hamilton war verschwunden. Er saß im Wagen. Bingo beobachtete ihn mit der Wachsamkeit eines Welpen.

„Alles in Ordnung“, sagte Caleb schließlich. „Danke. Ich bin dir einen Gefallen schuldig.“

„Nein, bist du nicht“, erwiderte Bingo und rückte seinen Hut gerade, der ein bisschen zerdrückt war. „Nicht mal annähernd. Aber ich würde schon gern wissen, wer diese Sadie ist. Sie sorgt immerhin für ziemlichen Wirbel.“

15. KAPITEL

Nachdem sie tagelang nichts von Caleb gehört hatte, kam Sadie zu dem Schluss, dass er das Interesse an ihr verloren hatte.

Vielleicht hatte ihm schon jemand ausführlich von ihrem miesen Ruf erzählt. Möglicherweise hatte er aus Neugier selbst online recherchiert und diese elenden Fotos gesehen. Oder irgendwer hatte ihm das Video geschickt. Wie auch immer, die Geschichte zwischen ihnen war jedenfalls aus und vorbei. So tot wie ein überfahrenes Gürteltier – wobei Gürteltiere zu den wenigen Arten gehörten, die in Kilby wohl kaum aussterben würden.

Ja, Sadie hatte in letzter Zeit ein paar Dinge nachgelesen, da Calebs Abwesenheit alles andere so deprimierend machte.

An ihrem nächsten freien Abend schleppte Donna sie erneut ins Roadhouse. Donna schien in letzter Zeit ziemlich abgelenkt zu sein, weshalb Sadie anfing, sich langsam Sorgen zu machen. Doch jedes Mal, wenn sie fragen wollte, was denn los sei, wechselte ihre Freundin sofort das Thema.

„Ich ziehe in Erwägung, mich beruflich zu verändern", gestand Donna ihr, während sie sich den Weg an die Bar bahnten. „Ich habe mir überlegt, dass meine Erfahrung als Nanny die beste Vorbereitung für einen anderen Job ist."

„Und für welchen?"

„Denk mal nach. Ich kommandiere ein hilfloses Wesen herum, dessen gesamtes Glück und Wohlergehen von mir abhängt. Und ich muss dafür sorgen, dass es das weiß und keinen Blödsinn macht oder sonst wie aus der Reihe tanzt."

„Hm." Sadie winkte, um die Aufmerksamkeit des Barkeepers auf sich und ihre Freundin zu lenken. Wobei das nicht allzu schwer werden sollte, so, wie Donna heute gekleidet war. Sie trug Jeans-Hotpants und ein neonpinkfarbenes Trägertop. Sadie hatte sich dagegen für ein deutlich sittsameres Outfit entschieden – ein weißes Sommerkleid mit U-Ausschnitt, das knapp oberhalb ihrer Knie endete. Die Haare hatte sie zu einem Zopf geflochten, damit sie ihr nicht im Nacken klebten, trotzdem spürte sie bereits die ersten Schweißperlen an ihrem Hals herunterlaufen. „Schulrektorin?"

„Ich überlege, Domina zu werden. Dafür braucht man keinen Abschluss."

„Nur eine harte Hand."

„Yeah!" Donna grinste. „Nicht schlecht."

Sadie fächerte sich Luft zu; die schiere Menge an Körperwärme, die hier ausgestrahlt wurde, würde ausreichen, um die Energieversorgung einer kleinen Nation zu sichern. Wie üblich suchte sie die Gesichter in der Menge ab, um potenzielle Gefahr erkennen zu können, bevor sie davon hinterrücks überrascht werden konnte. Erst nachdem sie die gesamte Bar abgecheckt hatte, gestand sie sich den eigentlichen Grund dieser Suche ein: Caleb Hart.

Jemand legte seinen muskulösen Unterarm neben sie auf den Tresen. Sie drehte sich um, mit pochendem Herzen, aber es war nicht Caleb. Es war sein Freund Mike Solo, der mit der Mopfrisur und den grünen Augen, der die Cupcake-Schlacht angezettelt hatte. Auf der anderen Seite spürte sie Donnas prompte Reaktion auf die Gegenwart eines solch aufregenden Mannes.

„Ihr Mädels seid auf der falschen Party", erklärte er. „Kommt lieber mit mir."

„Wir sind ganz zufrieden da, wo wir sind", erwiderte Sadie steif.

„Sprich nur für dich." Donna hüpfte von ihrem Hocker. „Ich bin dabei, Baseballmann. Wohin fahren wir?"

„Donna! Du kannst doch nicht mit einem Mann losziehen, den du kaum kennst."

„Pah. Wir haben uns schon beim letzten Mal supergut verstanden." Donna verdrehte die Augen. „Ich bin mir fast zu hundert Prozent sicher, dass er Mark heißt."

„Mike", korrigierte Mike sie. „Aber nah dran."

„Du weißt ja nicht mal, wohin er will." Sadie hielt ihre Freundin am Handgelenk fest, als befürchtete sie, Donna könnte wie ein Heliumballon einfach davonfliegen.

Mike legte den Arm um Donnas Schultern und drückte sie. „Sadie hat völlig recht. Tu niemals das, was du gerade vorhattest. Außer mit mir. Ich bin die große Ausnahme. Und zudem bin ich ein außergewöhnlicher Typ."

Seinem ansteckenden Grinsen konnte man kaum widerstehen, trotzdem versuchte Sadie es. „Sind alle Baseballspieler so sehr von sich eingenommen?"

„Willst du das über einen ganz bestimmten Spieler wissen?", konterte Mike. „Vielleicht meinst du ja den, der deinetwegen leidet und seit einer Woche nicht mehr gelacht hat. Der auf dieser Party, zu der ich euch mitnehmen will, allein herumsitzt und die Leute finster anstarrt?"

Sadies Wangen glühten. Sie legte die Hand an die Stirn, um sich Kühlung zu verschaffen. „Tatsächlich?", fragte sie schwach.

„Alles klar", meinte Donna. „Wir gehen zu der Party. Keine Widerrede, oder ich hole meine Peitsche raus."

„Peitsche?", fragte Mike hoffnungsvoll und führte die beiden aus dem Roadhouse. „Wow, ihr Mädels seid ja unanständiger, als man auf den ersten Blick glaubt."

„Das ist keine gute Idee", maulte Sadie, als Mike die Tür seines weißen Vans mit dem Catfish-Logo aufhielt. „Ist das dein Wagen?"

„Nein, ich habe mir den Ausrüstungswagen des Teams geborgt. Ich musste noch ein paar Sachen für den Boss abholen. Party-Zeug und so."

Sadie spähte in den Laderaum des Vans, der voller Bierkisten und in Folie verpackter Sandwiches war.

„Für den Boss? Und wo ist die Party überhaupt?"

„Im Party-Nirvana, Süße. Im Party-Nirvana."

Zehn Minuten später fuhren sie durch ein weit geöffnetes Tor mit der Aufschrift „Bullpen Ranch", die in die Holzbretter geritzt worden war. Ein Viehgitter rumpelte unter den Reifen. Sanft gewellte Luzernen- und Mesquitefelder erstreckten sich zu beiden Seiten der langen Zufahrt.

„Bullpen Ranch“, sagte Donna mit ehrfürchtiger Stimme. „Hier wohnt Crush Taylor.“

„Jawoll, Ma'am“, bestätigte Mike. „Staunt und wundert euch.“

Die Ranch war offenbar gebaut worden, um Taylors Besucher zu beeindrucken. Ein weitläufiges Haus aus Beton und Stahl, mit hohen Panoramafenstern, die einen Blick boten auf endlos weites Land. Glitzernde Lichtstreifen fielen auf die breiten Terrassen, die das Haus flankierten. Ein Pool leuchtete blau unter orangen Papierlaternen, die in der sanften Brise tanzten. An jeder Ecke brannte eine Fackel. Menschen bewegten sich wie Schatten auf die Bar zu oder um den Pool herum, verschmolzen, drifteten zusammen und wieder auseinander.

Tanzmusik wummerte aus großen Lautsprechern. Der Bass ließ den Boden unter den Füßen vibrieren. Die Luft schien zu pulsieren, die Atmosphäre war elektrisierend.

Caleb befand sich dort irgendwo unter diesen schemenhaften Gestalten. Gleich würde Sadie ihn zum ersten Mal seit gut einer Woche sehen. Ihr Magen zog sich zusammen, und panisch schaute sie zurück zum fernen Eingangstor.

Mike parkte den Van einfach achtlos irgendwo und sprang aus dem Wagen. „Der Nachschub kann warten. Ich mache euch erst mal mit allen bekannt.“ Er führte die beiden Frauen eine grasbewachsene Steigung hinauf zur gefliesten Terrasse rund um den Pool. An dem einen Ende stand eine komplette, gemütlich arrangierte Wohnzimmersitzgarnitur. Crush saß in einem großen Ledersessel mit Blick auf den Pool – wie ein Herrscher, der sein Reich überschaut. Er trug eine cremefarbene Leinenhose und einen lässigen himmelblauen Kaschmirpullover.

Sadie vermutete, dass die Bürgermeisterin sein Äußeres gutheißen würde – mal abgesehen von den fast barbusigen Frauen, die links und rechts von ihm drapiert waren.

Die beiden spärlich bekleideten Girls zogen jedoch nicht annähernd so viel Aufmerksamkeit auf sich wie die durchtrainierten Männer, die sich auf diesem texanischen Ranchland eingefunden hatten. Wohin man schaute, sah man beeindruckende maskuline Oberkörper oder sexy Männerpos. Breite Schultern lehnten in Sesseln, starke Unterarme ruhten auf Knien. Schwarze Haut, braune Haut, olivfarbene Haut und jede Farbnuance dazwischen schimmerten im Schein der Fackeln. Donna klammerte sich an Sadies Arm und gab vor, einer Ohnmacht nahe zu sein.

Vielleicht war es aber auch gar nicht gespielt.

„Du liebe Zeit“, hauchte sie. „Ich glaube, ich bin im Himmel gelandet. Genau so habe ich mir das immer vorgestellt. Sieh dir nur diese Bauchmuskeln an.“

Ein attraktiver Mann schlenderte vorbei, mit nichts außer einer Badehose bekleidet. Während sie ihn beobachteten, spannte er seine Brustmuskeln an und sprang kopfüber in den Pool, mitten in ein Volleyballspiel. Die Frauen im Wasser kreischten und bespritzten ihn, um sich zu rächen.

„War das etwa Trevor Stark?“, fragte Donna voller Ehrfurcht.

„Haltet euch lieber fern von Trevor“, riet Mike Solo ihnen. „Jeder andere ist zu haben, aber Stark ist tabu.“

Donna gab ihm einen leichten Schubs. „Du kannst uns nicht vorschreiben, mit wem wir abhängen.“

Mike grinste ungerührt und legte seine Stirn an ihre. „Wollen wir wetten? Es sei denn, du hast deine Peitsche dabei.“

Sadie sah, wie Donna hart schluckte. Sie fragte sich, ob ihre Freundin sich in jemanden wie Mike Solo verlieben könnte. Donna gab sich gern wilder, als sie in Wahrheit war. Im nächsten Moment endeten Sadies Gedankengänge abrupt, als jemand ihren Arm umfasste. Ein Schauer rann ihr über die Wirbelsäule.

„Was machst du denn hier?“, wollte Caleb mit leiser Stimme wissen.

„Caleb.“ Mike klopfte ihm auf die Schulter. „Hätte ich mir ja denken können, dass du früher oder später zum Leben erwachen würdest. Die beiden Damen habe ich traurig und einsam im Roadhouse aufgelesen. Sie flehten mich an, sie mitzunehmen."

„Er hat uns mitgeschleppt", widersprach Donna. „Wir konnten einfach keinen Widerstand leisten."

Sadie brachte kein Wort heraus. Calebs Anblick, die Sorgenfalte zwischen seinen grau glänzenden Augen hatten sie zum Verstummen gebracht. Sooft sie sich diesen Mann in der vergangenen Woche auch vorgestellt hatte, in Wahrheit sah er viel besser aus. Barfuß, in Shorts und dunklem T-Shirt war er derart attraktiv, dass sie sich am liebsten auf ihn gestürzt hätte.

Caleb sah mit finsterer Miene zu Mike. „Sie sollten nicht hier sein. Du weißt, wie verrückt es werden kann."

„Na, darauf zähle ich." Mike umfasste Donnas Handgelenk. „Los, hübsche Lady, lass uns tanzen. Das ist das Nächstbeste nach Sex, und irgendwelche unzüchtigen Sachen kommen ja wohl leider nicht infrage."

Während Mike sie zum Haus zog, schaute Donna noch einmal lächelnd über die Schulter. „Bilde ich mir das nur ein, oder klang das nach einer Herausforderung?"

„Leg dich ruhig ins Zeug", erwiderte Mike, und seine Stimme war wegen der wummernden Musik kaum noch zu hören. „Ich fordere dich heraus."

Caleb richtete den Blick wieder auf sie. Sadie schluckte. Die Prellung von der Schlägerei im Tico war verschwunden, doch erinnerte sie sich noch genau an die Stelle. Unwillkürlich hob sie die Hand und berührte seine Wange. „Es … es tut mir leid", platzte sie heraus. „Ich hätte … du bist mitten hineingeraten in … Ich hätte dich warnen sollen. Am besten, ich gehe wieder." Sie drehte sich um und wollte nur noch weg von diesem durchdringenden Blick, mit dem er in die Tiefen ihrer Seele hineinzuschauen schien.

„Nein." Caleb packte ihr Handgelenk und wirbelte sie wieder zu sich herum, damit sie ihn ansah. „Ich will mit dir reden. Komm mit."

Du liebe Zeit, sie hätte niemals herkommen dürfen. Sadie folgte ihm – nicht, dass sie eine Wahl gehabt hätte, angesichts seines festen Griffs um ihr Handgelenk. Er führte sie weg von den nackten, muskelbepackten Oberkörpern und den lachenden Gesichtern, hinaus auf den hügeligen Rasen. Auf der anderen Seite des Ranchhauses, hinter einem Pappelwäldchen, stand ein einsamer sechseckiger Pavillon außer Sichtweite, umgeben von Büschen. Innen standen an fünf Seiten Bänke, die sechste war offen und bildete den Eingang. Das dichte Blätterwerk der Büsche bildete Schattenflecken im Mondschein. Ein würziger Duft lag nach der Hitze des Tages in der Luft. Der Pavillon bot Stille und Ungestörtheit, die Partymusik war nur noch ein schwaches Basswummern in der Ferne.

Caleb verschränkte die Arme vor der Brust. „Warum hast du es mir nicht erzählt?"

Er wusste es also. Jemand hatte es ihm gesagt oder gezeigt. Das war so ungerecht, dass Sadie wütend wurde. Sie wandte sich ab. „Ich habe es versucht! Außerdem, was hätte ich dir erzählen sollen? Dass mein grauenhafter Exfreund sich auf einem Rachefeldzug gegen mich befindet? Dass er zu diesen Typen gehört, die Fliegen die Flügel ausreißen, und dass ich die Fliege bin? Wieso geht dich das überhaupt etwas an?"

„Würde es ja nicht, wenn …"

„Ich habe dir gleich gesagt, wir sollten nichts miteinander anfangen. Wie oft habe ich dir das gesagt?"

„Das ist nicht …"

Sie wirbelte herum und schubste ihn. Caleb rührte sich kaum. „Du solltest dich einfach von mir fernhalten, Catfish. Ich habe dir nichts zu erklären."

„Ich bitte dich doch auch gar nicht darum …"

„Ach nein? Genau in diesem Moment siehst du aus wie ein Cop, der einen Verdächtigen verhört."

Er ließ die Arme sinken. „Ich habe noch keine drei Worte von mir gegeben. Schönes Verhör."

„Du hast gesagt: ‚Warum hast du es mir nicht erzählt?'" Sie warf die Hände in die Luft und ging so weit weg von ihm, wie das in dem kleinen Raum möglich war. „Du hast mich hierher geschleift, um mich zu verhören."

„Nein."
„Wozu dann?"
„Um zu verstehen. Weil du mir etwas bedeutest."
Das dämpfte Sadies Wut für eine Sekunde. Aber nicht länger. „Wenn ich dir so viel bedeute, wieso hast du mich dann seit einer Woche nicht mehr angerufen?" Sie hob die Hand. „Lass mich mal raten. Du warst damit beschäftigt, dir die Facebook-Seite anzusehen. Hast dich gefragt, wie viel davon wohl wahr ist. Hast dich gefragt, warum ich dir gar nicht so vorgekommen bin wie die Person auf den Bildern. Und dann hast du dich gefragt, wie ich es geschafft habe, dir etwas vorzuspielen." Mit aller Macht kämpfte sie gegen die aufsteigenden Tränen an.

„Nein." Dieser mit rauer, harscher Stimme ausgesprochenen Antwort folgten Calebs Arme, die sich um sie legten. Er drückte ihren Rücken sanft gegen seine warme Brust. „Nichts von alldem. Klar, es war ziemlich hart, diese Fotos zu sehen. Die haben mich ganz schön aus der Bahn geworfen. Aber du schuldest mir keine Erklärung. Das war falsch von mir. Es tut mir leid, Sadie. Dieser Dreckskerl will, dass du dich schämst, dabei ist er derjenige, der sich schämen sollte."

Eine ganze Weile schwieg sie und zitterte nur leicht in seinen Armen. Dass Caleb diese Worte sagte, sie hielt und tröstete … das brachte sie nach allem, was sie durchgemacht hatte, beinah aus dem Konzept. Sie atmete tief ein, während er sie nach wie vor fest umschlungen hielt.

„Mein Problem ist nur", fuhr Caleb fort, „dass ich nicht gern überrumpelt werde. Ich denke dauernd daran, wie ich dir von meinem Vater erzählt habe. Da habe ich dir vertraut, während du mir dein Vertrauen verweigert hast. Deshalb war ich verletzt, denn ich habe es persönlich genommen."

Ihr Magen zog sich zusammen. *Überrumpelt.* Trotz ihrer Absicht, es ihm selbst zu erzählen, hatte er es durch jemand anderen herausfinden müssen. Das durfte sie nicht noch einmal zulassen. Sie musste ihm von dem Geburtstagsvideo erzählen, also drehte sie sich zu ihm um. „Da ist noch mehr, Caleb. Ein wirklich peinliches Video, das Hamilton gemacht hat. Ich wusste nicht, dass er es aufnahm. Er schickt es immer dann an Leute, wenn er mir etwas kaputt machen will."

„Schhh. Es spielt keine Rolle. Mir ist es egal, was Hamilton getan hat oder tut. Ich weiß, wer du bist, Sadie." Seine Lippen streiften ihr Ohr, seine Worte waren kaum mehr als warmer Atem. In ihrem Kopf drehte sich alles. „Aber eines kann ich dir versprechen. Wenn ich Hamilton Wade das nächste Mal begegne, werde ich nicht mehr so nett sein."

Sadie bekam weiche Knie. Sie hatte sich bei dem Kampf gegen Hamilton bisher völlig allein gefühlt. Früher hatte sie vergeblich gehofft, mehr Leute würden ihr zur Seite stehen. Das hätte sie gebraucht, danach hatte sie sich gesehnt. Und nun war dieser gut aussehende, starke Baseballspieler auf ihrer Seite, ohne eine Frage zu stellen.

Eine Träne lief ihr aus dem Augenwinkel und zog eine warme Spur über ihre Wange. Caleb hielt ihre Taille mit einem Arm fest umschlungen, während er mit der anderen Hand zärtlich die Träne fortwischte.

Seine liebevolle Art führte dazu, dass gleich noch eine Träne folgte. Sadie hätte ewig weiterweinen können – über Hamiltons Grausamkeiten, über ihre eigene Dummheit und Naivität. Es hatte sie schockiert, wie viel Abscheu sich plötzlich gegen sie gerichtet hatte. Beinahe wäre sie so weit gewesen, sich für immer zu verstecken, in dem sicheren kleinen Büroabteil im Rathaus, in ihrem alten Chevy, bei ihrer apathischen Mutter und bei ihrer einzigen noch verbliebenen Freundin.

Stattdessen schlang sie jetzt Caleb die Arme um den Nacken, fühlte seine Haare an ihren Händen. Sie hörte, wie er scharf die Luft einsog. Er legte ihr beide Hände auf die Hüften. Einerseits hielt er sie auf diese Weise, andererseits machte er sie damit wild. „Was tust du?", flüsterte er, kurz bevor sie sein Gesicht zu sich heranzog.

„Ich will dich." Diese freimütigen Worte verblüfften sie selbst, doch wusste sie zugleich, dass jedes einzelne Wort der Wahrheit entsprach. „Falls es dir nichts ausmacht."

Seine Augen funkelten. „Oh, keineswegs. Hauptsache, du bist dir sicher.“

Als sie heftig nickte, übernahm er die Initiative und umfasste ihr Gesicht mit seinen großen starken Händen. Er sah ihr tief in die Augen. Was immer er darin gesehen haben mochte, es stimmte ihn offenbar zufrieden, denn im nächsten Moment lagen seine Lippen für einen langen, leidenschaftlichen Kuss auf ihren.

„Himmel, Caleb“, flüsterte sie und wich ein Stückchen zurück. Doch er zog sie sofort wieder an sich.

„Ich weiß. Es ist verrückt, oder?“ Er küsste ihre Wangen, den zarten Knochen unterhalb ihrer Augenhöhle, ihre Brauen, und mit den Daumen streichelte er ihre Wangen.

„So hat es sich noch nie angefühlt. Was auch immer die Leute über mich erzählen, ich war nur mit Hamilton zusammen. Und es hat mir nicht besonders gefallen. Ich weiß, diese Fotos lassen mich in einem schlechten Licht erscheinen, aber …“

„Schhh.“ Er bedeckte jetzt ihren Hals mit lauter kleinen zärtlichen Küssen. Unwillkürlich klammerte Sadie sich an seinen Schultern fest, während sinnliche Schauer sie überliefen.

„Ich war mir sicher, dass ich für immer allein bleiben würde. Das hier habe ich jedenfalls nicht vorgehabt …“

„Frau, du lenkst mich ab.“ Er biss sie sanft in die Unterlippe. Sadie spürte das erotische Kribbeln bis in die Zehen.

Scharf sog sie die Luft ein. Plötzlich blieben ihr die Worte im Hals stecken.

„Was denn? Bist du fertig? Keine langen Reden mehr?“

Sie schüttelte nur mehrmals kurz hintereinander den Kopf, und Caleb begann von Neuem, ihren Hals zu küssen, die empfindliche Halsbeuge und die Schulter, jene Stelle, an der es sich Sadies Kätzchen früher bequem gemacht hatte. Caleb war allerdings kein Kätzchen, ganz und gar nicht. Eher ein Löwe, der sein Weibchen vor dem großen Liebesspiel biss. Heißes Verlangen erwachte in Sadie.

Er ließ sie los und leckte mit der Zunge über ebenjene Stelle.

„Von heute an will ich nur noch glückliche Laute hören. Seufzer, Wimmern und ein gelegentliches ‚Mehr, Caleb, mehr!'"

Sie lachte atemlos, gleichzeitig gebannt von dem Anblick seiner starken Hand, die langsam in den Ausschnitt ihres Sommerkleides glitt. Ihr Kichern verwandelte sich in ein glückliches Nach-Luft-Schnappen, kaum dass er ihre Brust umschloss. Er stöhnte vor Zufriedenheit und hob die andere Brust heraus, sodass Sadie seinem Blick ganz ausgeliefert war. Mit dem Daumen strich er über die Brustwarzen. Sadie hielt den Atem an und klammerte sich an seine muskulösen Unterarme.

Caleb bugsierte sie behutsam zu einem der Stützpfeiler im hinteren Teil des Pavillons zwischen zwei Bänken. Sanft drückte er sie dagegen und drückte ihre Hände sanft an die verzierten Gitterwände des Pavillons. „Halt dich fest. Wenn du mich berührst, werde ich mich nicht länger beherrschen können." Sie erkannte seine Stimme kaum wieder, so rau und sinnlich klang sie.

Sadie ließ sich gehen. Ihre Brustwarzen richteten sich auf. Sie erschauerte, bog den Rücken durch und drängte Caleb stumm, sie endlich zu streicheln … und zu lecken. Ein kurzer Blick nach unten bescherte ihr ein heißes Prickeln, denn sie sah, wie er eine harte Spitze in den Mund nahm, daran saugte und sie mit der Zunge umspielte. Sadie stöhnte.

Als sie bereits vor Lust bebte, schob Caleb ihr Kleid hoch und ließ die Hand an der Innenseite ihrer Schenkel hinaufgleiten bis zu ihrem Slip. Er glitt mit einem Finger unter den elastischen Bund und streichelte ihren sensibelsten Punkt.

„Du bist so feucht", murmelte er und legte die Stirn an ihre. Seine Brust hob und senkte sich mit jedem Atemzug. Sadie wollte ihn anfassen, verzehrte sich danach, doch sie beherrschte sich und behielt die Hände oben. Denn sie wollte nicht, dass es schon vorbei war. Es sollte nie vorbei sein.

Calebs Hand unter ihrem Kleid schien überall gleichzeitig zu sein, und mit seinen begierigen Liebkosungen sagte er alles. *Du bist wunderschön, ich will dich, ich könnte dich bis in alle*

Ewigkeiten auf diese Weise streicheln. Er ließ die Hand über ihre Hüfte gleiten, über ihren flachen Bauch und grub schließlich die Finger in ihren Po. Sadie stand förmlich in Flammen.

Ihre Hüften zitterten, sie sehnte sich danach, diesen Mann endlich in sich zu spüren. Sie wollte seine Hand zwischen ihren Oberschenkeln, seine Finger auf ihrer pulsierenden Mitte, seinen Mund, wo immer er wollte. Am liebsten hätte sie ihn überall und auf alle erdenklichen sinnlichen Arten gleichzeitig gespürt.

„Kondom?“ Es war das erste Wort, das sie herausbrachte, seit er sie gebeten hatte, ihn nicht zu unterbrechen.

„Hab letzte Woche eines in mein Portemonnaie getan. Als ich hoffte, eine Chance bei dir zu bekommen.“

Erneut fachte er das Feuer in ihr an, indem er seine Finger über ihre sensible Haut streichen ließ. Dann nahm er sein Portemonnaie.

Sadie schob ihm die Hand in die Hosentasche und fühlte seine enorme Erektion. „Diesmal stehen deine Chancen ziemlich gut“, brachte sie mühsam heraus. Vor Erregung schlugen ihre Zähne leise aufeinander.

Er stöhnte angesichts ihrer Berührung. „Bist du dir wirklich sicher?“ Er wirkte so ernst im Mondlicht. „Denn für mich gibt es nichts, was ich jetzt mehr will.“

„Ich bin mir sicher. Beeil dich. Bitte, Caleb.“ Sie zitterte, erschauerte, atmete flach. Sie fühlte sich wild und animalisch, doch es war ihr egal. Was zählte, war, dem Rhythmus der Begierde zu folgen, die von ihr Besitz ergriffen hatte.

Er öffnete seine Shorts weit genug, dass sein aufgerichtetes Glied heraussprang. Bei diesem Anblick schnürte es Sadie fast die Kehle zu. Stolz und aufrecht, dick und hart und so anmutig wie mächtig, alles zusammen. Mit unsicheren Fingern rollte er sich das Kondom über.

„Ich werde dich hier und jetzt nehmen, an diesen Pfeiler gelehnt. Und du wirst einen so heftigen Orgasmus erleben, dass du deine Schreie an meinem Hals ersticken musst.“ Er streifte ihr Kleid hoch und umfasste ihren Po. Seine nächste

Bewegung erahnend, schlang Sadie ihm die Beine um die Hüften, sodass ihr empfindsamster Punkt gegen seine Erektion gepresst wurde. Sie rieb sich an ihm, begierig, endlich mehr zu bekommen. Und dann glitt er geschmeidig in sie hinein, jeden Gedanken auslöschend, den sie noch gehabt haben mochte. Er stöhnte und flüsterte ihr erregende Worte ins Ohr zum Rhythmus seiner Bewegungen. „So eng … heiß … will dich … meinen Schwanz tief in dir … verdammt, Sadie … so gut …"

Er saugte an einer ihrer Brustwarzen und rieb mit dem Daumen ihre Klitoris. Sadie gelangte heftig zum Höhepunkt, der sie wie ein Blitz durchzuckte. Wieder und wieder zogen sich ihre Muskeln zusammen. Genau wie Caleb prophezeit hatte, barg sie das Gesicht an seinem Hals, während er sein Tempo beschleunigte, tiefer und tiefer in sie eindrang. Sie zog sich um ihn herum zusammen, eine lustvolle Nachwirkung des gerade erlebten Orgasmus. Oder vielleicht war es auch schon der nächste. Oder noch der gleiche, der noch gar nicht vorbei war … Plötzlich erstarrte Caleb, und die Luft entwich geräuschvoll seinen Lungen, ehe Zuckungen seinen athletischen Körper durchfuhren.

„Verdammt", flüsterte er kurz darauf. „Ist alles in Ordnung mit dir?"

Sie nickte, das Gesicht an seine Schulter geschmiegt, unfähig, den Kopf zu heben. „In Ordnung" beschrieb nicht wirklich ihren Seelenzustand. Sie und dieser Baseballheld hatten sich eben im Pavillon einer Sportlegende fast um den Verstand gevögelt. Nicht genug damit, wollte sie es gleich noch einmal machen, sobald sie nur wieder zu Atem gekommen war.

Deshalb war Sadie sich nicht sicher, ob sie mit Fug und Recht behaupten konnte, sie sei „in Ordnung". Was sie in Wirklichkeit dachte, war: Du lieber Himmel, was habe ich getan?

16. KAPITEL

Man hätte meinen sollen, der beste Sex seines Lebens würde irgendwelche Spuren bei Caleb hinterlassen haben. Zum Beispiel in Form einer Leuchtschrift auf seiner Stirn. Etwa: „Hatte gerade fantastischen Sex. Ignoriert mein blödes Grinsen." Glücklicherweise schien niemand etwas zu bemerken, als er mit Sadie an den Pool zurückkehrte und sich unter die Leute mischte. Er wollte auf keinen Fall, dass ihr Ruf seinetwegen noch mehr litt.

Im Vorbeigehen wechselte er hier und da ein paar Worte und hielt Sadie die ganze Zeit fest an seiner Seite. Ihr Liebesspiel hatte ihn nicht nur in sexueller Hinsicht völlig umgehauen, sondern auch seine Beschützerinstinkte geweckt. Bei der Erinnerung an ihr Aufschluchzen, als sie von Hamilton erzählte, packte ihn kalte Wut.

Seiner Ansicht nach verdiente es niemand, der das Ansehen einer Frau befleckt hatte – oder auch nur darüber redete, Sex mit ihr gehabt zu haben –, ein Mann genannt zu werden.

Draußen war alles mit Autos zugeparkt, der Rasen vorn genauso wie die kreisförmige Auffahrt. Einige Paare schmusten, ein paar der jüngeren Spieler warfen sich gegenseitig einen Baseball zu. Die Jungen, gerade frisch von der Highschool, besaßen einfach zu viel Energie und wussten noch nicht, wohin damit.

Caleb hingegen wusste es, er beabsichtigte, jedes überschüssige Quäntchen Energie an diese Frau neben sich zu verschenken. Sie lehnte sich gegen seinen Jeep, und er zog sie an sich. Er hätte es sofort wieder tun können, aber er wollte weder sie verschrecken noch den frisch ins Team gekommenen Youngstern eine Show bieten. „Wann kann ich dich wiedersehen?"

Das Mondlicht spiegelte sich in ihren Augen. „Musst du nicht trainieren?"

„All-Star-Pause. Deshalb gibt Crush ja diese Party."

„Du wirst bei den All-Star-Games mitspielen?"

„Nein, denn dafür müsste ich wie ein All-Star werfen. Da hätte ich nur eine Chance, wenn sie den Beginn der Saison nicht mitzählen würden."

„Für mich bist du ein Star." Sie schmiegte ihr Gesicht an seine Wange, rieb die Nase über seine frischen Stoppeln.

„Reiz mich lieber nicht noch mal, Frau", warnte er sie. „Also, wann kann ich dich sehen und wo?"

Sie wich ein Stück zurück, sodass sie einander ins Gesicht blicken konnten. „Meine Mom würde beim kleinsten Pieps aus meinem Zimmer glatt in Ohnmacht fallen."

„Tja, ich hatte vor, dir mehr als nur einen Pieps zu entlocken." Er biss sie zärtlich ins Kinn, und erneut weckte die Zartheit ihrer Haut sein Verlangen.

„Sie ist ohnehin nervös, ich könnte mich mit einem neuen Mann treffen. Als die Sache mit Hamilton passiert ist, hat es sie sehr mitgenommen. Für sie war es beinah noch schlimmer als für mich."

Er rieb über Sadies Arme und umfasste ihre Schultern. „Ich will deiner Mutter keine Sorgen machen. Aber ich habe auch nicht die Absicht, dich in Ruhe zu lassen."

Selbst im Mondlicht sah er, wie ihre Wangen sich leicht verfärbten. „Ich will auch nicht, dass du das tust", erwiderte sie fast schüchtern. „Leider ist meine Mom viel zu Hause. Wie wäre es bei dir?"

Caleb fluchte leise. „Bingo wohnt bei mir. Und der hat wahrhaftig schon genug Ärger verursacht."

Sadie kaute auf ihrer Unterlippe. „Was ist mit dem Baseballstadion? Gibt es da keine abgelegenen, geheimen Räume irgendwo?"

„Sonny Barnes wurde mit seiner frisch angetrauten Ehefrau in der Abstellkammer unseres Schulungsraumes erwischt. Bieberman hat sie ertappt, und es war ihm so peinlich, dass er im nächsten Spiel dreimal gepatzt hat. Dieses Risiko werde ich nicht eingehen."

„Auto?", schlug sie vor. „Aber nicht meines, da passt du ja kaum hinein."

„Ich lege dich einfach auf die Motorhaube."

Er registrierte ihr Erschauern, was seine aufsteigende Erregung passend widerspiegelte. „Ein wenig ungestörter sollte es schon sein. Der See?"

„Um Himmels willen." Er schüttelte ungeduldig den Kopf. „Machen wir uns jetzt keine Gedanken darüber. Überlass die Details mir. Nimm dir jedenfalls für morgen Abend nichts vor."

„Mach ich. Es sei denn, die Bürgermeisterin braucht mich."

„Die braucht was ganz anderes. Ich habe den Verdacht, Crush steht auf sie."

„Das sollte er mal lieber vergessen. Mit dem würde sie in einer Million Jahren nicht ausgehen."

„Meinst du nicht? Baseballspieler sind ziemlich unwiderstehlich. Liegt an unseren knackigen Hintern. Und den Trikots."

„Ach ja? Willst du mir damit sagen, dass ich dir nicht widerstehen kann?" Sie lachte.

„Morgen Abend, Babe. Dann lassen wir es mal drauf ankommen."

Caleb machte sich eine Menge Gedanken darüber, wie dieser Abend verlaufen sollte. Sadie hatte viel durchgemacht; er wollte, dass sie sämtlichen Stress und alle Sorgen vergaß. „Du hast erwähnt, dass deine Mom dich nicht mit einem Mann zusammen sehen will", sagte er am Telefon, als er anrief, um die Uhrzeit ihres Treffens abzusprechen. „Ich hätte da vielleicht eine Lösung."

„Und die wäre?"

„Wir treffen uns in Zimmer 106 im Courtyard Sites. Ich werde um zehn da sein."

Er musste Sadie nicht erklären, dass sie nicht beide zur gleichen Zeit eintreffen sollten. Ihm war genauso wie ihr daran gelegen, die Sache sehr diskret zu behandeln. Er hatte Hamiltons Drohung, sich wegen Bingo an die Presse zu wenden, nicht vergessen. Bingo machte sich deswegen immer noch Sorgen, doch da sein Rat bloß lautete, sich eine andere Frau zu suchen, blendete Caleb ihn einfach aus.

Unter gar keinen Umständen würde er sich von irgendeinem Idioten hier aus der Stadt davon abhalten lassen, Sadie zu sehen. Er hatte von Anfang an mit ihr ins Bett gehen wollen, doch inzwischen hegte er für sie erheblich tiefere Gefühle. Nur wie tief? Er wollte das lieber nicht genauer ergründen, sondern es vorerst einfach nur genießen.

Caleb traf zuerst im Hotelzimmer ein, was ihm die Gelegenheit gab, erneut darüber nachzudenken, was er tat. Eine Beziehung mit Sadie würde alles ändern. Es würde ihn von seinem Ziel ablenken, zurück in die Major League zu kommen. Sein Leben durcheinanderbringen. Er wusste es … und konnte es dennoch kaum erwarten, sie wiederzusehen.

Gegen halb elf riss ein leises Klopfen an der Tür ihn aus seinen Gedanken. Er ließ Sadie herein, nach einem kurzen Blick den Flur hinunter, um sicherzugehen, dass auch wirklich niemand sie gesehen hatte. Dann schloss er sie sofort in die Arme und drückte ihren wundervollen Körper an seinen. Insgeheim hatte er schon befürchtet, die Ängste ihrer Mutter hätten sie doch davon abgehalten, zu ihm zu kommen.

Sie küssten sich, ungeschickt, hungrig, als wären sie die allerersten Menschen, die dies jemals ausprobierten. Als wäre Küssen ihre eigene geniale Erfindung.

„Warum ist das Licht aus?“, flüsterte sie schließlich.

„Du hast gesagt, deine Mutter will nicht, dass du Jungs siehst.“

„Haha. Ich bezweifle, dass sie damit ein dunkles Hotelzimmer gemeint hat. Außerdem bist du kein Junge.“

„Nein, bin ich nicht.“ Er war ein Mann, erregt und voller Verlangen nach ihr.

„Übrigens kann ich dich ein bisschen sehen“, fügte Sadie hinzu. „Ich sehe, dass du nur ein Handtuch um die Hüften trägst.“

Er ließ das Handtuch fallen. Das Knistern im Zimmer erreichte sofort einen Punkt, an dem es kaum noch auszuhalten war.

„Ich habe einen Plan", flüsterte er, führte sie zum Bett und drückte sie sanft auf die Bettkante. „Vertraust du mir?"

„Ja", antwortete sie zögernd.

„Du machst dir solche Sorgen. Aber ich will, dass du einfach nur genießt. Ich glaube, das wird dir dabei helfen."

„Was denn?"

Er nahm ein Tuch vom Nachttisch, das er dort platziert hatte. „Schließ einfach deine Augen und lass Big Caleb sich um alles kümmern."

Sie musste lachen, was er ignorierte. Er wartete geduldig, bis sie den Kopf still hielt, dann verband er ihr die Augen. „Jetzt behaupte mal, das sei nicht angenehm. Du musst nichts tun. Wir sind hier vollkommen sicher. Lehn dich einfach zurück, entspann dich und lass mich jeden Zentimeter deines wundervollen Körpers anbeten." Er flüsterte, während er ihre Bluse aufknöpfte und sie ihr von den Schultern streifte. Darunter trug sie einen feuerwehrroten BH.

„Rot", sagte er und berührte das Kleidungsstück. „Du hast an mich gedacht."

„Na ja, hin und wieder. So in etwa alle zwei Minuten." Sie lächelte, und er zeichnete mit dem Finger die Konturen ihres Mundes nach. Jetzt, wo Sadies strahlende Augen nicht seine ganze Aufmerksamkeit auf sich zogen, konnte er sich besser auf ihre sinnlichen Lippen konzentrieren. Die wirkten meist sehr fröhlich, als würde Sadie ständig lächeln. Und dennoch lachte sie nicht annähernd genug.

„Wie kann irgendwer dir wehtun?", flüsterte er. „Ich verstehe es einfach nicht."

„Weil du nicht wie er bist", antwortete sie prompt. „Du bist gut."

Zum Glück konnte sie sein Gesicht nicht sehen. *Gut.* Nein, das war er bestimmt nicht, der missratene Sohn eines Trickbetrügers. *Gut.* Das Wort nagte an ihm. „Sei dir da mal lieber nicht so sicher."

Er schob die Ärmel ihrer Bluse herunter, sodass ihre Arme darin gefangen waren, dann hakte er ihren BH auf. Sadie reckte sich ihm entgegen, sowie er mit dem Finger zwischen die Wölbungen ihrer Brüste glitt. Ihre steil aufgerichteten Brustwarzen schmiegten sich in seine Handfläche, als er ihre Brüste umfasste. Danach ließ er seine Hände hinunter zu ihrer Hüfte gleiten. Anscheinend war Sadie direkt von der Arbeit hierhergekommen, denn sie trug eine dünne Seidenhose, die Teil eines Anzugs sein konnte. Spielte keine Rolle, die Hose verschwand ohnehin. Er zerrte sie ihr regelrecht vom Leib und machte das Gleiche mit dem Slip darunter.

Da er Sadies Anspannung fühlte, kniete er sich vor sie hin und legte ihr die Hände auf die Oberschenkel. Zärtlich streichelte er die seidige Haut. Schauer überliefen sie, und langsam, da er sie behutsam drängte, spreizte sie die Schenkel.

„Alles in Ordnung?“, flüsterte er.

Sie nickte und atmete hörbar ein. Er drückte sie auf die Matratze, nicht besonders sanft, doch auch nicht zu grob. Ihre Arme waren nach wie vor gefesselt durch die Ärmel ihrer Bluse. Zusammen mit der Augenbinde war das alles, was sie noch am Leib trug. Heftige Begierde erfasste ihn, seine Erektion pochte. Er musste für einen Moment die Augen schließen, um sich zu sammeln. Sadies Vertrauen in ihn war groß genug, um sich ihm auf diese Weise auszuliefern.

Im Gegenzug würde er jetzt dafür sorgen, dass sie den besten Orgasmus ihres Lebens erfahren würde.

„Ich liebe es, dich zu berühren. Jeden Zentimeter.“ Er streifte ihr die Bluse ganz ab, drehte Sadie auf den Bauch und streichelte ihren Rücken. Sanft zuerst und abwartend, wie viel Druck ihr gefiel. Er massierte ihre Rücken- und Schultermuskeln. Sie seufzte und wurde spürbar geschmeidiger unter seinen Händen. Langsam arbeitete er sich weiter abwärts vor … Po, Schenkel, Waden, Füße. Er nahm sich alle Zeit der Welt, um ihre Verspannungen völlig zu lösen. Als sie ganz entspannt war, drehte er sie wieder auf den Rücken. Ein Lächeln erschien auf ihren Lippen, und sie sah so wunderschön aus, dass sich sein Herz zusammenzog.

Mit dem Daumen strich er über die zarten Härchen, die ihre Mitte schmückten. Darunter glitzerte Feuchtigkeit. Sadie war erregt, das konnte er riechen, spüren, und ihr Duft stieg ihm sofort zu Kopf. Er beugte sich weiter herunter zwischen ihre Schenkel und spürte deren leichtes Beben. Sadies intimster Punkt lockte ihn wie die allerschönste Blume auf dieser Welt, mit ihren rosigen Blütenblättern, die sich zu seinem Vergnügen öffneten. Er glitt mit der Zunge darüber. Sie fühlten sich seidig weich an. Die hart werdende Perle hieß seine Zunge willkommen, als er sie leckte, langsam zunächst, dann schneller, mit etwas stärkerem Druck, bis Sadie sich lustvoll hin- und herwarf.

„Caleb", flehte sie.

„Ja, Süße", nuschelte er, mit dem Mund noch an ihrem Kitzler. Die Vibration seiner Lippen war offenbar zu viel, denn Sadie gelangte mit einem Schrei zu einem machtvollen Orgasmus. Caleb hörte nicht auf, bis es ganz vorbei war. Er konnte einfach nicht genug von ihr bekommen, von ihrer Wärme und Feuchtigkeit. Sein Glied pochte, und er nahm es in die Hand, um sich das Kondom überzustreifen. Als Sadie sich allmählich wieder beruhigt hatte, dirigierte er sie höher aufs Bett und drehte sie um, sodass sie auf dem Bauch lag.

Sofort krallte sie die Finger in das Laken. Ihre dunklen Haare fielen ihr wie ein seidiger Vorhang über den Rücken.

„Willst du mehr?", fragte Caleb mit rauer Stimme. Sie nickte kurz und neigte den Kopf zur Seite. Die Augenbinde saß nach wie vor fest.

„Sag es."

„Ja, ja, ich will mehr. Ich will dich in mir spüren." Ihre Stimme bebte.

Meine Sadie.

Er spreizte ihre Oberschenkel weit und drang hart und tief in sie ein. Sie reckte ihm ihren Po entgegen, als hielte sie die Reibung der Decke an ihren intimsten Stellen nicht aus. Er zog sie hoch, halb wahnsinnig vor Begierde, fasste ihre Hüften und stieß sein Glied bis zur Wurzel in sie.

„Caleb!“, schrie sie. „O Gott!“

Zwei Stöße, drei, vier, ein heißes, elektrisierendes Gefühl kroch seine Wirbelsäule hinauf. Und dann war es so weit, er gelangte zu einem überwältigenden Höhepunkt, der alles um ihn herum für einige Sekunden völlig ausblendete, die Welt, die Worte, die Geräusche. Alles schien sich in ein wundervolles Nichts aufzulösen. Der Orgasmus war so intensiv, dass Caleb sich hinterher fühlte, als hätte er gerade einen Boxkampf absolviert.

Schließlich krochen Sadie und er mühsam unter die Decke, wie zwei Überlebende einer Naturkatastrophe. Er löste die Augenbinde und drückte Sadie an sich. Offenbar döste er ein, driftete ab in eine warme, glückliche Leere, wo ihn keine Sorgen erreichten. Ein Flüstern holte ihn zurück ins Bewusstsein.

Sadie bewegte sich in seinen Armen, und er schmiegte sich an sie, in der verrückten Vorstellung, nichts könne ihn verletzen, solange sie zusammen waren.

„Das war also dein großer Plan?“ Sadie klang amüsiert. „Mir die Augen zu verbinden, damit ich meiner Mutter reinen Gewissens sagen kann, dass ich keinen Mann sehe?“

„Das klingt wohl eher blöd, so wie du es jetzt sagst. Ich dachte aber auch, du müsstest dir keine Sorgen wegen einer Kamera machen, wenn die Lichter aus sind.“

Sie legte ihm die Hand auf die Brustmuskeln. „Ich vertraue dir, Caleb. Bei dir mache ich mir keine Sorgen. Ich bin viel zu sehr damit beschäftigt, den Verstand zu verlieren.“ Sie verstummte, und er strich ihr die langen Haare aus der schweißfeuchten Stirn. „Mir war wirklich nicht bewusst, dass Sex so sein kann.“

Eine solche Bemerkung schmeichelte seinem männlichen Ego natürlich. Nur dass es … „Mir auch nicht“, gestand er ihr. „Ich hatte immer gern Sex. Aber das zwischen uns ist …“ Er schüttelte den Kopf. „Mit dir ist es anders, Sadie.“

Er spürte ihre warmen kurzen Atemstöße auf der Haut.

„Warst du mit sehr vielen Frauen zusammen? Ich frage nur, weil, na ja, Hamilton hat mich andauernd betrogen. Dann warf er mir vor, ihn zu betrügen, was ich jedoch nie getan habe. Jedes Mal, wenn er mir diese Vorwürfe machte, wusste ich, dass er mit einer anderen zusammen gewesen war."

Calebs Magen zog sich zusammen. „Ich hasse diesen Typen."

„Am besten, du hältst dich fern von ihm. Man legt sich lieber nicht mit den Wades an." Sie lachte bitter. „Wenn ich das gewusst hätte, wäre ich eher in ein Kloster eingetreten, als mit Hamilton zusammenzukommen. Ich weiß nicht mal, was er in mir gesehen hat. Alle Mädchen wollten mit ihm zusammen sein."

„Vielleicht sah er, was ich sehe. Eine wunderschöne, kluge, temperamentvolle Frau, für die es sich lohnt, alle möglichen Risiken einzugehen."

Sie stützte sich auf den Ellbogen. Ihr Haar fiel ihr seidig glänzend über die Schulter. „Risiken? Du meinst, zum Beispiel, das Risiko, dass Hamilton es herausfindet?"

Er zeichnete mit dem Finger die Spur des Mondlichts auf ihrer Haut nach, bis zu ihrer Brustwarze, die auf seine Berührung prompt reagierte. „Nein. Das meinte ich nicht."

Was er meinte ... Was er noch nicht aussprechen konnte ... Okay, was er meinte, war das Risiko, sich zu verlieben. Irgendetwas sagte ihm jedoch, dass es längst geschehen war.

Sadie wusste längst, dass Caleb nicht der verwöhnte Athlet war, für den sie ihn anfangs gehalten hatte. Zum Beispiel arbeitete er sehr hart. Sein Motto lautete: *Komm als Erster, geh als Letzter.* Und dann gab es da auch noch: *Wenn du Baseball respektierst, respektiert Baseball dich.* Caleb trainierte wie ein Besessener, übte Würfe, feilte an seiner Wurftechnik und kümmerte sich sogar um einige der wenigen Neuzugänge im Team.

„Du hast keine Ahnung, wie viel Hilfe ich erhielt, als ich zum ersten Mal aufgestiegen bin", erklärte er Sadie. „Man muss an sich selbst glauben und braucht Leute, die an einen glauben. Besonders als Pitcher, weil es reine Psychologie ist. Es geht

Mann gegen Mann, Werfer gegen Schlagmann, und wenn du die Nerven verlierst, gewinnt der Schlagmann. Man muss die ganze Zeit voll konzentriert bleiben."

„Wie schafft man das?"

„‚Halt dich von den Mädels fern.'" Er zwinkerte ihr zu. Sadie verbrachte ihre Mittagspause bei ihm im Baseballstadion. Sie saßen auf der Tribüne und schauten dem Training der Schlagmänner zu. Sadie hatte sich ein Roastbeefsandwich mitgebracht. Caleb trank einen Powersmoothie.

„Oooch." Gespielt mitleidig sah sie ihn an.

„Seit wir uns kennengelernt haben, hat sich meine Werferquote verbessert."

„Gern geschehen."

Trotz ihres neckenden Tons bemerkte er sofort, dass etwas nicht stimmte. Er musterte sie. „Du hörst dich niedergeschlagen an. Ist alles in Ordnung?"

Calebs Gespür war manchmal beängstigend. Man hätte ihn empfindsam nennen können, wenn er nicht so ein harter, raubeiniger Sportler gewesen wäre.

„Ja, alles klar." Sie brachte ein Lächeln zustande und hoffte, dass er danach Ruhe geben würde. In Wahrheit machten sie ihre Gefühle für diesen Mann nervös. Jeden Abend schlief sie in Gedanken an ihn ein, und jeden Morgen wachte sie voller Freude auf. *Werde ich ihn heute wirklich sehen? Empfindet er tatsächlich für mich, wie ich für ihn empfinde?* Dann erwachte das Misstrauen, das durch Hamiltons brutales Vorgehen gegen sie bis heute geschürt wurde.

Sie konnte einfach das unbehagliche Gefühl nicht abschütteln, es könnte jederzeit erneut zur Katastrophe kommen. Womöglich in Gestalt von Hamilton Wade, vielleicht aber auch durch irgendetwas anderes.

Genieße es, solange es dauert, Sadie.

Sie riss sich von diesen Überlegungen los und bemerkte, dass Caleb sich sein Handy geschnappt hatte und telefonierte. „Na schön. Ich werde Bill ausrichten, er soll das Geld transferieren. Wie geht es ihm?"

Er nickte stumm und wirkte auf einmal viel älter als seine fünfundzwanzig Jahre. Dann warf er Sadie einen Blick zu, und sein Gesicht verfärbte sich. „Wehe, du sagst etwas Schlechtes über mich“, sagte er streng ins Telefon und reichte es anschließend Sadie. „Meine Schwester möchte dir Hallo sagen.“

Sadie nahm überrascht das Handy entgegen. „Hallo“, meldete sie sich zögernd.

„Hallo, hier ist Tessa. Ich nehme an, Caleb hat noch nicht viel von mir erzählt.“ Der Stimme nach zu urteilen, war Tessa jung und frech.

„Na ja, ähm …“

„Das ist typisch Caleb. Der ist am besten auf dem Werferhügel. Aber dafür bin ich ja da, um ein paar Lücken zu füllen. Ich wollte nur, dass du weißt, wie mein Bruder ist.“

„Ich glaube, das finde ich schon selbst heraus.“

„Mein Bruder“, fuhr Tessa unbeirrt fort, „hat das College geschmissen, um sich um uns zu kümmern, als unser Dad weg war. Er war stets für uns da. Hat uns nie hängen lassen. Kein einziges Mal. Wusstest du, dass unsere Mutter uns wegen eines jungen italienischen Hengstes verlassen hat? Wusstest du, dass Caleb sogar Teddys und Frankies Windeln gewechselt hat? Wusstest du, was er außerhalb der Saison macht, mal abgesehen davon, dass er wie ein Berserker trainiert?“

Insbesondere Letzteres war Sadie bekannt, aber viele Details waren neu für sie. „Er ist ein häuslicher Typ?“

„Ja. Er bringt unsere rotzfrechen kleinen Brüder zur Schule und kocht Essen. Hilft ihnen bei den Hausaufgaben. Ermöglicht mir ein Privatleben. So einer ist das. Verstehst du jetzt, worauf ich hinauswill?“

„Du liebst deinen Bruder, das habe ich verstanden. Er ist ein großartiger Mann.“

„Nein, ich liebe ihn nicht nur. Ich würde töten für meinen Bruder. Falls ihm jemand wehtut, tauche ich in Lichtgeschwindigkeit mit einem Springmesser auf.“

Caleb bemerkte Sadies entsetzte Miene und nahm ihr das Telefon aus der Hand. „Was hast du gesagt, Tessa?“

Sadie schluckte und überlegte, wie es wohl wäre, jemanden mit Tessas Temperament in der Familie zu haben. Vielleicht sollte man sie auf Hamilton hetzen.

„Tut mir leid", murmelte Caleb, nachdem er aufgelegt hatte. „Tessa ist die reinste Tigermutter geworden. Es heißt einfach schon zu lange: Wir gegen den Rest der Welt."

„Warum hast du mir nicht alles erzählt? Von deiner Mutter und dass du das College geschmissen hast?"

Er zuckte die Schultern. „Es kam eben noch nicht zur Sprache."

Das war eine weitere Eigenschaft Calebs, seine fast schon beängstigende Fähigkeit, sich innerlich abzuschotten. Baseball war Baseball, Familie war Familie, Sadie war Sadie. Er trennte die Dinge gern voneinander. Nur würde sie das nicht mehr zulassen.

„Gut, dann erzähl es mir eben jetzt. Erzähl mir, was genau mit deiner Mutter war."

„Da gibt es nicht viel zu erzählen." Seine Miene verzog sich, er wirkte hart und verletzlich zugleich. „Als ich zehn war, fing sie etwas mit einem Sportwagenfahrer an und verschwand nach Europa. Sie hinterließ mir und Tessa einen Brief, in dem sie beteuerte, wie sehr sie uns liebe. Aber leider könne sie sich keinen Anwalt leisten, der für sie das Sorgerecht erkämpfte. In Wahrheit waren wir ihr diesen Aufwand einfach nicht wert."

„O Caleb."

„Dann war da noch unsere Stiefmutter, Teddys und Frankies Mom. Sie war großartig, nur betrog sie unseren Vater dauernd mit jüngeren Männern. Sie kam bei einem Autounfall ums Leben, als sie ihrem jungen Liebhaber während der Fahrt einen Blowjob gab. Den Zwillingen haben wir nie die ganze Geschichte erzählt. Das ist ja auch nicht gerade eine typische Familiengeschichte."

Sadie musste lachen. „Manchmal glaube ich, so etwas gibt es gar nicht. Meine Familie ist auf ihre ganz eigene Weise genauso schräg wie deine. Meine Mutter legt sich bei den ersten Anzeichen eines Problems ins Bett und schläft. Ihr ganzes

Verhalten erzeugt in mir den permanenten Wunsch, etwas mit meinem Leben *anzufangen*. Jedenfalls alles, außer es zu verschlafen."

Er nahm ihre Hand und streichelte jeden Finger einzeln. „Ich weiß, was du meinst. Als Bingo ins Gefängnis kam, fasste ich den Entschluss, definitiv anders zu werden. Keine Betrügereien in meinem Leben. Ich mag's aufrichtig, direkt und echt. Verlässlich. Und ich habe gern alles unter Kontrolle."

Ja, dachte Sadie. Das hatte sie auch schon bemerkt.

Sie erschauerte bei der Erinnerung an die heißen Szenen im Schlafzimmer, als er komplett die Kontrolle über das Geschehen hatte. Im Bett hatte das jedenfalls hervorragend funktioniert.

Außerhalb des Bettes wollte sie jedoch mehr. Sadie wollte alles. Fürs Erste würde sie allerdings einfach nehmen, was sie bekommen konnte. Zu wissen, dass Caleb sie begehrte und in gewisser Hinsicht auch brauchte, erfüllte ihr Herz mit Freude. Ihr Gefühl verlangte, ihm alles zu geben, was sie hatte.

Doch das hatte sie schon bei Hamilton getan und war zutiefst verletzt worden. War es sicher, Caleb ihre ganze Liebe zu geben?

Bloß: Hatte sie denn eine Wahl?

17. KAPITEL

Donna berichtete Sadie bei einem kurzen Besuch im Büro haarklein, was auf der Party passiert war, nachdem sie und Caleb gegangen waren. „Drei Helikopter landeten im Garten. Voll beladen mit Baseballspielern und der kompletten Frühjahrsausgabe von Victoria's Secret."

„Nicht möglich."

„O doch. Die sind hinten im Garten gelandet. Ach, und dann tauchte auch noch Justin Timberlake mit Entourage auf. Er sang ein Lied für Crush. Wie ich gehört habe, hat er reichlich Fotos auf Instagram gepostet. Stell dir das mal vor! Kilby als Hintergrund von Justin Timberlakes Instagram!"

Sadie überlegte, ob sie die bessere Entscheidung getroffen hatte, indem sie mit Caleb verschwunden war, statt auf Justin Timberlake zu warten. Die Antwort lautete eindeutig ja. „War er in echt auch so sexy?"

„Noch mehr", erwiderte Donna andächtig. „Es muss sich rasend schnell herumgesprochen haben, denn plötzlich tauchten Autos aus der Stadt auf. Halb Kilby schien auf einmal dort zu sein, jedenfalls die jüngere Hälfte."

„Hamilton?"

„Den habe ich nicht gesehen, aber möglich wäre es. Ich habe ein paar seiner Freunde entdeckt. Die haben im Dunkeln nackt Paintball gespielt, mit den Models und ein paar Leuchtfarben. Es heißt, die Kirchenladies sind empört deswegen."

„Ja. Bürgermeisterin Trent hat den ganzen Tag Magentabletten geschluckt. Sie wirkt nach außen immer so ruhig, aber ich glaube, das ist bloß Fassade. Oje, ich muss übrigens los."

Das berühmte rote Lämpchen leuchtete. Sadie verabschiedete Donna und eilte ins Büro der Bürgermeisterin. Die telefonierte, nickte geduldig und bedeutete Sadie, sie solle sich setzen. Sadie nahm Platz und wartete, während sie das schnelle Trommeln der Fingernägel ihrer Chefin auf der Schreibtischplatte beobachtete.

Schließlich legte die Bürgermeisterin auf, indem sie den Hörer mehrmals auf den Schreibtisch knallte, ehe sie ihn in der Gabel platzierte. „Dieser verdammte Kerl!"

Ein Fluch und ein Akt der Gewalt gegen das Telefon. Nicht gerade das typische Verhalten von Bürgermeisterin Trent. „Was ist denn passiert?"

„Er musste unbedingt diese Party feiern, ja?" Sie schraubte die Flasche mit den Magentabletten auf. „Aber nicht bloß irgendeine Party, sondern eine, bei der anscheinend sämtliche wild gewordenen Teenager von Kilby auftauchten. Alle Mütter haben mich angerufen. Und die rufen dann die Damen vom Frauenverein an, und die unterschreiben die Petition, und keine einzige von denen interessiert sich für die Zehenhornschnecke." Sie kaute auf einer Magentablette und spülte sie mit einem Glas Wasser herunter. „Ich wollte *keine Kontroverse*."

„Wir müssen es eben verstärkt weiterversuchen. Die Cupcakes-Aktion war doch ein voller Erfolg. Was ist mit einem Kalender? Der Erlös käme wohltätigen Zwecken zugute. Nicht nur den Schnecken, sondern auch … hm … der Bibliothek. Wir könnten Caleb Hart dazu bringen, mit einem Buch zu posieren."

Für einen Moment verlor Sadie sich in einer erotischen Fantasie von Caleb, nackt bis auf ein Buch, das er sich vor sein edelstes Teil hielt.

„Das ist noch so eine Sache, Sadie. Mrs Parrish hat mir doch tatsächlich weiszumachen versucht, Sie seien ebenfalls auf dieser Party gewesen und hätten Händchen gehalten mit Caleb Hart. Ich habe ihr auf den Kopf zugesagt, das sei nicht möglich."

Sadie starrte ihre Chefin benommen an. Sie konnte sie nicht anlügen. Das wäre kompletter Verrat. Doch sie zu enttäuschen wäre noch schlimmer als ein Zahnarztbesuch. „Ja, ich war dort. Aber ich wusste nicht, dass es Crush Taylors Party war. Und ich bin nicht lange geblieben."

Die Bürgermeisterin stellte das Plastikfläschchen mit den Magentabletten geräuschvoll ab. „Sie wussten nicht, dass es seine Party war?"

„Ich … ich war mit einer Freundin unterwegs. Wir sind Mike Solo von den Catfish begegnet. Er nahm uns mit zu der Party, aber es sollte eine Art … Überraschung sein.“ Sadie musste zugeben, dass die Erklärung ziemlich lahm klang.

„Sie sind also zu einem unbekannten Ziel gefahren, mit einem Mitglied der berüchtigten Catfish-Baseballmannschaft? Und haben dann Caleb Harts Hand gehalten?“

Sie hatte noch viel mehr getan. Ihr Gesicht glühte. „Wir … wir sind zusammen.“

Die Bürgermeisterin schnappte erschrocken nach Luft. „Sie sind mit einem Spieler der Catfish zusammen?“

„Ich bin selbst nicht gerade glücklich darüber.“ Die tiefe männliche Stimme veranlasste die beiden Frauen, sich umzudrehen. Crush Taylor, die schwarze Sonnenbrille auf der Nase, lehnte am Türrahmen. Statt der edlen Leinenhose, die er auf der Party getragen hatte, steckte er wieder in zerschlissenen Jeans und einem falsch zugeknöpften Hemd.

„Hören Sie endlich auf damit, einfach hier aufzutauchen“, fuhr die Bürgermeisterin ihn an und umklammerte ihre Magentabletten. Sadie wäre nicht überrascht gewesen, wenn sie ihm die Flasche an den Kopf geworfen hätte. „Sie sind mir nicht willkommen.“

„Ich bin ein Bürger der Stadt Kilby, also sind Sie meine Bürgermeisterin. Ich habe Sie sogar gewählt.“

Wendy Trent sah ihn an, als verblüfften seine Worte sie und als sei sie nicht besonders entzückt davon.

„Frauen sind ausgezeichnete politische Führungskräfte.“ Irgendwie schaffte er es, dass diese Aussage herablassend klang. „Und was mich betrifft, so bin ich der Ansicht, dass mein Starpitcher sich nicht durch eine Frau aus der Gegend ablenken lassen sollte. Der muss sich auf wichtigere Dinge konzentrieren. Wie zum Beispiel die Tatsache, dass Ian Sullivan über einen schmerzenden Ellbogen klagt.“

Caleb hatte Sadie von Ian Sullivan erzählt, einem Werfer bei den Friars. Als Linkshänder wäre Caleb die logische Wahl, ihn im Falle einer Verletzung zu ersetzen. Sadies Mut sank. Das war es dann wohl. Caleb würde schon bald fort sein.

„Warum sind Sie hier, Mr Taylor?"

„Ich bin aus zwei Gründen hier, Bürgermeisterin Trent. Erstens möchte ich mich entschuldigen. Normalerweise gelingt es mir, meine Partys im privaten Rahmen zu feiern. Diesmal ist die ganze Sache leider ein wenig außer Kontrolle geraten. Ich weiß, dass die Damen vom Frauenverein aufgebracht sind, deshalb möchte ich ein Geschenk anbieten, um die Wogen zu glätten."

„Ein Geschenk. Sie glauben, Sie könnten sich aus all dem entstandenen Ärger herauskaufen? Machen Sie das immer so?"

Er schob seine Sonnenbrille herunter und schaute mit blutunterlaufenen Augen über den Rand. „Überall, ja, nur auf dem Werferhügel nicht. Zuerst dachte ich an meine Standard-Entschuldigung, Unterwäsche und Blumen. Doch Ellington, mein Manager, hat es mir ausgeredet."

Bürgermeisterin Trent gab einen erstickten Laut von sich. Sadie fragte sich, ob ihr wohl eine der Magentabletten im Hals stecken geblieben war.

„Also, womit könnte ich die Can-the-Catfish-Crew versöhnlich stimmen?", fragte Crush. „Mit einer neuen Kirchenorgel? Einem Schrein für die Unbekannte Jungfrau? Einem Patchworkkränzchen?"

„Ja!" Die Bürgermeisterin stand auf, ihre pinkfarbene Seidenbluse raschelte. „Ich bin sicher, die Kirchendamen, wie Sie sie meistens nennen, wären begeistert, wenn Sie und Ihre Spieler einen Beitrag zum neuesten Patchworkprojekt leisten würden. Der Quilt wird versteigert zugunsten bedürftiger Kinder. Ihre Teilnahme würde sehr begrüßt werden."

War das ein Ausdruck von Scham auf Taylors Gesicht? Unmöglich. Nein, es musste ein Grinsen sein. „Ich werde darüber nachdenken", versprach er. „Doch nun zu meinem zweiten Problem. Warum hinterlässt Dean Wade Nachrichten auf dem Anrufbeantworter meiner Privatnummer?"

Sadie erstarrte, und Bürgermeisterin Trent wurde sehr still. Hatte sie nicht erwähnt, dass Dean Wade für das Amt des Bürgermeisters kandidieren wollte? „Wie Sie wissen, ist Dean Wade ein prominenter Einwohner Kilbys und stammt aus einer der Gründerfamilien. Er ist ein allseits geachteter Geschäftsmann und Familienmensch. Was seine Anrufe angeht – woher soll ich das wissen?“

„Hm.“ Taylor gähnte und schob seine Sonnenbrille wieder hoch. „Ich persönlich verabscheue ja Lokalpolitiker. Falls er mich anruft, damit ich seine Wahlkampagne unterstütze, verschwendet er nur seine Zeit. Außerdem bin ich glücklich über unsere derzeitige Bürgermeisterin. Besser gesagt, ich wäre es, wenn sie mich mehr mögen würde.“

Mit diesen Worten stieß Taylor sich vom Türrahmen ab und schlenderte davon. Eine knisternde Stille blieb zurück. Sadie ging in Gedanken die Tragweite all dessen durch, was sie soeben gehört hatte. Offenbar war es Dean Wade ernst mit seiner Ankündigung, für das Bürgermeisteramt zu kandidieren, wenn er sich die Mühe machte, bei Crush Taylor um Unterstützung zu werben. Niemandem konnte die Drohung in Crushs letzten Worten entgangen sein. Wenn Bürgermeisterin Trent sich nicht langsam für ihn erwärmte, würde er tatsächlich Dean Wade unterstützen.

Wenn Sadie die Wades und Crush Taylor gegen sich hatte, würde Bürgermeisterin Trent es sich nicht mehr erlauben können, sie als Mitarbeiterin zu behalten. Sadie würde zu einer enormen Belastung werden.

„Ich sollte kündigen.“

Die Bürgermeisterin fuhr sie an: „Wagen Sie es nicht!“ Plötzlich glich sie überhaupt nicht mehr einer Eiskönigin. „Crush Taylor kann mich kreuzweise. Die Wades auch.“

„Ich wusste gar nicht, dass sie das Zeug dazu hat.“ Caleb grinste verschlafen unter seinem muskulösen Arm hervor, den er sich über die Augen gelegt hatte, um sie gegen die Sonne zu schützen. Er und Sadie lagen auf einer Decke im Kilby State Park.

Caleb hatte sie zu einem Vormittagspicknick abgeholt, bevor er sich im Stadion blicken lassen musste. Das fröhliche Vogelgezwitscher klang, als lächle das Wetter ihnen persönlich zu.

„Ich werde zur Belastung für sie", erwiderte Sadie bedrückt. „Und für dich auch. Crush meint, ich bedeute Ablenkung."

„Dann hat er sich meine Statistik in letzter Zeit nicht angesehen."

„Er meinte außerdem", sagte sie, und dies war der Teil, an den sie unentwegt denken musste, „dass du bald zu den Friars verschwinden wirst."

Alle Anzeichen von Schläfrigkeit verschwanden. Caleb setzte sich auf und zog Sadie mit hoch. „Wovon redest du?"

Sie blinzelte wegen der Sonne, die hinter seinem Kopf einen Glorienschein bildete. „Ich dachte, das wüsstest du. Er meinte, Ian Sullivan hat Ellbogenschmerzen."

„Sullivan." Er fuhr sich durch die Haare, nahm die Wasserflasche und trank einen langen Schluck. „Der wirft ganz gut, aber ist noch ziemlich unerfahren. Was genau hat Crush denn gesagt?"

„Dann ist es also noch gar nicht allgemein bekannt?" Sadie schluckte. Was, wenn sie gerade eine Art Vereinsgeheimnis der Friars ausgeplaudert hatte?

„Nein, aber es ergibt Sinn." Mit einer plötzlichen Bewegung setzte Caleb sich auf, ein wildes Flackern in den Augen. „Das könnte meine Chance sein, Sadie. In den letzten Wochen habe ich solide Leistungen abgeliefert. Anscheinend habe ich verarbeitet, was immer mich im Unterbewusstsein beschäftigt hat."

„Was war es denn?"

„Keine Ahnung. Das spielt ja auch jetzt keine Rolle mehr. Vielleicht gehe ich zurück, Sadie! Zurück in die große Liga!"

Sie zwang sich zu einem breiten Lächeln und gab sich die allergrößte Mühe, um so auszusehen, als freue sie sich für ihn. „Das ist fantastisch!"

Er packte ihre Oberarme. „Hat Crush erwähnt, was für Schmerzen Sullivan hat? Scharfe, in Abständen auftretende Schmerzen oder mehr dauerhafte?"

„Du meine Güte, so detailliert hat er sich darüber nicht geäußert.“ Sie duckte sich unter seinen Armen hindurch und kroch über die Decke zum Picknickkorb, den sie im Secondhandladen erstanden hatte. Es war an der Zeit, zusammenzupacken. Doch Calebs warme Hand auf ihrer Taille zog sie zurück zu ihm, an seinen muskulösen, festen Körper.

„Tut mir leid. Ich will bloß wissen, womit er es zu tun hat. Ellbogenprobleme sind hart für Werfer. Wohin willst du?“

„Nirgendwohin.“ Eigentlich stimmte das auch. Caleb würde fort sein, um die Baseballwelt zu erobern, während sie hierblieb, Memos für die Bürgermeisterin tippte und auf Hamiltons nächste Aktion wartete.

„Falsch. Du kommst mit mir.“ Er bog ihren Oberkörper nach hinten, als befänden sie sich auf der Tanzfläche statt auf einer Picknickdecke. Seine Arme hinter ihrem Rücken fühlten sich stahlhart an, und ihr Po ruhte auf seinen starken Oberschenkeln. Die Kraft, die er ausstrahlte, machte sie benommen. Sie fühlte sich schwach und versuchte aus seinen Worten schlau zu werden.

„Wie bitte?“

„Du weißt, dass ich nichts vom Glücksspiel halte, aber würde ich spielen, würde ich tausend Dollar darauf wetten, dass man in San Diego Jura studieren kann.“

Sie war verblüfft. „Es wird Jahre dauern, bis ich genug Geld für das Studium zusammenhabe.“

„Schätzchen, du bist jetzt mit mir zusammen. Wenn du Jura studieren willst, dann studierst du Jura. Wenn Tessa Medizin studieren will, dann wird sie Medizin studieren. Und wenn die Zwillinge Karateunterricht wollen, bekommen sie ihn.“

Sadie versetzte ihm einen kleinen Stoß gegen die Brust. „Ich kann dein Geld nicht annehmen. Außerdem kannst du dir das unmöglich alles leisten.“

„Noch nicht“, räumte er ein. „Mein Vertrag hier läuft noch über zwei Jahre. Ich muss mich bewähren in dieser Zeit, um anschließend frei verhandeln zu können. Ich habe aber noch Geld übrig von meinem Bonus für die Vertragsunterzeichnung. Davon habe ich einiges investiert, und der Fonds entwickelt sich gut."

„Es spielt keine Rolle. Das ist *dein* Geld."

„Liebling." Er legte ihr den Finger unters Kinn, damit sie seinem Blick nicht mehr ausweichen konnte. „Was glaubst du eigentlich, was wir hier machen?"

Sie kaute auf ihrer Unterlippe. „Wir entspannen uns. Lernen uns besser kennen. Haben Sex."

„Großartigen Sex."

„Ja, schon, Caleb …" Sadie verstummte und rollte von ihm herunter. Dann stand sie auf und klopfte sich das Gras von der Shorts. „Hast du auch manchmal das Gefühl, etwas sei nicht ganz real? Zum Beispiel wir zwei auf dieser sanft dahinschwebenden romantischen Wolke." Sie deutete zu den schönen Birken über ihnen. „Die Wolke wird an einem Baum oder so etwas hängen bleiben."

„Was ist denn der Baum, um mal bei deinem Bild zu bleiben? Die Tatsache, dass ich Baseballspieler bin, der – hoffentlich – die Stadt verlassen wird?"

„Schon möglich." Ihr fielen so viele andere „Bäume" ein, an denen ihre Wolke hängen bleiben konnte, aber dies war der offensichtlichste.

„Ich dachte, du willst weg aus Kilby."

„Will ich auch. Ich liebe Kilby, es ist schließlich der Ort, wo ich aufgewachsen bin. Aber mit den Wades im Nacken … ich will definitiv weg von hier. Vorausgesetzt, meine Mom kommt damit klar. Es geht ihr schon viel besser in letzter Zeit, doch ich mache mir immer noch Sorgen um sie. Aber Caleb, es dreht sich ja nicht darum, wohin ich gehe. Es geht darum, mich zu beweisen. Zu beweisen, dass ich etwas wert bin."

„Wie kannst du nur daran zweifeln? Komm her zu mir." Er zog sie erneut auf sich, so fest, dass sie einen erstickten Laut von sich gab. „Ich brauche dich bei mir", erklärte er, und in den Tiefen seiner Augen loderte ein Feuer. „Meine wahren Freunde kann ich an einer Hand abzählen. Aber diejenigen, die ich dazuzähle … für die würde ich sterben. Ich brauche dich, Sadie. Mit dir ist alles besser. Du lässt mich diesen ganzen Mist vergessen. Wenn ich mit dir zusammen bin, fühle ich mich wie Superman. Ich wünschte, du könntest auf die nächste Auswärtstour mitkommen. Du wirst mir schrecklich fehlen."

Und dann küsste er sie auf jene überwältigende, leidenschaftliche Art, die sie sogar ihren eigenen Namen vergessen ließ.

Aber die Wades vergaßen ihren Namen nicht, ebenso wenig einige Tatsachen aus Sadies Leben. Am nächsten Tag kam ein FedEx-Päckchen von Hamilton. Es war adressiert an „Schlampe Merritt".

Ihre Mutter spähte ihr über die Schulter, während Sadie überlegte, ob sie es öffnen oder in der Feuertonne hinterm Haus verbrennen sollte.

„Es könnte wichtig sein", gab ihre Mutter besorgt zu denken. „Sieht so offiziell aus."

Sadie machte es auf und kam sich dabei vor, als entließe sie einen bösen Geist aus seinem Gefängnis.

Eine Bingokarte fiel ihr entgegen.

Ihre Mutter nahm die Karte aus Sadies plötzlich kraftloser Hand und betrachtete sie verwirrt von allen Seiten, auf der Suche nach der üblichen gehässigen Botschaft.

„Das ist höchst seltsam. Wir sollten die Polizei rufen", meinte sie ängstlich.

„Ich bezweifle, dass es gegen das Gesetz verstößt, jemandem eine Bingokarte zu schicken. Und hast du schon vergessen, wer der Polizeichef ist?"

„Vielleicht ist es ein Versehen. Es muss ein Versehen sein, denn was könnte es sonst bedeuten?"

Doch Sadie hatte die Botschaft sehr wohl verstanden. Hamilton wusste ja längst, dass Bingo Hartwell Calebs Vater war. Und wenn sie nicht mit Caleb Schluss machte, würden die Wades diese Information benutzen.

Sie schloss sich in ihrem Zimmer ein, legte sich aufs Bett und schaute zum Deckenventilator, während die elenden Gedanken in ihrem Kopf kreisten.

Hamilton hatte gewonnen. Wieder einmal. Sie durfte nicht zulassen, dass Caleb ihretwegen Schaden nahm. Wenn bekannt wurde, dass Bingo sein Vater war, würde die Presse auftauchen und Fragen über ihn stellen. Die Zuschauer auf den Tribünen würden darüber reden. Gegnerische Spieler würden ihn damit zu provozieren versuchen. Möglicherweise würden Fans der gegnerischen Mannschaften Banner aufhängen, um den Spieler mit dem Trickbetrüger als Vater zu verspotten. Wie auch immer, es würde schwieriger für ihn werden, sich auf das Spiel zu konzentrieren, gerade jetzt, wo er seinen Rhythmus wiedergefunden hatte.

Caleb hatte ihr so viel Vertrauen und Wärme geschenkt. Also musste sie ihn jetzt auch beschützen, selbst wenn es auf ihre Kosten ging. Sie wollte ihm nichts von der Bingokarte erzählen, weil er sich sonst womöglich auf Hamilton stürzte und alles noch viel schlimmer machte.

Ja, dachte Sadie bedrückt. Eine offizielle Trennung war die einzige Lösung. Wenn Caleb von der Tour zurückkam, würde sie einen Weg finden, es ihm zu erklären. Vielleicht würde ihnen irgendeine Möglichkeit einfallen, wie sie sich weiterhin heimlich sehen konnten. Aber alle öffentlichen Treffen waren in Zukunft ausgeschlossen.

Obwohl es ihr schier das Herz brach, setzte Sadie in den nächsten Tagen ihren Plan in die Tat um. Sie nahm Calebs Anrufe während seiner Tour nicht entgegen. Stattdessen überprüfte sie seinen Spielplan und rief immer dann zurück, wenn er sich im Mannschaftsunterstand befand, wo keine Handys erlaubt waren.

Dann sandte sie Hamilton ihrerseits eine Botschaft, und zwar durch Donna. Ihre beste Freundin hatte sich strikt geweigert, Sadie in die Nähe dieses Mistkerls zu lassen. Lieber wollte sie das selbst erledigen. Also schnappte Donna sich Hamilton im Kilby Country Club, wohin sie den Hai für seine Babyschwimmstunden brachte. Die Botschaft, die sie ausrichtete, lautete schlicht: „Du hast gewonnen.“ Donna verlieh ihr eine eigene Note, indem sie diese Worte mit einigen deftigen Schimpfwörtern garnierte.

„Süße, ich denke, du machst einen Riesenfehler“, sagte sie zu Sadie, nachdem es vollbracht war. „Das ist ja, als würdest du vor einem Terroristen kapitulieren. Jetzt wird der Idiot endgültig glauben, dass er alles kriegen kann, was er will.“

„Kann er ja auch“, erwiderte Sadie resigniert.

„Nur dich nicht.“

„Nicht mehr.“

„Kein Wunder, dass es ihn in den Wahnsinn treibt.“

Jeden Abend während der Catfish-Tour lauschte Sadie dem lokalen Nachrichtensender, der über die Aktivitäten des Teams berichtete. Trevor Stark schaffte im Schnitt zwei Homeruns pro Spiel, was phänomenal war. Abseits des Spielfeldes war sein Benehmen skandalös. Er wurde zum Idol in Texas und über die Grenzen hinaus. In jeder Stadt, in die er kam, wurde er in den lokalen Radiosender eingeladen, und die Mädchen rissen sich um ihn. Ärger gab es dann, als herauskam, dass eines der Mädchen, mit dem er etwas gehabt hatte, noch minderjährig war.

Zum Glück für die Catfish – wenn auch nicht für die Catfish-in-die-Dose-Petition – kam Trevor selbst schnell dahinter und rief die Eltern des Mädchens an. Am Ende schaffte er es, nach dieser Geschichte sogar noch ziemlich heldenhaft dazustehen.

In El Paso nahm Mike Solo mit dem gesamten Infield an einem Karaoke-Contest teil. Sie gewannen mit der aufgesexten Version von „Get It On“. Sanitäter mussten gerufen werden, damit sie sich um die drei Mädchen kümmern konnten, die im Publikum ohnmächtig geworden waren.

Jim Lieberman erlangte kurze Berühmtheit, als er in Albuquerque ein Mädchen vor einem tollwütigen Hund rettete. Dummerweise wurde er während des Kampfes gebissen und verlor das Bewusstsein. Er kam im Krankenhausbett wieder zu sich, mit Schaum vor dem Mund. Zumindest glaubte er das. Tatsächlich befand er sich im Clubhaus der Gastmannschaft, auf einer Pritsche, mit Rasierschaum im Gesicht und sich schlapp lachenden Catfish-Spielern um sich herum.

Seine Reaktion schaffte es in jede Pannenshow im ganzen Land. Immerhin brachte es ihm ein Date ein, und zwar mit dem geretteten Mädchen.

Die große Neuigkeit aber war Calebs konstant gute Leistung. Alle waren der Meinung, es sei nur noch eine Frage der Zeit. Manche schlossen schon Wetten darauf ab, wann er wohl in die Major League berufen werden würde.

Und so waren alle glücklich und zufrieden. Nur Sadie weinte sich weiterhin jede Nacht in den Schlaf.

18. KAPITEL

Als die Catfish nach Kilby zurückkehrten, hegte Caleb die vage Hoffnung, dass Sadie vorhatte, ihn zu überraschen. Sie würde vor dem Stadion in ihrem kleinen Corolla warten, um ihn abzuholen und mit ihm zum Lake McGee zu fahren oder vielleicht zu einem ruhigen Hotelzimmer, wo sie ihr Wiedersehen angemessen feiern konnten. Doch in der Menge auf dem Parkplatz entdeckte er keine dunkelhaarige Schönheit mit feurigen Augen. Entmutigt stieg er in seinen Jeep und fuhr zu seinem Apartment.

Bingo hatte ihm eine Nachricht hinterlassen:

Habe einen Job! Du findest mich im Sacred Grounds Café, falls du mich brauchst. Deine Post liegt auf dem Tisch.

Hastig blätterte Caleb die Umschläge durch – möglicherweise hatte Sadie ihm ja einen Brief dagelassen.

Nichts.

Um seine Frustration irgendwie abzureagieren, schnappte er sich die Supermarktprospekte und zerriss sie zu Konfetti. Vielleicht wollte Sadie ihn nicht mehr. Vielleicht hatte sie bei dem letzten Picknick mit ihm Schluss zu machen versucht, und er war zu blöd gewesen, um es zu bemerken. Dieses ganze Gerede von einer rosaroten Wolke, die irgendwann am nächsten Baum hängen bleiben würde. Vielleicht hatten Sadie und er diesen verdammten Baum ja schon längst gerammt? *Zack.*

Nach den Werbeprospekten fiel er über seine Bankauszüge her. Auch die wurden zerfetzt, genau wie ein Brief seines Vermieters wegen eines Termins für Malerarbeiten. Als der Großteil seiner Post nur noch aus kleinen Papierschnipseln bestand, ging Caleb ins Bad, zog sich aus und suchte Zuflucht in der Dusche. Während das heiße Wasser auf seinen Rücken prasselte, ließ seine Wut allmählich nach.

Hier ging es um Sadie, nicht um irgendeine Frau. Sie war aufrichtig, intelligent, fürsorglich und ... verletzt. Sie war genauso vorsichtig wie er, und dazu hatte sie auch allen Grund.

Irgendetwas stimmte nicht. Jetzt, wo er sein gekränktes Ego mal außer Acht ließ, wurde ihm das klar. Aber wie sollte er herausfinden, was das Problem war, wenn sie nicht mit ihm redete? Plötzlich fiel ihm etwas ein. Ihre Freundin Donna. Mike hatte doch die Nummer dieser Frau, oder?

Zehn Minuten später jagte er los, zu Donna auf den Spielplatz. Sie winkte, als sie ihn sah. Dann eilte sie weiter einem vergnügt glucksenden Kleinkind hinterher. Der Kleine hatte noch keinen richtigen Orientierungssinn und schien magnetisch angezogen zu werden von den vorstehenden Ecken der Spielgeräte.

„Ich muss jede Sekunde auf ihn aufpassen, also nimm es nicht persönlich, wenn ich dir nicht in die Augen sehe", warnte sie ihn. „Wenn dieses Kind später nicht Fußballer wird oder so was, fresse ich meinen Cowboyhut. Oder wenigstens einen Cowboy."

„Ist er immer so?"

„Der Hai? Oh, zur Schlafenszeit ist er noch schlimmer. So schnell kann man gar nicht gucken, wie er vor seiner Kinderzahnbürste wegrennt ... So, ich nehme an, du bist wegen Sadie hier."

„Sie reagiert nicht auf meine Anrufe. Besser gesagt, sie ruft zwar zurück, aber immer dann, wenn ich nicht mit ihr reden kann. Ich weiß, dass etwas nicht stimmt."

Donna machte einen Satz nach vorn, um den Hai davon abzuhalten, in die Schaukel zu geraten. Sie fing ihn ab, hob ihn mit Schwung hoch, und seine kleinen Beinchen strampelten wie wild. „Wenn du so weitermachst, stecke ich dich zurück in deinen Wagen, du kleines Ungeheuer." Der Junge wand sich, während sie ihre Nase an sein Pausbäckchen drückte. Dann setzte sie ihn wieder ab. Sofort krabbelte er auf Caleb zu und schlang die Ärmchen um sein Bein.

Caleb lachte und hob sein Bein mit dem Jungen daran ein paar Zentimeter vom Boden. Das Kind quietschte vor Vergnügen. Er wiederholte das einige Male, bis der Griff des Jungen nachließ, dann ließ er ihn vorsichtig wieder herunter. Der Hai plumpste auf seinen Po und grub die Hände in den Sand.

Caleb schaute auf und stellte fest, dass Donna ihn mit einem seltsamen Ausdruck auf dem Gesicht betrachtete.

„Du bist ein guter Kerl, nicht wahr?"

„Das weiß ich nicht", erwiderte Caleb unbehaglich. „Ziemlicher Durchschnitt, nehme ich an." Und das war seiner Ansicht nach schon eine großzügige Schätzung. Schließlich war er bei einem Trickbetrüger aufgewachsen. Wie gut konnte er da schon sein?

„Ich darf eigentlich nichts sagen, aber ich werde es trotzdem tun. Weil Sadie meine beste Freundin ist, mal abgesehen vom Hai, mit dem ich aber kein Frauengespräch führen kann."

Eine seltsame Kombination aus Triumphgefühl und Furcht breitete sich in Caleb aus. „Ich wusste, dass etwas nicht stimmt. Was ist es?"

„Hamilton Wade hat Sadie eine Bingokarte geschickt. Ich habe keine Ahnung, was das bedeutet – sie wollte es mir nicht verraten –, aber sie bat mich daraufhin, ihm auszurichten, er habe gewonnen. Das ist alles, was ich weiß. Na ja, und dass sie noch keinen Weg gefunden hat, es dir zu sagen und jede Nacht weint."

Caleb ballte die Fäuste, einmal, zweimal. Unbändige Wut packte ihn. „Ich werde diesen Dreckskerl fertigmachen."

Donna hielt ihn am T-Shirt fest. „Sei kein Idiot. Ich habe dir das nicht erzählt, damit du irgendwen vermöbeln kannst. Sadie versucht dich vor den Wades zu schützen. Wenn du verletzt wirst, wird es noch viel schlimmer für sie sein. Außerdem ist diese Familie wie ein Clan aus dem Wilden Westen. Ihnen geht es um Macht und Ehre. Die können solche Dinge einfach nicht ruhen lassen."

„Ich auch nicht", knurrte Caleb mit zusammengebissenen Zähnen. „Da kannst du jeden fragen."

Sie wickelte sich sein T-Shirt noch fester um die Faust. „Ich werde dich nicht eher gehen lassen, bis dir eine bessere Lösung eingefallen ist, mit dieser Geschichte umzugehen. Und zwar ohne Sadie dabei wehzutun. Die hat schon genug durchgemacht."

Er starrte sie an, während sein Verstand fieberhaft arbeitete. Donna begegnete seinem Blick für etwa zwei Sekunden, bis der Hai anfing, über den Spielplatz zu krabbeln. „Du solltest lieber hinterher", sagte Caleb, auf das Kind deutend. „Der bewegt sich direkt auf die Rutsche zu. Die, aus der die Kinder wie Kanonenkugeln geschossen kommen."

Sie versuchte, den Jungen einzufangen und gleichzeitig Caleb hinter sich herzuziehen. Er riss sich das T-Shirt vom Leib, um sich von ihr zu befreien, und brachte Donna damit ins Stolpern. „Verdammt. Das war ein mieser Trick, Baseballjunge."

Er ging zu seinem Jeep. „Kann sein", rief er ihr über die Schulter hinweg zu. „Aber du hast recht, was Sadie angeht. Sie darf nicht verletzt werden. Ich melde mich wieder bei dir, sobald mir was eingefallen ist."

Später rief er sie an. „Richte Sadie aus, dass ich mich um die Sache kümmere. Sie kann morgen früh alles darüber im *Kilby Press Herald* lesen."

Sadie und ihre Mutter hatten schon vor langer Zeit die Zeitung abbestellt, deshalb sah sie die Schlagzeile erst, als sie durch den Metalldetektor im Rathaus ging. Der Wachmann hatte seine Nase in den Sportteil gesteckt, doch als sie sich ein wenig bückte, konnte Sadie die Titelseite lesen: CATFISH-PITCHER GIBT FAMILIENGEHEIMNIS PREIS.

Um Himmels willen. Sie riss dem Wachmann die Zeitung aus der Hand. „Hey!", protestierte der.

„Sollen Sie nicht die Leute unter die Lupe nehmen, die hier kommen und gehen, statt den Sportteil der Zeitung zu lesen?"

Rasch überflog sie den Artikel, dessen Verfasserzeile Burwell Browns Namen trug.

In einem aufsehenerregenden Interview gab der Starbaseballer Caleb Hart gestern bekannt, dass sein richtiger Name Caleb Hartwell ist. Zudem erklärte er, dass er der Sohn von Thurston Hartwell ist, ein Trickbetrüger, der gerade eine sechsjährige Haftstrafe verbüßt hat, nachdem er einige Witwen um ihre Ersparnisse brachte. Hart erklärte gegenüber dem Press Herald, *er habe während der Haftstrafe seines Vaters die Vormundschaft über seine beiden jüngeren, noch minderjährigen Brüder beantragt.*
Caleb Hart: „Ich hoffe, die Fans können verstehen, warum ich aus dieser Familiensituation ein Geheimnis gemacht habe. Ich gebe beim Spiel alles für sie und das Catfish-Team. Hoffentlich bekomme ich die Gelegenheit, auch den Friars zu helfen."
Hart gilt seit Langem als brillantes, aber unberechenbares Talent. Auf die Frage, ob seine unbeständigen Leistungen auf dem Werferhügel mit seiner Familiensituation zusammenhingen, antwortete er mit einem schroffen „Nein".
Duke Ellington, der Manager der Catfish, hatte Folgendes zur überraschenden Bekanntmachung und deren möglichen negativen Auswirkungen auf das Team zu sagen: „Caleb Hart genießt unsere volle Unterstützung, denn die hat er verdient. Nur ein Idiot würde ihm die Taten seines Vaters vorwerfen."
Der Frauenverein von Kilby sieht die Dinge ein wenig anders. „Offenbar lebt hier in unserer Mitte ein Exbetrüger, dank der Catfish. Man muss sich fragen, ob es für anständige Familien überhaupt noch sicher ist, ein Baseballspiel zu besuchen. Wir werden Crush Taylor und sein Unternehmen weiterhin sehr genau im Blick behalten."

Sadie ließ die Zeitung sinken, Tränen stiegen ihr in die Augen. Caleb hatte das für sie getan – für sie beide.

Sie nahm ihr Handy und schrieb ihm eine Nachricht:

Was hast du getan???

Das Beste für uns. Bist du okay?

Ja, solange du es bist.

Mag keine Erpresser. Fühle mich großartig. Will dich sehen. Bingo arbeitet heute Abend. Kommst du?

Ja!

Am liebsten wäre Sadie sofort aufgesprungen und zu ihm gerannt. Doch Bürgermeisterin Trent rief sie zu sich. Mist. Ihr wurde mulmig. Ihre Chefin würde nicht glücklich sein über Calebs Interview. Oder über die Tatsache, dass Sadie die ganze Zeit von Bingo gewusst hatte.

Als Caleb an diesem Abend die Tür zu seiner Wohnung öffnete, stürmte Sadie ihm entgegen, ließ sich hochheben und schlang Arme und Beine um ihn.

Er drückte sie an sich. Sie spürte seine großen starken Hände auf ihrem Po, seine warmen Lippen auf ihrem Hals. Es tat so gut, wieder bei ihm zu sein – wie hatte sie jemals glauben können, ohne ihn leben zu können?

„Geht es dir wirklich gut?", fragte sie ängstlich, nachdem sie ihr wildes Bedürfnis, ihn zu berühren, fürs Erste gestillt hatte. Er ging wortlos mit ihr durch den Flur, bis sie schließlich einen Raum erreichten, der offensichtlich sein Schlafzimmer war.

„Alles wird gut. Ich habe lange und gründlich darüber nachgedacht. Bingo war mein Geheimnis, weil ich nicht wollte, dass er noch mehr Schaden anrichtet in meinem Leben. Aber wenn jemand wie Hamilton dieses Geheimnis als Druckmittel benutzt, um mich zu erpressen, dann scheiß drauf. Ich habe diesem Burwell Brown sowieso noch ein Interview geschuldet, erinnerst du dich?"

„Ja, aber dabei sollte es um die Schnecken gehen."

„Die habe ich auch erwähnt. Hat er nichts darüber geschrieben?"

Sie kicherte, schmiegte das Gesicht an seinen warmen Hals und fühlte die Anspannung seiner Muskeln. „Nein. Ich werde ihn anrufen und mich darüber beschweren."

„Nicht jetzt. Zuerst wirst du mit mir reden." Vorsichtig setzte Caleb sie auf dem Bett ab. Dann sah er sie ernst an. „Warum hast du mir nichts von Hamiltons Drohung erzählt? Er ist mir schon vorher mit der gleichen Sache gekommen, aber ich habe diesen Idioten einfach ignoriert."

„Ich wollte dir keinen Ärger machen." Sie stockte kurz unter seinem Blick, zog die Knie an die Brust und schlang die Arme darum. „Die Wades haben so viele Möglichkeiten, Leuten zu schaden. Ich könnte es nicht ertragen, wenn sie dir meinetwegen wehtun würden. Du bist … mir sehr wichtig." Die letzten Worte kamen geflüstert.

„Du bist mir auch wichtig. Ich dachte, du glaubst mir das nicht so richtig."

„Die können deine Baseballkarriere zerstören. Wie soll ich damit fertig werden, wenn das passiert?"

„Und wie soll *ich* damit fertig werden, dich wegen irgendeines Idioten zu verlieren? Nur weil dieser Typ ein Ego-Problem hat und nicht begreift, wann es an der Zeit ist aufzuhören?" Er drückte sie sanft aufs Bett. „Beim nächsten Mal vertraust du mir einfach, Sadie. Du bist nicht mehr allein. Verstehst du?"

Er legte seine Stirn an ihre, und sie fühlte sich, als würde ihr Herz vor Glück in tausend kleine Stücke zerspringen. „Ich kann nicht glauben, dass du meinetwegen allen von Bingo erzählt hast."

„Ich würde für dich noch viel mehr tun, Sadie Merritt." Er bewegte sich abwärts, wobei er anfing, sie auszuziehen, und auf ihrem Körper eine Spur von Küssen hinterließ. Jede Liebkosung fühlte sich für Sadie so an, als würde eine Flamme entfacht. Als sie schließlich nackt war, kniete sie sich auf das Bett und drehte den Spieß um, indem sie Caleb auf die Matratze herunterdrückte. Dann setzte sie sich rittlings auf ihn, streifte sein T-Shirt hoch und genoss den Anblick seiner harten Muskeln. Mit den Fingerspitzen strich sie sanft über seine Brust und zählte die hervortretenden Sehnen.

„Du hast vielleicht einen Sixpack", meinte sie. Seine Augen verdunkelten sich, während sie seine Haut streichelte. Sie erreichte seinen linken Arm, dessen Muskeln ausgeprägter waren als die des rechten. Eine dicke Ader verlief entlang des Bizeps; Sadie fühlte durch die Haut hindurch das Pulsieren. „Ich habe alle Spiele im Radio verfolgt. Jedes Mal, wenn du geworfen hast, war ich so nervös, dass ich mich beinah übergeben hätte. Wirst du nervös?"

„Nein", erwiderte er energisch. „Nicht, wenn ich den ersten Wurf mache. Vorher ja. Aber ich habe eine Methode, wie ich damit umgehe."

„Du rennst zum Klo?"

Er lachte. „Bis jetzt musste ich mich noch nie übergeben. Nein, es ist so ein verrückter Aberglaube, den ich habe."

„Welcher denn?" Sie öffnete seine Jeans und zog sie langsam herunter.

„Na ja, bei meinem allerersten Spiel war ich so nervös, dass ich glaubte, sterben zu müssen. Mein Herz raste, bis ich das Gefühl hatte, mir platzt gleich eine Ader oder so was. Und da dachte ich, was wohl meine letzten Worte sein sollten, falls das wirklich passierte. Also schrieb ich Tessa und den Jungs eine Nachricht. Sie lautete: ‚Hab euch alle lieb. Sehen uns auf der anderen Seite.'"

Sadie, mit seiner Hose beschäftigt, hielt auf halbem Weg inne und legte das Kinn auf seinen festen Bauch. „Und?"

„Und dann habe ich gewonnen. Ich gewann meine ersten beiden Einsätze. Beim dritten war mein Handy-Akku leer. Ich lieh mir ein Handy, verlor aber trotzdem. Es funktioniert also nur, wenn es mein Handy ist."

„Du hast dich wahrscheinlich nur verrückt gemacht."

„Kann sein." Er hob seine Beine an, damit sie ihm die Jeans ganz ausziehen konnte. Unter seiner Boxhershorts zeichnete sich bereits eine deutliche Wölbung ab, und seine Erektion drängte sich ihr durch den Stoff entgegen. Ein warmes Gefühl breitete sich in Sadie aus. Dieser Mann war so unglaublich sexy mit seinen muskulösen Schenkeln, die von kleinen goldenen Härchen bedeckt waren. „Aber vor dem schlimmsten Spiel meines Lebens ist etwas passiert, das mich den Text an meine Geschwister vergessen ließ. Ich schickte ihnen keine Nachricht, nicht mal vom Handy eines Mitspielers. Das Spiel wurde eine Katastrophe. Was meine Theorie bestätigt: Immer einen Text schicken, unter allen Umständen."

Sadie glitt mit der Hand über seine Boxershorts und fühlte die Hitze seiner Erregung durch den dünnen Baumwollstoff hindurch. „Was ist denn passiert? Ich meine, wieso hast du vergessen, die Nachricht zu schreiben?"

Caleb zögerte einen Moment. Schließlich seufzte er und sagte: „Ich erhielt einen Anruf von Bingos Anwalt, dass er in einer Woche entlassen würde."

Verblüfft hielt sie mit ihren Liebkosungen inne. „Aber vielleicht wurde das Spiel nur deshalb zum Desaster."

„Warum?"

„Na, weil du wegen der Nachricht über deinen Vater nicht bei der Sache warst."

„Baby, wenn ich auf dem Werferhügel stehe, lenkt mich überhaupt nichts ab." Er hob sie an, sodass sie mit ihrem intimsten Punkt direkt auf seiner Erektion saß. „Du könntest nackt über das Spielfeld marschieren, und ich würde weiter auf Mike Solos Schritt starren, um auf sein Signal zu warten."

Er drückte den Daumen ein wenig gegen ihre Klitoris, und Sadie erschauerte vor Lust. „Das … das klingt nach einer Herausforderung."

„Ist es nicht. Komm bloß nicht auf dumme Gedanken. Nicht jeder besitzt diese Fähigkeit, sich so zu konzentrieren, wie ich es kann." Wie um diese Konzentrationsfähigkeit zu demonstrieren, massierte er sie nun mit seinem Daumen und erzeugte dabei genau den richtigen Druck. Diese Hände waren geradezu magisch.

„Wie stellst du es an, dass es so gut ist?", fragte Sadie keuchend und bewegte sich auf ihm vor und zurück.

Er lachte in sich hinein. Seine Stimme klang tiefer, wie immer, wenn er sehr erregt war. „Es ist wie beim Werfen. Man muss aufmerksam sein, ganz bei der Sache. Schau hin, hör zu, lerne. Und konzentriere dich."

Sinnliche Wellen breiteten sich von dem Punkt zwischen ihren Beinen aus, dem jetzt Calebs ganze Aufmerksamkeit galt. Mit halb geschlossenen Lidern nahm sie noch knapp seinen Blick wahr, der fest auf diese Stelle gerichtet war, seine muskulöse Brust, seine goldbraune Haut. Wieder war es, als befänden sie sich auf einer Wolke aus süßer Sinnlichkeit, die nie und nirgends jemals hängen geblieben war.

Sadie kam in langsam heranrollenden Wellen zu einem sanften Orgasmus. Sie erschauerte, warf den Kopf in den Nacken und gab einen beglückten Seufzer von sich. Das war so gut! Aber noch lange nicht genug. Also brachte sie Caleb dazu, sich umzudrehen, sodass sie auf dem Rücken lag und er oben war, wobei er sich mit den Ellbogen zu beiden Seiten ihres Kopfes aufstützte. Sie griff nach unten, um ihm die Shorts auszuziehen und sein Glied mit den Fingern zu umschließen. „Komm mal hier herauf", flüsterte sie. Prompt glomm ein begieriges Funkeln in Calebs Augen auf.

Hamilton hatte immer gewollt, dass sie das tat, aber sie hatte sich geweigert. Es wurde später eine seiner Rechtfertigungen für seine Seitensprünge. Doch aus irgendeinem Grund war es Sadie zuwider gewesen, ihn mit dem Mund zu befriedigen. Sie hatte sich einfach nie wohl genug gefühlt, um es zu machen.

Bei Caleb jedoch war das etwas ganz anderes. Er liebte es, sie mit dem Mund zu verwöhnen. Und das war keine bloße Behauptung, sondern klar ersichtlich an der heftigen Erektion, die es ihm bescherte. Außerdem bat er Sadie nie darum, ihre Lippen zu benutzen, oder verlangte irgendetwas von ihr. Sex mit ihm war eher wie ein großes Festmahl – eines, das aus lauter Desserts bestand. Und sie konnte sich aussuchen, worauf sie gerade Lust hatte.

Momentan hatte sie große Lust auf ihn in ihrem Mund. Caleb bewegte sich auf den Knien nach oben und hielt dann kurz vor ihren Lippen inne. „Ja?", fragte er und betrachtete prüfend ihr Gesicht. Sie fühlte sich erhitzt und dekadent, als täten sie das alles schon seit Stunden.

„O ja." Sie nahm sein langes, starkes Glied erneut in die Hand und schloss die Lippen darum. Caleb gab ein lautes Stöhnen von sich.

„O Sadie, du hast ja keine Ahnung …" Doch jetzt war es an ihr, sich ganz auf das zu konzentrieren, was sie in diesem Moment tat. Sie umspielte seine Eichel mit der Zunge, schmeckte den salzigen Geschmack, ganz leicht süß und vielleicht ein bisschen grasig, wie eine geheime Wiese inmitten eines Waldes. Möglicherweise hatte seine Haut durch all die Jahre auf dem Spielfeld das Aroma von Gras angenommen. Über diesen Gedanken musste sie lächeln, was er offenbar spürte.

„Ist etwas?"

Sie schüttelte nur den Kopf. Sein intimer Duft war ihr Geheimnis, das sie mit niemandem teilen würde, nicht einmal mit ihm.

„Verdammt, Sadie. Ich kann nicht …" Mit einem tiefen kehligen Laut zog er sich aus ihrem Mund zurück und kam explosionsgleich in seiner Hand. Der Anblick, wie er seinen Penis hielt, jede Sehne seines Körpers zum Zerreißen gespannt, wirkte unglaublich erotisch. „Tut mir leid", keuchte er. „Hatte keine Zeit für ein Kondom."

„Du hättest doch …" Sie berührte ihren Mund, der noch kribbelte von der sinnlichen Liebkosung. „Es hätte mir nichts ausgemacht."

„Ich war mir nicht sicher. Deshalb wollte ich dich fragen. Nur war es leider schon zu spät, weil du mich so unglaublich verrückt machst." Er glitt von ihr herunter und ging barfuß, nackt und wundervoll aus dem Zimmer. Sie hörte das Wasser laufen. Sadie fuhr sich mit der Zunge über die Lippen, senkte die Lider und fragte sich, wie es möglich war, dass sie sich bei diesem Mann so fantastisch fühlte. Wenn sie mit Caleb zusammen war, fühlte sie sich schön, sexy und begehrenswert. Niemals, nicht einmal, wenn sie ihn mit dem Mund befriedigte, kam sie sich nuttig vor.

Eins zu null im Kampf gegen Hamilton. Und das war erst der Anfang. Denn mit Caleb an ihrer Seite fühlte Sadie sich unbesiegbar.

19. KAPITEL

Calebs Mitspieler nahmen sein Geständnis gut auf. „Mein Vater ist Klempner", vertraute Mike Solo ihm nach dem Spiel am nächsten Tag an und stopfte sich dabei ein Riesenstück eines dick belegten Sandwichs in den Mund. „Auf der Highschool musste ich mir seinen Van ausleihen, um die Mädchen zum Date abzuholen. Darauf stand ‚Ihr Scheiß ist unser Geschäft', und zwar in großen roten Buchstaben. Versuch mal, bei den Damen zu punkten, wenn du in einem solchen Gefährt unterwegs bist."

„Mein alter Herr war Gefängnisaufseher", meldete Ramirez sich von der anderen Seite des Raumes zu Wort. „Wo saß deiner eigentlich? Vielleicht kennen die beiden sich."

Caleb ignorierte das, denn seine Aufmerksamkeit galt Trevor Stark, der noch keinen Ton von sich gegeben hatte, seit das Thema aufgekommen war. Offenbar handelte es sich um einen wunden Punkt, denn Starks Schweigen war ganz untypisch für ihn. Prompt konnte Caleb nicht widerstehen, den arroganten Schlagmann zu sticheln. „Wie sieht's denn bei dir aus, Stark? Was macht dein Vater?"

„Das geht dich einen Scheiß an", knurrte der und schnappte sich ein Stück Käse vom Buffet. „Ich hab ein Date. Wir sehen uns dann später, ihr Loser."

„He, Stark", rief Mike ihm hinterher.

„Was?"

„Dein Ego ruft, es wartet vor dem Stadion auf dich. Es war so groß, dass es nicht reinpasste."

„Ja, so wie deine Wampe." Trevor gab dem Clubhaus-Angestellten ein Zeichen, der daraufhin sofort zu ihm eilte und seine Tasche schulterte.

Mike boxte sich gegen den Bauch. So ein Blödsinn. Er hatte doch höchstens ein paar Pfunde zu viel. „Mein Bauch ist steinhart, Mann. Falls du über Größe redest, meinst du wohl eher das Riesenteil ein Stückchen weiter unten."

„Stückchen ist gut. Mehr ist da auch nicht", konterte Stark.

Mike zeigte ihm den Finger, als Stark dem Angestellten aus dem Clubhaus folgte. „Hart, du kannst von Glück sagen, dass der Typ hier ist. Er lässt dich gut dastehen, obwohl dein Dad ein Krimineller ist."

„Na, vielen Dank auch."

„Gern geschehen. Ich ignoriere den sarkastischen Unterton." Mike zupfte ein Salatblatt aus seinem Sandwich. „Kein Grünzeug. Es sei denn, es handelt sich um einen Limonen-Slurpee. Und dieses Grün findet man nicht in der Natur, also ist es okay."

„Wie läuft es übrigens mit Donna?" Caleb nervte ihn absichtlich ein bisschen. Von Sadie wusste er, dass es Donna großes Vergnügen bereitete, Mike zu quälen.

Mike musterte ihn misstrauisch über sein Sandwich hinweg und tat ansonsten, als sei er mit Kauen beschäftigt.

Selbst die Kilby-Fans – zumindest die, die ins Baseballstadion kamen, nicht die Unterzeichner der Can-the-Catfish-Petition – schienen Caleb zu unterstützen. Sobald er auf den Werferhügel stieg, brandete Applaus auf, sogar im achten Inning, während des jährlichen „Crazy Catfish Whiskers"-Wettbewerbs, bei dem der ausgefallenste Bart gekürt wurde, echt oder unecht. Diesmal gewann ein kleines Mädchen in einem pinkfarbenen Kleid, das sich einen Bart aus mit Glitzer bestäubten Pfeifenreinigern gebastelt hatte. Caleb hatte die Ehre, ihr den Preis zu übergeben, der unglücklicherweise in einem frisch gefangenen Catfish bestand. Als die Kleine die Kühltasche öffnete, um ihren Preis zu begutachten, brach sie in Tränen aus.

Caleb schloss das Mädchen in die Arme und führte es zur Seitenlinie, wo das Catfish-Maskottchen Spagat und Handstand machte. Schließlich hörte das Mädchen auf zu weinen und winkte der Menge zu, die sofort in donnernden Applaus ausbrach. Als er die Kleine zu ihrer Mutter auf die Tribüne zurückbrachte, gab sie ihm einen Kuss auf die Wange. Bei diesem Bild auf der Riesenleinwand brachen alle in Jubel aus.

Caleb hatte den Eindruck, als sei dieser simple Kuss der Schlüssel zum Herzen der Stadt gewesen. Von da ab spürte er die Akzeptanz. Die Zeit des Versteckens war vorbei. Es war eine enorme Erleichterung, zu wissen, dass er sein Geheimnis nicht mehr mit sich herumschleppen musste. Er hatte das so lange gemacht, dass es ein Teil seines Lebens geworden war, ein alltäglicher Bestandteil wie gehen oder essen. Jetzt, wo das Geheimnis keines mehr war, empfand er eine neue Leichtigkeit und Unbeschwertheit. Keine Sorgen lasteten mehr auf ihm.

Na ja, eine wohl doch noch. Er hatte Hamilton besiegt, indem er dessen erpresserischer Drohung zuvorgekommen war. Doch so leicht würde dieser Vollidiot sich nicht geschlagen geben. Früher oder später würde Hamilton zurückschlagen – da machte Caleb sich keinerlei Illusionen. Nicht, dass er Angst davor gehabt hätte. Aber seine große Sorge war, dass die Wades ihre Wut an Sadie auslassen und ihr das Leben noch schwerer machen würden. Um ihnen nicht die Gelegenheit zu geben, drängte er Sadie, jede freie Minute mit ihm zu verbringen. Was natürlich auch den Vorteil hatte, dass sie, nun ja, eben jede freie Minute mit ihm verbrachte.

Die folgenden Wochen waren die glücklichsten seines Lebens.

Sogar sein Zorn auf Bingo ließ etwas nach. Seinem Vater schien der Job im Coffeeshop tatsächlich zu gefallen. Caleb sah ihn nur noch selten, und er hatte nicht das Gefühl, dass sich neuer Ärger anbahnte. Vielleicht bekam Bingo ja wirklich einen Neuanfang hin. Irgendwann ging dieses neue positive Gefühl sogar so weit, dass Caleb beschloss, die innere Distanz zwischen ihm und seinem Vater zu überwinden.

„Tessa und die Jungs kommen an diesem Wochenende", berichtete er Bingo bei einem doppelten Espresso im Sacred Grounds. Er war vorbeigefahren, um sich selbst ein Bild zu machen vom Job seines Vaters; er traute Officer Kelly doch nicht so ganz, Bingos Charme widerstehen zu können. Eine Weile hatte er sich im Hintergrund gehalten, getarnt mit einer

Twins-Baseballmütze, und seinen Vater beobachtet. Was er sah, lieferte ihm keinen Grund zur Besorgnis, also traf er die Entscheidung, Bingo eine Chance zu geben.

„Wirklich? Und kann ich sie sehen?"

„Ja, du kannst sie sehen. Darum geht es ja."

Ein komischer Ausdruck erschien auf dem Gesicht seines Vaters. „Hast du … Wieso hast du deine Meinung geändert?"

Caleb trank von seinem doppelten Espresso mit extra Zucker. Sein Dad hatte sich erstaunlicherweise daran erinnert, wie er seinen Kaffee am liebsten mochte. „Die Jungs haben darum gebeten", gestand er. „Sie haben ein Recht darauf, ihren Vater zu sehen."

Bingo wischte sich die Hände an der Barista-Schürze ab, rückte seine Fliege gerade, nestelte nervös an der Schürze. „Was, wenn ich es vermassle?"

„Sorg einfach dafür, dass das nicht passiert", erwiderte Caleb. „Ich werde die ganze Zeit dabei sein, so viel ist klar. Nur nicht, wenn ich werfe. Ich bin für das Spiel in zwei Tagen aufgestellt, und ich will, dass ihr alle kommt."

Bingo erschrak. „Du lässt mich ins Stadion?"

„Krieg dich ein. Du bist schon vorher hingegangen, ob es mir recht war oder nicht."

„Aber diesmal wäre ich mit deiner Erlaubnis da. Ich muss mir keine merkwürdige Sonnenbrille mehr kaufen." Bingo klatschte in die Hände. „Das bedeutet mir so viel, Caleb. Ich werde dir bestimmt keinen Ärger machen, das verspreche ich." Seine himmelblauen Augen blickten so ehrlich, dass Caleb ihm beinahe glaubte. Zumindest glaubte er seinem Vater, dass er keinen Ärger machen *wollte*. Leider schien Bingo oft genug nicht anders zu können – der Ärger folgte ihm wie Küken ihrer Entenmutter.

„Hat die Presse sich schon gemeldet?"

„Ja, aber ich habe denen gesagt, was du mir geraten hast: ‚Kein Kommentar. Bitte gestattet unserer Familie, in Frieden wieder zusammenzufinden.'"

Caleb verschluckte sich fast an seinem Espresso. „Das war nicht abgesprochen. Ich habe dir gesagt, du sollst bei ‚Kein Kommentar' bleiben."

„Eine kleine Ausschmückung. Ich musste denen doch etwas geben."

Caleb biss die Zähne zusammen und tröstete sich damit, dass Bingo nichts allzu Katastrophales von sich gegeben hatte. „Ich will nicht, dass die Presse hier herumschnüffelt, wenn die Kids da sind."

„Auf keinen Fall." Die Türglocke kündigte einen neuen Gast an. „Aber ich bin nicht derjenige, der an die Öffentlichkeit gegangen ist, mein Sohn. Mir war es ganz recht, Mr Anonymous mit der komischen Sonnenbrille zu sein."

„Klar. Tut mir leid. Musste aber sein." Caleb hatte Bingo den Grund für sein offenherziges Interview nicht erklärt. Und so würde es auch bleiben. Auf gar keinen Fall wollte er zu viel über Sadies Privatleben preisgeben. Sein Beschützerinstinkt ihr gegenüber verblüffte ihn immer wieder.

„Ich beschwere mich ja auch gar nicht", sagte Bingo und drückte Calebs Schulter. „Du hast das Richtige getan. Wie das alte Sprichwort schon sagt: Die Wahrheit macht dich frei." Damit verschwand er, um sich der Bestellung des neuen Kunden zu widmen.

Caleb trank seinen Kaffee aus und hoffte, dass er wirklich das Richtige tat.

Der Auftritt seiner Familie war wie immer höchst dramatisch. Kaum hatte Caleb die Tür zu seiner Wohnung geöffnet, brach ein wahrer Wirbelsturm aus Skateboards, übergroßen Basketballtrikots und elektronischen Kleingeräten über ihn herein.

Teddy und Frankie waren seit dem Saisonbeginn fünf Zentimeter gewachsen. Sie zeigten nicht die geringste Befangenheit Bingo gegenüber, sondern löcherten ihn ganz direkt mit Fragen über das Gefängnis.

„Wie war das Essen? Hast du mal eine Messerattacke gesehen? Hast du gelernt, wie man ein Messer bastelt?"

Als Bingo erklärte, dass er in einer Einrichtung für Nicht-Gewalttäter gewesen war, gingen die Zwillinge zum nächsten Thema über. Eifrig diskutierten sie über Baseball und wie man dieses Spiel verändern könnte, damit es mehr wie Basketball wäre.

„Man könnte einen Korb auf jeder Base aufstellen. Der First Baseman müsste dann praktisch einen Slam Dunk mit dem Ball machen, um den Läufer rauszuwerfen."

Bingo beobachtete sie mit Tränen in den Augen und schaute gelegentlich zu Tessa, die zuerst kaum mehr als ein steifes „Hallo" herausgebracht hatte. Bei Caleb und ihr saßen die Wunden tiefer, während die Zwillinge damals, bei Bingos Verurteilung, noch kleine Kinder gewesen waren.

Tessa war mehr daran interessiert, über Sadie zu sprechen. Sie brachte Caleb dazu, ihr beim Chilikochen zu helfen. Bingo spielte unterdessen mit den Zwillingen Pictionary im Wohnzimmer. „Werde ich Sadie mögen? Wäre besser, wenn ich sie mag, oder? Ich habe nämlich noch nie erlebt, dass du dich so sehr für eine Frau interessiert hast."

Caleb konzentrierte sich auf das Öffnen einer Dose Kidneybohnen. „Sie kommt heute Abend zu dem Spiel. Dann kannst du dir ein Bild machen."

„Weiß sie *alles* über unsere Familie?" Tessa machte ein verlegenes Gesicht.

„Schätzchen, jeder weiß jetzt Bescheid. Ich habe der Lokalzeitung ein Interview gegeben, und das hat inzwischen jedes baseballbegeisterte Kind aufgeschnappt."

„Ja, schon klar. Aber weiß sie *alles*? Weiß sie, wie er uns benutzt hat? Weiß sie von unserer Mutter und von Teddys und Frankies Mutter?"

„Sie weiß das meiste." Der Dosenöffner klemmte. Caleb schlug die Dose auf die Arbeitsfläche, um ihn zu lösen. „Sie verurteilt uns nicht. Sie hat ihre eigenen Probleme."

„Na ja, trotzdem hoffe ich, dass sie weiß, worauf sie sich einlässt."

„Entspann dich mal wieder, ja?" Caleb war die Richtung, die diese Unterhaltung genommen hatte, unangenehm. Er schüttete die Bohnen in den Topf. „Auf jeden Fall musst du nicht mit weiteren Informationen über die Familie herausrücken. Ich will sie schließlich nicht verängstigen."

Tessa boxte ihn tadelnd gegen den Arm. „Irgendwann wirst du ihr *alles* erzählen müssen. Du kannst das nicht hübsch verpacken und dann häppchenweise servieren. So was funktioniert nicht."

„Ach was. Bist du dir da sicher?" Bisher hatte es ganz gut funktioniert, dachte Caleb. Seine Taktik hatte ihn immerhin im Baseball ziemlich weit gebracht; der Werferhügel war sein sicherer Hafen, in dem er vor all dem Mist da draußen Zuflucht fand.

„Ziemlich sicher. Aber keine Sorge, ich werde dich vor deiner Freundin nicht blamieren." Tessa legte die Hand aufs Herz. „Hartwell-Familienschwur."

Seine *Freundin*. Caleb dachte über den Ausdruck nach und stellte fest, dass er ihm gefiel. Seit dem College hatte er nur flüchtige Affären gehabt, One-Night-Stands, einmalige Geschichten. Da war nie eine Frau gewesen, die er als seine Freundin bezeichnet hätte. Dennoch war er sich nicht ganz sicher, ob die Bezeichnung seinen Gefühlen für Sadie gerecht wurde. Auf was liefen unersättliches Verlangen, heftiger Beschützerinstinkt und ständige Sehnsucht nach ihrer Gesellschaft eigentlich hinaus?

An diesem Abend wehte ein starker Wind im Baseballstadion. Staubwolken wirbelten über die kahlen Schotterflächen des Spielfeldes. Hin und wieder wurde die Baseballcap eines Fans weggeweht, trudelte über die Tribüne und veranlasste die anderen Zuschauer, sich zu ducken oder erschrocken zu kreischen. Die Flaggen – die amerikanische und die texanische – flatterten wie Segel in den heftigen Böen. Im Mannschaftsraum herrschte Unruhe angesichts der Möglichkeit, das Spiel könnte wegen des unberechenbaren Winds und der Gewittergefahr abgesagt werden. Aber der Spielplan der Minor League war so eng, dass schon einiges dazugehörte, um die Schiedsrichter zur Absage eines Spiels zu bewegen. Das Heimteam trug die Verantwortung für eine solche Entscheidung, weshalb Duke sich ausgiebig mit dem Platzwart und dem Hauptschiedsrichter besprach.

Caleb war zu aufgedreht, um drinnen auf der Bank zu sitzen, deshalb stand er unter dem Vordach und beobachtete, wie der Wind verrückte Sachen anstellte mit der Kleidung und den Frisuren der Leute. Jim Lieberman gesellte sich zu ihm.

„Schon mal vom Magnus-Effekt gehört?"

Caleb bedachte ihn mit einem spöttischen Blick. „Selbstverständlich." Bei dem Magnus-Effekt handelte es sich um ein physikalisches Gesetz, das erklärte, warum ein geworfener Ball einen Bogen beschrieb. Es hatte mit dem Luftwiderstand zu tun, aber da endete sein Wissen auch schon.

„Und weißt du auch, warum das bei einem Knuckleball, den man ohne Rotation wirft, nicht funktioniert?"

„Ich passe." Caleb zuckte die Schultern. „Ich werfe keine Knuckleballs."

„Du willst es aber trotzdem wissen, oder? Willst du? Denn manchmal weiß ich Dinge, und die Leute sind dann eingeschnappt, wenn ich es ihnen zu erklären versuche."

„Ja, das ist der Besserwisser-Effekt."

Da Lieberman geknickt wirkte, klopfte Caleb ihm auf die Schulter. „War nur Spaß. Los, klär mich auf. Warum funktioniert der Magnus-Effekt nicht bei einem Knuckleball?"

Liebermans Miene hellte sich auf. „Weil der Knuckleball keinen Drall hat. Seine Bewegung wird erzeugt durch den Wind, der über die Nähte streicht. Auf der Flugbahn eines Knuckleballs zur Plate gilt die Chaostheorie. Alles kann passieren. Deshalb sind sie so schwer zu treffen, denn sie sind unberechenbar."

„Chaostheorie, ja? Kein Wunder, dass ich den Knuckleball hasse. Ich weiß gern, wie der Ball fliegt, den ich werfe."

Lieberman steckte die Hand in seinen Fanghandschuh. „Das weiß man nie so ganz genau." Da hatte der Mann recht. „Aber bei diesem Wind da draußen, stell dir mal vor, was ein Pitcher, der Knuckleballs wirft, erreichen könnte."

Caleb sah auf die andere Seite, zum Unterstand des gegnerischen Teams, den Salt Lake Bees. Fred Barstow sollte laut Plan als Pitcher antreten. Er war ein ehemaliger Fastballer, der zum Knuckleball gewechselt war, nachdem ihm ein Knochensplitter aus dem Ellbogen hatte entfernt werden müssen.

„Tja, dann bringt das Wetter wohl einen Vorteil für die Bees", murmelte Caleb. „Trotzdem würde ich den guten alten Wumms einem solchen Mist jederzeit vorziehen."

„Das ist kein Mist." Lieberman schien ernsthaft gekränkt zu sein. „Man könnte sagen, dass der Knuckleball wegen des fehlenden Dralls ein sehr unkomplizierter Wurf ist. Der einzige Trick eines Knuckleballs besteht darin, dass er sich den Wind zunutze macht. Der nimmt es gerade so, wie's kommt. Überlässt sich dem Chaos."

Sich dem Chaos überlassen? Caleb gab einen verächtlichen Laut von sich und nannte seinen Mitspieler beim Spitznamen. „Bieberman? Verschwinde."

Lieberman zuckte die Schultern. Ein Hot-Dog-Einwickelpapier wurde über das Spielfeld geweht und klatschte ihm ins Gesicht. Er wischte es mit einem Grinsen weg. „Überlass dich dem Chaos, Hart. Lass den Dingen ihren Lauf. Das bringt den Sieg."

„Von wegen. Ich sag dir mal, woran ich glaube, Lieberman. Ich glaube an Baseball. Ich glaube an Zahlen. Zahlen sind kein Zufall und kein Chaos. Ich glaube, Glück entsteht durch harte Arbeit. Respektiere das Spiel, und das Spiel wird dich respektieren. Genau daran glaube ich."

Lieberman nickte mehrmals kurz hintereinander, und sein Gesicht leuchtete förmlich vor Begeisterung. Die meisten Mitspieler hatten für seine philosophischen Versuche und Ausführungen nur Spott übrig. Doch Caleb reagierte wenigstens, indem er ihm gelegentlich einen Knochen hinwarf. „Na schön, na schön. Wie wäre es damit: ‚Das Chaos ist das Gesetz der Natur. Ordnung ist der Traum des Menschen.' Henry Adams hat das geschrieben."

„Meinst du den Pitcher der Reds?“ Caleb zwinkerte.

Lieberman lachte. „Der Punkt geht an dich. Na ja, mach dir keine Sorgen wegen des Chaos. Wie Deepak Chopra sagt: ‚Allen großen Veränderungen geht das Chaos voran.‘ Als ich den Artikel in der Zeitung über dich las, musste ich an dieses Zitat denken.“

Caleb sah diesen babygesichtigen Weisen an. „Wer, zum Geier, bist du eigentlich?“

„Jim Lieberman, Shortstop. Wir spielen schon seit einigen Wochen zusammen …“

„Ich weiß, wer du bist. Ich meinte …“ Caleb verstummte, da er Tessa und Sadie entdeckt hatte, die sich durch die Sitzreihen auf ihre Plätze hinter der Home Plate zubewegten. Der Wind zerzauste Sadies Pferdeschwanz und wehte ihr die losen Strähnen ins Gesicht. Sie trug eine kurzärmelige rote Bluse und Jeans. Lachend versuchte sie zu verhindern, dass der Wind die Getränke wegwehte, die sie trug.

Caleb konnte nicht verstehen, warum nicht jeder im Stadion sie fasziniert anstarrte.

Hinter ihr gingen die Zwillinge. Teddy warf Erdnüsse über die Schulter, die Frankie mit dem Mund auffing. Ihre Koordination trotz des Windes war beeindruckend. Caleb fragte sich, ob der Magnus-Effekt auch für zufällig geworfene Erdnüsse galt. Bingo folgte der Gruppe als Letzter. Er schaute sich immer wieder nervös in der Menge um. Vielleicht war er verunsichert wegen des Artikels.

Caleb kümmerte es wenig; Bingo hatte seine Entscheidungen getroffen, und genau dasselbe hatte sein Sohn nun getan. Damit waren sie quitt. Sein Blick wurde wieder magisch von Sadie angezogen. Sie schaute zum Unterstand, wobei sie schützend die Hand über die Augen legte, wegen der tief stehenden Sonne und des aufgewirbelten Staubs. Caleb hob die Hand, um ihre Aufmerksamkeit zu bekommen. Sie winkte begeistert und warf ihm eine Kusshand zu.

Er grinste und klopfte sich mit der Faust ans Herz, als sei der Kuss dort gelandet.

„Kein Gefummel im Unterstand, Hart“, sagte Sonny Barnes hinter ihm. „Musste ich auch auf die harte Tour lernen.“

„Niemand ist nackt, Sonny“, erwiderte Caleb, ohne den Blickkontakt zu Sadie zu unterbrechen. „Alles ganz jugendfrei.“

„Aber bestimmt nicht der Blick, mit dem du sie anstarrst. Als hättest du den Röntgenblick, extrastark.“

T. J. Gates mischte sich ein. „Ist das dein Vater, Caleb? Thurston Hartwell?“

Caleb zögerte nur eine Sekunde. Das Geheimnis war gelüftet, also hatte es ohnehin keinen Sinn mehr, dem Thema auszuweichen. „Ja, das ist er.“

„Sieht aus wie du“, meinte Trevor Stark, der die Tür zum Unterstand hinter sich zuknallen ließ. „Den hätte ich überall wiedererkannt. Ich habe ihn hier nämlich schon ein paarmal gesehen. Großer Baseballfan, was?“

Caleb starrte seinen Mitspieler an. *Ein paarmal?* Bingo hatte doch versprochen, nicht ins Stadion zu kommen, und behauptet, sich an dieses Versprechen auch zu halten. „Wann war das?“, fragte Caleb mit trockener Kehle.

Trevor warf den Schläger über die Schulter und drehte sich hin und her, um sich aufzuwärmen. „In den letzten Tagen. Keine Ahnung. Ist ja nicht meine Aufgabe, deine Familie im Auge zu behalten. Es sei denn, das schließt diese Frau mit ein. Wie hieß sie noch gleich? Sadie. Die behalte ich definitiv im Blick.“

Caleb zeigte ihm in Gedanken den Finger und blendete die Frotzeleien seiner Mitspieler aus. Trevor musste sich irren. Selbst in einem Stadion der Minor League, das viel kleiner und intimer war als die großen Baseballstadien der Major League, war es schwierig, irgendwen in der Menge der Zuschauer zu erkennen. Nein, dachte Caleb. Er würde sich von diesem Idioten Stark nicht verunsichern lassen.

Und sowieso: Bingo stellte kein Problem mehr dar. Caleb schaute wieder zu Sadie, die ihren Platz eingenommen hatte und Getränke an die Familie verteilte. Die weichherzige, geistreiche, mutige, kluge, unfassbar sexy Sadie. Sie allein zählte.

Diese Erkenntnis traf ihn wie ein Schock. Er liebte sie. Sie war die Frau für ihn. Keine andere.

Liebe.

Er liebte Sadie.

Heiliger Knuckleball.

Er spürte einen Luftzug, als Duke an ihm vorbeirannte, um dem Chefschiedsrichter die Liste der Mannschaftsaufstellung zu bringen. Der Manager des gegnerischen Teams machte das Gleiche, nur dass er von der anderen Seite angelaufen kam. Es kam Leben in den Mannschaftsunterstand und die Tribünen. Applaus brandete auf. Das Spiel begann.

Als Caleb seine Aufwärmjacke auszog und sich bereit machte, aufs Feld zu gehen, hörte er noch einmal Lieberman neben sich flüstern: „Allen großen Veränderungen geht das Chaos voran."

Aus irgendeinem Grund klangen diese Worte wie ein Omen, und Caleb erschauerte. Vielleicht lag es auch nur am Wind, der ihm fast die Cap vom Kopf gerissen hätte. Er drückte es fester zurecht und joggte zum Werferhügel, bereit, vor dreitausend Zuschauern zu werfen, seinem Vater, dem Exbetrüger, den schwer zu bändigenden Zwillingen, seiner loyalen Schwester und der Frau, in die er sich verliebt hatte.

Erst beim letzten Aufwärmen auf dem Hügel fiel ihm ein, dass er zum zweiten Mal in seiner Karriere der Familie vor dem Spiel keine Nachricht geschickt hatte.

20. KAPITEL

Caleb dabei zuzuschauen, wie er bei jedem Wurf mit diesem Wind kämpfte, war unerträglich. Vor lauter Aufregung hätte Sadie fast vergessen zu atmen. Einmal, als die Spannung zu groß wurde, ergriff sie sogar Tessas Hand. Schmerzhaft fest.

„Tut mir leid", sagte sie und ließ die Hand hastig wieder los. Im nächsten Moment war das auch schon vergessen, denn Sadie sprang mit einem Schrei auf, als Caleb einen Pop Out erzwang. Der Ball flog höher und höher und sauste mit der verrücktesten Flugbahn, die sie je gesehen hatte, davon. Der Shortstop Lieberman musste wie ein Hase auf Speed lossprinten, um den Ball zu verfolgen. Seine Cap flog ihm weg, er stolperte, kam wieder auf die Füße, schrie irgendetwas und fing den Ball am Ende doch noch im Fallen.

Sadie sank erschöpft auf ihren Sitz zurück. „Wie hältst du das aus?", fragte sie Tessa, die dieses umwerfende Lächeln zeigte, das offenbar für alle Mitglieder der Familie charakteristisch war.

„Es hilft, nicht in ihn verliebt zu sein."

Sadie wurde rot. Du liebe Zeit, war das so offensichtlich? Ja, wie eine Banshee-Fee zu kreischen, wenn Caleb warf, konnte als verräterisches Zeichen gedeutet werden. „Oh."

„Außerdem handelt es sich hier um die Minor League. Spar dir doch lieber etwas von diesen Emotionen für die große Liga auf. Denk mal an die Playoffs. Die World Series? Da möchtest du dich vielleicht auch ein bisschen bremsen."

„Ich bezweifle, dass ich das nervlich durchhalten werde."

„Tessa, Bingo geht mit uns Hot Dogs kaufen", rief einer der Zwillinge. „Möchtet ihr auch was?"

Tessa senkte die Stimme. „Valium? Quaaludes?"

Sadie lachte. „Es geht schon wieder. Trotzdem nettes Angebot, danke."

Sie schauten Bingo und den beiden Jungen hinterher, die sich zwischen den anderen Zuschauern hindurch zum Gang vorarbeiteten. Mit skeptischer Miene murmelte Tessa: „Ich hoffe, es war kein Fehler, hierherzukommen. Bingo benimmt sich komisch. Andererseits, wie kann ich das beurteilen, da ich ihn seit sechs Jahren nicht mehr gesehen habe?“

„Du hast ihn nicht im Gefängnis besucht?“

„Nein. Dafür war ich viel zu sauer. Caleb ist ein paarmal da gewesen. Aber er konnte Dinge ohnehin schon immer besser verdrängen als ich. Er setzt seine Scheuklappen auf und marschiert los. Aber ich werde jedes Mal wütend, wenn ich Bingo nur ansehe.“

Sadies Aufmerksamkeit galt wieder dem Spiel, in dem Caleb gerade versuchte, das dritte Aus gegen den Schlagmann zu erzwingen. Entweder der Wind brachte ihn aus dem Konzept oder etwas anderes, denn er schien mit jedem Wurf zu kämpfen. Schließlich zwang er den Batter zu einem Ground Ball – der Schlagmann traf den Ball so schlecht, dass dieser nur auf den Boden prallte und direkt auf Caleb zuhüpfte. Mit einer geradezu akrobatischen Bewegung schnappte Caleb den Ball und warf ihn zum First Baseman.

Sadie hatte bis dahin den Atem angehalten, jetzt konnte sie die Frage stellen, mit der sie nicht an Caleb heranzutreten wagte. „Was, glaubst du, hat ihn beim Werfen beeinträchtigt, nachdem er in die Minor League geschickt wurde?“

„Du meinst jenes legendäre Spiel, bei dem die Hölle losbrach?“

„Ja. Er spricht nie darüber. Aber ich weiß, dass es ihn sehr beschäftigt.“

Tessa hielt ihr die Schachtel Cracker Jacks hin und stellte die Füße auf die Lehne des leeren Sitzes vor sich. „Natürlich redet er nicht darüber. So ist er nun mal. Wahrscheinlich glaubt er, es bringe Pech, über sein Pech zu sprechen. Diese Typen sind so was von abergläubisch.“

„Das ist alles? Es war Pech?“

„Nein, ich bin mir ziemlich sicher, dass da noch mehr dahintersteckte. Caleb macht viel mit sich selbst aus. Er hat dieses enorme Verantwortungsbewusstsein. Mir kam es immer so vor, als würde er sich für Bingos Taten die Schuld geben. Ehrlich gesagt, ich verstehe es nicht. Gib die Schuld dem, dem sie gehört. Caleb nimmt immer alles auf seine Kappe. Deshalb hat er Bingo auch angeboten, nach der Entlassung aus dem Gefängnis bei ihm zu wohnen. Ich fand das verrückt. Aber andererseits war Caleb schon immer so, deshalb verstehe ich nicht, wieso er gerade bei diesem Spiel dermaßen einbrach. Es passierte ungefähr zu der Zeit, als wir erfuhren, dass Bingo herauskommen würde. Vielleicht lag es daran. Aber wir wussten, dass es bald so weit sein würde, deshalb ist es mir eigentlich doch ein Rätsel, warum genau es Caleb aus der Bahn geworfen haben sollte." Sie warf sich ein paar Cracker Jacks in den Mund. „Ich habe ihm geraten, mit einem Sportpsychologen zu sprechen, doch davon wollte er absolut nichts wissen." Sie schüttelte bekümmert den Kopf. „Männer. Die lassen sich nichts sagen. Viel Glück, wenn man es trotzdem versucht."

Sadie konnte das nur bestätigen, obwohl ihre Kenntnisse über Männer eher beschränkt waren – wenn auch nicht mehr nur auf Hamilton. Zum Glück!

Caleb trat als erster Schlagmann der Heimmannschaft an. Er rückte seinen Helm zurecht, betrat die Batter's Box und fixierte den gegnerischen Werfer, der sich in knapp achtzehn Metern Entfernung bereit machte. Caleb machte einige Probeschwünge mit dem Schläger und drehte sich dabei in der Hüfte. Fasziniert betrachtete Sadie seinen knackigen Po. Seine breiten Schultern und seine Größe ließen Caleb riesig wirken neben dem stämmigen Schiedsrichter, der hinter dem Fänger stand. Plötzlich sah sie ihn als Krieger, der jeden Angriff durch die schiere Kraft seines Körpers abwehrte, seines Geistes, seiner Entschlossenheit. Caleb Hart war einfach ... großartig. Möglicherweise war sie aber auch nur verrückt vor Liebe.

Sadie hatte das Gefühl, beobachtet zu werden, daher musterte sie die Sitzreihen auf der anderen Seite des Spielfelds. Ein Mann mit silbergrauen Haaren, Cowboyhut und Jeanshemd fiel ihr auf, und sofort überlief es sie kalt. Dean Wade. Hamiltons Onkel, der für das Amt des Bürgermeisters kandidieren wollte. Was machte der denn bei einem Spiel der Catfish?

Dean nickte ihr kurz zu und sagte dann etwas zu seiner Frau, die neben ihm saß. Sie lachte, schaute jedoch nicht in Sadies Richtung. Vermutlich ging es gar nicht um sie, sondern die beiden hatten ein ganz anderes Gesprächsthema.

Unwillkürlich ärgerte sich Sadie über ihren verflixten Verfolgungswahn. Was könnte normaler sein als Mitglieder der Familie Wade, die sich ein Catfish-Spiel ansahen? Früher oder später tauchte jeder aus der Stadt mal im Stadion auf, obwohl Kilbys erste Liebe dem Football galt. Und wenn Dean Bürgermeister werden wollte, musste er sich bei möglichst allen Veranstaltungen in der Stadt zeigen. Warum sollte das etwas mit ihr zu tun haben? Die Wades hatten noch andere Dinge zu tun, als ausschließlich die Frau zu quälen, die ihren Lieblingssohn verlassen hatte. Das war für die doch nur eine Nebenbeschäftigung.

„Ist alles in Ordnung?", erkundigte Tessa sich. „Keine Sorge, Caleb schlägt ziemlich gut. Aber es spielt, ehrlich gesagt, keine so große Rolle. Wenn man wirft wie er, ist die Statistik als Batter nicht entscheidend."

Ein Mann zwei Reihen vor ihnen schreckte plötzlich alle um sich herum auf. Er hatte einen winzigen TV-Bildschirm auf den Knien und in einem Ohr einen Kopfhörer. „Die haben Sullivan rausgenommen", sagte er zu niemandem direkt. „Scheint verletzt zu sein. O Mann. Hart sollte schon mal anfangen zu packen."

Tessa und Sadie schauten einander beunruhigt an. Tessa kletterte kurzerhand über die Sitzreihen, bis sie bei dem Mann war und ihm über die Schulter schauen konnte. „Wovon reden Sie da?"

„Von Ian Sullivan. Es gibt Gerüchte, dass er operiert werden muss. Er ist Linkshänder, und das bedeutet, Hart wäre ein Ersatz. Vor allem so, wie er momentan wirft. Über heute werden sie hinwegsehen."

„Er wirft gut heute“, konterte Tessa loyal. Sadie versuchte zu lächeln, aber es gelang ihr nicht.

Caleb stand unmittelbar vor seiner Berufung in die Major League. Er würde die Catfish verlassen.

Er würde sie verlassen.

Er würde zurückkehren. Caleb versuchte, den inneren Jubel im Zaum zu halten, als Duke ihm die Nachricht überbrachte.

„Die wollen dich im nächsten Flieger nach San Diego, damit du die bevorstehende Heimspielserie mitmachen kannst. Glückwunsch, Hart. Du hast es dir verdient.“

Das nächste Flugzeug. Mist. Sein Grinsen entglitt ihm ein wenig, als ihm klar wurde, dass es nur noch für einen kurzen Abschied von Sadie und seiner Familie reichen würde.

Duke fuhr fort: „Dummerweise geht der früheste Flug, den das Reisebüro finden konnte, erst morgen um acht. Ein kleiner Flieger vom Kilby Airport nach Houston.“

„Verstanden. Danke, Duke. Danke für alles.“

Duke erhob sich und schüttelte Caleb die Hand. „Ich will dich hier nicht mehr sehen, Mann. Nie wieder. Kapiert?“

„Ich habe auch nicht vor, noch mal zurückzukommen“, entgegnete Caleb. Irgendwie klangen diese Worte völlig falsch. Denn Kilby zu verlassen, hieß auch, Sadie zu verlassen, und zwischen ihnen war nichts richtig geklärt. Sie konnte nicht einfach ihr Zeug packen und mitkommen, sosehr er sich das auch wünschte. Abgesehen davon hatte er ihr auch gar nichts zu bieten. Noch nicht jedenfalls. Anfangs würde er in einem Hotel wohnen, bis er sich irgendwann für einen Stammplatz in der Mannschaft qualifiziert hatte. Und solange seine Chancen nur vage waren, würde er nicht einmal einen Mietvertrag unterschreiben.

Die einzige Garantie, die es beim Baseball gab, war die, dass überhaupt nichts garantiert war. Man musste damit leben, dass sich die Dinge mit der Geschwindigkeit eines Schlägerschwungs ändern konnten.

Caleb trat aus Dukes Büro und machte sich auf den Weg

zur Umkleidekabine, wo ihn Applaus und ein paar Klapse auf den Po erwarteten. Irgendwie war es ihm gelungen, dort draußen dem Wind zu trotzen und die Catfish zu einem knappen Sieg zu führen. Außerdem wurde immer gefeiert, wenn ein Spieler in die Major League berufen wurde.

„Du hast es ihnen gezeigt, Hart", rief Mike Solo und boxte ihn gegen die Brust. „Halt auf der Bank bloß einen Platz warm für mich. Ich werde direkt hinter dir sein."

Caleb grinste und ging zu seinem Spind, um seine persönlichen Dinge – den iPod, ein Ersatz-Suspensorium, sein Handy und ein paar T-Shirts – in seine Tasche zu stopfen. Der Clubwart würde das Namensschild entfernen und ein neues anbringen. Denn irgendjemand musste ja jetzt in die untere Liga absteigen. So lief das eben im Baseball. Des einen Pech war des anderen Glück.

Alles hing davon ab, was man aus seiner Chance machte. Calebs Magen zog sich zusammen. Diesmal würde er es nicht vermasseln.

Bingo entschuldigte sich an diesem Abend vom Essen mit der Begründung, er habe das Gefühl, eine Erkältung sei im Anmarsch. Caleb und Sadie brachten ihn zur Wohnung und fuhren in der saphirblauen Abenddämmerung zurück. Tessa und die Jungen würden sich mit ihnen bei Lone Star Pizza treffen – als hätte Caleb nicht schon genug Fast Food während der Auswärtsspiele gegessen.

Sadie hatte ihn fest in den Arm genommen, als er aus dem Stadion gekommen war, allerdings traurig lächelnd. Jetzt fuhr er, die linke Hand am Lenkrad, die rechte auf ihrem Oberschenkel, und genoss es, ihre festen Muskeln zu spüren. Ihre Hand lag auf seiner. Es war keine sexuelle Berührung, mehr dazu gedacht, sich der Nähe des anderen zu vergewissern. Ja, dachte Caleb. Er fühlte sich ganz einfach besser, wenn Sadie bei ihm war.

„Das ändert nichts zwischen uns", sagte Caleb mit rauer Stimme, nachdem sie eine Weile schweigend gefahren waren. „Ich verspreche es dir."

Sadie bemühte sich um ein Lächeln. „Ich nehme an, es wird wieder sein wie am Anfang, als wir viel telefoniert haben. Angeblich kann man beim Telefonsex ja auch ziemlich viel Spaß haben."

„Klar kann man da irgendwie seinen Spaß haben. Ich habe das damals versucht. Es war ein bisschen einsam, aber es erfüllte seinen Zweck."

„Das hast du nicht getan." Sie wollte ihre Hand wegziehen, doch er hielt sie fest und zog sie in seinen Schoß.

„Deine Stimme ist so sexy, das hat mich ganz verrückt gemacht."

„Aber wir haben doch gar nicht über *solche* Dinge geredet. Wir sprachen über ... ich weiß nicht, Schnecken."

„Du könntest über WC-Reiniger sprechen, und es würde mich wahrscheinlich erregen." Selbst das Thema Telefonsex machte ihn heiß. Er drückte ihre Hand auf die größer werdende Ausbuchtung seiner Jeans. „Hier, fühl nur."

„Caleb!" Offenbar reizte ihn ihre Empörung noch mehr. Sadie spürte, wie die Erektion unter ihren Fingerspitzen noch härter wurde. „Typisch Mann! Euch kann doch echt keine normale Frau verstehen."

„Was ist da so schwer zu verstehen? Du erregst mich. Ich könnte rechts ranfahren und dir zeigen, wie sehr."

„Meinst du nicht, deine Familie wäre ein bisschen besorgt, wenn du drei Minuten zu spät auftauchst?" Sie lachte, und ihre Augen funkelten im Licht der Armaturenbeleuchtung.

„Das reicht locker. Drei Minuten?", konterte Caleb belustigt. „Ich bringe dich in zwei zum Höhepunkt und habe noch eine Minute für mich." Er drehte das Lenkrad nach rechts und fuhr auf den Parkplatz eines kleinen Einkaufszentrums. Keines der Geschäfte hatte noch geöffnet, nur ein paar Leute hatten ihre Autos für die Nacht dort geparkt. Caleb suchte die dunkelste Ecke aus und bremste. Dann schaltete er die Scheinwerfer aus, sodass sie von sanfter Dunkelheit umgeben waren.

„Denk nicht mal dran", warnte Sadie ihn, als er sich ihr lüstern grinsend zuwandte.

„Und ob ich daran denke. Genau genommen bin ich schon fertig mit denken.“ Er löste seinen Sicherheitsgurt und tat dasselbe mit ihrem. Calebs Duft, männlich und frisch geduscht, entlockte ihr einen langen lasziven Seufzer. „Das habe ich gehört“, flüsterte er. „Und ich weiß genau, was dieser Seufzer bedeutet.“ Er befand sich jetzt über ihr, und diese intime Nähe bewirkte, dass sich jedes einzelne Härchen auf ihren Armen aufrichtete.

„Was?“ Sie lachte. „Vielleicht bedeutet er ja bloß, dass es angenehm ist, nicht mehr angeschnallt zu sein.“

Er betätigte den Einstellhebel am Sitz, und im nächsten Moment saß Sadie nicht mehr, sondern lag flach auf dem Rücken. Sie gab einen albernen Schreckenslaut von sich, den er sofort imitierte.

„Hey! Hey!“

„Du weißt hoffentlich, was ‚Hey‘ bedeutet.“ Sie atmete keuchend, da seine Hand über ihren Oberkörper glitt.

„Ja, Ma'am, es bedeutet: ‚Nimm mich hart und schnell, Caleb!‘“

Sie hätte gerne behauptet, dass er sich irrte. Doch sein warmer Atem auf ihrem Gesicht und seine forschenden Hände lähmten sie auf äußerst sinnliche Weise. Dabei war sie keineswegs schläfrig, sondern im Gegenteil hellwach und superempfänglich. Als er eine ihrer Brüste umschloss, hätte sie beinah gestöhnt, doch er erstickte den Laut mit seinen Lippen.

„Schhh. Ich glaube, wir sind hier sicher, aber man kann ja nie wissen, wer sich in der Nähe aufhält. Deshalb behalten wir auch lieber unsere Kleidung an.“ Er massierte ihre Brüste durch den Stoff ihres Tops hindurch, sodass ihr BH über die harten Nippel strich.

„Oh“, stöhnte Sadie. „Wenn du willst, dass ich leise bin, darfst du nicht solche Sachen machen.“

„Sorry, Süße. Das geht leider nicht anders. Ich will schließlich, dass es dir gefällt.“ Er küsste ihren Hals, während er die Hand zum Bund ihrer Shorts hinunterwandern ließ. Sadie bog sich ihm begierig entgegen. Sie liebte es, seinen kraftvollen

Körper über sich zu spüren, all diese beherrschte Energie unmittelbar vor dem Ausbruch.

„Caleb", hauchte sie. „Wie schaffst du es nur, mich zu solchen Dingen zu bringen? Verdammt, wir stehen hier auf einem Parkplatz vor Betty Sue's Acrylic Nails, und ich will deine Hand in meinem Slip spüren."

Seine Züge bekamen etwas Raubtierhaftes. „Im Ernst? Du musst nur etwas sagen." Mit seinen geschickten Werferhänden öffnete er ihren Hosenknopf und zog den Reißverschluss herunter. Zuerst presste er mit sanftem Druck seine Hand außerhalb der Shorts zwischen ihre Beine und rieb über ihren sensibelsten Punkt. Danach glitt er mit den Fingern unter ihren Slip. Sadie spreizte die Beine, noch ehe ihr überhaupt bewusst wurde, was hier geschah.

„So. Jetzt befindet sich meine Hand in deinem Slip. Sonst noch Wünsche?"

„Beweg sie", befahl Sadie. „Vor und zurück. Ja, genau so. Das fühlt sich so … unglaublich gut an."

„Ja, allerdings", erwiderte er genüsslich. „Du fühlst dich an wie Seide, wie das Zarteste, das ich je gefühlt habe." Seine Hand hingegen war nicht zart, sondern hart und schwielig, und er benutzte diese sehr gekonnt, um ihr Lust zu bereiten. Sadie atmete gepresst und wand sich auf dem Sitz des Jeeps. Die Fenster beschlugen, was eine noch intimere Atmosphäre erzeugte. Das Sirren der vorbeifahrenden Autos war ein beruhigender Soundtrack. Ja, dachte Sadie. Sie hätte ewig hierbleiben können, eingetaucht in diesen Moment der Lust, den sie gemeinsam mit diesem wundervollen Mann erlebte.

Mit einem lang gezogenen primitiven Stöhnen gelangte sie schließlich zum Orgasmus, fast wie ein Mann, und bog sich weiter Calebs Finger entgegen, bis die letzten Wellen dieses sinnlichen Empfindens verebbten.

„Jetzt … bist du an der Reihe", meinte sie, noch immer außer Atem.

„Ich glaube nicht …"

„Halt den Mund und stell deinen Sitz herunter."

Amüsiert grinsend kehrte er auf den Fahrersitz zurück. Sadie zerrte seinen Reißverschluss auf und kletterte auf Calebs Schoß. Er schob den Sitz weiter zurück, und seine graublauen Augen glänzten im schwachen Licht fast silbrig vor Begierde. Sadie bemerkte, wie seine breite Brust sich mit jedem Atemzug hob und senkte, wie die Halssehnen sich anspannten, und spürte deutlich das Spiel seiner Muskeln. Sie atmete den Duft von Sex ein, der das Innere des Wagens erfüllte. Ungeduldig befreite sie seine harte Erektion aus der Jeans und nahm sie tief in sich auf.

„Weißt du, wie lange es dauert, einen Fastball über die Plate zu werfen?"

„Was?"

„Vierhundert Millisekunden." Und schon kam er und riss sie mit sich in einen Strudel von Gefühlen, der hoffentlich niemals enden würde. Jedenfalls, wenn es nach Sadies Wünschen ging.

21. KAPITEL

Ein leises Lachen an seinem Ohr holte Caleb aus seiner erotischen Benommenheit. Sadie lag noch immer auf dem Fahrersitz über ihm. Und lachte.

„Was ist denn?“

„Wieso zitierst du Baseballstatistiken, wenn du kommst?“

Hatte er das getan? Er konnte sich nicht mehr ganz genau daran erinnern, was ihm in diesem Moment durch den Kopf geschossen war. „Es hatte was mit Physik zu tun, oder? Die Geschwindigkeit eines Baseballs, ja?“

„Du meintest, er braucht vierhundert Millisekunden, um die Plate zu erreichen. Ich habe mich nur gefragt, warum du ausgerechnet in diesem Moment mit dieser Information aufgewartet hast.“ Das Funkeln in ihren Augen begeisterte und erregte ihn immer wieder aufs Neue.

„Na ja …“ Er versuchte sich zu erinnern, weshalb ihm diese Information so wichtig erschienen war. Nachdenklich zeichnete er mit dem Finger die Konturen ihrer Wangen und den fröhlichen Schwung ihrer Lippen nach. Er liebte es, Sadie so zu sehen – entspannt, glücklich, leicht aufgedreht. „Weil ich glaube, dass es nicht mal so lange gedauert hat, mich in dich zu verlieben.“

Ihr Lächeln erstarb. Im Scheinwerferlicht eines vorbeifahrenden Autos bemerkte Caleb die Tränen in ihren Augen. „Wow“, flüsterte sie. „Manchmal kann ich gar nicht glauben, dass ich so viel Glück gehabt habe. Egal, was jetzt passiert – dass wir beide uns kennengelernt haben, war das größte Wunder aller Zeiten. Und daran werde ich immer zurückdenken.“

„Sag nicht solche Sachen, das macht mich ganz nervös.“ Er schob sie zurück auf den Beifahrersitz und stellte seinen Sitz wieder auf. Dann machte er seine Hose zu und half Sadie, ihre Sachen in Ordnung zu bringen. „Wir sind zusammen. Das möchte ich sehen, wie die Friars, die Wades oder sonst wer uns in die Quere kommen. Das wird einfach nicht passieren, Süße.

Wir sind zusammen, auch wenn es vielleicht ein wenig dauern wird, bis wir herausgefunden haben, wie das am besten geht. Ich meine da draußen." Er deutete auf den stetig dahinfließenden Verkehrsstrom und die Welt ganz allgemein. „Hier drin jedenfalls passen wir zueinander wie der Ball in den Fanghandschuh."

„Ich weiß, ich weiß. Ich wollte auch nicht gefühlsselig werden. Es ist nur ... Ich liebe dich, Caleb."

Seine Handflächen kribbelten. Kleine Schockwellen durchliefen ihn. Er wollte ihr das Gleiche sagen: *Ich liebe dich auch. Es ist mir heute im Stadion klar geworden. Mein Herz gehört dir, nur dir, für immer ...* Doch da blendeten ihn grelle Scheinwerfer, und ein Auto hielt neben ihnen. Caleb musterte Sadie rasch, um sicherzugehen, dass sie wieder vernünftig gekleidet war.

„Wir scheinen eine Schwäche für knappe Zeiteinteilung zu haben", bemerkte er und drehte den Zündschlüssel um.

Sie lehnte sich zurück. „Ich glaube, die haben dich erkannt. Sie winken."

In dem großen Geländewagen neben ihnen gestikulierten zwei Typen mit Catfish-Caps, er solle das Fenster herunterlassen. „Caleb Hart?"

Um keine längere Unterhaltung zu riskieren, rief er durch die geschlossene Scheibe: „Das ist der falsche Augenblick, Mann. Wir sehen uns."

Der Typ verzog keine Miene. „Ich wollte Sie nur wissen lassen, dass ich meinem Kind eine Menge zu erklären haben werde. Ihr Jungs solltet mal darüber nachdenken, wenn ihr euch das leicht verdiente Geld einsteckt."

„Wie bitte?" Caleb sah verwirrt Sadie an. „Ich bin in die Major League berufen worden. Dafür schuften wir in der Minor League. Das soll leicht verdientes Geld sein?"

Doch der Typ schüttelte nur den Kopf, als sei er tief enttäuscht, und schloss sein Fenster wieder. Dann fuhr der Geländewagen rückwärts vom Parkplatz, als wollte der Mann nicht einmal neben Caleb parken.

„Was, zur Hölle, hatte das denn zu bedeuten?“ Caleb starrte perplex dem Wagen hinterher. „Vielleicht haben die den Artikel über Bingo gerade erst gelesen.“

„Aber ‚leicht verdientes Geld‘? Das klang, als hättest du etwas falsch gemacht. Als wärst du derjenige, der die Ladies um ihr Erspartes gebracht hat.“

Caleb kam ein schrecklicher Gedanke: Was, wenn Bingo sich entschlossen hatte, darüber zu reden, wie er seine Kinder damals für seine Machenschaften benutzt hatte? Was, wenn er gelogen und die ganze Angelegenheit viel schlimmer dargestellt hatte, als sie tatsächlich gewesen war? Was, wenn sämtliche Sportsendungen jetzt Moral und Sport debattierten, weil der jüngste Held wankte?

Mit zitternder Hand schaltete er das Radio ein und suchte einen Sender mit spätabendlichen Sportnachrichten.

„Die Gerüchte über Thurston ‚Bingo‘ Hartwells illegale Wettgeschäfte im Catfish-Stadion kommen für seinen Sohn zu einem denkbar ungünstigen Zeitpunkt. Denn Caleb Hart wurde eben erst in die Major League zu den San Diego Friars berufen. Wie wir alle wissen, nimmt die Major League Wettvorwürfe sehr ernst. Hart war für einen Kommentar heute Abend nicht zu erreichen, doch wir berichten weiter über den Stand der Dinge, sobald uns neue Informationen vorliegen.“

Für einen Moment wurde die Welt um Caleb herum schwarz, als wäre er in einen dunklen Strudel geworfen worden. Er konnte nichts mehr sehen, nichts mehr fühlen, nichts mehr hören, außer einem Hämmern in den Ohren.

Er bemerkte jemanden neben sich, der seinen Arm genommen hatte. Er wollte die Person abschütteln, doch irgendwo im Hinterkopf sagte ihm eine Stimme, das sei nicht in Ordnung. Das Hämmern ging weiter, ein Herzschlag des Horrors. In Panik gesprochene Worte drangen durch den Nebel zu ihm hindurch.

„Hör auf damit, Caleb! Bitte hör auf. Du wirst dich verletzen.“

Sein Bewusstsein kehrte zurück, und er merkte, dass er mit der Faust auf das Lenkrad einschlug. Mit der linken Faust, seiner Wurfhand. Der Hand, die bald für die San Diego Friars werfen sollte.

Er fuhr sich durch die Haare, krallte die Finger in seine Kopfhaut. Der Schmerz brachte ihn endgültig wieder in die Realität zurück. „Ich bringe ihn um. Ich schwöre, ich bringe ihn um. Er hat es mir versprochen", stieß er mit belegter Stimme hervor.

„Wir müssen erst mehr herausfinden. Es sind doch nur Behauptungen. Vielleicht hat er gar nichts Unrechtes getan, oder möglicherweise ist alles gar nicht so schlimm." Sadie hatte die Arme um ihn gelegt, als versuche sie ihn davon abzuhalten, sich selbst zu verletzen. Dafür war es zu spät; er hatte sich schon verletzt, indem er in eine Familie aus Ganoven geboren worden war.

„Du begreifst nicht, Sadie."

„Mag sein, dass ich es nicht verstehe. Erkläre es mir, Caleb. Rede mit mir. Verrate mir, was in deinem Kopf vorgeht." Sie sprach weiter mit dieser sanften, liebevollen Stimme, die ihn verrückt machte. Er verdiente es im Augenblick gar nicht, nett behandelt zu werden.

„Das willst du nicht wissen", erwiderte er in harschem Ton.

„Doch, will ich."

Er sah ihr ins Gesicht, ihre Augen waren groß und voller Sorge. Sie hielt ihn nach wie vor an sich gedrückt, und er löste ihre Arme von seinem Körper. „Ich muss raus aus diesem Wagen", verkündete er. Er stieß die Tür auf, stolperte hinaus und atmete mehrmals tief die kühle Abendluft ein. Dann setzte er sich in Bewegung. Er hörte eine Wagentür zufallen und wusste, dass Sadie im Begriff war, ihm zu folgen.

Nein. Nein. Er wollte sie jetzt nicht um sich haben. Er konnte es ihr nicht erzählen, konnte ihr die Illusion nicht rauben. Er könnte es nicht ertragen, wenn sie ihn ohne dieses Leuchten in den Augen ansehen würde. Am Rand des Parkplatzes wirbelte er herum. Sie war im hellen Lichtkegel einer Straßenlaterne stehen geblieben.

„Hier." Er warf ihr den Autoschlüssel zu. „Nimm den Jeep. Fahr selbst nach Hause, mach, was du willst. Ich brauche Zeit für mich."

Sie ließ den Schlüssel auf den Asphalt fallen. Caleb registrierte ihr bestürztes Gesicht. „Bitte. Tu das nicht. Ich will dir helfen, wenn ich kann."

„Das kannst du aber nicht. Jedenfalls jetzt nicht. Ich rufe dich später an. Versprochen. Ich muss erst mal laufen, um das alles zu verarbeiten."

„Caleb!"

Doch er eilte bereits fort vom Parkplatz. Wenn er gekonnt hätte, wäre er vor sich selbst davongelaufen.

Nachdem sie sich die Tränen aus dem Gesicht gewischt hatte, fuhr Sadie mit ausgeschaltetem Radio im Jeep zu Lone Star, wo Tessa und die Jungen sich in glücklicher Unkenntnis der Dinge gerade über zwei große Peperoni-Pizzas hermachten. Sobald Tessa jedoch Sadies Gesichtsausdruck bemerkte, stand sie auf, und die beiden Frauen eilten zur Damentoilette.

„In den Nachrichten hieß es gerade, Bingo sei in einen Wettskandal verwickelt. Caleb ist außer sich und allein irgendwo zu Fuß unterwegs. Er hat mir den Jeep gegeben." Sadies Stimme bebte. Es war immer noch ein Schock, wie schnell die sexuelle Glückseligkeit in blanken Horror übergegangen war.

„Mist. Ich hätte niemals mit den Jungs hierherkommen dürfen. Ich hätte es wissen müssen." Tessa schaute auf ihre Uhr. „Ich werde sie in ein Hotel bringen. Dann werde ich versuchen, Caleb zu erwischen, und ihn mitnehmen, falls er schon so weit ist. Er braucht einfach Zeit, das ist alles. Wir haben so etwas schon einmal durchgemacht."

„Aber, was …" Sadie kämpfte gegen neue Tränen an. Warum ließ Caleb sich von ihr nicht helfen? Warum wollte er ihren Beistand nicht? Warum nicht sie, sondern Tessa? Vertraute er ihr denn nicht? Tapfer sagte sie sich, dass es hier nicht um sie ging. „Einverstanden. Rufst du mich an, sobald du ihn gefunden hast?"

„Klar. Kannst du jemanden organisieren, der dir wegen des Jeeps hilft?"

Es war schon nach elf. Ihre Mutter oder Donna konnte sie nicht mehr anrufen. Und ihre Chefin schon gar nicht. Bei dem Gedanken an Bürgermeisterin Trents Reaktion auf diese Nachrichten krampfte sich alles in Sadie zusammen. Ihre Chefin würde außer sich sein. Vom Frauenverein mal ganz zu schweigen.

„Ich finde schon eine Lösung. Ihr kümmert euch jetzt um euch, ja?" Sie umarmte Tessa kurz. „Ich bin wirklich froh, dass ich dich kennengelernt habe."

„Wir sehen uns wieder", versicherte Tessa ihr. Sadie zwang sich zu einem Lächeln. So, wie Caleb sich verhalten hatte, war sie davon nicht so überzeugt.

„Das hoffe ich", murmelte sie.

Zurück im Restaurant, verabschiedete sie sich rasch von den Zwillingen, die unbeeindruckt von der Planänderung zu sein schienen. Die Hartwells waren offenbar daran gewöhnt, dass Katastrophen über sie hereinbrachen.

Nachdem sie alle anderen Optionen verworfen hatte, rief Sadie schließlich Calebs Freund Mike Solo an. Der zögerte nicht und stellte auch keine Fragen. Sie trafen sich vor Calebs Wohnung, hinter deren Fenster kein Licht brannte. Von Bingo und Caleb keine Spur. Sadie stieg aus dem Jeep und schrieb Caleb per Handy eine Nachricht, dass sich die Schlüssel im Briefkasten befänden.

Er antwortete nicht.

Benommen und verwirrt stieg sie in Mikes alten Chevy Cavalier. Mikes zerzauste Haare sahen aus, als hätte eine Eichhörnchenfamilie die Nacht darin verbracht.

„Ich hab's im Radio gehört", sagte er schließlich zu ihrer großen Erleichterung. Das ersparte ihr wenigstens all die Erklärungen. „Tja, schöne Scheiße. Das wird Caleb ziemlich aus der Bahn werfen. Ich kenne den Kerl inzwischen ganz gut, aber es gibt jede Menge Mist bei ihm, der für andere tabu ist."

„Ja", sagte Sadie mit einer gewissen Bitterkeit. „Das wird mir auch allmählich klar."

Den restlichen Weg fuhren sie schweigend. Sadie hatte das Gefühl, dass Mike etwas beschäftigte, nur brachte sie momentan wenig Interesse auf für alles, das nicht mit Caleb zu tun hatte. War es Tessa gelungen, ihn zu finden? Sprachen sie sich gerade aus über ihren missratenen Vater? Warum ließ Caleb sie nicht an sich heran? Sadie erinnerte sich daran, wie er ihr den Schlüssel zugeworfen hatte, als wollte er vermeiden, dass sie auch nur einen einzigen Schritt näher kam.

Sie lotste Mike zu ihrem Haus und stieg sofort aus, als sie dort ankamen. Bevor sie die Tür zuwerfen konnte, lehnte er sich über den Beifahrersitz und meinte: „Gib ihn nicht auf, Sadie. Wenn er dir etwas bedeutet, halte durch. Er wird dich brauchen, ob es ihm nun klar ist oder nicht."

Tausend Erwiderungen schossen ihr durch den Kopf. Wie sollte sie denn durchhalten, wenn Caleb sie nicht einmal in seine Nähe ließ? Wenn er sich während einer Krise an andere Menschen wandte, was war sie dann eigentlich für ihn? Nur eine Affäre? Eine Art Betthäschen? Klar, er hatte davon gesprochen, dass er sich in sie verliebt hatte. Doch sie *liebte* ihn. Das hieß aber nicht, dass er genauso für sie empfand. Vielleicht war sie nur ... die Fahrerin seines Wagens. Ein Chauffeur mit gewissen Extras.

Sie musste diese verrückten Gedanken beenden, und zwar schnell. „Danke fürs Mitnehmen, Mike. Und für den Rat. Wir sehen uns dann wohl."

Er sah aus, als wollte er noch mehr sagen, doch sie gab ihm nicht die Gelegenheit, sondern lief den Weg zum Haus entlang und schloss eilig die Tür hinter sich. Der Lichtschein unter der Tür des Zimmers ihrer Mutter verriet ihr, dass der Fernseher noch lief. Allerdings schlief Brenda häufig bei irgendeiner Teleshopping-Sendung oder einer Folge „Law & Order" ein.

Nicht, dass ihre Mutter eine große Hilfe gewesen wäre. Sadie wusste genau, was sie sagen würde.

Ich habe dir doch gesagt, du sollst dich von Männern fernhalten. Die mögen ja ganz nett sein am Anfang, aber man kann ihnen nicht trauen. Sobald man ihnen alles gegeben hat, lernt man ihren wahren Charakter kennen, Sadie. Wie oft müssen wir diese Lektion denn noch lernen, Schatz? Wie oft lässt du mich das noch durchmachen?

Nein, es war besser, ihre Mom schlafen zu lassen. Sie würde die Nachricht früh genug erfahren, wenn nicht aus der Zeitung, dann aus der ultimativen Klatschquelle Kilbys: an der Kasse bei Kroger.

Am nächsten Morgen informierte Sadie eine SMS von Tessa darüber, dass Caleb sicher zu Hause angekommen war und sie sich mit den Zwillingen auf dem Rückweg nach Plano befand. Doch sooft Sadie auch ihre Textnachrichten überprüfte, von Caleb kam nichts. Mit ungutem Gefühl fuhr sie um halb acht zur Arbeit, ganze anderthalb Stunden früher als sonst. Mit einem schwarzen Kaffee in der Hand breitete sie die Zeitung auf ihrem Schreibtisch aus und vertiefte sich in die Lektüre.

> *Thurston Hartwell befindet sich nach wie vor in Untersuchungshaft im Kilby County Jail. Gestern wurde bekannt, dass er der mutmaßliche Anführer einer auf Wettbetrügereien rund um die Minor League spezialisierten Bande ist. Vor Caleb Harts Wohnsitz wurden Polizisten dabei beobachtet, wie sie einen Computer und Akten abtransportierten. Niemand wollte kommentieren, wem der Computer gehört oder warum er beschlagnahmt wurde.*

Das Foto zum Text zeigte zwei uniformierte Polizisten, die Calebs Haus verließen, beladen mit Kartons und einem Computer. Sadie fühlte sich elend. Trotzdem las sie weiter.

> *Geschäfte als Buchmacher sind in Texas illegal. Bisher gab es jedoch nie ein größeres Interesse an Sportwetten in der*

Minor League. Kleinere Wetten auf relativ harmlose Dinge, wie zum Beispiel den ersten Treffer oder die Dauer eines Innings, sind üblich unter den Fans auf den Tribünen. Derartige Wetten gelten als harmlos und unterhaltsam.
Hartwell scheint die Minor-League-Wetten jedoch im großen Stil aufgezogen zu haben. Hinzu kommt, dass er der Vater eines aktiven Spielers ist. Es verstößt gegen die Regeln, dass jemand aus dem unmittelbaren Baseball-Umfeld sich an Wetten auf ein Spiel beteiligt. Der bekannte Fall Pete Rose verfolgt die Major League bis heute. Viele Fragen sind nach wie vor offen. Hat Caleb Harts Vater seine Nähe zu einem Spieler ausgenutzt, um sich einen Vorteil bei seinen illegalen Wettgeschäften zu verschaffen? Wusste Caleb Hart, was sein Vater tat? Gab er je der Versuchung nach, ein Spiel zum Vorteil seines Vaters zu manipulieren – oder gar, um sich selbst zu bereichern?
Die Catfish-Fans, die heute Morgen bei den lokalen Sportradiosendungen anriefen, tendieren zu einer abwartenden Haltung, allerdings sind sie aufgebracht.
„Ich sage nicht, dass es so war, weil bis jetzt die Fakten ja noch gar nicht klar sind", meinte ein langjähriger Baseballfan aus Kilby, der sich Dagwood nennt. „Aber so, wie Hart geworfen hat, mal verdammt gut, mal verdammt schlecht, fragt man sich doch fast, ob es nicht einen Grund gab für diesen Murks. Tja, wenn er schlecht warf, um Gewinne einzustreichen, wäre das ziemlich erbärmlich."
Keiner von Harts Mitspielern wollte einen Kommentar abgeben. Crush Taylor, der Besitzer der Catfish, hatte nur Folgendes zu sagen: „In diesem Land gilt man als unschuldig, bis die Schuld bewiesen ist. Ich hoffe, daran wird sich jeder erinnern. Ich hoffe, die Vorgänge werden rasch geklärt, damit wir uns wieder auf den großartigen Sport Baseball konzentrieren können."
Bürgermeisterin Trent war für eine Stellungnahme ebenfalls nicht zu erreichen. Die Bürgermeisterin arbeitet seit

Kurzem mit den Catfish an einer Kampagne zur Rettung der bedrohten Zehenhornschnecke. Ein Sprecher dieser Gruppe sagte gestern Abend: „Wenn das die Aufmerksamkeit auf die Situation der Schnecken lenkt, hat das Ganze ja vielleicht auch etwas Gutes.“
Etwas anderes, womöglich längst nicht so Gutes, hat sich eindeutig jetzt schon aus der Geschichte ergeben. Caleb Hart, der bei den San Diego Friars den verletzten Pitcher Ian Sullivan ersetzen sollte, wird vorerst dort nicht antreten, bis weitere Details über den Fall bekannt werden.

O Gott, armer Caleb. Sadie ließ den Kopf auf den Schreibtisch sinken und atmete den Geruch der Zeitung und des Kaffees ein. Auf einen Schlag war für ihn alles ruiniert. Die Nachricht war viel, viel schlimmer, als sie befürchtet hatte. Niemals hätte sie sich vorstellen können, dass Caleb selbst da mit hineingezogen werden könnte.

Natürlich hatte er nichts damit zu tun. Sie überflog den Artikel erneut. Es handelte sich ausschließlich um Fragen und Spekulationen – nirgends war die Rede davon, dass die Polizei eine mögliche Mittäterschaft Calebs untersuchte. War denen denn nicht klar, was für ein zerrüttetes Verhältnis er zu seinem Vater hatte? Hatte Caleb der Polizei das nicht erzählt? Und wie konnte ein derartig voreingenommener Artikel überhaupt in Druck gehen?

Aus einem Impuls heraus nahm sie ihr Telefon und rief Burwell Brown an. Als er sich meldete, konnte sie ihren Zorn kaum im Zaum halten. „Netter Artikel.“

„Danke. Was gibt's, Mädchen? Es geht hier turbulent zu heute. So viel Resonanz auf einen Artikel hatte ich nicht mehr seit den UFO-Sichtungen über dem Glockenturm.“

Seine Begeisterung machte sie noch wütender. „Das allein zählt für Sie, was? Vielleicht taucht Ihr Name in den landesweiten Nachrichten auf. Hätten Sie aber nur ein kleines bisschen recherchiert, wäre Ihnen klar geworden, dass Ihre Anspielungen in Bezug auf Caleb blanker Unsinn sind.“

„Caleb Hart? Was wissen Sie denn darüber? Ah, stimmt ja. Sie arbeiten in dieser Schnecken-Sache mit ihm zusammen."

„Warum haben Sie mich nicht um eine Stellungnahme gebeten? Ich hätte Ihnen erzählen können, dass die ganze Sache nichts mit Caleb zu tun hat. Er kann seinen Vater nicht einmal leiden. Er ist alles andere als ein Betrüger."

„Sadie …"

„Ich werde jetzt einen Kommentar dazu abgeben. Nie und nimmer hat Caleb Hart irgendetwas Ungesetzliches getan. Sie sollten sich schämen, Burwell."

Sadie merkte, dass sie beinah schrie. Sie stand auf und schaute zu den anderen Büroabteilen. Erleichtert stellte sie fest, dass noch niemand zur Arbeit erschienen war.

„Sind Sie … mit Caleb Hart zusammen, Sadie?" Browns Stimme verriet, dass er eine neue Story witterte.

„Ich … kein Kommentar." Das konnte er unmöglich drucken. Sie war sich ja selbst nicht sicher, ob sie noch mit Caleb zusammen war. Vielleicht war sie bloß sein Chauffeur mit gewissen Vorzügen.

„Denn ich muss Sie warnen, dass Sie sich in diesem Fall bei der Bürgermeisterin nicht besonders beliebt machen würden. Diese Schnecken-Geschichte mit Hart ist eine Sache. Aber wenn die Assistentin der Bürgermeisterin mit einem Catfish-Spieler liiert ist, der in einen Wettskandal verwickelt ist …" Er pfiff. „Junge, Junge, das wird ja immer bunter, wenn es stimmt."

„Tut es nicht", sagte Sadie schnell. „Wie Sie schon erwähnten, ich habe mit Caleb zusammengearbeitet und ihn dadurch näher kennengelernt. Ich sage Ihnen nur, was ich über ihn weiß. Er besitzt eine hohe Integrität, er liebt Baseball, und er würde niemals etwas tun, das seine Karriere gefährden könnte."

„Darf ich Sie zitieren, als Assistentin von Bürgermeisterin Trent? Ansonsten schlage ich vor, dass Sie sich lieber mit Ihrer Chefin absprechen, ehe Sie öffentliche Stellungnahmen abgeben. Ich werde Sie zitieren, verstehen Sie mich nicht falsch. Aber ich mache mir Gedanken um Sie, Sadie." Er klang freundlich, vermutlich freundlicher, als sie es nach ihrer kleinen Schreiattacke gegen ihn verdiente. „Wollen Sie denn, dass all der Klatsch wieder von vorne losgeht?“

O Mist, verdammter. Er hatte recht. „Ja, ich … Ich warte lieber ab und spreche zuerst mit der Bürgermeisterin.“

Sie legte auf und fühlte sich so mies wie noch nie zuvor in ihrem Leben. Als hätte sie Caleb gerade im Stich gelassen, wenn er sie am nötigsten brauchte.

22. KAPITEL

Caleb war gefangen in einem Albtraum, und zwar einem, den er schon mal durchlitten hatte. Die Polizei klopfte an seine Tür. Schleppte seine Sachen weg. Bingo wurde verhaftet. Anrufe bei den Anwälten folgten. Anrufe von Calebs Agenten. Der Presse. Duke, Crush, Mike Solo.

Okay, ein paar Details hatten sich geändert, aber nichts Wesentliches. Wieder einmal war durch Thurston „Bingo" Hartwell das Chaos in seinem Leben ausgebrochen.

Die Friars hatten ihn beurlaubt. Sie konnten ihn nicht rauswerfen, weil es keine Beweise dafür gab, dass er etwas Falsches getan hatte. Dennoch bedeutete es: kein Baseball. Und somit keine Fluchtmöglichkeit vor den Ereignissen, die um ihn herum ihren Lauf nahmen. Kein sicherer Hafen, in dem er sich auf Ball, Bewegung, Fanghandschuh konzentrieren konnte.

Er wollte Sadie anrufen und hätte es eine Million Mal auch fast getan. Vielleicht sogar öfter. Doch die ständig neu eintreffenden schlechten Nachrichten hatten das unmöglich gemacht. Nein, dachte Caleb. Er würde Sadie nicht in diesen Schlamassel mit hineinziehen. Das wäre ihr gegenüber nicht fair. Am allerbesten wäre es vermutlich, wenn sie ihn jetzt schleunigst aus ihrem Leben strich und vergaß – wie ein schlechtes Taco-Restaurant, nach dessen Besuch man Bauchweh bekommen hatte.

Gegen den Rat seines Anwalts besuchte Caleb seinen Vater im Gefängnis von Kilby, das im County Courthouse untergebracht war, gleich um die Ecke des Rathauses. Wie von selbst suchten seine Augen jeden Zentimeter der umliegenden Gebäude ab. War sie das, die Frau, die sich im Fenster des Coffeeshops spiegelte? Oder die Frau, die auf der Stelle joggte und zur Statue von Colonel Kilby auf seinem Pferd hinaufschaute? Jedes Mal, wenn er ein rotes Kleidungsstück entdeckte, war er alarmiert. Und jedes Mal, wenn es nicht Sadie war, sank sein Mut.

Es war besser so. Er musste sich um Bingo kümmern, und sie hatte einen Ruf zu retten. Ganz gleich, wie sehr er sich danach sehnte, sie zu sehen – und sei es nur ein kurzer Blick aus der Ferne –, es war wichtiger, sie zu schützen.

Also verdrängte er sie aus seinen Gedanken und betrat das Bezirksgefängnis. Nach der ihm nur allzu vertrauten Sicherheitsüberprüfung setzte er sich an den dafür vorgesehenen Tisch und wartete.

Bingo sah zerknittert und ängstlich aus, und er trug dieselben Sachen wie bei ihrer letzten Begegnung während des Baseballspiels, was Caleb wie eine Ewigkeit vorkam.

„Du hasst mich", begann Bingo ohne Umschweife und blieb auf halbem Weg durch den Raum stehen, sodass der Wärter fast gestolpert wäre. Bingos himmelblaue Augen waren weit aufgerissen, wie bei einem Baby oder einem frechen Jungen, der seine Strafe erwartete.

„Was glaubst du?" Caleb stieß die Worte grimmig hervor, denn einfach wollte er es seinem Vater nicht machen. Sowieso war seine Gefühlslage kompliziert und ließ sich deshalb mit „Hass" nicht ausreichend umschreiben. Hass wäre leicht. Aber dieses Durcheinander aus Sorge, Scham und Zorn …

„Es ist nicht das, wonach es aussieht, Caleb. Ich schwöre es." Bingo ließ sich auf den Stuhl gegenüber sinken.

„Wow, das wird ja gut. Wovon redest du?"

„Ich bin unschuldig." Ein solches Chorknabengesicht bei einem notorischen Lügner gehörte einfach verboten.

„Fein. Die Polizei untersucht nämlich gerade meinen Computer. Jenen Computer, dessen Existenz ich schon vergessen hatte und der in irgendeinem Karton lag. Die werden also nichts finden, weil du unschuldig bist, richtig? Keine Wetten, keine E-Mails, nichts?"

Bingo blinzelte mehrmals rasch hintereinander. „Na schön, so unschuldig nun auch wieder nicht. Aber es ist nicht so, wie du denkst."

„Hast du das Geld so dringend gebraucht? Was ist mit deinem Job im Coffeeshop? War der nur Fassade? Um mich abzulenken?"

Bingo warf die Hände in die Luft. „Ich wünschte, ich könnte es dir erklären."

„Ich halte dich nicht auf."

„Aber … ich kann es nicht." Er schüttelte heftig den Kopf.

Natürlich konnte Bingo es nicht erklären. Denn es gab keine Erklärung, außer der offensichtlichen: Er war ein verdammter Krimineller. „Verrate mir nur eines", verlangte Caleb wütend. „Hast du gegen mich gewettet? Hast du von meinem Formtief profitiert? Das ist alles, was ich von dir wissen will. Dann sind wir zwei fertig miteinander."

„Nein, habe ich nicht", brachte Bingo heiser heraus und sah Caleb verzweifelt an. „Ich habe keine Gewinne gemacht." Er machte den Mund zu und blähte die Wangen auf.

„Keine Gewinne? Mit einem schwachen Pitcher der Minor League ist wohl kein Geld zu machen. Ich frage mich, warum du deine Zeit überhaupt mit den Catfish verschwendet hast. Warum konntest du deinen Dreck nicht aus dem Baseball heraushalten?"

Bingo schlug sich die Hand vor den Mund, sein Gesicht war rot vor Anstrengung. Es schien, als versuche er geradezu körperlich, etwas für sich zu behalten. Weitere Entschuldigungen? Erklärungen? Rechtfertigungen? Dieser Mann fand für alles eine Ausrede.

Caleb hatte jedoch genug. Er stand auf. „Ich werde deine Sachen einlagern. Nach der Kaution habe ich mich auch schon erkundigt, aber da du mit dem Mist gegen die Bewährungsauflagen verstoßen hast, gibt es diese Möglichkeit nicht. Wahrscheinlich bist du im Gefängnis ohnehin sicherer. Crush Taylor ist momentan ein ziemlich wütender Teambesitzer."

Bingo ließ die Hände sinken und sah zerknirscht aus. „Es tut mir sehr leid, Caleb. Ich weiß nicht, was ich noch sagen soll. Ich wünschte, ich könnte es dir erklären, aber das würde alles nur noch schlimmer machen, glaub mir."

„Ich soll dir glauben? Du hast mich betrogen. Ich habe dich aufgenommen, dir eine zweite Chance gegeben, und du hast mich voll reingerissen. Wer soll sich denn jetzt um die Kids kümmern? Wo soll das Geld herkommen? Ich war auf dem Weg zu den Friars in die Major League, und du hast es mir vermasselt. Und jetzt tut es dir leid?“ Caleb wollte aufstehen und gehen.

„Du hast es nicht getan“, platzte es aus Bingo heraus.

„Was habe ich nicht getan?“

„Du hast mir nie eine zweite Chance gegeben. Das wirst du auch nie.“

„Da hast du recht.“

Nachdem Caleb das Gefängnis verlassen hatte, war sein Adrenalinspiegel derart hoch, dass er beschloss, zu Fuß zu gehen. Genau wie an dem Abend, als er die Nachricht erhalten hatte. Er ging schnell, suchte leere Straßen und Plätze. Die Sonne brannte ihm auf den Kopf, Schweiß rann ihm die Schläfen und den Rücken herunter. Es tat gut. Er wollte ausgepumpt sein. Erschöpft. Geschafft.

Er ließ die malerische Innenstadt rasch hinter sich und fand sich in einer etwas heruntergekommeneren Gegend wieder, wo die Kids auf der Straße Basketball spielten und kein Grashalm in den Genuss eines Rasensprengers kam.

Zum Teufel, dachte Caleb. Eigentlich gab es doch keinen Grund, sich derart hängen zu lassen. Er hatte einen gesunden Körper, besaß wertvolle Fähigkeiten und einen Baseballvertrag. Die meisten Menschen auf der Welt würden ihn darum beneiden. Er beschwerte sich auch gar nicht. Doch manchmal hatte er das Gefühl, sein ganzes Leben sei wie ein Festessen, das er nicht anrühren durfte. Er war ein Major-League-Pitcher, der nicht in der verdammten Major League werfen konnte. Er hatte sich in eine Frau verliebt, mit der er nicht zusammen sein konnte. Und er hatte einen Vater, dem er so gern helfen würde – und es doch nicht vermochte.

Diese Erkenntnis machte ihm schwer zu schaffen. Bingo bei sich wohnen zu lassen, war sein Versuch gewesen, eine Brücke zwischen ihnen zu bauen. Doch sobald sein Vater die Wohnung betreten hatte, hatte Caleb seinen Anblick kaum ertragen können. Es stimmte: Er hatte Bingo nie wirklich eine zweite Chance gegeben. Er hatte nicht gewollt, dass sein Vater zu den Spielen kam, und er hatte auch keine Zeit mit ihm verbracht. Und wenn er es doch getan hatte, weil es sich eben manchmal nicht vermeiden ließ, dann hatte er es vor lauter Unbehagen kaum ausgehalten.

War das alles also zum Teil auch seine Schuld, weil er es Bingo schwer gemacht hatte? Wenn er freundlicher zu seinem Vater gewesen wäre, sich mit ihm beschäftigt hätte, wäre das dann alles gar nicht passiert? Schwer zu sagen. Auf jeden Fall hätte sein Vater dann nicht die Zeit gehabt, in Schwierigkeiten zu geraten. Das Beste wäre gewesen, er hätte Bingo als Assistenten eingestellt, um rund um die Uhr ein Auge auf ihn haben zu können.

Caleb blieb bei einer Gruppe Kids stehen, die Whiffleball spielten, eine Baseballvariante mit leichterem Ball und Schläger. Ein Spieler trug ein Yankees-Trikot mit der Nummer 36. Beltran. Herausragender Schlagmann, besonders während der Playoffs. Beltran konnte die Flugbahn eines Balles vorausahnen wie kein anderer. Am besten, man fing bei ihm mit einem Slider an oder vielleicht einem Fastball. Dann bestand die Chance, dass er den Schläger nach einem nach innen gezogenen Fastball schwang.

Caleb wurde plötzlich bewusst, dass er laut mit sich selbst geredet hatte, denn der Junge mit dem Trikot hielt inne und starrte ihn an. „Das hier ist Whiffleball, Mann. Hier gibt's keinen nach innen gezogenen Fastball."

„Ja, stimmt. Tut mir leid. Viel Spaß noch, Jungs." Er ging weiter. Die Kids zuckten die Schultern und widmeten sich wieder ihrem Spiel.

Es mochte nur Whiffleball sein, doch es gab viele Gemeinsamkeiten mit Baseball. Zum Beispiel ging das Spiel einfach weiter, ganz egal, was ein Einzelner tat. Diesen Gedanken behielt Caleb für eine Weile im Kopf, und das hellte seine Stimmung etwas auf. Das Spiel hatte Pete Rose überlebt, den Black-

Sox-Skandal und die sogenannte Deadball-Ära. Es würde auch Bingo und Caleb Hart überstehen.

Er persönlich würde das nicht mehr erleben, aber es war wenigstens etwas.

Bürgermeisterin Trent war den ganzen Vormittag über nicht im Büro, doch als sie gegen drei hereinkam, gab sie Sadie ein Zeichen, ihr sofort zu folgen. Mit pochendem Herzen klappte Sadie die Akte zu, an der sie gearbeitet hatte, und ging mit der Bürgermeisterin in deren Büro. Die angespannte Stille wurde unterstrichen durch das träge Summen einer Fliege, die immer wieder gegen eine der Fensterscheiben flog.

Schließlich ging Wendy Trent zum Fenster und öffnete es, um die Fliege hinaus- und einen Schwall warmer Luft hereinzulassen. „Den ganzen Tag Sitzungen, und alle wollen bloß über die Kilby Catfish sprechen." Sie knallte das Fenster so fest zu, dass Sadie Mitleid mit dem Glas bekam.

Die Bürgermeisterin sank in ihren Sessel und schlug die Beine übereinander, sodass ihr graues Kostüm den Blick auf ihre Knie freigab.

„Die Leute reden immer gern über die Catfish", murmelte Sadie. „Die haben ja auch ein Talent dafür, sich zum Gesprächsstoff zu machen."

Die Bürgermeisterin warf ihr einen strengen Blick zu. Ihr Stresslevel war anscheinend von Fingertrommeln zu Kugelschreiberklopfen angestiegen. Sadie beobachtete, wie ihr goldener Stift mit der Präzision eines Metronoms auf die polierte Oberfläche hämmerte.

„Wir müssen die Kampagne vorerst stoppen."

Sadie nickte, da sie sich damit bereits innerlich abgefunden hatte. Unter ihren momentanen Sorgen rangierte das auch auf einem der unteren Plätze.

„Ich habe bereits mehrere Anrufe vom Frauenverein erhalten. Sagen wir es mal so: Die Catfish-in-die-Dose-Kampagne hat in den letzten Stunden mächtigen Auftrieb erhalten. Zum

Glück ist das nicht mein Problem, sondern das von Crush Taylor.“ Ein Lächeln huschte über ihre Lippen.

„Haben Sie schon mit ihm gesprochen?“

„Nicht direkt.“

Sadie sah fragend drein. Die Bürgermeisterin sah aus, als hätte sie gerade eine köstliche Portion Eis vertilgt. „Ich habe ihm eine Nachricht hinterlassen, in der ich mein Mitgefühl für diese peinliche Situation zum Ausdruck bringe.“

Eine gewisse Boshaftigkeit flackerte in ihren Augen auf. Nicht zum ersten Mal fragte Sadie sich, was da eigentlich zwischen der Bürgermeisterin und der Baseballlegende lief. Soweit sie wusste, war ihre Chefin Single. Gelegentlich erschien sie zu offiziellen Anlässen in Begleitung von Drake Hannigan, einem bekannten Anwalt. Doch hatte Sadie nie mehr als einen Wangenkuss zwischen den beiden beobachten können. Und Drake hatte Bürgermeisterin Trent nie so aus der Fassung bringen können, wie Crush das schaffte.

Der amüsierte Gesichtsausdruck der Bürgermeisterin verschwand. „Nichtsdestotrotz ist es ein ernstes Dilemma für uns. Ich hatte ja wegen ihrer Vergangenheit gleich meine Zweifel, was die Zusammenarbeit mit den Catfish angeht. Doch dass es dermaßen schlimm wird, hätte ich nicht gedacht. Jetzt müssen wir alles in unserer Macht Stehende tun, um mein Amt auf Distanz zu dem Team zu bringen. Ich habe in Erwägung gezogen, eine Presseerklärung über das Ende unserer Unterstützung für die Schläger-für-Schnecken-Kampagne herauszugeben. Aber vermutlich ist es besser, die Sache still und leise zu beenden. Wir müssen es nicht erwähnen. Falls jemand fragt, liegt die Zusammenarbeit nur auf Eis, bis das laufende juristische Verfahren geklärt ist. Informieren Sie Brett Carlisle entsprechend.“ Sie deutete auf Sadies Notizblock.

Sadie machte eine Notiz – *Brett anrufen* –, war jedoch in Gedanken woanders. „Es ist aber doch nicht so, als hätten die Catfish selbst etwas Falsches getan“, wagte sie einzuwenden. „Bingo Hartwell gehört nicht zum Team.“

„Er steht ihm aber nah genug. Laut Browns Artikel droht auch eine Klage gegen seinen Sohn."

Sadies Magen krampfte sich zusammen. „Das sind nur Spekulationen. Caleb hat nichts Unrechtes getan."

Die Bürgermeisterin fixierte sie scharf. „Meine Liebe, begehen Sie nicht den klassischen Fehler, zu glauben, ein paar Muskeln machten schon einen Mann. Sie sollten die Menschen nach ihrem Handeln beurteilen, nicht nach ihrem Äußeren."

„Das tue ich." Leise aufsteigender Zorn verlieh Sadie Mut. In den meisten Fällen gab sie der Bürgermeisterin recht. Doch diesmal irrte sich ihre Chefin gründlich. „Seine Muskeln haben damit überhaupt nichts zu tun. Er ist ein guter Mensch. Als sein Vater damals ins Gefängnis kam, hat er sich um seine jüngeren Brüder und seine Schwester gekümmert. Und er war erst neunzehn, als das passierte."

Die Bürgermeisterin kniff die Augen zusammen. „Das hört sich an, als seien Sie beide sich ziemlich nahegekommen."

„Nahe genug, um zu wissen, dass er nichts Falsches tun würde."

„Sadie. Worüber haben wir gesprochen? Sie sollten sich unauffällig verhalten und nichts tun, was diesem Amt schaden könnte."

„Ihrem Amt schaden?" Sadie vollführte eine aufgebrachte Geste, durch die ihr Notizblock zu Boden fiel. Sie bückte sich, um ihn aufzuheben, und nutzte diesen Moment, um sich zu sammeln. Dann erhob sie sich. „Wie steht es denn damit, niemanden vorschnell zu verurteilen? Nicht gleich das Schlimmste von jemandem zu denken, nur weil irgendwer gemeine Lügen über diese Person verbreitet?"

„Hören Sie sich selbst reden, Sadie? Setzen Sie sich."

Trotz der herrischen Geste der Bürgermeisterin weigerte Sadie sich, wieder Platz zu nehmen. Die Emotionen, die sie zu dieser impulsiven Erwiderung verleitet hatten, brodelten nach wie vor in ihr. *Gemeine Lügen.* Es waren tatsächlich gemeine Lügen, und sie durfte nicht einfach nur zusehen und zulassen, wie Caleb dadurch verletzt wurde.

Die Stimme der Bürgermeisterin bekam einen kalten Unterton. „Ich bin ein Risiko eingegangen mit Ihrer Einstellung, Sadie Merritt. Bringen Sie mich nicht dazu, mein Vertrauen in Sie zu verlieren."

„Bringen Sie mich lieber nicht dazu, mein Vertrauen in *Sie* zu verlieren!" Du meine Güte, was redete sie da? „Sie ziehen voreilige Schlüsse, statt die Fakten abzuwarten."

Die Bürgermeisterin schlug mit der flachen Hand auf den Schreibtisch. „Ich bin keine Richterin, sondern eine Bürgermeisterin, die ihre politische Zukunft schützen muss."

„Und Caleb Hart betrachten Sie lediglich als Kollateralschaden?"

„Was bedeutet er Ihnen eigentlich, Sadie? Das würde ich wirklich gern wissen."

Sadie senkte für einen Moment den Blick und betrachtete den polierten Holzfußboden, auf dem ein paar Staubflocken im Nachmittagssonnenlicht tanzten. „Mein Privatleben geht Sie nichts an."

„Ich habe Sie *trotz* Ihres Privatlebens eingestellt. Wenn Ihr Privatleben mir Probleme bereitet, geht es mich sehr wohl etwas an. Willkommen in der Politik, Sadie."

Politik! „Hier geht es nicht um Politik, sondern um Klatsch."

„Oh, die Grenzen verschwimmen manchmal. Aber verraten Sie mir doch, wie Sie sich jetzt verhalten werden. Sie müssen in dieser Angelegenheit eine Entscheidung treffen. Und Sie sollten klug entscheiden. Und nun gehen Sie und teilen Sie Brett Carlisle meinen Entschluss mit." Die Bürgermeisterin entließ sie mit einer knappen Geste und richtete ihre Aufmerksamkeit auf ihren Computer.

Sadie ging schweren Schrittes. Alles an dieser Situation kam ihr unfair vor. Aber wann war etwas schon mal fair? An der Tür drehte sie sich noch einmal um. Obwohl die Bürgermeisterin schon an ihrer nächsten Aufgabe arbeitete, musste Sadie es loswerden.

„Was Hamilton mir angetan hat, war schrecklich. Als Sie mich einstellten, dachte ich, Sie würden hinter mir stehen. Ich war Ihnen wirklich sehr dankbar. Das bin ich immer noch. Aber das heißt nicht, dass ich mir etwas zuschulden hätte kommen lassen. Mir ist klar, dass Sie mit meiner Einstellung ein Risiko eingegangen sind. Aber das hätten Sie nicht tun müssen, und Sie können mich jetzt nicht dafür verantwortlich machen." Hatte das alles eigentlich einen Sinn? Die Bürgermeisterin schaute nach wie vor nicht in ihre Richtung. Sie wirkte wie eine Marmorstatue, die Hände über der Tastatur.

Sadie versuchte es erneut. „Ich bin überqualifiziert für diesen Job, den ich besser gemacht habe als jeder andere vor mir. Sollte das nicht mehr zählen als die Verletzung meines Privatlebens durch einen widerlichen Exfreund?"

Noch immer keine Reaktion von der Bürgermeisterin. Sadie ließ die Schultern sinken, verließ das Büro und schloss die Tür hinter sich.

Sie rief Brett Carlisle an, der seine Enttäuschung darüber zum Ausdruck brachte, dass man die plötzliche Medienaufmerksamkeit nicht zugunsten der Schnecken nutzen konnte.

„Komm schon, Sadie. Wir können das hinkriegen. Wir ändern einfach den Namen. ‚Sünder für Schnecken'. Wie wäre es damit? Glücksspiel fällt doch unter die Todsünden, oder? Ich hab in der Sonntagsschule nicht so aufgepasst."

„Das Traurige ist, dass du das vermutlich ernst meinst."

„Oder: ‚Betrüger für Schnecken'?"

„Warum schlägst du nicht ‚Kiffer für Schnecken' vor? Das wäre immerhin ziemlich passend." Sie knallte den Hörer auf die Gabel, Bretts Gelächter ignorierend.

Plötzlich hielt Sadie es nicht mehr aus, auch nur eine Minute länger von Caleb getrennt zu sein. Keine einzige. Er brauchte sie jetzt. Das wusste sie auf eine Weise, die alle vernünftigen Gedanken ebenso ausblendete wie die Erinnerung an diesen Schlüsselwurf. Sie musste ihn sehen, bei ihm sein und sich vergewissern, dass es ihm gut ging.

Sie schickte Bürgermeisterin Trent nur noch eine kurze E-Mail – *Ich muss heute früher gehen* – und wartete nicht auf eine Antwort, sondern stürmte gleich danach zur Tür hinaus.

Zehn Minuten später kam sie mit quietschenden Reifen hinter Calebs Jeep zum Stehen und rannte die Treppe hinauf. Was, wenn er nicht aufmachte? Wenn er sie wirklich nicht sehen wollte? Nein, daran durfte sie jetzt nicht denken. Sie war hier, und sie würde nicht wieder gehen.

Als er die Tür einen kleinen Spaltbreit öffnete und misstrauisch hinausspähte, brach es Sadie beinahe das Herz. Ihr Anblick löste keine sichtbare Reaktion bei ihm aus, abgesehen von einem kurzen Aufflackern in seinen grauen Augen, das sie als Überraschung deutete. Seine physische Präsenz überwältigte sie beinah, obwohl die Tür kaum geöffnet war.

Sie streckte die Hand aus, damit er nicht wieder zumachte, nur für den Fall, dass er mit dem Gedanken spielte.

„Caleb, hör mir bitte zu. Ich bin hier, weil ich dich liebe und es nicht ertrage, dass du das alleine durchmachst. Aber das ist nicht alles. Als Hamilton seine Schmutzkampagne gegen mich anzettelte, hielt niemand zu mir außer Donna. Es war leichter, das Schlimmste anzunehmen. Die Leute wollten den Klatsch und die Gerüchte glauben, denn das war angenehmer, als sich mit der Wahrheit auseinanderzusetzen. Und sie konnten sich auf diese Weise bei den Wades einschleimen."

Sadie machte eine Pause, um Luft zu holen. Ihr Herz pochte so schnell, dass sie kaum sprechen konnte. Calebs versteinerte Miene lieferte ihr keinerlei Hinweis auf seine Gedanken. *Vielleicht war das alles hier ein Fehler.*

Zu spät.

„Ich schwöre, dass ich so etwas niemals tun würde. Ich würde niemanden hängen lassen oder ihm meine Unterstützung versagen. Ich würde niemals etwas für wahr halten, nur weil alle es behaupten. Deshalb will ich Jura studieren, um gegen solche Vorurteile anzukämpfen. Was ich dir zu sagen versuche, ist …"

Warte. Was genau willst du denn eigentlich sagen? Was auch immer es war, sie musste schleunigst dahinterkommen, denn inzwischen hatte Caleb einen merkwürdigen Gesichtsausdruck.

„Ich musste einfach bei dir sein. Das bin ich meiner Selbstachtung schuldig. Es hat nicht nur damit zu tun, dass ich dich liebe, obwohl ich das natürlich tue. Verdammt, kannst du nicht wenigstens ein bisschen mehr Reaktion zeigen, wenn ich das sage? Nur ein wenig …“ Sie zeigte mit Daumen und Zeigefinger, mit wie wenig sie sich schon zufriedengeben würde. „Aber das ist schon in Ordnung, darüber können wir ein andermal sprechen. Oder auch nicht. Müssen wir nicht. Es ist nebensächlich, und ich weiß ohnehin nicht mehr, was ich rede, nur dass …“

Caleb ersparte ihr, den Satz zu beenden, indem er endlich heraustrat, sie kurzerhand an sich zog und seine Lippen auf ihre presste.

23. KAPITEL

Für einen Mann, der durch die Hölle gegangen war, war es ein himmlisches Gefühl, Sadie in diesem Moment in den Armen zu halten. Caleb küsste sie voller Leidenschaft und erstickte damit jedes weitere Wort aus ihrem Mund. Sie mussten nicht mehr reden. Er hatte sie verstanden. Und er war dankbar für jedes Wort. Doch jetzt begehrte er sie und wollte sie. In seinen Armen, in seinem Bett.

Er zog sie mit sich hinein, warf die Tür mit dem Fuß zu und dankte seinem Glücksstern, dass die Reporter gerade verschwunden waren. Dann hob er Sadie auf die Arme und trug sie ins Schlafzimmer. Sein Bett sah mit den zerwühlten Laken und Decken aus wie das Lager eines verstörten Bären. Seit Bingos Verhaftung hatte er nicht mehr richtig geschlafen. Er stellte Sadie auf die Füße und wischte eine leere Chipstüte vom Fußende des Bettes.

„Das ist mir egal", erwiderte Sadie und hielt seinen Arm fest. „Mir wäre es auch egal, wenn wir es in einem Müllcontainer täten. Ich will dich. Nur dich."

„Du hast mich", meinte er mit rauer Stimme und drängte sie aufs Bett. „Überleg dir also genau, was du dir wünschst", fügte er augenzwinkernd hinzu. „Vielleicht mache ich mich so lange über dich her, bis du zur Vernunft kommst."

„Na, versuch's doch." Sie trug einen blauen kurzärmeligen Pullover, sehr brav und sittsam, den sie sich in diesem Moment vom Leib riss und über den kleinen Fernseher warf, der auf Calebs Kommode stand. Darunter trug sie eine Art Mieder, das ihre Brüste zusammenpresste. Er verzehrte sich danach, sie zu berühren, und näherte sich Sadie wie ein Raubtier. Ihre Pupillen waren geweitet, und ihre Augen funkelten begierig.

Sie spreizte die Beine, sodass ihr geblümter Rock hochrutschte. Der Kontrast zwischen ihrem Braves-Mädchen-Outfit und ihrem provozierenden Benehmen erregte ihn bis zum Äußersten. Außerdem hatte sie noch ihre Cowboystiefel an.

Er fühlte sich wie im Himmel.

Caleb kniete sich auf die Matratze vor sie, wie es einer Göttin gebührte. Dann griff er unter ihren Rock und streifte ihr den Slip ab, um zu betrachten, wonach er sich so heftig verzehrte. Er genoss den Anblick der zarten Härchen und der weichen, geheimnisvollen Mitte. Ganz gleich, wie oft er mit ihr schlafen würde, er würde sie immer begehren, immer mehr wollen. Sanft umfasste er ihre Schenkel oberhalb der Knie und zog sie an sich, sodass sich Sadies lange Beine links und rechts von ihm befanden und ihre Schamlippen sich für ihn öffneten.

„Du bringst mich noch um den Verstand, Frau", murmelte er.

Sadie setzte sich auf und presste ihre Brüste gegen seine muskulöse Brust – Herz an Herz. Da sie ihre Arme und Beine um ihn geschlungen hatte, war er nun umgeben von seidenglatter Haut. Er atmete den Duft ihres Parfums an ihrem Hals ein, nach wilden Erdbeeren in der Sonne. Es dauerte höchstens eine Sekunde, um tief in sie einzudringen.

„Süße", flüsterte er. „Ich verdiene dich nicht."

„Doch, das tust du", erwiderte sie heftig und biss ihn herausfordernd ins Ohrläppchen, während sie die Hüften bewegte, damit er noch tiefer in sie stoßen konnte. „Wir beide verdienen das hier. Vergiss den Rest der Welt. Hier geht es nur um dich und mich, Caleb. Alle anderen können sich ins Knie ficken."

Er prustete; Sadie benutzte solche Ausdrücke für gewöhnlich nicht. Anscheinend war es ihr ernst mit dem, was sie sagte.

„Jetzt weißt du's." Er spürte ihr Lachen als ein Vibrieren an seiner Brust. Während er fest die Hände auf ihren Rücken presste, drängte er weiter in sie.

In seinem Stöhnen schwang sowohl lustvolle Erwartung als auch Befriedigung mit. Genau das war es, was er gewollt hatte, und dabei war er sich dessen nicht einmal bewusst gewesen. Sadie auf diese intime Weise zu spüren, war das einzige Heilmittel, das er brauchte. Er bewegte seine Hüften und fasste ihren Po, damit sie in der richtigen Position blieb. Verzweifelt wand sie sich, gierte nach mehr.

Er kannte diese Frau in- und auswendig, wusste genau, wie viel Reibungsintensität sie an ihrem Lustpunkt mochte. Rasch schob er seine Hand zwischen ihre Körper, dort, wo die Hitze am stärksten war, und fand die kleine pulsierende Knospe. Caleb fühlte die Feuchtigkeit, was seine Erregung zusätzlich steigerte.

Begierig stieß er fester zu und merkte, wie alles andere von ihm abfiel. Pure Lust erfüllte ihn. Er zog Sadie noch näher an sich, bis sie miteinander zu verschmelzen schienen, unauflöslich. Ihr gepresster Atem trieb ihn an, bis er glaubte, es nicht mehr länger aushalten zu können. Er wollte kommen ... aber noch nicht. Erst als er spürte, wie sie sich um ihn zusammenzog und einen Lustlaut ausstieß, gab er jede Selbstbeherrschung auf und gelangte zu einem heftigen Orgasmus. Lange sinnliche Minuten schwebten sie gemeinsam an einem Ort, an dem niemand ihnen etwas anhaben konnte.

Sadie bereitete ihm das Abendessen zu. Das war sehr süß, da er nämlich überhaupt keine Zutaten zum Kochen im Haus hatte. Caleb saß am Küchentisch und schaute ihr zu, wie sie eine Dose Tomatenmark, Nudelsuppe und ein Glas Gurken aus den Regalen nahm. Im Kühlschrank gab es noch Eier und Miracel Whip.

„Wie lebst du eigentlich?"

„Wir bekommen unser Abendessen immer im Stadion." Das war für ihn natürlich vorbei. „Mir geht's noch besser als den meisten Spielern. In der Minor League verdient man nicht viel, also essen die Kartoffelbrei oder was es sonst gibt von den Restaurants, die das Team sponsern."

Sadie machte ein Omelett mit einer Füllung aus gehackten Gurken in Mayo. „Das ist eine Spezialität meiner Großmutter. Sie liebte alles mit Miracel Whip."

„Kann ich gut nachvollziehen." Er probierte einen Bissen, von plötzlichem Heißhunger überwältigt. Er hatte ganz vergessen zu essen, was für einen Baseballspieler sehr ungewöhnlich war. „Nicht schlecht."

„Wenn du das aufgegessen hast, wird die Suppe fertig sein."

„Du musst mich nicht bemuttern." Allerdings tat es sehr gut, sich von ihr verwöhnen zu lassen.

„Interessante Definition von ‚bemuttern'." Sie wackelte mit dem Po – ein Anblick, der sein Herz sofort schneller schlagen ließ. Nach dem Sex hatte sie eine seiner Boxershorts angezogen, die ihr tief auf den Hüften saß. Caleb starrte auf den Schlitz. Er könnte seinen Penis hindurchstecken und sie gleich hier auf der Küchenarbeitsfläche nehmen …

„Iss auf", befahl Sadie streng. „Du musst bei Kräften bleiben."

„Stimmt. Ich werde eine Menge Energie brauchen, um mit dir mithalten zu können."

Sie verzog das Gesicht. „Ich bin nicht wegen eines Sexmarathons hergekommen."

„Wie bitte? Ich habe bloß ‚Sexmarathon' verstanden. Da bin ich sehr dafür."

„Caleb, bleib mal ernst. Du musst auf dich achten. Als du die Tür aufgemacht hast, hätte ich fast angefangen zu weinen. Du hast schrecklich ausgesehen."

Er setzte das patentierte Hartwell-Grinsen auf, das jeder Frau ein Leuchten in die Augen zauberte. „Sieh mich jetzt an. Besser?"

Sie schaute von ihrem Platz am Herd zu ihm und stutzte. „Ach, das ist nicht fair."

Er lachte und fühlte sich großartig. „Dr. Sadie weiß eben, was sie tut."

„Jetzt mal im Ernst, Caleb. Wir müssen reden." Sie goss die Suppe aus dem Topf in eine Schale, da er nichts besaß, was einer Schöpfkelle auch nur im Entferntesten ähnelte. „Ich weiß nur, was die Zeitungen schreiben, und denen glaube ich kein Wort. Nicht einmal Burwell Brown. Das ist eine dieser Geschichten, bei denen die Leute auf einmal jede journalistische Ethik zu vergessen scheinen."

„War das so für dich?", erkundigte er sich, als sie ihm vorsichtig die Schale brachte. „Bei dieser Hamilton-Sache?"

„Die Zeitungen haben nichts über mich geschrieben, aber es läuft im Grunde auf dieselbe Angelegenheit raus. Die Leute reden, weil sie das aufregend finden. Fast, als könnten sie nicht anders."

Er pustete auf einen Löffel voll Suppe, die Sadie mit Tomatenmark angedickt und mit den kleinen Salz- und Pfeffertütchen gewürzt hatte, die von irgendeinem Take-away-Essen übrig geblieben waren. „Das muss hart gewesen sein. Ich wünschte, ich wäre damals schon hier gewesen. Denen hätte ich es gezeigt."

Sie erschauerte. „Ich bin froh, dass du noch nicht da warst. Aber wir hätten uns ohnehin nicht kennengelernt. Ich blieb für fast sechs Monate in meinem Zimmer. Und selbst da war ich nicht sicher, denn ich hatte ja einen Computer und schaffte es nicht, mich von Facebook fernzuhalten. Eine Woche gelang es mir, doch dann fragte ich mich, welche Gemeinheit Hamilton sich wohl als Nächstes ausgedacht hatte und was so geredet wurde oder ob jemand ihn endlich aufhalten würde. Also ging ich online, und es haute mich prompt wieder um."

Er legte seinen Löffel aus der Hand. Der Appetit war ihm vergangen. Die Vorstellung davon, was sie hatte durchmachen müssen, quälte ihn.

„Mach nicht so ein Gesicht", sagte sie schnell, setzte sich neben ihn und rieb ihre Wange an seiner Schulter wie eine Katze. „Mir geht es gut. Das alles ist längst vorbei. Außerdem bin ich inzwischen viel stärker. Weißt du, was mich dazu gebracht hat, mich nicht länger in meinem Zimmer zu verstecken und mich stattdessen nach einem Job umzuschauen? Mal abgesehen davon, dass ich Rechnungen bezahlen musste, ziemlich gelangweilt war und allmählich stinksauer wurde?"

Er brachte ein Lächeln zustande. „Was denn?"

„Du wirst lachen."

„Gut. Ich könnte es gebrauchen, mal wieder zu lachen. Also, was war es?" Auf ihre Geste hin aß er einen Löffel Suppe. Nicht schlecht.

„Ob du es glaubst oder nicht, ich fing an, mir die Baseball-Playoffs anzusehen. Im letzten Oktober. Ich konnte nicht regelmäßig fernsehen, weil es zu viel Drama und Beziehungskram gab. Da hätte ich bloß geheult. Aber dann schaltete ich einmal zu den Play-offs um, und die, na ja, schläferten mich irgendwie ein. Die wirkten beruhigend auf mich wie ein Schlaflied."

„Baseball war wie ein Schlaflied?"

„So ähnlich. Die Kommentatorenstimmen waren so tief und irgendwie beruhigend. Dann passierte etwas Großes, und alle wurden ganz aufgeregt, und es riss mich komplett mit. Dazu kamen noch die vielen Geschichten drumherum."

„Geschichten", wiederholte er mit ausdrucksloser Miene. Er schuftete sich also auf dem Werferhügel ab … nur um einschläfernd zu wirken und Geschichten zu liefern?

„Na klar, diese ganzen Geschichten. Die Kommentatoren redeten zum Beispiel von einem Spieler, der sich nach einer schweren Operation in die Mannschaft zurückzukämpfen versuchte. Ein anderer war gerade Vater geworden und hatte ein Spiel ausgesetzt, um bei der Geburt dabei zu sein. Wieder ein anderer hatte es nach einer Werfer-Trainingseinheit zu den Yankees in den Betreuerstab geschafft."

„Es heißt Wurf-und-Schlag-Training."

„Meinetwegen." Sie zog ein Gesicht. „Egal, ich dachte ständig, die Schlagmänner bekämen so viele Gelegenheiten, den Ball zu treffen. Und selbst nach einem Strikeout würden sie später im Spiel noch eine Chance bekommen. Und wenn nicht, dann im nächsten Spiel. Es gibt stets neue Chancen, bis man aufhört zu spielen. Oder stirbt. Aber ich war noch nicht bereit zu sterben. Hamilton war ein Strike. Warum sollte ich keine weiteren Chancen erhalten, wie alle anderen im Baseball?"

Caleb legte den Löffel aus der Hand und grinste. „Du bist wirklich unglaublich, weißt du das?"

„Ach ja?" Sie klang misstrauisch.

„Du hast es tatsächlich geschafft, dass ich mich besser fühle, und das nicht nur wegen dieses sexy Körpers, den du da mit dir rumträgst." Er schob seinen Stuhl zurück, drehte sich zu ihr und zog sie auf seinen Schoß. Sie spreizte ihre langen Beine. Der Schlitz in seiner Boxershorts klaffte auf und gab den Blick frei auf die intimste Stelle ihres Körpers. „Am liebsten würde ich dich fesseln und hier bei mir behalten. Wir würden nichts tun außer kochen, essen und vögeln."

Er schob seine Hand in die Öffnung und strich über die seidigen Locken.

„Das klingt nach einer typischen männlichen realitätsfernen Fantasie."

„Du weißt schon – alles, was ein Mann braucht: Pussy und Pizza." Er begann, sie behutsam zu liebkosen, denn er war sich der Tatsache bewusst, dass sie vom letzten Mal noch leicht geschwollen war. „Nur kein Baseball."

„Du wirst zurückkommen", sagte sie überzeugt. „Es ist deine Bestimmung."

„Meinst du?" Er rieb mit dem Daumen vorsichtig um ihre Klitoris herum. Sadies Lider flatterten, und sie ließ den Kopf gegen seinen Ellbogen sinken. Caleb hielt sie ganz fest. „Ich denke da an etwas anderes", flüsterte er. „Vielleicht bist du mir bestimmt."

Und damit endete der verbale Teil des Abends. Vorerst, zumindest.

Caleb sprach erst über Bingos Situation, nachdem sie noch drei weitere Male Sex gehabt hatten. Sie lagen in seinem großen Bett, bei teilweise geöffneten Fenstern, um die kühle Abendbrise hereinzulassen. Anscheinend wurde es allmählich zur Gewohnheit, dass es zwischen ihnen heiß herging.

Caleb lag auf dem Rücken, die muskulösen Arme und Beine von sich gestreckt. Sein Haar war feucht von Schweiß und ringelte sich im Nacken. Tja, dachte Sadie. *Jetzt oder nie.* Caleb wirkte wie ein zufriedenes, entspanntes Raubtier. Eine bessere Gelegenheit würde sie nicht bekommen. „Hast du schon mit Bingo gesprochen?"

„Ich habe ihn einmal besucht. Er beharrte darauf, dass die Sache sich in Wahrheit ganz anders verhalten würde und dass er mir nicht schaden wollte. Aber man kann auf seine Worte ohnehin nichts geben."

„Ich frage mich, was er wohl meint."

„Nichts. Er sagt einfach nur das, wovon er glaubt, dass die Leute es hören wollen. Glaubst du vielleicht, es gefällt mir, dass mein Vater ein Betrüger ist? Aber das ist er nun mal. Ich wünschte, er würde einfach die Wahrheit sagen."

Sadie merkte, wie ihre Anspannung zurückkehrte. Sie legte Caleb die Hand auf die Schulter, in der Hoffnung, ihn zu beruhigen. Nur dass das mit der beruhigenden Wirkung nicht so ganz klappte. Denn sofort war sie wieder fasziniert von diesem Körper. So komplex, all die Sehnen, Bänder, Knochen und Muskeln, und alles perfekt aufeinander abgestimmt, unter der Regie dieses Mannes. Sie strich mit zwei Fingern an der Außenseite seines Oberarms entlang bis hinunter zum Ellbogen. Caleb gab einen zufriedenen Laut von sich.

„Er hat doch einen Anwalt, oder?", erkundigte sie sich.

„Selbstverständlich. Betsy Clark. Sie hat ihn auch beim letzten Mal vertreten. Aber bei ihr rückt er ebenfalls nicht mit der Sprache heraus. Sie meint, er habe vor irgendetwas Angst. Möglicherweise schützt er jemanden, einen Partner vielleicht."

„Was glaubst du denn?"

Caleb bewegte ungeduldig den Kopf. „Er verarscht bloß alle, und ich habe selbst genug Probleme. Er hat meinen alten Computer für seine Betrügereien benutzt. Ich kann behaupten, dass ich seit einiger Zeit nur noch meinen Laptop benutzt habe, aber das ist sehr vage."

„Du bist doch nicht wirklich in Gefahr, oder?"

„Ich weiß es nicht. Ich habe nichts Unrechtes getan, also sehe ich nicht, wie man mir etwas beweisen will, das nicht passiert ist. Doch in der Major League gibt es keine Grauzone, was Glücksspiel angeht. Also ist es trotzdem ungewiss. Hey, ich kann immer noch zurück aufs College gehen. In meinem Vertrag steht, dass sie mir mein Studium finanzieren müssen."

Sein gedämpfter Ton beunruhigte sie. Sie kannte Caleb gut genug, um zu wissen, dass ein Ende der Baseballkarriere ihm das Herz brechen würde.

„Könnte Bingo nicht zu deinen Gunsten aussagen?"

„Ich habe doch schon gesagt, dass Bingo überhaupt nichts aussagt."

Sie setzte sich auf, und ihre Haare fielen bis auf ihren Rücken hinunter. Er richtete den Blick sofort auf ihre Brüste, deshalb verschränkte sie einfach die Arme davor. Er sollte sie nicht schon wieder von dieser Unterhaltung ablenken. „Caleb, wir müssen deinen Vater zum Reden bringen. Es ist nicht fair. Er darf dich nicht in irgendwelche Sachen mit reinziehen, nur um dich dann hängen zu lassen."

„Ach nein?" Caleb lachte bitter, schlug die Decke zurück und schwang die Beine aus dem Bett, sodass er Sadie den Rücken zukehrte. Den Kopf in die Hände gestützt, meinte er müde: „Da gibt es noch vieles, was du nicht über Bingo weißt und darüber, wie weit er gehen würde, um seine Haut zu retten. Ich habe dir das bisher nicht erzählt, aber er hat mich und Tessa damals benutzt. Er buchte Geld unter unserem Namen und ließ uns Nachrichten überbringen. Er benutzte uns, um das mitleiderregende Bild einer mutterlosen Familie zu erzeugen."

„Das ist schrecklich! Aber dafür kannst du doch nichts."

„Wir haben ihn nicht aufgehalten. Wir haben niemanden gewarnt. Ich wusste nicht alles, aber ich hatte stets den Verdacht, dass da irgendetwas nicht stimmt. Ich war zu sehr mit meinem eigenen Leben beschäftigt, mit Baseball und meinen Freunden."

Sadie kroch über das Bett zu ihm, um ihn zu berühren. Doch in der letzten Sekunde stoppte sie und ließ es lieber bleiben. Es war überdeutlich, dass Caleb das momentan nicht wollte. „Er war dein Vater. Kinder tun nun mal, was ihre Eltern sagen. Du solltest dir keine Schuld an dem ganzen Mist geben, Caleb."

„Das tue ich aber. Also verdiene ich vielleicht, was immer

da auf mich zukommen mag. Beim letzten Mal bin ich davongekommen, möglicherweise holt mich das nun ein."

„Das ist lächerlich", erwiderte sie mit Bestimmtheit. „Du bist davongekommen, weil du nichts Schlimmes getan hattest. Und auch diesmal hast du nichts Unrechtes getan. Es ist ganz allein Bingo gewesen."

Caleb bewegte keinen Muskel. Immerhin stieß er sie nicht zurück. Trotzdem, er wirkte erstarrt und niedergeschlagen. Sie kannte dieses Gefühl, denn sie hatte es ein ganzes Jahr lang durchlebt. Irgendwie musste sie ihn aus diesem Zustand herausholen.

Sie holte tief Luft. „Ich werde mit ihm reden."

Das wirkte. „Von wegen." Er drehte sich unvermittelt um und fixierte sie. „Hast du nicht zugehört, was ich dir gerade über ihn gesagt habe? Du hältst dich ganz aus der Sache heraus. Bingo ist gefährlicher, als er aussieht."

„Er wird mir nichts tun. Außerdem sitzt er im Gefängnis!"

Er umfasste ihre Schultern, und seine Finger gruben sich in ihr Fleisch. „Du kannst diesem Mann nicht trauen. Es hat keinen Sinn, mit ihm zu reden, weil er ohnehin lügt."

„Selbst wenn er lügt, könnte es ein Hinweis sein. Was, wenn jemand ihm droht, wie die Anwältin vermutet? Wir sollten rausfinden, was wirklich hinter der Geschichte steckt."

„Vergiss es, Sadie. Lass die Finger davon. Versprich es mir. Die Polizei arbeitet an dem Fall, das ist deren Job. Bingo hat eine Anwältin. Wenn er überhaupt mit jemandem redet, dann mit ihr. Sie ist gut. Eine von diesen toughen Juristinnen." Der Anflug eines Lächelns huschte über sein Gesicht. „Du kannst mit ihr reden, dagegen habe ich nichts."

Aber seine Anwältin kannte Kilby nicht. Sie dagegen, dachte Sadie, kannte diese Stadt nur zu gut. Möglicherweise konnte sie etwas herausbekommen, was weder die Anwältin noch Caleb in Erfahrung zu bringen vermochten. „Als du dich mit Bingo unterhalten hast, bekam er da überhaupt die Chance von dir, zu Wort zu kommen? Oder hast du ihn nur die ganze Zeit wütend angeschrien?"

Caleb kniff die Augen zusammen. „Willst du damit vielleicht sagen, er hätte es nicht verdient, angeschrien zu werden?"

„Nein. Ich will damit sagen, dass er vermutlich gar nichts Brauchbares sagen konnte, weil du ihn angeschrien hast."

„Halt dich fern von ihm, Sadie. Versprich es mir. Der bedeutet nur Ärger."

Sie hob störrisch ihr Kinn. „Du machst das schon wieder. Schließt mich aus. Du steckst mich in eine Schublade und Bingo in eine andere, auf der steht ‚Finger weg'! Ich will aber keine Schubladen, die tabu sind."

Sie starrten einander gereizt an. Keiner von beiden wollte nachgeben. Doch dann veränderte sich Calebs Gesichtsausdruck. „Du willst also Zugang zu allen meinen Schubladen haben?"

„Ja-ha."

„Und wenn ich dich zuerst mal in meine Boxershorts lasse?" Ein verheißungsvolles Funkeln trat in seine Augen, und er warf Sadie kurzerhand auf den Rücken.

„Nicht ablenken!"

Doch zu spät.

24. KAPITEL

Caleb verbrachte die nächste Woche zwischen Himmel und Hölle, und zwar zu ziemlich gleichen Teilen. Tagsüber war es die Hölle, nachts dagegen himmlisch, sobald Sadie da war. Zum Glück hatte sie die Idee inzwischen verworfen, die Wahrheit irgendwie aus Bingo herausbekommen zu wollen. Wenn sie vorbeikam, verbrachten sie ihre Zeit im Bett und redeten über Gott und die Welt, nur nicht über den Fall Thurston Hartwell und den „Minor-League-Wettskandal", wie die Presse es nannte.

Tagsüber zwang er sich, die weitere Entwicklung der Dinge zu verfolgen. In der TV-Berichterstattung war die Szene gezeigt worden, in der Caleb seinen Vater auf der Tribüne angriff. Das veranlasste die Journalisten zu wilden Spekulationen:

„Im Fall von Thurston Hartwell ist neues Beweismaterial aufgetaucht. In der folgenden Szene ist zu sehen, wie Caleb Hart seinen Vater während eines Spiels angreift. Einige meinen, es sei ein Hinweis darauf, dass Hart die illegalen Aktivitäten seines Vaters stoppen wollte. Andere verweisen darauf, dass Hart es dem Management der Catfish hätte melden müssen, falls er tatsächlich von diesen Dingen gewusst hat. Die Tatsache, dass es sich bei der Frau neben Thurston Hartwell um die Assistentin der Bürgermeisterin handelt, könnte der Geschichte eine neue Wendung geben. Ist Sadie Merritt irgendwie in diese Machenschaften verwickelt? Oder war es purer Zufall, dass sie an diesem Tag so nahe bei Bingo stand?" Der Reporter sprach eintönig weiter, während Caleb immer frustrierter wurde.

Warum nur mussten sie Sadie da hineinziehen? Warum hatte er an jenem Tag auf so idiotische Weise die Nerven verloren? Und warum mussten alle Leute heutzutage mit einem Smartphone herumlaufen?

„Ich glaube nicht an Zufälle", kommentierte die Vorsitzende des Frauenvereins, eine strenge ältere Dame mit einem türkisfarbenen Anhänger an der Halskette. „Wir stehen hinter unserer Bürgermeisterin Trent, aber nun muss ich mich fragen, ob sie wirklich wusste, was sie tat, als sie Sadie Merritt einstellte. Wir glauben, dieser Aspekt wird weitere Ermittlungen nach sich ziehen."

Er nahm das Telefon, um Sadie anzurufen. Doch dann legte er es wieder hin. Sie hatte schon genug um die Ohren, da konnte sie eine Störung durch ihn nicht auch noch gebrauchen. Daher zog er sich Sportzeug an, um lange und schweißtreibend zu joggen.

„Ich brauche ein paar Tage frei", erklärte Sadie der Bürgermeisterin.

„Warum?"

Die zwei gingen den Flur entlang. Wendy Trent war auf dem Weg zu einer Pressekonferenz, die auf den Stufen vor dem Rathaus stattfinden sollte.

Passenderweise trug Sadie heute das gleiche Outfit, in dem sie sich für den Job beworben hatte. Der Kreis schien sich zu schließen. Als sei sie für kurze Zeit tatsächlich eine ganz normale, seriöse Person gewesen und als sei diese Zeit nun um.

„Weil ich zum Problem werde. Ich will kein Problem sein. Sie haben mir gesagt, ich solle mich bedeckt halten, aber jetzt erscheine ich in sämtlichen Nachrichtensendungen."

„Das ist mein Problem, nicht Ihres", erwiderte die Bürgermeisterin scharf.

„Es ist sehr wohl mein Problem. Ich arbeite für Sie. Meine Aufgabe ist es, Ihnen zu helfen, nicht, Ihnen zu schaden." Da sie den Eingang zum Rathaus fast erreicht hatten, hielt Sadie den Arm der Bürgermeisterin fest, damit sie stehen blieb. „Erinnern Sie sich daran, wie Sie mir rieten, eine kluge Entscheidung zu treffen? Nun, das habe ich getan. Ich habe mich für Caleb entschieden. Ich werde ihn auf keinen Fall im Stich lassen, aber ich möchte nicht, dass meine Entscheidung für Sie zum Problem wird."

Die Bürgermeisterin sah sie eine Weile prüfend an. „Sie opfern Ihren Job, Sadie? Sie geben alles auf für Caleb Hart?"

„Nein. Schließlich kündige ich nicht. Und hoffentlich werfen Sie mich nicht raus. Ich will nur eine Auszeit oder vielleicht von zu Hause aus arbeiten. Im Hintergrund kann ich immer noch Dinge für Sie erledigen. Aber ich will jetzt kein Blitzableiter sein."

„Dieser Baseballspieler muss Ihnen ja wirklich etwas bedeuten."

Das war noch harmlos ausgedrückt. „Allerdings, das tut er."

Bürgermeisterin Trent gab einen schweren Seufzer von sich, und ihre bisher unbewegliche Miene entspannte sich. „Na schön, nehmen Sie sich frei. Ich bezahle Sie für Teilzeit weiter, denn möglicherweise habe ich ein paar Projekte für Sie, an denen Sie zu Hause arbeiten können. Und wenn die Reporter nachfragen, werde ich denen erklären, dass Sie eine wunderbare Assistentin sind und eine Auszeit genommen haben, um Ihre Bewerbungsunterlagen für das Jurastudium zusammenzustellen. Das sollte die Meute zum Schweigen bringen."

Sadie umarmte die Bürgermeisterin spontan. Noch nie hatte sie Körperkontakt mit ihrer Chefin gehabt, und sie spürte, wie diese ein wenig erstarrte. Offenbar verstieß so eine impulsive Umarmung gegen irgendein Protokoll. „Verzeihung", sagte Sadie rasch und wich zurück.

„Nein, das ist schon in Ordnung." Die Bürgermeisterin tätschelte ihre Wange. „Sie werden mir fehlen. Ich möchte Ihnen etwas sagen, Sadie. In Ihnen brennt ein Feuer, das Menschen stets anziehen wird. Zugleich wird es aber immer Leute geben, die Sie zerstören wollen. Verstehen Sie?"

Sadie fühlte sich unbehaglich. Sie glaubte nicht, dass sie irgendein Feuer oder gar ein Licht in sich trug.

„O doch, das tun Sie", sagte Bürgermeisterin Trent, als könnte sie Sadies Gedanken lesen. „Ich habe es neulich gesehen, als ich Ihnen einen Vortrag darüber hielt, die richtige Entscheidung zu treffen. Sie warfen mir vor, ich würde vorschnell urteilen, und Sie hatten recht. Sie haben mich beeindruckt, Sadie. Sie haben mir die Stirn geboten, und das können Sie mit allen anderen genauso machen."

„Meinen Sie damit … Hamilton?“

„Hamilton ist nur einer. Der konnte Sie nicht haben, also versuchte er, Sie auszulöschen. Lassen Sie solche Leute nicht gewinnen.“

Der Anflug eines schmerzlichen Ausdrucks huschte über das Gesicht der Bürgermeisterin, so schnell, dass Sadie es fast nicht bemerkt hätte. Die äußerlich so glatte Oberfläche dieser Frau bekam für einen Moment Risse. Bezog sich ihre Bemerkung auf eigene Erfahrung? Sadie wusste so wenig über das Privatleben der Bürgermeisterin.

„Ich … Ich versuche, ihn nicht gewinnen zu lassen.“

„Nicht nur ihn. Jeden. Jeden, der Sie heruntermachen will. Meiden Sie solche Leute, oder ignorieren Sie sie wenigstens. Das müssen Sie mir versprechen.“

Die Eingangstür wurde geöffnet, und einer der Praktikanten kam hereingeeilt. „Die werden langsam unruhig da draußen“, informierte er sie. „Was soll ich tun?“

„Ich bin unterwegs.“ Die Bürgermeisterin drückte Sadies Schulter und zwinkerte ihr zu. „Und jetzt gehen Sie und muntern Sie Ihren Catfish auf.“

Sadie verließ das Gebäude durch den Hinterausgang; alle waren viel zu sehr auf die Pressekonferenz konzentriert, um sie zu bemerken. Sie verdrängte die Traurigkeit darüber, dass sie nicht an diesem Ereignis teilnehmen konnte oder am nächsten, nicht mehr an der Kampagne für die Zehenhornschnecke oder eine sonstige Initiative der Bürgermeisterin. Zumindest für eine Weile. Möglicherweise jedoch für immer. Schließlich würde Wendy Trent eine neue Assistentin brauchen.

Trotzdem wusste Sadie, dass sie das Richtige tat, also stellte sie sich innerlich auf den nächsten Punkt ihrer Katastrophenliste ein.

Den Besuch bei Bingo im Bezirksgefängnis.

„Weiß Caleb, dass Sie hier sind?“, erkundigte Bingo sich beflissen, nachdem er auf dem Plastikstuhl ihr gegenüber an dem kleinen Tisch Platz genommen hatte.

„Nicht direkt." Sadie verschwieg lieber, dass Caleb ausrasten würde, wenn er davon erfuhr. Sie hatte sich im Besucherbuch eintragen müssen und konnte nur hoffen, dass Caleb in nächster Zeit keinen Besuch plante. Wenn die Reporter oder Bingos Anwältin es ihm erzählten, würde er es trotzdem erfahren.

Bingo legte das Gesicht in Falten und erinnerte sie in diesem Moment ein bisschen an ein Kleinkind, dem man das Spielzeug weggenommen hatte. „Er hasst mich."

„Wenn es so wäre, könnten Sie es ihm kaum zum Vorwurf machen, oder?"

Er schüttelte bekümmert den Kopf. „Was für ein verdammtes Dilemma."

Seit der Unterhaltung neulich abends mit Caleb war Sadie noch überzeugter davon, dass mehr hinter der ganzen Sache steckte. Und da sie sich hier in Kilby befanden und eine einzige Familie das Sagen hatte, ahnte sie auch schon, wer Bingo möglicherweise unter Druck setzte. Jetzt musste sie ihn nur noch dazu bringen, es ihr zu gestehen.

Sadie beugte sich vor, um eine vertrauliche Atmosphäre zu erzeugen. Der Wärter rührte sich. „Nicht zu nahe, Miss."

„Was glauben Sie denn, was ich tun werde? Ihm einen Kuchen mit einem Schlüssel drin übergeben?", fuhr sie den Mann an und vergaß dabei für einen Moment, dass sie sich in einem Gefängnis befand und der Wärter eine beeindruckend aussehende Waffe trug. Der Stress forderte offenbar seinen Tribut. „Ich meinte natürlich: Es tut mir leid, Officer. Sir. Ich bin nur zum Reden hier."

Sie schenkte ihm ihr bestes Lächeln. Zum Glück schien es zu funktionieren.

Dann nahm sie eine andere Sitzhaltung ein, um den Wärter zu beruhigen, ohne jedoch die vertrauliche Nähe zu Bingo, die sie hergestellt hatte, ganz aufzugeben. „Ich weiß, Sie lieben Ihren Sohn. Das sehe ich jedes Mal, wenn Sie mit ihm zusammen sind. Außerdem weiß ich, dass Sie ihm nicht schaden wollen. Habe ich recht?"

Seine babyblauen Augen weiteten sich ängstlich. „Warum?"
„Weil ich glaube, dass Sie jemanden schützen. Und wenn Sie nicht die Wahrheit sagen, muss Caleb womöglich seine Baseballkarriere aufgeben. Oder er könnte sogar selbst ins Gefängnis kommen."
Bingo schüttelte heftig den Kopf. „Nein, das wird nicht passieren. Meine Anwältin hat mir versichert, dass diese Gefahr nicht besteht."
Mist. Gut, dann war es wohl an der Zeit, kreativ zu werden. „Nun, ich studiere Jura. Hat Caleb Ihnen das erzählt? Nein? Die Aufgabe Ihrer Anwältin besteht darin, Sie zu vertreten. Nicht Caleb. Sind Sie sich also ganz sicher, dass Sie ihr alles glauben können, was sie über Ihren Sohn sagt?"
Er schluckte hart, sein Adamsapfel hüpfte.
„Stellen Sie sich vor, ich wäre Calebs Anwältin. Als seine Anwältin prophezeie ich Ihnen, dass es schwer für ihn wird, den Verdacht zu entkräften. Es sei denn, die ganze Geschichte kommt ans Licht." So weit entsprach es wohl den Tatsachen. Wenn die Gerüchte und der Klatsch lange genug kursierten, würde Calebs Ruf für immer ruiniert sein.
„Aber er hat doch nicht … er hat nicht …" Bingo machte den Mund zu.
„Sie dürfen nichts sagen, stimmt's? Jemand droht Ihnen, damit Sie den Mund halten."
Die Bewegung seines Kopfes konnte als stummes Ja gedeutet werden. Vielleicht handelte es sich auch nur um einen Krampf im Nacken. Schwer zu beurteilen.
Sadie schaute erneut zum Wärter. Er schien genau zuzuhören, weshalb die Chancen vermutlich gut standen, dass irgendwem der Inhalt dieses Gespräches zugetragen werden würde.
„Ich verstehe. Ich will nicht, dass Sie noch mehr Ärger bekommen, wirklich nicht. Ich weiß ziemlich genau, was Sie gerade durchmachen, sogar besser, als Sie sich vorstellen können. Es ist in gewissen Situationen schwierig, sämtliche Optionen genau abzuwägen. Man bewegt sich auf sehr dünnem Eis." Sie zwinkerte ihm zu, was völlig untypisch für sie war. Begriff er?

Sie zwinkerte noch einmal, und plötzlich hatte sie seine ungeteilte Aufmerksamkeit. „Man muss da sehr, sehr vorsichtig sein. Am besten, man betritt so eine dünne Eisfläche gar nicht erst. Man will ja nicht einbrechen, aber genau diese Gefahr droht, nicht wahr? Und dann geht man unter." Hatte sie sich deutlich genug ausgedrückt? Es kam ihr ein bisschen albern vor, als spiele sie Geheimagent. Doch vielleicht funktionierte es. Wieder zwinkerte sie und hob eine Braue. „Verstehen Sie, was ich meine?"

Endlich, nach einem weiteren Blick zum Wärter, nickte Bingo. „Das ist ein guter Vergleich, Sadie. Es ist sehr gefährlich. Man muss genau aufpassen und darf keinen falschen Schritt machen. Sonst ist man geliefert."

Er hatte verstanden, oder? Und es konnte nur auf eines hinauslaufen: die Wades. Vermutlich hatte Dean Wade, der für das Amt des Bürgermeisters kandidieren wollte, Bingo persönlich unter Druck gesetzt. Sie lehnte sich zurück und meinte mit beiläufigem Lächeln: „Eines Tages werden wir vielleicht über diese Sache nur noch lachen."

„Schön wär's. Aber bis ich mein Leben wieder in den Griff bekommen habe, sind Sie längst Bürgermeister der Stadt."

Bürgermeister. Er hatte das Wort doch wohl absichtlich benutzt. Damit waren ihre letzten Zweifel aus dem Weg geräumt. Er hatte dieses Wort gewählt, nicht die weibliche Form, um ihr zu verstehen zu geben, dass er tatsächlich den prominenten Geschäftsmann aus Kilby meinte.

„Oh, Bingo, seien Sie nicht so hart zu sich selbst. Ich glaube, wir können die Angelegenheit schneller klären, als Sie denken. Halten Sie durch, ja?" Sie schenkte ihm ein strahlendes Lächeln, und zum ersten Mal, seit sie hier war, ließ er das charmante Hartwell-Grinsen aufblitzen. Fast so gefährlich wie Calebs, aber nicht ganz, ihrer äußerst voreingenommenen Meinung nach.

Ihre Euphorie verflog, als Sadie durch die Tür des Bezirksgefängnisses nach draußen trat. Was sollte sie jetzt, wo sie sich ziemlich sicher war, dass Dean Wade hinter der Sache steckte, mit dieser Erkenntnis anfangen? Solange Bingo nicht aussagte, hatte sie nichts als eine kryptische Unterhaltung über dünnes Eis und Gefahr. Nein, sie musste sich etwas Besseres einfallen lassen und sich dem nächsten unerfreulichen Punkt ihrer Wie-ruiniere-ich-mein-Leben-Liste widmen.

Hamilton Wade.

Dean war viel zu schlau. Dem würde kein Fehler unterlaufen. Doch sie kannte Hamilton und seine zahlreichen Schwachstellen. Sie schrieb ihm rasch eine Textnachricht, in der sie ihn bat, sich mit ihr im Park zu treffen. Obwohl sich in ihr alles zusammenkrampfte, fügte sie die ultimative Lüge hinzu: *Du fehlst mir.*

Nur ein eitler Idiot würde das glauben. Da diese Beschreibung voll auf Hamilton zutraf, hatte sie keinerlei Zweifel daran, dass er tatsächlich auftauchen würde.

Ein kurzer Halt bei Burwell Browns Büro, um sich eines seiner kleinen Diktiergeräte auszuleihen. Und zum Schluss noch ein Anruf bei Donna.

„Ich werde mich mit Hamilton treffen." Sadie machte sich auf den Weg zum Park, zwang ihre Füße regelrecht, sie dorthin zu tragen. Die wenigen Male, die sie ihm seit der Trennung begegnet war, waren Zufall gewesen. Die Vorstellung eines geplanten Treffens verursachte ihr Übelkeit.

„Was willst du? Den Idioten treffen? Warum denn, Sadie? Tu das bloß nicht. Wo bist du jetzt? Ist Caleb bei dir? Weiß er davon?"

Manchmal konnte Donnas scharfer Verstand unangenehm sein. „Caleb? Wieso erwähnst du den?"

„Ach, komm schon. Mike meint, ihr zwei seid schwer verliebt. Ich weiß, dass das stimmt, weil ich schon seit Tagen keinen Mucks mehr von dir gehört habe. Du hast nicht mal auf meine Nachrichten geantwortet."

„Tut mir leid. Ich war schwer beschäftigt."

„Ja, mit einem heißen Baseballspieler. Du errötest gerade, oder? Ich kann es von hier aus sehen."

Unwillkürlich berührte Sadie ihre Wange. Sie glühte tatsächlich. „Darum geht es jetzt nicht. Ich kann dir im Augenblick nicht alles erzählen, aber ich brauche … Ich bin unterwegs zu einem Treffen mit Hamilton und könnte moralische Unterstützung gebrauchen."

„Ich begleite dich. Kannst du noch drei Stunden warten, bis ich den Hai zum Einschlafen gebracht habe?"

„Nein."

„Dieses verdammte Kind, wieso kann es nicht an der Schlafkrankheit leiden? Pass auf, du schaffst das, Süße. Hamilton ist ein Armleuchter und nicht wert, die Warze an deinem kleinen Zeh zu lecken. Bleib einfach cool, und sorg dafür, dass ihr an einem belebten Platz seid."

„Wir treffen uns im Stadtpark. Tu mir einen Gefallen. Ruf mich in einer halben Stunde an, für den Fall, dass ich eine Ausrede brauche."

„Abgemacht. Genau wie in der Highschool. Viel Glück."

Sadie beendete das Gespräch mit einem mulmigen Gefühl im Bauch. Ihre Schritte verlangsamten sich, als sie dem Park näher kam. Es war noch Nachmittag, die Hitze des Tages machte alle Leute träge. Ältere Menschen dösten auf den Parkbänken, Mütter schoben ziellos Kinderwagen mit Sonnenschirmen durch die Gegend, und um einen Eiswagen hatte sich eine kleine Menschenmenge gebildet.

Belebter Platz. Check. Unberechenbarer, grausamer Exfreund. Check. Neues rotes Kleid, um seine Aufmerksamkeit zu wecken. Check. Ihr iPhone sicher in der Tasche, Diktiergerät eingeschaltet. Check und check.

Hamilton stand unter der alten Ulme und schaute auf sein Handy. Die Sonnenbrille hing an seinem dicken Halsansatz. Sadie zwang sich zu einem Lächeln. Es war über ein Jahr her, seit sie sich freiwillig in seine Nähe begeben hatte.

Er schaute auf und schob das Handy in seine Tasche. „Hi, Babe." Er wollte sie küssen, doch sie drehte den Kopf so, dass seine Lippen nur ihre Wange trafen. Selbst dieser kurze Kontakt ließ sie schaudern, aber das war immer noch besser als die Alternative.

„Hallo, Hamilton." Sie ließ ihre Schultern demonstrativ hängen, damit Hamilton, der nicht gerade für sein Einfühlungsvermögen bekannt war, es auch wirklich mitbekam.

„Du siehst nicht besonders glücklich aus, Sadie. Es war alles viel leichter für dich, als du noch mit mir zusammen warst, was?"

„Du hast ja so recht, Hamilton." Im Park gab es einen hübschen Pfad. Die eine Hälfte war für Radfahrer bestimmt, die andere für Fußgänger. „Können wir ein wenig gehen?" Es fiel ihr leichter, sich mit Hamilton auseinanderzusetzen, wenn sie ihm dabei nicht die ganze Zeit direkt ins Gesicht sehen musste.

„Na klar, Babe. Aber ich kann nicht lange. Also komm lieber zur Sache. Du wolltest mich anflehen, zu dir zurückzukommen? Oder vielleicht noch einen Film zu drehen? Der letzte war ja ein Monsterhit. Sorry, leider habe ich eine neue Freundin, und die steht nicht so auf die ausgefallenen Sachen."

Himmel, war er widerwärtig. „Ich bin froh, dass du jemanden gefunden hast. Du verdienst eine gute Frau." Tat er nicht. Er verdiente es, ordentlich ausgepeitscht zu werden. Sie war jedoch nicht hier, um ihm die Wahrheit zu sagen.

„Sie ist okay. Die Familie mag sie."

Perfekte Eröffnung. Sadie ergriff die Chance. „Ich wollte dich eigentlich auch wegen deiner Familie treffen."

Hamilton runzelte die Stirn. „Ach ja? Um was geht es denn?"

„Ich … na ja, es mag ein bisschen seltsam klingen, aber ich wollte ihnen danken."

„Wofür?"

Sadie wartete, bis zwei Skateboarder mit Rucksäcken über den Schultern vorbeigerauscht waren. Dann lehnte sie sich zu Hamilton herüber und flüsterte verschwörerisch: „Weil deine Familie die Wahrheit über Caleb Hart endlich ans Licht gebracht hat."

Etwas Gieriges und Hässliches flackerte in seinem Blick auf. „Ich habe keine Ahnung, wovon du sprichst."

„Oh." Sie tat niedergeschlagen. „Schon gut. Es war dumm von mir. Ich hätte … Ich hätte nicht herkommen sollen." Sie wedelte verlegen mit den Händen und wandte sich zum Gehen.

„Warte." Er legte ihr die Hand auf die Schulter. „Ich habe nicht gesagt, dass du falsch liegst. Ich habe nur gefragt, wovon genau du sprichst."

„Nun … ich habe Caleb auf einen Sockel gestellt. Ich meine, er ist eben ein Profisportler und sieht toll aus, außerdem verdient er bald Millionen, sobald er einen neuen Vertrag unterschreibt. Er ist ein Traumtyp. Doch jetzt, wo ich die Wahrheit kenne …" Sie schüttelte den Kopf und bedachte Hamilton mit ihrem besten Augenaufschlag. Hatte sie ihn mit der Aufzählung von Calebs Vorzügen neidisch genug gemacht? Sollte sie auch noch erwähnen, dass er unglaublich war im Bett und Gefühle in ihr weckte, die sie sich niemals hätte vorstellen können?

Besser nicht.

„Einen Makel hat er allerdings", meinte Hamilton höhnisch. „Er hat eine schlechte Wahl getroffen, was seinen Vater angeht." Am liebsten hätte Sadie ihm ins Gesicht geschlagen, doch es gelang ihr gerade noch, sich zu beherrschen.

„Das ist wohl wahr. Ich weiß, dass es schlecht aussieht für Caleb. Aber ich wette, er kommt heil aus der Sache heraus. Bei so viel Talent, das hier auf dem Spiel steht … Ich meine, die Leute wollen ihn einfach werfen sehen. Es heißt, er wird es sicher eines Tages in die Hall of Fame schaffen, so gut ist er."

Röte kroch Hamiltons Hals hinauf. „Verlass dich mal lieber nicht darauf."

„Hm? Oh, eine Garantie gibt's natürlich nicht. Er muss ja weiterhin spielen, darf nicht verletzt werden. Doch alle meinen, er sei ein solch unglaubliches Naturtalent …"

„Mit einem Vater wie Bingo Hartwell hat er nicht die geringste Chance", unterbrach Hamilton sie in gehässigem Ton. „Also wird er es nie schaffen."

Sadie sah ihn mit großen Augen an. „Wie meinst du das? Ich verstehe nicht ganz."

„Harts Vater gehört jetzt meinem Onkel. Bingo ist ihm direkt in die Falle gegangen. Und ich habe die ganze Sache eingefädelt. Als ich herausfand, wer Calebs Erzeuger ist, hat mein Onkel ihn sich geschnappt. War ziemlich leicht."

„Weil er das Geld brauchte?"

„Nein, weil Onkel Dean ihm damit drohte, ihn in der Presse bloßzustellen, was wiederum Caleb schaden würde. Als Caleb sein großes Interview gab, war es schon zu spät. Bingo hatte bereits mit dem Wettgeschäft begonnen. Kluger Kerl, in gewisser Hinsicht. Aber ziemlich dumm in vielen anderen Dingen."

Sadie nickte benommen. „Aber Hamilton, Bingo könnte doch einfach die ganze Schuld auf sich nehmen und damit Caleb von jedem Verdacht entlasten."

„Nein. Er kann es versuchen, aber mein Dad hat einen direkten Draht zur Polizei. Kostet ihn ein müdes Lächeln. Wir können eine Menge Hebel in Bewegung setzen. Und falls das nicht funktioniert, hat Bingo ja auch noch andere Kinder außer Caleb. Wir haben sie alle beim letzten Spiel gesehen, als er es total vermasselt hat. Muss wohl abgelenkt gewesen sein. Im Augenblick hat Bingo zwei Möglichkeiten. Er kann schweigen und den Kopf hinhalten. Oder er muss mitansehen, wie es seiner Familie übel ergeht. Du weißt ja, wozu wir imstande sind. Zu schade für deinen grandiosen Pitcher. Der wird die Hall of Fame höchstens mal von außen kennenlernen."

Um Himmels willen! Die Wades hatten Bingo mit ihren hässlichen Drohungen im Griff. Es war unerträglich, was diese Familie alles tat, um Menschen zu manipulieren.

Zeit, von hier zu verschwinden. Sie brauchte einen Ausstiegsplan …

Genau in diesem Moment klingelte ihr Handy. Donna. Erleichtert meldete Sadie sich. „Hallo, Donna … O nein, der Hai kotzt sich die Seele aus dem Leib, und du brauchst jemanden, der dich in die Notaufnahme fährt? Ja, sicher, ich bin gleich bei dir." Sie beendete das Gespräch. „Sorry, Hamilton, ich muss wirklich los. Brech-Notfall. Deine Familie war eine große Hilfe. Von jetzt an werde ich mich von den Hartwells fernhalten."

Sie eilte davon und spürte förmlich seinen Blick im Rücken. Rasch wählte sie Donnas Nummer. „Ich behalte dich in der Leitung, bis ich aus dem Park heraus bin, ja?"

„Wie ist es gelaufen? Was hast du getan?"

„Oh, ich habe eine kleine Recherche für Burwell Brown angestellt. Ich glaube, ich habe, was ich brauche."

25. KAPITEL

Caleb wollte nicht einrosten, deshalb suchte er sich eine einsame Sackgasse in der Nähe seiner Wohnung und stellte ein Wurfziel an einer Mauer auf. Anschließend markierte er sorgfältig den Sechzig-Fuß-und-sechs-Inches-Abstand. Jeden Abend fuhr er dorthin, blockierte die Einfahrt zur Gasse mit seinem Jeep und übte mindestens eine Stunde lang Würfe.

Nachdem er das zerbrochene Glas auf dem Boden beseitigt und sich an den Uringestank gewöhnt hatte, war das ein guter Übungsplatz. Tatsächlich hatte die ganze Sache sogar therapeutische Wirkung. Ein Ball, ein Handschuh, ein Ziel. Alle Zutaten, die eine reinigende Wirkung für die Seele hatten. Während er den Ball warf, blendete seine Fantasie die schmuddelige Mauer aus und erzeugte ganz andere Bilder. Ziemlich oft sah er Bingos Gesicht, lächelnd, mit diesen falschen blauen Augen. Hin und wieder tauchte Trevor Stark auf. Der elende Mistkerl schwang den Schläger und verfehlte den Ball ein ums andere Mal. Es war schon erstaunlich, wie oft Caleb ihn aus dem Spiel warf. Wie hatte der Typ es bloß jemals in die Mannschaft geschafft? Auch Hamilton Wade bekam mehr als einen harten Wurf ab, und zwar mitten ins Gesicht.

Manchmal erschien in Calebs Fantasie niemand auf der improvisierten Plate, und er selbst war sein einziger Gegner. Er feuerte sich an: Wirf schneller! Ziel nach innen! Noch mal! Noch mal! In solchen Momenten überkam ihn ein innerer Frieden, und nichts von dem ganzen Mist da draußen zählte mehr.

Im Publikum feuerte ihn wie immer Sadie an. Ihr strahlendes Lächeln erhellte die Dunkelheit in seinem Inneren und spornte ihn zu neuen Höchstleistungen an.

Umso erschrockener war Caleb, als eines Abends die echte Sadie auftauchte. In einem sexy silbernen Trägertop stand sie urplötzlich hinter seinem Jeep und winkte, als er nach einem besonders geglückten Curveball, der Hamilton in die Knie gehen ließ, gerade die Bälle einsammelte.

„Meine Damen und Herren, wir befinden uns in der zweiten Hälfte des neunten Innings, und die Bases sind besetzt", verkündete Caleb in seiner besten Sportreporterstimme und warf die Bälle in seine Sporttasche. „Ich habe keine Ahnung, wie das geschehen konnte, aber nun muss das Spiel unterbrochen werden."

Er ging zu seinem Jeep, stellte seine Tasche ab und lehnte sich über die Motorhaube, um Sadie zu küssen. Sofort war das vertraute Knistern zwischen ihnen wieder da und brachte ihn fast um den Verstand. Die sinnliche Energie war so stark, dass Caleb fast befürchtete, der Jeep würde gleich vom Boden abheben.

„Das Spiel wird unterbrochen? Wieso das denn?", flüsterte Sadie, nachdem er sich wieder von ihr gelöst hatte.

„Es gab ein Gewitter. Erst war es nur ein Zucken am Himmel. Aber dann habe ich ein paar wunderschöne Lippen auf meinen gespürt. Prompt schlug der Blitz ein. Das nennt man höhere Gewalt. Dagegen bin ich leider machtlos."

„Wie gut, dass die gegnerischen Werfer dieses Geheimnis nicht kennen", scherzte sie. „Sie müssten bloß zum Werferhügel gehen und dich auf den Mund küssen."

Er musterte sie misstrauisch. Irgendetwas stimmte hier nicht, Sadie strahlte nicht nur, sie glühte praktisch. „Du siehst aus, als hättest du gerade Tickets für die World Series gewonnen."

„Duke will dich sehen. Du bist nicht ans Telefon gegangen, deshalb rief er mich an."

Der Name seines Managers holte Caleb unsanft in die Realität zurück. Er warf einen sehnsüchtigen Blick in seine einsame Gasse mit dem aufgemalten Wurfziel. „Das kann nichts Gutes bedeuten", murmelte er.

„Kann es durchaus. Na komm. Brauchst du noch Hilfe bei deinen Sachen?"

„Nein, ich hab alles. Wo ist denn dein Wagen? Was machst du um diese Uhrzeit überhaupt hier? Es ist keine sichere Gegend."

„Bleib ganz ruhig. Du benimmst dich wie ein alter Mann“, neckte sie ihn, während er seinen Fanghandschuh in die Sporttasche warf und diese anschließend auf den Rücksitz stellte.

„Ach ja? Soll das eine Herausforderung sein?“

„Vergiss es. Du kannst deine Männlichkeit später unter Beweis stellen. Jetzt sollten wir erst einmal zu Duke fahren. Ich fahre mit dir, wenn du mich nachher zu meinem Wagen bringst.“

„Steht dein Wagen bei mir? Heißt das, du kommst nachher mit rein, damit ich dir auf die gute altmodische Methode meine jugendliche Männlichkeit beweisen kann?“

„Du hast vielleicht eine schmutzige Fantasie.“

„Nur bei dir, Süße. Was dachtest du dir eigentlich dabei, dieses ärmellose Ding da anzuziehen? Ich kann deine wundervollen Nippel darunter erkennen.“

„Kannst du nicht.“

„Dann heb es mal hoch, damit ich es kann.“

Und so ging das Geplänkel weiter während der gesamten Fahrt zum Baseballstadion. Caleb war klar, was Sadie damit bezweckte. Aber ihre Strategie schien zu funktionieren. Denn als das Stadion schließlich in Sicht kam, war er nicht annähernd so verkrampft, wie er es sonst gewesen wäre.

Die Flutlichter waren aus, das heutige Spiel musste also schon vorbei sein.

„Ich hoffe nur, dass alle bereits gegangen sind“, sagte Caleb, als er auf dem Parkplatz hielt. „O verdammt.“

Hier standen noch viele Autos. Nicht alle Spieler besaßen einen eigenen Wagen; viele nutzten Mitfahrgelegenheiten oder gingen zu Fuß. In der Major League brachte ein Fahrservice die Spieler ins Stadion – allerdings hatte das einen versicherungstechnischen Hintergrund. Doch hier, in der guten alten Minor League, machte man alles selbst.

Dabei war er so nah dran gewesen.

Hastig verdrängte er diesen Gedanken und stieg aus dem Jeep. Sadie ging neben ihm und nahm seine Hand. Er fand es ein bisschen eigenartig, dass sie ihn zu dem Treffen mit Duke begleitete.

„Um was geht es denn eigentlich genau?“

„Das wirst du schon noch erfahren.“

Abgesehen davon, dass ihr Lächeln allein das gesamte Stadion zum Leuchten gebracht hätte, beschlich ihn ein ungutes Gefühl. Er mochte Überraschungen nicht. Die meisten in seinem Leben waren unangenehm gewesen. Zum Beispiel die Polizei vor der Tür. Ein plötzlicher Umzug in eine andere Stadt. Die Nachricht, dass man ihn in die untere Liga schicken würde.

Er drückte Sadies Hand. Andererseits hatte ihm Kilby die beste Überraschung seines Lebens beschert. Sadie lächelte ihn an.

Und dann wurde es wirklich merkwürdig. Denn als sie das Stadion betraten, erwartete Lieberman sie. „Duke ist im Clubhaus. Er meint, du müsstest ihn dort finden.“

„Was machst du noch hier? Solltest du nicht längst zu Hause sein und dir ‚Brainiac‘ ansehen?“

„Das zeichne ich auf.“

„Was denn sonst.“ Der Shortstop lief neben ihnen.

„Und? Haben wir heute Abend gewonnen?“

„Sieben zu vier. Farrios Verdienst.“

Farrio. Das war komisch. Der hätte doch längst in der Major League sein müssen, um dort Sullivan bei den Friars zu ersetzen. Caleb spürte, wie sein Mut sank. Vielleicht hatten sich die Friars gegen eine Lösung aus dem Nachwuchsteam entschieden. Vielleicht holten sie sich ihre Spieler jetzt von außen. Was irgendwie verständlich wäre. Es war Anfang August, und die Friars standen noch im Wettbewerb, nur einen Platz hinter den San Francisco Giants. Sie mussten die Mannschaftsaufstellung für das letzte Drittel der Saison noch bekannt geben.

Okay, dachte Caleb. Er durfte jetzt nicht durchdrehen. Irgendeine Lösung würde sich schon finden. Vielleicht konnte er darum bitten, an eine andere Mannschaft ausgeliehen zu werden. Vielleicht konnte er einen Job als Jugendtrainer bekommen. In der Little League trainieren. Bekam man da ein Gehalt, oder war das ehrenamtlich? Das sollte er lieber bald in Erfahrung bringen. Jedenfalls bis formell Anklage gegen ihn erhoben wurde und er wusste, wo er stand.

Sie erreichten die Doppeltür, die ins Clubhaus führte. Sadie zog an seiner Hand, und erst da fiel ihm auf, dass er bei diesen verrückten Überlegungen vermutlich ihre zu fest gedrückt hatte. Gerade als er sich bei ihr entschuldigen wollte, erkannte er, dass sie an genau der Stelle standen, an der sie sich zum ersten Mal begegnet waren. Damals hatte er sie attraktiv gefunden, aber frech. Jetzt fand er sie wunderschön ... und unverzichtbar.

Ihre Augen glänzten, als sie zur Tür zeigte. „Nach dir."

Verwirrt – was sollte das? – stieß er die Tür auf. Lauter Applaus empfing ihn. Verblüfft sah er sich um. In der Umkleidekabine befand sich das gesamte Catfish-Team, um einen langen Buffettisch versammelt. Alle Blicke waren auf ihn gerichtet. Instinktiv wich Caleb einen Schritt zurück und hörte Lieberman jaulen, weil er ihm auf den Fuß getreten war. Sadie ließ seine Hand los und fing an, genau wie die anderen zu applaudieren.

Was zum Teufel war hier los?

Duke trat auf ihn zu und hielt die Zeitung hoch. „Vorabexemplar der morgigen Ausgabe. Soll ich es laut vorlesen, Jungs?"

Einige der Spieler johlten und riefen: „Klar, Duke, mal los!", oder: „Es ist kein Comic. Schaffst du das trotzdem?", und: „Schön ein Wort nach dem anderen."

„Wie wäre es mit einem Interpretationstanz?", schlug Lieberman vor, was bei den meisten anderen für Befremden sorgte.

Duke ignorierte sie alle und schaute auf die Titelseite der Zeitung.

„Auf deinem Kopf", rief Stark.

Murrend setzte Duke seine Brille auf. „Die Schlagzeile lautet: ‚Neue Informationen entlasten Catfish-Werfer'."

Die Spieler stampften mit den Füßen und klatschten. Am liebsten hätte Caleb Duke die Zeitung aus der Hand gerissen, um den Artikel selbst zu lesen. Doch stattdessen rührte er sich nicht vom Fleck, während der Manager vorzulesen begann:

„,Der *Kilby Press Herald* verfügt über explosive neue Informationen, die für eine Wendung im Minor-League-Wettskandal sorgen werden. Noch während diese Zeitungsausgabe in Druck geht, verhört die Polizei Mitglieder der prominenten Familie Wade im Zusammenhang mit illegalen Wetten. Polizeichef Wade verzichtet wegen Befangenheit an jeder weiteren Teilnahme an den Ermittlungen.'"

Für Thurston Hartwell, der bisher als Hauptverdächtiger in diesem Fall galt, dürfte das eine große Erleichterung sein. Seine Anwältin teilte uns mit: ,Die Einzelheiten sind noch unter Verschluss, aber wir arbeiten an einer Einigung, die es meinem Klienten erlaubt, die volle Wahrheit zu sagen.' Außerdem fügte sie hinzu: ,Wir wollen jedoch jetzt schon deutlich klarstellen, dass Caleb Hart zu keinem Zeitpunkt in diese Vorgänge verwickelt war oder auch nur Kenntnis davon hatte. Mein Klient hätte viel früher ausgesagt, nur wurde er von Personen unter Druck gesetzt, deren Namen noch nicht genannt werden können. Der Bezirksstaatsanwalt wird eine gründliche Untersuchung einleiten, auch die Drohungen gegen Thurston Hartwell betreffend.'

Auf die Frage, um welche Art von Drohungen es sich handele, erklärte die Anwältin lediglich, dass es unter anderem um gefälschte Beweise gehe, die Caleb Hart belasten sollten.

Diese brisanten Anschuldigungen haben die politische Führung von Kilby erschüttert. Die Wades sind seit Langem eine sehr einflussreiche Familie. Auch in der Vergangenheit gab es schon Vorwürfe, dass die Wades die Gesetze umgehen würden. Allerdings konnte dies nie bewiesen werden. Bürgermeisterin Trent teilte mit, dass dies sich nun ändern könnte.

„,Mein Wahlversprechen war, die Lebensqualität in Kilby zu erhalten. Daher ist es wichtig, Dinge wie die Einschüchterung von Zeugen, Manipulation von Ermittlungsverfahren oder Rufschädigung von bekannten Persönlichkeiten zu vermeiden. Ich nehme diesen Fall sehr ernst. Und im Namen der Stadt Kilby möchte ich mich jetzt schon einmal bei Caleb Hart entschuldigen. Er ist ein herausragender Baseballspieler. Vor allem ist er aber ein sehr anständiger Mensch, was sein Einsatz für die bedrohte Zehenhornschnecke beweist. Caleb, ich hoffe, Sie zeigen es denen im Stadion von San Diego.'"

An diesem Punkt schaute Duke von der Zeitung auf. Alle im Clubhaus schienen den Atem angehalten zu haben. „Ich habe das schon dem Management gefaxt. Du bist wieder im Spiel, Caleb. Ich hoffe, deine Taschen sind noch gepackt."

Erneut brandete Applaus auf, wurde mit den Füßen gestampft und gejohlt. Caleb sah seine Mannschaftskameraden an. Mike Solo grinste und machte das Victory-Zeichen. Trevor Starks kühles Lächeln entsprach in etwa dem, was Caleb erwartet hatte. Dwight Conner schlug sich mit der Faust vor die Brust und zeigte anschließend auf Caleb. Obwohl er nur einen Teil der Saison mit diesen Männern gespielt hatte, jubelten sie ihm zu.

Dann kamen sie alle zu ihm, um ihm die Hand zu schütteln, ihm auf den Rücken zu klopfen und ihn zu umarmen. Aus dem Augenwinkel sah Caleb, wie Sadie sich eine Träne aus dem Gesicht wischte, während Lieberman wie ein Hase auf und ab hüpfte.

„Zur Feier des Tages haben wir ein bisschen Extraessen aufgefahren", rief Duke und versuchte, den Lärm zu übertönen. „Ein italienisches Restaurant hat Lasagne geschickt, und von Tico Taco haben wir Burritos bekommen. Haut rein, Jungs! Aber geht nach draußen, wenn ihr furzen müsst."

Mehr Applaus folgte, und dann stürmten die Spieler buchstäblich das Buffet. „Ich werde dir etwas Lasagne holen", flüsterte Sadie, die wieder näher zu ihm getreten war und seine Hand genommen hatte. Caleb nickte nur, doch als sie ihn losließ, bereute er es schon. Sadie an seiner Seite war ihm tausendmal lieber als jede Lasagne dieser Welt.

Lieberman gesellte sich zu den anderen am Buffet, doch Mike Solo ging zu Caleb und zog ihn beiseite, außer Hörweite.

Mit gesenkter Stimme sagte er: „Niemand hier hat den Mist geglaubt, der über dich erzählt wurde. Aber das Management hat uns befohlen, den Mund zu halten. Duke berief ein Meeting ein und meinte, es sei leicht, einem die Worte im Mund zu verdrehen, und deshalb sollten wir vorläufig die Klappe halten."

„Ist schon in Ordnung, Mann. Es war ja auch nicht euer Problem."

Trevor Stark, der Caleb noch vor Kurzem in seiner Fantasie als Wurfziel erschienen war, trat zu ihnen, mit seinen raubkatzenhaften Bewegungen, die er auch auf dem Spielfeld zeigte, um Werfer einzuschüchtern. „Na ja, das stimmt nicht so ganz, oder?"

Mike Solo stieß den Schlagmann mit dem Ellbogen an. „Verzieh dich, Trevor. Warum kannst du es nicht mal gut sein lassen?"

„Wovon redest du?", wollte Caleb wissen.

„Du schaust wohl nicht oft auf Facebook vorbei, was?", erwiderte Trevor.

„Nein."

„Stark, geh und iss einen Burrito", entgegnete Mike scharf. „Stopf dir dein Maul mit Bohnen und Fleisch, und hör mal für zwei Minuten auf, ein Arschloch zu sein."

„Ich will nur sichergehen, dass der Mann hier auf dem Laufenden ist. Ich habe zehntausend Likes. Wusstet ihr das?"

„Ja, weil sie dich nicht kennen", knurrte Mike.

„Natürlich kennen sie mich nicht. Nicht mal ihr kennt mich." Angesichts seines bedrohlichen Blicks stellten sich Calebs Nackenhaare auf.

„Willst du uns damit etwas Bestimmtes sagen?", fragte er. „Ich würde mich nämlich sonst gern hinsetzen und mit meiner Freundin zusammen Lasagne essen, während ich über meine bevorstehende Reise nach San Diego nachdenke."

Das saß offenbar, denn Trevors Gesicht wirkte auf einmal angespannt. „Deine Freundin? Du meinst dieses Mädchen hier?" Er zückte sein Handy mit einer Geste, die einstudiert wirkte. Ein Foto war bereits aufgerufen. Caleb wollte es sich nicht anschauen, und er versuchte auch, es nicht zu tun. Stattdessen sah er in Trevors kalte grüne Augen. Doch Sadies Konturen zogen ihn magisch an, so, wie sie es in der Realität tat. Auf dem Bild stand sie im Stadtpark und trug ihr sexy rotes Kleid. Sie hatte dieses Kleid erst vor wenigen Tagen gekauft, das Foto musste also danach aufgenommen worden sein. Und es zeigte, wie Hamilton Wade sie auf die Wange küsste.

„Na und?“, fuhr er Trevor an. „Ein Kuss auf die Wange. Soll ich jetzt eifersüchtig sein, oder was? So ein Typ bin ich nicht.“

„Ist ja süß. Du hast die Post noch nicht gelesen.“

Caleb schob das Handy beiseite. „Die muss ich nicht lesen.“

„Soll ich Duke mal holen, für eine weitere dramatische Lesung? Ach nee, das kann ich selbst machen.“ Trevor fing an, den Text laut vorzulesen, doch Caleb riss ihm das Telefon aus der Hand. Egal, welche Gehässigkeiten darin standen, er wollte nicht, dass jemand es hörte. Also schaute er selbst auf das Handy und versuchte, sich auf die kleine Schrift zu konzentrieren.

Sadie und ich kurz vor unserem NEUEN Sex-Tape! Hatte keine Ahnung, dass sie gleich mit der Presse redet. Hätte lieber was anderes mit dem Mund machen sollen. Spielt keine Rolle. Wir haben gute Anwälte, aber eine Schlampe bleibt nun mal eine Schlampe.

Caleb war wie erstarrt und brachte kein Wort heraus. Es war eine Lüge. Unmöglich. Es musste eine Lüge sein.

„Ein Sex-Tape? Wie wäre es damit?“, fragte Trevor, und die Boshaftigkeit triefte aus jedem seiner Worte. „Jemand hat es mir per E-Mail geschickt. Hab’s gerade hier. Amateurhaft, aber ich bin auch ziemlich anspruchsvoll. Schau’s dir an.“ Trevor nahm ihm das Telefon wieder ab, drückte einen Knopf, und ein Video erschien im Display. Hinter dem Play-Pfeil in der Mitte des Bildschirms erkannte Caleb verschwommen Sadies nackten Oberkörper und lange dunkle Haare.

Prompt sah er rot, genau wie in dem Moment, als er sich auf der Tribüne auf Bingo gestürzt hatte. „Nimm das weg", brachte er mit heiserer Stimme hervor.

„Du hast es dir ja noch nicht einmal richtig angesehen. Ich hatte keine Ahnung, dass unser Cupcake-Girl so was draufhat."

Trevor berührte mit dem Daumen das Display, und ein körniges Video lief. Man sah, wie Sadie ihren schwarzen Spitzen-BH öffnete. Ihre Brüste sprangen heraus, ein anerkennender Pfiff war zu hören, dazu ein „Ja, beweg dich, Sadie-Baby". Sie hob die Arme und drehte sich wie eine Stripperin, allerdings wirkte sie etwas verlegen, während Hamilton, mit dem Rücken zur Kamera, die Hand auf seinen Schritt legte.

Caleb holte aus, um Trevor das Telefon aus der Hand zu schlagen, doch der ließ es blitzschnell wieder in der Tasche verschwinden.

„Lösch diesen Mist", presste Caleb hervor.

„Klar, Mann. Nur wird es per E-Mail schon in der ganzen Stadt verschickt. Ich dachte mir nur, du wolltest wissen, wie man dich entlastet hat. Oder hast du deine Freundin selbst hingeschickt, um die Drecksarbeit für dich zu erledigen? Eine kleine Nummer, um Hamilton ein Geständnis zu entlocken? Nicht schlecht, diese Art von Unterstützung. Echt, gute Arbeit."

Mike warf sich zwischen Caleb und Trevor.

„Das reicht jetzt, Stark", warnte er. „Du verdammter Drecksack."

„So bin ich nun mal", erwiderte Trevor und grinste höhnisch. „Ist das Geheimnis meines Erfolges."

Doch Caleb hörte schon nicht mehr zu. Er sah zu Sadie, die an dem langen Buffettisch stand, wo sie mit T. J. Gates plauderte, während sie eine Gabel unter ein Stück Lasagne schob. Sie hob es hoch, und lange Käsefäden baumelten daran. Also hob Sadie das Stück noch höher, damit die Käsefäden abrissen, doch es funktionierte nicht. Das brachte sie zum Lachen, und sie lachte auf diese kehlige, fröhliche Art, dass alle um sie herum einstimmen mussten. Es schien so etwas wie eine magische Gabe zu sein. Einige Catfish-Spieler musterten sie neugierig, und Caleb fragte sich, wie viele von ihnen das Video gesehen hatten.

Ein Sexvideo. Sadie im Park, in ihrem neuen roten Kleid. Wie sie Hamilton küsste. Ein Sex-Tape. Nackte Haut. Langes Haar. SEX-TAPE.

Er versank, wurde hinabgezogen in einen tiefen dunklen Strudel, wohin weder Licht noch Lachen reichten. Mit einem Ruck riss er sich von Mike und Trevor los. Mike rief ihm etwas hinterher, Trevors Gelächter folgte ihm, doch nichts davon spielte noch eine Rolle. Er brauchte Luft. Luft und Gras und Erde.

Caleb rannte den Flur entlang, stieß die Tür auf, die zum Mannschaftsunterstand führte. Nachts schien das Spielfeld kleiner zu sein, gebändigt und schläfrig. Das einzige Licht spendeten die Mondsichel am Himmel über den Tribünen und die Beleuchtung in den Unterständen.

Als er den Spielfeldrand erreichte, blieb er stehen, zitternd und heftig atmend. Es konnte nicht wahr sein. So etwas würde Sadie nicht tun. Es musste eine Erklärung dafür geben. Aber er hatte es mit eigenen Augen gesehen. Er musste nachdenken. Musste irgendwie dahinterkommen.

„Caleb?"

Verdammt! Sie war ihm gefolgt. Er konnte jetzt nicht mit ihr reden, konnte sie nicht einmal ansehen. Wenn er jetzt mit ihr sprach, würde er etwas Schlimmes sagen. „Geh weg, Sadie."

Sie sog scharf die Luft ein, als hätte ihr gerade jemand einen Dolch in den Rücken gerammt. „Was ist denn los? Warum feierst du nicht mit den anderen?"

Feiern? Ja, klar, er sollte es feiern, dass man ihn zum Gespött gemacht hatte. Feiern, dass Trevor Stark ihm das „Sex-Tape" vor die Nase gehalten hatte. „Ich brauche einen Moment für mich", brachte er mit erstickter Stimme hervor. „Gib mir einfach eine Minute Zeit."

„Aber … Rede mit mir, Caleb. Bau keine Mauer zwischen uns. Ich möchte ein Teil davon sein. Egal, um was es geht. Selbst wenn es etwas wirklich Schlimmes ist."

Er stand kurz davor, zu explodieren. Das wollte er nicht, denn er wollte sie nicht verletzen. Doch wenn sie noch eine Sekunde länger blieb, noch ein Wort mehr sagte, würde es vielleicht passieren. Er versuchte es noch einmal. „Später."

„Caleb …"

Und dann brachen alle Dämme. „Du bist zu deinem Ex gegangen." Er konnte den Namen nicht aussprechen. Auch nicht das Wort „Tape".

„Ja, das stimmt. Ich habe es getan, weil …"

„Du hast mir versprochen, dich aus der Sache herauszuhalten."

„Ich weiß, aber …"

„Trotzdem bist du hinter meinem Rücken hingegangen. Zu diesem Dreckskerl."

„Ich musste es tun. Ich musste sein Geständnis auf Band haben."

„Du hast also dieses Band gemacht."

„Ja. Das musste ich. Ich weiß, dass es vor Gericht nicht als Beweismittel zugelassen wird, und es ist ja auch ein bisschen hinterhältig, das zu machen. Aber es reichte als Druckmittel gegen Dean Wade, um einen Deal auszuhandeln. Ich habe die Aufnahme gemacht, um dir zu helfen, nicht, weil es mir besonders viel Spaß gemacht hätte."

Alles, was sie sagte, verschlimmerte es nur noch. Es stimmte also tatsächlich – sie hatte sich für dieses Tape hergegeben. Die Worte „Sex-Tape" schwirrten ihm erneut durch den Kopf und schienen ihn zu verspotten. Sie hatte erotische Aufnahmen mit ihrem Exfreund gemacht. *Mit Hamilton Wade.* Das konnte er einfach nicht fassen, konnte es nicht mehr hören. Konnte Sadie nicht mehr ansehen. „Geh. Bevor ich etwas sage, das ich nicht mehr zurücknehmen kann."

„Aber …"

Er drehte sich zu ihr um und ließ sie seinen Schmerz und seine Fassungslosigkeit voll spüren. „Geh endlich! Verschwinde einfach!"

Er sah noch, wie sie leichenblass wurde, ehe sie sich abwandte und über das Spielfeld davonrannte. Sobald sie fort war, versank er wieder in diesem dunklen Strudel.

26. KAPITEL

Sadie konnte sich hinterher nicht mehr richtig daran erinnern, wie sie nach Hause gekommen war. Sie war sich ziemlich sicher, dass Mike Solo sie gefahren hatte. Vage erinnerte sie sich an eine Unterhaltung über Schnecken, ausgerechnet. Als spielten die noch irgendeine Rolle. Als spielte überhaupt noch irgendetwas eine Rolle. Calebs verächtliche Miene und der abfällige Ton, in dem er sie angebrüllt hatte, dass sie endlich verschwinden sollte, waren tief in ihre Seele eingebrannt.

Sie hatte nicht das Gefühl, dass sie sich jemals wieder davon erholen würde.

Gerade als sie ein wenig Selbstachtung zurückgewonnen hatte, machte er mit einem einzigen Blick aus diesen stahlgrauen Augen alles wieder kaputt.

Nachdem sie in ihr Zimmer geschlafwandelt war, brachte sie nicht einmal mehr die Kraft dazu auf, sich auszuziehen. Sie kroch unter die Decke und kuschelte sich in die hinterste Ecke ihres Bettes, die Arme um Pugsley geschlungen, den großen Panda, den ihr Vater auf dem Jahrmarkt gewonnen hatte. Pugsley hatte sie wenigstens noch nie betrogen, obwohl sie ihm die Pfoten mit Nagellack angemalt und sein Fell vollgekrümelt hatte.

Was sagte das eigentlich über sie aus, dass sie bei einem Stoffpanda mehr Glück hatte als bei echten Männern? Nichts Gutes, so viel war sicher.

Hast du deine Lektion jetzt endlich gelernt?

Tränen liefen ihre Wangen hinunter, aber es waren Tränen des Zorns, nicht des Schmerzes. Während sie fielen, fühlte es sich an, als würde eine Eisschicht in ihrem Inneren entstehen und den Platz ausfüllen, an dem Caleb ihr das Herz herausgerissen hatte.

Dummes Huhn, schalt sie sich. *Von jetzt an halte dich an diese Regeln: Lass dich nie wieder mit einem Mann ein. Das ist nicht mehr erlaubt. Mit keinem, egal wie verlockend er sein mag. Geh an die Uni und studiere Jura. Das ist deine Mission. Mach deinen Abschluss. Verschwinde aus Kilby. Besorg dir einen Job. Pass auf dich auf. Kümmere dich um deine Mutter. Bring auch sie aus der Stadt. Tu etwas Nützliches. Hilf Menschen. Keine Männer mehr.*

„Nur du, Pugsley“, flüsterte sie. „Du kannst bleiben.“

Irgendwann driftete sie in einen leichten Schlaf, aus dem sie mit brennenden Augen erwachte. Noch immer in der Kleidung vom gestrigen Abend, ging sie ins Wohnzimmer, wo ihre Mutter sich eine Bastelsendung ansah, in der es um Vogelfuttervorrichtungen ging.

„Sadie! Musst du denn heute gar nicht zur Arbeit?“

„Hab frei.“ Sie setzte sich auf die Couch und schaute abwesend auf den Bildschirm, während sie den prüfenden Blick ihrer Mutter förmlich spüren konnte.

„Ist alles in Ordnung?“

„Klar“, antwortete sie automatisch, denn die Wahrheit konnte sie ihr nicht sagen. Die Frau im Fernsehen bohrte ein Loch in den Boden eines Joghurtbechers. „Coole Futtervorrichtung.“

Sie saßen eine Weile schweigend nebeneinander, während Sadie die Energie aufzubringen versuchte, so zu tun, als wäre wirklich alles in Ordnung. Die Bewegungen der Basteldame im Fernsehen waren einschläfernd und die langwierigen Bastelanweisungen seltsam beruhigend.

„Wir sollten so was auch machen“, schlug sie ihrer Mutter vor.

„Meinst du?“ Ihre Mom klang skeptisch, doch Sadie sah es deutlich vor sich: Sie beide würden Vogelfutterstellenbastlerinnen werden, die Männer meiden und sich für alle Zeit von der Welt absondern. Wäre doch gar nicht so schlimm.

Schließlich stand Sadie auf und ging zurück in ihr Zimmer.

Es war Viertel nach zwölf. Inzwischen musste Caleb im Flugzeug nach San Diego sitzen. Auf dem Weg zu seiner wundervollen Karriere, die er zu einem nicht ganz kleinen Teil auch ihr zu verdanken hatte.

Wut stieg in ihr auf, so heftig, dass sie zitterte und sich an der Wand abstützen musste. Sie sank zu Boden und suchte nach ihrer Handtasche. Als sie ihr Handy gefunden hatte, scrollte sie durch die Kontaktliste, fand Calebs Nummer und blockierte sie. So!!! Nie wieder würde sie mit ihm reden müssen. Er war genau wie alle anderen, nur noch schlimmer, denn er behauptete, anders zu sein. Sie hatte ihm vertraut und sich ihm geöffnet, und er hatte sie einfach verurteilt, ohne sie auch nur anzuhören.

Vergiss ihn, ermahnte sie sich unerbittlich. *Lösch jede noch so kleine Erinnerung aus deinem Gedächtnis. Weg. Für immer weg.*

Nachdem sie seine Nummer blockiert hatte, löschte sie seinen Namen. Es schnürte ihr die Kehle zu, als sie ihn vom Display verschwinden sah, doch das ignorierte sie. Ein paar Leute hatten angerufen – Donna zum Beispiel –, aber sie schaute nicht in deren SMS. Stattdessen schleppte sie sich wieder ins Bett und kuschelte sich an Pugsley.

Ihre Mutter klopfte an die Tür, einmal, zweimal, später noch einmal. Sadie antwortete nicht.

Erneut schlief sie ein. Schlafen tat gut. Sie könnte sich daran gewöhnen. Sie musste wirklich mal mehr schlafen. Am besten überhaupt nicht mehr aufstehen. Vielleicht hatte ihre Mutter am Ende doch recht.

Als sie aufwachte, war es dunkel und das Haus totenstill. Sadie fühlte sich zittrig und schwach – wann hatte sie eigentlich zum letzten Mal etwas gegessen? – und begab sich auf den Weg in die Küche. Im Dämmerlicht kam sie sich vor wie ein Geist. Der Geist der alten Sadie. Sie schaltete das Licht ein und entdeckte eine Nachricht von ihrer Mutter oben auf dem Poststapel: *Nachtschicht bei Kroger. Du solltest die Post mal durchsehen. Hab dich lieb, Wondergirl.*

Ihre Mutter hatte sie seit der fünften Klasse nicht mehr „Wondergirl“ genannt.

Sadie schaute unter den Zettel mit der Nachricht und fand einen Stapel Broschüren von Universitäten. Backsteingebäude, strahlende Gesichter, seriöse Schrift. Diese Briefe hatte ihre Mutter bisher stets versteckt. Es gefiel ihr nicht, dass Sadie Jura studieren wollte. Sie fand, es sei zu hart. Vielleicht hatte sie auch Angst davor, dass ihre Tochter fortgehen und nicht wiederkommen würde.

Doch was Sadie hier vor sich sah, waren Hochglanzseiten voller ... Hoffnung. Die Aufforderung, ihre Zukunft zu gestalten. Abgesegnet von ihrer Mutter.

Als hätte sich eine Schleuse geöffnet, rannen ihr die Tränen über die Wangen.

Benommen setzte sie sich und blätterte die Kataloge durch. Anfangs fand sie die Fotos von den Studenten in der Bibliothek oder im Hörsaal entmutigend. Alle sahen so energisch und selbstsicher aus. Keiner von denen hatte ein peinliches Geheimnis oder litt an Selbstzweifeln. Dann fiel ihr jedoch ein Foto auf. Es zeigte eine Rechtsberatungsstelle, in der die Studenten ehrenamtlich tätig waren. Eine ausländisch wirkende junge Frau und ihre Mutter hörten konzentriert einer Studentin zu, die ihnen Formulare erläuterte.

Ja, dachte Sadie. Genau das wollte sie. Sie wollte etwas wissen, kompetent sein, respektiert. Sie wollte Hilfsbedürftigen zur Seite stehen. Sie wollte sein wie diese Studentin, die jemandem das Mietrecht erläuterte oder eine gerichtliche Verfügung.

Neue Energie erwachte in ihr. Hamilton hatte sie zum Opfer gemacht. Sie hatte sich bei seiner Schmutzkampagne hilflos gefühlt, absolut unterlegen. Aber hatte sie den Spieß nicht umgedreht? Jetzt war er derjenige, der Mühe hatte, sich zu verteidigen. Was machte es da schon, wenn Caleb ein Problem damit hatte – auch wenn sie den Grund dafür noch immer nicht verstand. Aber egal. Wichtig war nur eins: Sie hatte sich nicht einschüchtern lassen, sondern die Waage der Gerechtigkeit wieder ausbalanciert. Und wenn Caleb das nicht gefiel, konnte er sie mal.

Der Gedanke an ihn brachte jedoch den Schmerz zurück, und der war so tief, dass Sadie sich zusammenkrümmte und die Stirn auf den Tisch legte. Sie atmete schnell und flach, denn mehr ließ ihre zusammengeschnürte Brust momentan nicht zu. Einatmen, ausatmen. Einatmen, ausatmen. Die Uhr über dem Herd tickte. Eine kleine rote Ameise krabbelte über den Tischrand. Der Kühlschrank summte. Einatmen, ausatmen.

Caleb hatte sie viel tiefer verletzt, als Hamilton das je vermocht hatte. Ham hatte sie bloßgestellt und gedemütigt – aber er hatte ihr nicht das Herz gebrochen.

Caleb schon.

Jetzt musste sie die Stücke wieder zusammenfügen und herausfinden, wie sie weiterleben konnte.

Strike! Der Ruf des Schiedsrichters war Musik in Calebs Ohren – genau wie das Ploppen, mit dem sein Fastball im Handschuh von Juan Patron landete. Juan, der Fänger der Friars, warf den Ball zurück, und Caleb fing ihn. Dann machte er ein paar Lockerungsübungen auf dem Werferhügel, während er auf den nächsten Schlagmann wartete.

Bis jetzt war sein erstes Spiel als Nummer 27 der San Diego Friars Lichtjahre von seinem Start als Catfish entfernt. Seltsamerweise war er nicht einmal nervös gewesen, als er auf den Werferhügel trat. Seit dem ersten Wurf war er hoch konzentriert und so gelassen wie noch nie seit Beginn seiner Profikarriere. Das Publikum liebte es. Große Plakate, auf denen ein riesiges K prangte – das Symbol der Baseballfans für „Strikeout" –, hingen von der Tribüne, doch Caleb versuchte sie zu ignorieren. Ein Schlagmann nach dem anderen. Ein Wurf nach dem anderen.

Der nächste Batter kam zur Plate, ein großer Rechtshänder namens Trask Brown. Brown nahm Aufstellung wie ein finsterer Angreifer, und zum ersten Mal zögerte Caleb. Die Haltung des Typen erinnerte ihn an Trevor, er schien sich nach einem fiesen Ball regelrecht zu sehnen. Und sein Nachname … Brown … wie der Reporter in Kilby.

Ball Nummer eins flog so hoch, dass Juan Patron springen musste, um ihn zu erreichen. Der Fänger machte ein Zeichen, er solle die Bälle flacher werfen, ehe er ihn zu Caleb zurückwarf.

Genau. Halt ihn flach. Genialer Rat.

Blende es aus. Der Kerl war nicht Trevor, und das hier war nicht Kilby. Caleb nahm sich einen Moment, um den Blick durch das Stadion der Friars schweifen zu lassen, mit seinen dreistöckigen Tribünen und gigantischen Anzeigetafeln. Zweiundvierzigtausend Menschen waren heute Abend zu dem Spiel gekommen. Zweiundvierzigtausend Menschen schauten ihm zu.

Er konnte es sich nicht leisten, jetzt an Kilby zu denken. Denn Kilby war gleichbedeutend mit Sadie. Und Sadie bedeutete …

Patron forderte per Zeichen einen Curveball. Caleb bog den Oberkörper nach hinten und warf, doch der Batter schlug nach dem Ball wie nach einem Moskito, sodass er ins Aus ging. Strike one.

Der Schlagmann nahm wieder seine Position ein, schwang den Schläger und bohrte die Stollen seiner Schuhe in die Erde, bereit für den nächsten Wurf. Caleb sah den Namen Brown quer über den breiten Schultern. *Brown.* Warum musste der so heißen?

Patron forderte einen Fastball, und Caleb tastete die Nähte des Balls ab, platzierte den Zeigefinger und den Mittelfinger darauf. Burwell Browns Artikel hatte ihn von jedem Verdacht freigesprochen. Und Brown berief sich darin auf Informationen, die ihm eine „den Wades nahestehende Person" geliefert habe.

Sadie.

Der Fastball flog an Brown vorbei, der den Schläger so heftig schwang, dass er beinah eine komplette Drehung machte. Die Menge tobte.

Caleb empfand nichts. Eine Benommenheit überkam ihn jedes Mal, sobald er an Sadie dachte. Nichts von alldem ergab einen Sinn. Er kannte diese Frau in- und auswendig, aber möglicherweise auch wieder nicht. Vielleicht hatten sie sich zu schnell miteinander eingelassen. Vielleicht hatte er sich zu schnell in sie verliebt. War denn niemand so, wie er auf den ersten Blick zu sein schien? Hatte Bingo etwa recht, und jeder war ein Betrüger? Caleb schaffte es nach wie vor nicht, an diesen Film zu denken. Eigentlich hatte er Mike Solo bitten wollen, sich dahinterzuklemmen und die ganze Geschichte in Erfahrung zu bringen. Wenn er wusste, was genau das Video zeigte, würde es ihn vielleicht nicht länger in den Wahnsinn treiben. Aber als er diesen Entschluss gefasst hatte, hatte Caleb bereits im Flugzeug nach San Diego gesessen, deshalb war er nicht mehr dazu gekommen. Und einen Tag später stand er bereits auf dem Werferhügel und trat in seinem wichtigen ersten Spiel für die Friars an.

Außerdem hatte Sadie auch noch unglaublich stolz geklungen, als sie von der Aufnahme erzählt hatte. Wie, bitte schön, sollte er das denn deuten?

Obwohl Patron einen weiteren Curveball forderte, ignorierte Caleb ihn und gab es ihm entsprechend zu verstehen, deutlich, denn ein Fänger konnte ernsthaft verletzt werden, wenn er sich auf den falschen Wurf vorbereitete. Und wenn der Ball außer Kontrolle geriet, war der Gegner in der Lage, zu punkten. Doch Caleb brauchte die Geschwindigkeit, er musste sich abreagieren, also entschied er sich für einen Fastball, den Brown auf die linke Spielfeldseite schlug.

Alle Augen verfolgten die Flugbahn des Balles, der hoch über die Third Base hinwegsauste. Erst danach senkte er sich langsam ... auf die offene Tribüne zu ... nein, doch aufs Spielfeld. Die Fans sprangen auf, reckten die Hälse. Die Spieler schauten zu, bis auf Brown, der schon an der First Base vorbeigerannt war. Der Leftfielder kletterte praktisch die Bande hoch, um mit ausgestrecktem Fanghandschuh den Ball zu erwischen. Das ganze Stadion bebte, als es ihm gelang. Brown fluchte laut und marschierte vom Spielfeld.

Die Friars trotteten zurück zum Mannschaftsunterstand. Caleb bekam von irgendwem einen Klaps auf den Po, hörte ein zorniges „Was sollte denn das?“ von Patron, aber nichts von alldem hatte irgendeine Bedeutung für ihn.

Er empfand nichts.

Nach dem Spiel, das die Friars gewannen, duschte er schnell und verließ das Clubhaus, um sich mit Tessa und den Zwillingen zu treffen. Er hatte sie extra für dieses Spiel herfliegen lassen, und sie würden in seinem Hotel übernachten. Obwohl ihm alle verdammten Spieler des Teams, jeder Trainer und stellvertretender Manager gratulierten, fühlte Caleb nichts.

Er fühlte nichts, bis er das Spießrutenlaufen durch die Reihen der Fans mit ihren Autogrammwünschen absolviert hatte und Tessa mit den beiden Jungen weiter hinten in der Menge beim Ausgang für die Spieler entdeckte. Die Zwillinge liefen begeistert auf ihn zu und klatschten ihn ab, doch Tessa hielt sich zurück. Als er genug mit den Jungen herumgealbert hatte, wandte er sich an seine Schwester.

„Keine Glückwünsche?"

„Doch, klar." Sie umarmte ihn kurz und fest, dann überraschte sie ihn mit einer Kopfnuss. „Herzlichen Glückwunsch dazu, dass du so ein Idiot bist."

„Wie bitte?"

„Jungs, zieht mal los und holt euch ein Autogramm oder so was."

„Caleb, gibst du uns ein Autogramm?"

„Von jemand anderem natürlich."

Die Zwillinge rannten los und ließen Caleb und Tessa allein. „Mike Solo hat mich angerufen. Er sagt, Trevor erzähle jedem, Sadie habe ein Sexvideo gedreht, und du würdest es nicht bestreiten."

Caleb machte einen Schritt rückwärts. Seine Schulter pochte nach hundertundzwei Würfen. „Das Sexvideo hat nichts mit mir zu tun. Das war jemand anders."

Tessa sah aus, als wollte sie ihm eine weitere Kopfnuss verpassen, doch stattdessen stampfte sie nur mit dem Fuß auf. „Glaubst du wirklich, Sadie würde so etwas machen? Hast du eigentlich den Verstand verloren?"

Er starrte seine Schwester an, deren kurzes blondes Haar vom Wind zerzaust wurde. Noch immer kamen Spieler aus dem Stadion, und die wartenden Kids bettelten um Autogramme. Das Geräusch vom Parkplatz fahrender Autos mischte sich mit dem Geplapper und Lachen glücklicher Fans. Das war die Atmosphäre eines Major-League-Stadions. Kilby kam Caleb sehr weit weg vor. „Ich habe es gesehen. Stark hatte es auf seinem Handy."

„Du hast deine Informationen von diesem Arsch? Ohne sie noch mal zu überprüfen? Ich habe Mike noch mal angerufen, und Mike hat mit Sadies Freundin Donna gesprochen. Dieses Video ist alt. Es stammt aus der Zeit, als Sadie mit ihrem damaligen Freund zusammen war. Er hat es heimlich gedreht und später per E-Mail verschickt, nachdem sie mit ihm Schluss gemacht hatte. Laut Donna wollte Sadie ihm damit einen Geburtstagswunsch erfüllen. Ein alberner Striptease, den er aufnahm, weil er ein elender Armleuchter ist. Das war einer seiner Racheversuche, nachdem sie ihn verlassen hatte."

Ein schreckliches Gefühl breitete sich in Calebs Innerem aus. Er erinnerte sich daran, wie Sadie ihm auf Crush Taylors Party etwas von einem „wirklich peinlichen Video" zugeflüstert hatte. Sie hatten nie mehr weiter darüber geredet.

Aber das konnte nicht wahr sein. „Nein, Tessa. Sie hat es selbst zugegeben. Sie hat mir gesagt, sie habe etwas aufgenommen, um Hamiltons Geständnis zu bekommen."

Diesmal schubste Tessa ihn sogar. „Na klar hat sie etwas aufgenommen. Mit einem Diktiergerät! Hast du keine Berichte mehr über den Fall gelesen?"

„Nein, ich hatte keine Zeit. Ein paar Stunden später saß ich schon im Flieger."

„Darin heißt es eindeutig, bei dem Mitschnitt handle es sich um eine Unterhaltung in einem öffentlichen Park, die per Diktiergerät aufgenommen worden sei. Hast du Sadie überhaupt die Chance gegeben, dir das zu erklären?"

Er sah Sadies Gesicht vor sich, als er ihr gesagt hatte, sie solle verschwinden. Sie hatte verstört und entsetzt ausgesehen. Und leichenblass. Was hatte er nur getan?

„Um Himmels willen. Ich hab's vermasselt." Er beugte sich vor, von Übelkeit übermannt, und stützte die Hände auf die Knie.

„Kann man wohl sagen."

„Nein, du verstehst nicht." Er hatte es *richtig* vermasselt, indem er genau das getan hatte, was alle anderen Sadie angetan hatten. Er hatte voreilige Schlüsse gezogen, sie verurteilt und verachtet, ohne ihr die geringste Chance zu geben. „Das wird sie mir niemals verzeihen."

„Tja, du solltest lieber etwas unternehmen. Denn ich mag Sadie. Im Augenblick sogar mehr als dich."

Caleb musste zugeben, dass es ihm gerade genauso ging. „Ich muss sie anrufen. Wo steht dein Mietwagen? Wir treffen uns dort. Gib mir ein paar Minuten."

Tessa zeigte auf einen Wagen, aber Caleb registrierte gar nicht, welchen genau sie meinte, denn er wählte bereits Sadies Nummer. Alles, was er bekam, war ein Besetztzeichen. Er ging eine Weile auf dem Parkplatz hin und her, kickte eine leere Bierdose und eine sorgfältig ausgefüllte Wertungskarte aus dem Weg. Was immer auf dieser Karte stehen mochte, es war falsch.

Die einzige Punktezahl, die es für Caleb Hart geben konnte, war eine fette Null.

Nach einer Minute versuchte er es erneut bei Sadie. Wieder das Besetztzeichen. Zwei Minuten später dasselbe. Da dämmerte es ihm. Sie hatte seine Nummer gesperrt.

Er sah, wie die Zwillinge in einen Ford Taurus stiegen, und rannte zu seiner Familie. „Tessa, ich brauche dein Telefon."

Mit skeptischer Miene gab sie es ihm. Diesmal bekam er kein Besetztzeichen, dafür aber Sadies Voicemail in ihrer sanften heiseren Stimme: „Bitte hinterlassen Sie eine Nachricht." Als er sie hörte, zog sich alles in ihm zusammen. Wie schlimm hatte er sie verletzt? „Sadie, hier spricht Caleb. Bitte ruf mich zurück. Ich muss mit dir reden. Bitte. Dies ist Tessas Handy. Du kannst sie oder mich anrufen. Aber bitte ruf an. Es tut mir leid."

Es tut mir leid. Das reichte nicht annähernd. Er musste mehr sagen, viel mehr. Aber er musste es auch richtig machen. Per Voicemail war definitiv nicht der richtige Weg. Es überhaupt am Telefon hinzubekommen, würde schwer sein. Außerdem wollte er sie sehen, sie berühren, sich ihr zu Füßen werfen.

Er warf Tessa das Telefon zu.

„Steig ein", forderte ihn seine Schwester mit dem ersten Anflug eines Lächelns auf. „Du hast uns ein Abendessen versprochen."

Benommen stieg er auf der Beifahrerseite ein, doch selbst das erinnerte ihn an Sadie und an ihren kleinen Corolla, in den er sich hineingequetscht hatte, um mit ihr zum See zu fahren und sich den Lebensraum der Schnecken anzusehen.

Bilder zogen vor seinem geistigen Auge vorbei. Die scheue Art, mit der Sadie sich ihr Top ausgezogen und ins Wasser gesprungen war, noch ehe er ihren schlanken sexy Körper ausgiebig hatte bewundern können. Oder wie sie beide sich küssten, während seine Zehen sich in den weichen Boden des Sees gruben. Oder wie sie sich hinter ihm versteckt hatte und nur ihr Kopf aus dem Wasser schaute. Anschließend war sie durch den Schlamm gewatet, um ihren BH zu holen.

Und was war mit der Szene, als sie ihn verblüfft angesehen hatte, nachdem er die Augenbinde hervorgeholt hatte? Ihre Bereitwilligkeit und Unbedarftheit, mit der sie sich seiner sexuellen Initiative überlassen hatte. Es war durchaus vorstellbar, dass sie, mehr im Scherz, ein Geburtstagsvideo drehte. Aber absichtlich ein Sex-Tape hinter seinem Rücken? Auf keinen Fall. Was hatte er sich bloß gedacht? Tessa hatte recht. Dieser Gedanke war lächerlich.

Er stöhnte laut.

„Langsam wird's dir klar, oder?" Tessa trat auf die Bremse, wenige Zentimeter vor einem Geländewagen mit einem Aufkleber, auf dem stand: ICH HABE KEIN LEBEN. MEINE KIDS SPIELEN BASEBALL.

„Ich bin so ein Arschloch."

Die Zwillinge auf dem Rücksitz brachen in Gelächter aus, und diesmal tadelte Tessa ihn ausnahmsweise nicht für seine Ausdrucksweise. Vielleicht, weil sie ganz angebracht war.

„Was wirst du tun?"

„Weiter versuchen, sie anzurufen. Irgendwann muss sie ja mal mit mir reden."

„Nein, muss sie nicht."

Er verlagerte sein Gewicht und versuchte, seine Beine in dem Taurus bequemer unterzubringen. „Was schlägst du denn vor? Ich kann ja schlecht einfach nach Kilby zurückfliegen. Ich bin jetzt bei den Friars. Ich muss mich reinknien und denen zeigen, dass ich dazugehöre."

Tessa antwortete nicht, während sie den Wagen an der langen Schlange der Autos vorbeimanövrierte, die ebenfalls den Stadionparkplatz verließen. Die Friars hatten für Caleb ein Zimmer im nahe gelegenen Millennium Hotel gebucht – nur einer der Unterschiede zwischen dem Lebensstil der Major League und dem, was er von der Minor League kannte. In einigen Tagen würde sein Team einen Charterjet besteigen und zu einer Serie von drei Auswärtsspielen gegen die Braves starten.

Doch momentan interessierten ihn die Fünfsternehotels und Luxusjets nicht im Geringsten. Für ihn zählte nur das, was Tessa ihm in Bezug auf Sadie raten würde.

„Es liegt ganz allein bei dir", antwortete sie schließlich, als sie auf den Freeway einbog. „Ich weiß, was dir das hier bedeutet, und uns auch. Du hast diese Chance verdient. Und du wirst es großartig hinbekommen. Du bekommst deinen Vertrag, da habe ich gar keine Zweifel. Dies ist deine Bestimmung, Caleb."

Er wartete darauf, dass noch mehr kam, eine Erklärung, wie er die Dinge mit Sadie wieder in Ordnung bringen konnte. „Das ist alles? Mehr hast du mir nicht zu sagen? Keine kleine Lektion oder ein Tipp?"

„Nö. Du hast dir diesen Schlamassel selbst eingebrockt. Viel Glück."

27. KAPITEL

„Du bewegst deinen Hintern besser ins Roadhouse, denn diese Band ist der Hammer!“, schrie Donna am Telefon und war wegen des wummernden Basses kaum zu verstehen.

„Ich bin schon im Bett, also vergiss es.“ Sadie lag unter ihrer Decke, in Schlafshorts und Tanktop. Den Tag hatte sie damit zugebracht, sich online Bewerbungsunterlagen für das Jurastudium anzusehen, einen Termin für ihre Aufnahmeprüfung zu organisieren und sich in den linken Arm zu kneifen, wann immer sie an Caleb dachte. Eine schmerzvolle Methode, aber etwas anderes fiel ihr nicht ein. „Was soll überhaupt das ständige Partyfeiern in letzter Zeit? Was ist denn los mit dir?“

Es folgte ein kurzes Schweigen, dann: „Na schön, da ist etwas, das ich dir sagen will. Etwas Wichtiges. Kommst du zum Roadhouse?“

Es war also doch etwas im Busch, und wenn sie Donnas Aufforderung nicht folgte, würde sie die ganze Geschichte nicht erfahren. „Okay. Aber warum dort? Es ist zu laut.“

„Weil Mut dazugehört. Von der flüssigen Sorte.“

„Alles klar. Bleib, wo du bist, ich bin in zehn Minuten da.“

Sadie legte auf, betrachtete für einen Moment die hypnotisierenden Drehungen des Deckenventilators und sprang schließlich aus dem Bett. Ein gebrochenes Herz bedeutete schließlich nicht den Tod. Sie war eine starke, unbesiegbare Frau. *Nimm dies, Caleb Hart!*

Es dauerte länger als zehn Minuten, aber dann betrat sie das Roadhouse in einem Hammer-Outfit, zu dem ein gerüschtes Top im viktorianischen Stil gehörte, ein Paar knappe Shorts sowie ihre roten Lieblingsstiefel, die stets ihr Selbstbewusstsein stärkten. *Ja, nimm auch das, Caleb Hart.*

Am Eingang wartete sie, bis der Türsteher ihr einen Stempel auf die Hand gedrückt hatte. Sein anerkennendes Zwinkern verlieh ihr weiteren Mut. *Und nimm das, du Starpitcher.* Sie trat ein und genoss zum ersten Mal die ihr geltenden Blicke. Nur weil sie eines Tages eine höchst erfolgreiche Anwältin sein würde, hieß das nicht, dass sie nicht auch ein bisschen Spaß haben konnte. Nach dem ganzen Mist, der hinter ihr lag, verdiente sie das. Sobald sie einen halbwegs gut aussehenden Typen entdeckte, würde sie mit ihm auf die Tanzfläche gehen und feiern. Die Band, eine Art Ska-Swing-Gruppe mit klasse Bläsern, war hinreißend. Sadie spürte den Beat im ganzen Körper.

Doch zuerst hielt sie nach Donna Ausschau. Als sie endlich im Scheinwerferlicht ihren roten Schopf entdeckte, sank ihr Mut. Eine vertraute Gestalt beugte sich gerade über sie, und es sah bedrohlich aus: Hamiltons Cousin Jared. An Donnas anderer Seite stand ein weiterer Wade-Cousin, an dessen Namen Sadie sich momentan nicht erinnern konnte. Rasch ließ sie den Blick über die anderen Männer in der kleinen Gruppe schweifen, die sich um Donna geschart hatte. Es handelte sich ausschließlich um Wades oder „Freunde" der Wades. Hamilton selbst lungerte am Rand der Gruppe herum. Und kein einziger von ihnen lächelte.

Sofort eilte Sadie zu ihrer Freundin, die warnend den Kopf schüttelte, als sie Sadie auf sich zukommen sah. Sadie ignorierte es. Sie würde Donna auf keinen Fall bei einer Auseinandersetzung mit den Wades im Stich lassen. Als Sadie nicht stehen blieb, signalisierte Donna ihr wild gestikulierend, sie solle verschwinden. Jared bemerkte es und drehte sich um. Ein verschlagenes Grinsen erschien auf seinem Gesicht.

„Na, wenn das nicht Schlampen-Sadie ist, die es krachen lassen will."

Die anderen sahen ebenfalls in ihre Richtung, lauter feindselige Mienen. Sadie holte tief Luft. Dies war eine voll besetzte Bar. Falls diese Typen aggressiv wurden, würde jemand die Polizei rufen. Aus dem Augenwinkel sah sie zu Todd, dem Barkeeper. Der würde nicht zulassen, dass die Dinge außer Kontrolle gerieten.

„Hallo, Leute", sagte sie mit einer Stimme, die wundersamerweise nicht zitterte. „Was macht ihr denn alle hier?"

„Wir haben Donna allein trinken sehen. Das konnten wir ja nicht zulassen."

Sadie wandte sich an ihre Freundin. „Alles in Ordnung?"

„Klar", antwortete Donna nervös und kratzte am Etikett ihrer Bierflasche. „Es ist eine kleine Familienzusammenkunft der Wades. Alles ganz locker, was, Jungs?"

Einer der anderen Cousins meldete sich zu Wort: „Wir haben kein Problem mit Donna, oder, Leute? Blöd nur, dass sie mit einer Schlampe befreundet ist."

„Mann, echt wahr." Einer der Mitläufer gab einen verächtlichen Laut von sich. „Du solltest dir deine Freunde besser aussuchen." Wie originell, dachte Sadie. Die Mitläufer wiederholten immer nur das, was die Wades von sich gaben.

„Das Gleiche könnte ich von Hamilton sagen", erwiderte Donna in scharfem Ton. „Ich verstehe nicht, was er in euch sieht. Ihr lauft ihm hinterher wie kleine Lakaien."

Sadie zuckte innerlich zusammen und formte mit den Lippen stumm die Worte „Halt den Mund", was Donna jedoch ignorierte.

„Wisst ihr, ich bin ganz froh, dass ihr hier seid, Jungs", sagte Donna und warf die Mähne zurück. „Das gibt mir die Gelegenheit, etwas zu sagen, was mir schon eine Weile auf der Seele liegt."

„Donna!", stieß Sadie hervor.

„Es sollte was Gutes sein." Jared grinste völlig humorlos. „Na los, raus damit."

Donna, die definitiv ein bisschen beschwipst wirkte, hievte sich auf den Tresen und stellte die Füße auf einen Barhocker. „Ich habe schon lange auf diese Gelegenheit gewartet, also habt Nachsicht mit mir, Leute." Sie hob ihre Bierflasche und klopfte mit einer Gabel dagegen.

„Donna!", brachte Sadie erneut hervor, inzwischen völlig entsetzt. Die Atmosphäre in der Bar hatte etwas Wildes und Unberechenbares bekommen. Weitere Freunde der Wades hatten sich zu der Gruppe gesellt, während andere ihre Hälse reckten, um die Szene verfolgen zu können. „Komm da runter."

„Nein, ich komme nicht runter. Ich werde sagen, was ich zu sagen habe, denn danach werden diese Loser dich in Ruhe lassen."

Sadie fasste sich verzweifelt an den Kopf. „Ich will das nicht. Donna, nein."

„Tja, Pech. Es muss nämlich gesagt werden. Alles klar, Jungs, habt ihr eure Lauscher aufgestellt?" Donna klopfte noch einmal gegen die Flasche, doch ehe sie loslegen konnte, lehnte sich Todd, der Barkeeper, über den Tresen und umfasste ihren Ellbogen.

„Wir gestatten es unseren Gästen nicht, sich auf die Theke zu …" Sie drohte ihm mit der Gabel. „Schon gut. Mach weiter."

„Wie ich gerade ausführen wollte, habe ich genug von allen Wades, die sich über meine Freundin das Maul zerreißen. Sadie hat es nicht verdient, so behandelt zu werden, nur weil sie genug Verstand besaß, mit Hamilton Schluss zu machen."

Ein wütendes Knurren kam aus Hamiltons Richtung. Sadie warf ihm verstohlen einen Blick zu. Er war knallrot angelaufen und sah aus, als könnte sein Kopf jeden Moment explodieren. „So ist es nicht gewesen, Donna."

„O doch, so war es. Sie hat mit dir Schluss gemacht, und du hast dich benommen wie ein kleiner Junge und ihren Namen in den Schmutz gezogen. So etwas tut ein echter Mann nicht. Das macht nur ein Feigling."

Jared trat auf sie zu und packte ihren Knöchel. „Du hältst jetzt besser den Mund, Donna MacIntyre."

Sie schüttelte seine Hand ab. „Oder was? Ich habe Hunderte von Zeugen. Und Todd ist sicher längst bereit, neun-eins-eins zu wählen. Hab ich recht, Todd?"

„Wir wollen keinen Ärger", verkündete Todd laut und deutlich, doch sein hin und her huschender Blick verriet seine Angst. Jeder in Kilby wusste, dass man sich lieber nicht mit den Wades anlegte. Früher oder später bekam man dafür die Quittung. „Bleib locker, Donna", fügte er hinzu.

„Sag mir nicht, dass ich locker bleiben soll. Ich habe meine Freundin wegen dieser Idioten lange genug leiden sehen." Erneut warf sie die rote Mähne zurück und wirkte dabei wie eine Amazone. „Früher waren die Wades noch nicht derartig gemein. Muss die neue Generation sein, die sich in einen Haufen verkommener Verlierer verwandelt hat."

Jemand schubste Sadie, sodass sie stolperte und gegen Jared stieß. Ohne hinzusehen, schlug er nach hinten aus, und sie musste sich ducken, um nicht an der Wange getroffen zu werden. Die Wades sahen inzwischen alle aus, als wollten sie sich prügeln, und Sadie hatte keine Lust, auch etwas abzubekommen.

Die Person, die sie angestoßen hatte, hielt sie fest, damit sie ihr Gleichgewicht wiederfand. „Was ist denn hier los?", fragte eine tiefe Stimme neben ihrem Ohr. Sadie drehte sich um und entdeckte Mike Solo. Sein normalerweise gut gelaunter Gesichtsausdruck war verschwunden. Mit ernster Miene sah er zu Donna hoch, als könne er nicht ganz glauben, was er da sah.

„Ich glaube, Donna verteidigt gerade meine Ehre", antwortete Sadie ein wenig stockend. „Aber sie wird sich nur Ärger einhandeln."

„Nicht, wenn es nach mir geht", erklärte Mike grimmig. „Bleib hier."

Mit grenzenloser Erleichterung ließ sie ihn vorbei. Obwohl die Wades große, kräftige Kerle waren, konnte Mike sich mit seinem athletischen Körper mühelos einen Weg durch die Menge bahnen.

„Na kommt, Jungs", sagte er, als er neben Donna stand, genauer gesagt neben ihren Beinen, die nach wie vor auf einem Barhocker ruhten. „Es gibt keinen Grund, eine Szene zu machen. Warum geht ihr nicht wieder alle eures Weges?"

„Wer bist du denn? Wahrscheinlich ein weiterer Catfish-Idiot, oder?", meldete Hamilton sich zu Wort. „Ich habe dich hier schon gesehen, zusammen mit diesem Werfer."

„Dem Kriminellen", fügte Jared hinzu.

„Entschuldigt mal!“, rief Donna. „Caleb Hart ist kein Krimineller. Die Wades sind die Kriminellen, das hat meine Freundin Sadie klar bewiesen. Also passt besser auf, was ihr sagt, ihr Deppen.“

Die Anspannung in der Bar stieg auf ein neues Level. Sadie spürte den Zorn der Wades beinah körperlich. Panisch hielt sie nach Hilfe Ausschau. Vielleicht hatte Todd schon die Polizei gerufen. Vielleicht war sie schon hier. Doch statt blauer Uniformen entdeckte sie jemanden, mit dem sie absolut nicht gerechnet hätte. Crush Taylor beobachtete die Szene, die Arme vor der Brust verschränkt, wachsam und still.

Bei ihm waren mehrere Spieler der Catfish. Keiner von ihnen hielt einen Drink in der Hand; vielleicht waren sie gerade erst angekommen und noch nicht einmal einer Kellnerin über den Weg gelaufen, als sie die Szene am Tresen bemerkt hatten: *High Noon* in Kilby. Eine Frau mit wilder roter Mähne gegen einen Haufen starker Kerle.

Sadie versuchte Crushs Aufmerksamkeit zu erheischen, denn dann konnte er die Polizei anrufen. Aber er schien sie gar nicht zu bemerken. Er drehte den Kopf und sagte etwas zu dem großen tätowierten Sonny Barnes, der sich wiederum etwas bückte, um T. J. Gates und Lieberman, dem kleinen Shortstop, etwas zu sagen. Trevor war auch dabei, mit einem wachsamen Ausdruck auf seinem fast übernatürlich attraktiven Gesicht.

Für einen Moment bekam Sadie bei der Erinnerung an Caleb hier an diesem Ort weiche Knie. Hier hatten sie getanzt. Hier hatten sie geredet und geflirtet, und er hatte sie in den Armen gehalten. Und nun war er fort.

Die Spieler der Catfish schüttelten die Köpfe und wandten sich ab. Vermutlich hatten sie beschlossen, sich lieber anderswo zu amüsieren als in diesem Affenhaus.

„Sie hätte dieses Tape nie machen sollen“, rief Hamilton. „War ein Riesenfehler.“

„Welches Tape?“, konterte Donna. „Meinst du das Band, auf dem du alles ausplauderst, oder das, das du aus dem Archiv kramen musstest? Du bist so berechenbar, Hamilton. Wenn dir nichts anderes einfällt, holst du einfach mal wieder das Sex-Tape hervor. Du solltest dich schämen."

O verdammt. Am liebsten wäre Sadie im Boden versunken. Sex-Tape? Hatte Hamilton es an Caleb geschickt? War er deswegen so aufgebracht gewesen?

„Halt den Mund, Donna!", schrie Hamilton.

„Ist das alles, was du draufhast? Du bist bloß ein elender Tyrann, Hamilton Wade. Ein aufgeblasener Wichtigtuer, der in Wahrheit nur ein Feigling ist."

Mike Solo hatte sich nun vor Donna aufgebaut und die Arme ausgebreitet, um sie zu schützen wie ein Bodyguard einen Prominenten. Anscheinend hatte er den Versuch aufgegeben, sie vom Reden abzuhalten.

„Und das gilt für jeden hier, der Hamilton diesen Quatsch über Sadie geglaubt hat, ohne sich mal zu fragen, ob es die Wahrheit ist. Ja, ich meine euch da drüben. Ich sehe dich, LucyBelle, und ich sehe euch, Alison und Manny. Ihr habt ihn schlecht über sie reden lassen, und niemand hat etwas dazu gesagt. Ihr habt zugelassen, dass er eine private Angelegenheit überall in der Stadt verbreitet. Zwei Menschen waren auf diesem Tape zu sehen. Wieso kriegt eigentlich Sadie allein irgendeine Schuld, und nicht der Dreckskerl, der das Tape verbreitet hat? Hat denn die ganze Stadt wirklich solche Angst vor den Wades, dass niemand mehr den Mut besitzt, etwas zu sagen, wenn sie ein Unrecht begehen? Mann, Leute, das ist Mist. Wach auf, Kilby!"

Eine Art Getöse entstand in der vollen Kneipe. Die Band hörte ganz auf zu spielen, und der Sänger verkündete: „Wir machen eine kurze Pause. Ihr könnt also alle mal frische Luft schnappen gehen."

Aber für die paar Leute, die tatsächlich nach draußen gingen, versammelten sich sofort doppelt so viele um den Tresen. Ein Kampf lag in der Luft, die Stimmung war wild und elektrisierend. Sadie spürte weitere Personen, die sich hinter sie drängten, sodass sie an ihrem Platz gefangen war. Sie konnte sich höchstens fallen lassen und hinauszukriechen versuchen. Das war ihre einzige Fluchtmöglichkeit. Doch sie durfte Donna nicht im Stich lassen. Auch wenn sie ihre Freundin am liebsten von hier weggeschleppt und sie angeschrien hätte, weil sie so blöd und leichtsinnig war, jetzt würde sie von diesem Zug nicht mehr herunterkommen. Bis er aus den Gleisen sprang.

„Kilby braucht dich nicht, Donna MacIntyre. Oder deine Freundin, die Schlampe Sadie“, schrie Jared.

„Weitere Beleidigungen! Mehr habt ihr nicht drauf? Ihr zieht Leute in den Dreck und schüchtert sie ein, um zu bekommen, was ihr wollt. Ihr seid ein Haufen Tyrannen. Wach auf, Kilby!“, rief Donna erneut und hörte sich an wie eine Revoluzzerin, die Mitstreiter auf ihre Seite zu ziehen versuchte.

„Wir sollen mehr tun, als Beleidigungen auszusprechen? Das machen wir“, knurrte Jared. „Komm erst mal da runter.“

„Sie geht nirgendwohin“, mischte Mike Solo sich ein und drängte sich mit dem Rücken gegen Donnas Beine. „Das reicht jetzt, Leute. Bleibt zurück und entspannt euch. Was wollt ihr denn machen? Eine Frau schlagen? Vergesst es.“

Einen Moment lang schien es, als würde Mikes Stimme der Vernunft fruchten. Jared wich zurück, und keiner der Cousins sagte etwas.

Dann erhob Hamilton die Stimme. „Lassen wir uns von irgendeinem Baseballspieler vorschreiben, was wir zu tun haben? Das ist unsere Stadt. Zur Hölle mit den Catfish. Der Typ wohnt ja nicht mal hier.“

Ein zustimmendes Grollen kam aus der Gruppe. Sadie grub ihre Nägel in die Handflächen. Wie weit würden die Wades an einem öffentlichen Ort gehen? Dumm waren sie eigentlich nicht. Allerdings war Hamilton auch noch nie öffentlich von jemandem bloßgestellt worden, so, wie Donna es gerade getan hatte. Der angriffslustige Ausdruck auf seinem knallroten Gesicht machte sie jedenfalls extrem nervös.

Er merkte, dass sie ihn ansah, und etwas flackerte in seinen Augen auf – brennender, tiefer Zorn.

In der momentanen Stille rief Hamilton: „He, Schlampen-Sadie! Du vögelst mit einem Catfish. Richte seinem Freund doch mal aus, er soll sich aus unseren Angelegenheiten heraushalten."

Die Köpfe der Anwesenden drehten sich in Sadies Richtung. Ihr wurde abwechselnd heiß und kalt. Sie empfand diesen Augenblick mit einer kristallenen Klarheit. Das war es, hier und jetzt, alles, was mit Hamilton nicht stimmte, und alles, was mit ihrem Leben nicht stimmte. Sie holte tief Luft und antwortete so laut, wie sie konnte.

„Mein Privatleben geht dich nichts an, Hamilton Wade. Behalte deine üblen, widerlichen Anspielungen doch einfach für dich."

„Gib's ihm, Sadie!" Donna applaudierte ihr mit über dem Kopf erhobenen Händen. „Zeig's ihm, Mädchen!"

„Sie versucht doch bloß, mich zurückzubekommen", wandte Hamilton sich an seine blöd grinsenden Freunde.

„Glaub von mir aus, was du willst, Hamilton. Aber du solltest lieber aufhören, mich zu verleumden, oder ich zeige dich an. Was du getan hast, war falsch. Nur weil ich nicht mehr mit dir zusammen sein wollte, hast du noch lange nicht das Recht, Lügen über mich zu verbreiten." Oh, das war gefährlich. Hamilton war größer und stärker, und er hatte mehr Freunde, vom Testosteron mal ganz abgesehen. Doch nun, wo sie einmal angefangen hatte, konnte Sadie nicht mehr aufhören. „Ich hätte dich schon vor langer Zeit verklagen sollen, nur war ich zu naiv und wusste nicht mal, dass ich das gekonnt hätte. Inzwischen weiß ich eine ganze Menge mehr, also nimm dich lieber in Acht, Hamilton Wade."

Für einen Moment sah er geschockt aus. Dann fiel ihm offenbar wieder ein, dass er ein Wade war, und die Wades bezahlten nie für ihre Missetaten. Sie bezahlten Leute – entweder brachten sie sie mit Geld zum Schweigen, oder sie leisteten sich teure Anwälte. „Träum weiter, Schlampen-Sadie. Ich werde für gar nichts bezahlen. Du müsstest mich dafür bezahlen, um dich noch mal zu vögeln. Du warst es nicht wert …"

„He, Boss“, rief Mike Solo. „Haben wir genug gehört?“

Sadie wirbelte herum. Crush Taylor stand nur wenige Schritte entfernt von ihr und wirkte extrem angespannt.

„Jap. Mein Limit ist erreicht. Noch ein Wort gegen Sadie Merritt, und ihr Typen werdet es bereuen“, rief er scharf. „Ich bin hier in Kilby geboren und aufgewachsen, und ich halte nicht viel von derartigem Benehmen.“

„Crush“, flüsterte Sadie. „Nicht. Was machen Sie denn?“

Er ignorierte sie und hielt den Blick fest auf Hamilton gerichtet. „Ich finde, du und deine Freunde, ihr solltet jetzt nach Hause gehen.“ Er nickte den beiden Männern zu, die sich hinter Hamilton aufgebaut hatten – Sonny Barnes und Dwight Conner, zwei der einschüchterndsten Gestalten im Team der Catfish. Jeder packte einen Arm von Hamilton.

„Was soll das!“ Hamilton wurde wild und versuchte sich loszureißen, was ihm nicht gelang. „Gehst du etwa mit dem ganzen Team ins Bett, Sadie? Hast du alle dazu gebracht, für dich die Drecksarbeit zu machen? Jared!“ Er schaute zu Mike Solo.

Jared holte aus und traf Mike mit der Faust im Gesicht. Da er die Arme nach wie vor ausgebreitet hatte, um Donna zu schützen, konnte Mike den Schlag nicht abwehren. Sein Kopf kippte nach hinten, und Donna kreischte kurz, um Jared in der nächsten Sekunde mit ihrem Pumps gegen den Kiefer zu treten. Er taumelte rückwärts und knurrte. Donna beugte sich herunter und flüsterte Mike etwas ins Ohr, während der sich das Kinn rieb.

„Um Himmels willen!“, murmelte Sadie vor sich hin. „Das ist nicht gut, gar nicht gut.“

Doch niemand sonst schien die Dinge so zu sehen.

„Das reicht, Leute!“, brüllte Crush seinem Team zu. „Erinnert ihr euch daran, dass ich gesagt habe, ihr sollt euch benehmen und Ärger vermeiden? Vergesst es. Das hier nehme ich auf meine Kappe! Zeigt’s ihnen!“

Und dann brach die Hölle los. Die Catfish-Spieler tauchten von überall her auf und umringten plötzlich die Wades und deren Freunde. Es gelang Hamilton, einen Arm freizubekommen und Barnes in den Magen zu boxen. Dwight Conner verpasste Hamilton einen linken Haken, worauf die drei fröhlich aufeinander einschlugen.

Zwischen Mike und Jared flogen ebenfalls die Fäuste, untermalt von lauten Grunzern. Donna zog ihre Schuhe aus, stellte sich auf den Tresen und schleuderte den einen Schuh auf Jared, dem prompt die rechte Braue von dem Treffer aufplatzte. Blut lief ihm übers Gesicht.

„Halte dich da heraus!“, rief Mike Solo ihr zu.

„Das ist meine Schlacht!“, rief sie zurück, suchte das Getümmel ab und warf den anderen Schuh. Dann sah sie zu Sadie und winkte ihr begeistert zu. „Sadie! Wirf mir deine Schuhe zu!“

Doch Sadie wurde von den kämpfenden Körpern um sich herum eingeklemmt und konnte sich nicht rühren. Lieberman sprang einem Wade-Cousin auf den Rücken und versuchte, diesem von hinten die Luft abzudrücken. Ramirez und T. J. Gates bildeten mit ihren Körpern eine Barriere, um die Zuschauer zu schützen. Trevor Stark schlug tatsächlich die Köpfe zweier Gegner gegeneinander, wie man es eigentlich nur in alten Western zu sehen bekam. Crush war unglaublich, er marschierte wie ein Racheengel durch das Getümmel und schnappte sich hier und dort einen Mann aus Hamiltons Entourage.

Sadie stolperte vorwärts und duckte sich, um einem Ellbogen auszuweichen. Um ein Haar hätte sie das Gleichgewicht verloren. Hastig krallte sie sich am Hemd der Person neben ihr fest. Rot-grün kariert, registrierte sie. Sehr weihnachtlich. Dann traf sie etwas hart in den Rücken, und sie fiel nach vorn. Von irgendwo tauchte eine Faust auf und traf sie ins Gesicht, sodass sie alles nur noch verschwommen durch einen rotgrünen Schleier wahrnahm.

Verzweifelt hielt sie sich an dem karierten Hemd fest und versuchte, auf den Beinen zu bleiben, doch der Hemdträger stolperte ebenfalls, und der Stoff entglitt ihrem Griff. Danach sah sie nur noch den schwarz gestrichenen dreckigen Fußboden. Instinktiv wusste sie, dass sie dort unten nicht bleiben konnte, weil sie sonst zertrampelt werden würde … Und dann spürte sie nur noch einen stechenden Schmerz im Bein, und alles um sie herum versank in Dunkelheit.

28. KAPITEL

Caleb hatte Sadie sechsmal angerufen, drei Nachrichten mit Entschuldigungen hinterlassen und sechs Textnachrichten geschickt. Auf keinen einzigen dieser Versuche hatte sie reagiert. Allmählich dämmerte ihm die düstere Wahrheit – er hatte sie mit seinem idiotischen Verhalten verloren. Der Schmerz, den er jetzt verspürte, geschah ihm ganz recht. Wie hatte er Trevor dermaßen auf den Leim gehen können? Im Spiel hätte er doch auch gewusst, dass der Typ es mit Psychotricks probierte. So waren Schlagmänner eben.

„Und? Hast du einen Plan?“, fragte Tessa, als er sie und die Zwillinge zum Flughafen brachte.

„Ja. Mein Plan ist, sie so lange anzurufen, bis sie die Nase voll hat und sich endlich meldet. Dann werde ich mich entschuldigen, bis sie mir verzeiht.“

„Und dann?“

„Dann … werde ich ihr sagen, dass ich sie liebe.“

Ein breites Lächeln erschien auf Tessas Gesicht. „Das solltest du auch tun.“

Er würde Sadie noch mehr sagen. Er würde ihr erklären, dass er noch nie jemanden so nah an sein Herz herangelassen hatte. Nie zuvor hatte er jemandem so sehr vertraut – jedenfalls nicht, seit seine Mutter, seine Stiefmutter und Bingo ihn aller Illusionen beraubt hatten. Dummerweise war sein impulsives Misstrauen zum denkbar ungünstigsten Zeitpunkt erwacht.

„Sie wird es verstehen“, sagte er laut, als versuche er, sich selbst Mut zuzusprechen. „Sie liebt mich, also muss sie mir verzeihen. Bedeutet Liebe nicht, dass man nie mehr um Verzeihung bitten muss?“

„Keine Ahnung. Ich weiß nur, dass sich das nach etwas anhört, was ein Mann sich ausgedacht hat.“

Nachdem er Tessa und die Jungen am Flughafen abgesetzt und den Mietwagen zurückgegeben hatte, stieg Caleb in ein Town Car, das ihn zum Stadion brachte. Die Friars sollten an diesem Tag das zweite Mal gegen die Giants spielen.

Sadie würde ihn bestimmt jede Minute zurückrufen. Sie würde keinen Groll gegen ihn hegen. Schließlich hatte sie ihm ihre Liebe gestanden. Das würde sich doch nicht ändern, nur weil er einen dummen Fehler begangen hatte. Oder? Solange er sich nur oft genug dafür entschuldigte?

Als er das Clubhaus der Friars betrat, das verglichen mit dem in Kilby der Tadsch Mahal war, fühlte Caleb sich gleich besser. Die Umkleidekabine war der reinste Luxus. Die Spinde an den Seitenwänden waren groß und komfortabel. In der Mitte des Raums befand sich ein Sitzbereich mit Ledersofas und einem Couchtisch aus hellem Holz. In den angrenzenden Räumen gab es einen Whirlpool, eine Sauna, Krafttrainingsgeräte, außerdem einen Speisesaal mit Küche, in der ein Koch für das leibliche Wohl des Teams sorgte.

Diesmal beeindruckte Caleb dieser Luxus allerdings nicht mehr ganz so sehr wie beim ersten Mal. Etwas in ihm hatte sich verändert, und er zweifelte nicht länger daran, dass er in diese Welt gehörte, zu den Besten des Baseballs. Er las die Namen auf den anderen Spinden. „Carlos Quentin". „Huston Street". „Joaquin Benoit". Und dort stand seiner. „Caleb Hart". Es sah aus, als gehöre das Namensschild dorthin.

Noch war niemand außer ihm eingetroffen, und der Clubwart schien überrascht zu sein, ihn schon hier zu sehen. Er hielt mit dem Zusammenlegen der frisch gewaschenen Handtücher inne und fragte Caleb, ob er ihm Kaffee bringen solle.

„Nein danke", sagte er. „Ich hole mir selbst welchen." Er betrat den Speisesaal, in dessen Ecke eine Kaffeemaschine gurgelte.

„Möchten Sie eine Zeitung?", bot der Angestellte an und kam mit einer Auswahl zu ihm. „Wir haben die *San Diego Tribune, Los Angeles Times, New York Times.*"

„Danke, nein. Ich weiß, dass wir gestern Abend gewonnen haben, und das ist alles, was zählt." Er zwinkerte dem drahtigen Latino zu.

„Da haben Sie recht. Nun, lassen Sie mich wissen, falls Sie etwas benötigen." Schon halb zur Tür hinaus, blieb er noch einmal stehen. „Sie sind gerade erst aus Kilby gekommen, richtig?"

„Stimmt. Bis vor ein paar Tagen war ich ein Catfish." Selbst der Name Kilby machte ihn traurig.

„Haben Sie von der großen Schlägerei da unten gehört?"

„Nein. Fing sie mit einem Brushback an? So geht's meistens los."

„Nein, diesmal fand die Sache nicht auf dem Spielfeld statt. Die Catfish wollten einen großen Sieg feiern und gerieten mit einigen der Einheimischen aneinander. Ich weiß nicht, was mit diesem Team los ist. Die ziehen Ärger magnetisch an."

„Was Sie nicht sagen. Ich fürchte, ich habe den ganzen Spaß verpasst." Caleb deutete auf die Zeitungen. „Steht die Story in einer von denen?"

„Das weiß ich nicht. Es passierte gestern spätabends. Ich habe es im Fernsehen gesehen. Wollen Sie nun doch die Zeitungen?"

„Ja, danke." Caleb nahm seinen Becher mit dampfendem schwarzen Kaffee und den Armvoll Zeitungen mit zu einem der Sofas im Clubhaus. Wow, waren die bequem. Perfekt zum Entspannen nach einem harten Spiel. Das Leben in der Major League ... o ja, das war definitiv etwas für ihn. Ein kurzes Durchblättern der Zeitungen ergab, dass noch nichts über die Schlägerei erschienen war. Caleb fragte sich, ob der Clubwart da vielleicht etwas missverstanden hatte.

Nur klang es ganz nach einem dieser Ereignisse, die die Catfish gern anzettelten.

„Ich glaube nicht, dass sie es noch mal im Fernsehen zeigen." Der Clubwart schaltete den von der Decke hängenden Fernseher ein und wählte ESPN. Ein körniges, verschwommenes Video füllte den Bildschirm. Caleb konnte nicht erkennen, was da los war. Man sah nur wedelnde Arme und kollidierende Körper. Er schaute angestrengt hin und erkannte das Innere des Roadhouse.

„Meine Güte", murmelte er. „Ich glaube, in der Kneipe war ich schon. Können Sie das bitte lauter machen?"

Die Stimme des Reporters erfüllte den Raum. „Die San Diego Friars kommentieren nach wie vor nicht die gewalttätige Auseinandersetzung, in die ihr Minor-League-Team, die Kilby Catfish, verwickelt war. Einige Spieler werden noch auf Verletzungen untersucht. Mike Solo trug drei gebrochene Rippen davon, und Trevor Stark taucht womöglich mit verstauchtem Handgelenk auf der Verletztenliste des Teams auf. Die schlimmste Verletzung trug jedoch eine unbeteiligte Zuschauerin davon, eine Frau aus dem Ort, die niedergetrampelt wurde. Ihr Name wurde in den Medien nicht genannt, doch es heißt, ihr Zustand sei weiterhin kritisch. Zum Anlass des heftigen Handgemenges wollte Crush Taylor nur Folgendes sagen."

Crush Taylors Gesicht erschien auf dem Bildschirm. „Es bahnte sich seit Langem an. Ich bin stolz auf die Catfish, und das sollten die Friars auch sein. Für den Vorfall übernehme ich die volle Verantwortung. Ich werde für den entstandenen Schaden aufkommen und sämtliche Arztrechnungen. Wenn die Friars oder der Ligaverband irgendwen bestrafen wollen, dann sollte ich es sein, niemand sonst."

Caleb war aufgesprungen und hatte den Kaffee auf dem Zeitungsstapel verschüttet. Eine Frau war niedergetrampelt worden. War Sadie dort gewesen? Nein. Das konnte nicht sein. Wie wahrscheinlich war das? Es gab Hunderte, Tausende Frauen in Kilby und Umgebung. Warum sollte ausgerechnet Sadie sich in jener Nacht im Roadhouse befunden haben und niedergetrampelt worden sein? Das war doch Quatsch. Einfach nur Panik.

Nur hatte sie weder auf einen seiner Anrufe noch auf seine SMS reagiert.

Mit zittrigen Fingern zog er sein Handy aus der Tasche und probierte es erneut. Ein weiteres Mal sprang die Voicemail an. Bei Mike Solo dasselbe. Crush Taylors Nummer hatte er leider nicht gespeichert, ebenso wenig die eines anderen Teammitglieds. Aber er hatte die Nummer von Sadies Freundin Donna noch irgendwo.

Nachdem er durch die Verbindungen der vergangenen zwei Wochen gescrollt hatte, wollte er sich die Haare raufen. Einer der Assistenztrainer kam ins Clubhaus und fragte neugierig: „Stimmt etwas nicht, Hart?“

„Ich glaube, meine ...“ Was war Sadie eigentlich? Seine Freundin? Die Frau, die er liebte, aber möglicherweise für immer verloren hatte? „Mein Mädchen könnte verletzt worden sein. Ich muss nach Kilby fliegen.“ Er fing an, im Kopf die Reise- und Abflugzeiten zu überschlagen. Zwischen Kilby und San Diego gab es keine Direktflüge, doch mit etwas Glück konnte er einen Flug frühmorgens nach Houston erwischen und dann am späten Vormittag in Kilby eintreffen.

„Hast du schon im Krankenhaus angerufen?“

Das kam von Alex Stenholder, dem rechten Feldspieler, der sich auf die Couch gegenüber fläzte. Wie war der plötzlich aufgetaucht? Caleb schaute sich um. Das Clubhaus hatte sich mit Spielern zu füllen begonnen. In zwei Stunden ging das Spiel los, und die Männer tauchten auf, um ihre Aufwärmübungen und die üblichen Rituale vor jedem Spiel zu absolvieren.

Caleb fuhr sich durch die Haare. Kalte Angst hatte ihn im Griff. Heute Morgen hatte er noch befürchtet, Sadies Liebe verloren zu haben. Allerdings war er sich insgeheim sicher gewesen, sie zurückgewinnen zu können. Aber wenn sie verletzt war, Gott weiß wie schwer, änderte das alles. Es konnte um Leben und Tod gehen.

In diesem Moment klingelte sein Telefon. Eine Nummer aus Kilby, allerdings eine unbekannte. Um Himmels willen, was, wenn es das Krankenhaus war? Mit zitternden Händen nahm er den Anruf entgegen. Statt eines „Hallo?“ brachte er nur ein Krächzen heraus.

„Ist dort Caleb Hart?“ Die weibliche Stimme klang vertraut, was seine Furcht prompt verstärkte. Es kam ihm vor, als passiere plötzlich alles in Zeitlupe.

„Ja“, antwortete er mühsam.

„Hier spricht Brenda Merritt, Sadies Mutter. Ich dachte, Sie möchten vielleicht wissen, dass sie im Krankenhaus liegt.“

Eine Eiseskälte überlief ihn. „Geht es … Wie geht es ihr?"

„Sie ist immer noch bewusstlos."

Aber sie lebte. An diese Hoffnung klammerte er sich. „Ich komme. Sofort."

„Wenn ich nicht bei der Arbeit gewesen wäre, hätte ich ihr gesagt, sie soll zu Hause bleiben. Diese Wades …" Ihre Stimme brach. „Ich habe Sadie immer gesagt, sie soll sich von Männern fernhalten. Ich hab mich bestimmt angehört, als hätte ich einen Sprung in der Platte. Eigentlich wollte ich Sie nicht anrufen, aber ich weiß, dass Sie meiner Tochter etwas bedeuten. Und ich hoffe irgendwie, dass Sie anders sind."

„Bin ich. Völlig anders." Wenn es sein musste, würde er den Rest seines Lebens damit zubringen, es zu beweisen. „Ich bin unterwegs."

„Kilby Community Hospital, Zimmer 203. Die Ärzte meinen, sie müsste bald aufwachen. Falls nicht …" Schluchzer ertönten, und es klang, als hätte Sadies Mutter bis jetzt ununterbrochen geweint.

„Das wird sie schon", sagte er und versuchte, seine Entschlossenheit irgendwie auf sie zu übertragen. „Ich werde bald da sein. Halten Sie durch."

„Ich hoffe, ich habe das Richtige getan, indem ich Sie anrief", sagte Sadies Mom leise. „Diese Sache hat mich sehr erschüttert. Ich hasse es, meine Kleine so zu sehen."

„Ich werde alles wieder in Ordnung bringen. Und danke, Mrs Merritt. Danke, dass Sie mir noch eine Chance geben." Er beendete das Gespräch. Kilby Community Hospital. Wie kam er am schnellsten dorthin? Er überflog die Flugmöglichkeiten auf seiner Reise-App, als er merkte, dass der Assistenztrainer vor ihm stand.

„Zieh dich um, Hart. Der Pitching Coach will dich beim Aufwärmtraining sehen."

„Tut mir leid, ich muss jetzt gleich nach Kilby. Ich brauche aus privaten Gründen eine Pause, höchstens ein paar Tage. Ich werde bis zu meinem nächsten Einsatz wieder zurück sein." Vielleicht. Wenn es Sadie gut genug ging.

Der Trainer, ein imposanter Afroamerikaner namens Tony Blaine, der seine gesamte Karriere bei den Friars verbracht hatte, starrte ihn finster an. „Du bist gerade erst angekommen, Hart. Du solltest bei jedem verdammten Spiel im Mannschaftsunterstand sitzen, bis Sullivan zurück ist. Willst du es wirklich vermasseln?"

Wenn er jetzt verschwand, konnte er in zwei Stunden einen Flug nach Houston erwischen. Er klickte auf seinem Handy die Option „Buchen".

„Ich muss los, Coach."

„Tja, Hart. Es ist deine Karriere, die du gerade versaust. Du kannst nicht einfach von hier verschwinden. Du brauchst die Erlaubnis vom Management. Sobald du die hast, bin ich jedoch ganz auf deiner Seite."

Aber Blaine war nicht auf seiner Seite, er war im Weg. Caleb konnte nicht auf die Erlaubnis warten. Er musste diesen Flug erwischen. Es war ohnehin schon zu viel Zeit vergangen. „Und wenn ich gesperrt werde? Dann kann ich gehen, oder?"

Wenn ein Spieler gesperrt war, durfte er sich nicht im Clubhaus aufhalten oder sonst irgendwo im Stadion. Er durfte auch sein Trikot nicht tragen.

„Gesperrt. Weswegen denn?"

Der große rechte Feldspieler, Stenholder, stand auf und kam auf sie zugeschlendert. „Ich hätte da eine Idee." Er deutete auf seinen Bauch und nickte Caleb zu, der verwirrt den Kopf schüttelte. Der andere zwinkerte und zeigte auf eine Stelle bei seinem Magen. Wirklich? Er wollte, dass Caleb ihm … Ohne weiter darüber nachzudenken, schlug Caleb ihm die Faust in die Bauchmuskeln, genau dort, wohin der andere gezeigt hatte.

„Zwei Tage Sperre!", brüllte der Trainer. „Verschwinde von hier, Hart, und komm nicht vor Freitag wieder."

Der Trainer musterte Stenholder tadelnd, der sich mit übertriebener Dramatik vor Schmerzen krümmte. In Wahrheit hatte Stenholder die Muskeln bei dem Schlag so fest angespannt gehabt, dass ihm wahrscheinlich nicht einmal eine Kugel etwas hätte anhaben können. Im Vorbeigehen klopfte Caleb ihm auf die Schulter, und als er schon fast draußen war, hörte er den rechten Feldspieler zum Trainer sagen: „Ich hab eine romantische Ader, was soll ich machen?“

Langsam tauchte Sadie aus dem Meer der Bewusstlosigkeit wieder auf. Selbst in ihrem benebelten Zustand hatten Bilder von Caleb sie gequält, der sie verspottete, sie küsste, sie wegwarf, sich abwandte. Dann hatte sich Hamilton dazugesellt, auf sie gezeigt und gelacht. Hinter ihm lauerte eine Menschenmenge wie Hyänen. Während sie allmählich aufwachte, wurden die Bilder, die sie verfolgten, durch körperlichen Schmerz ersetzt. Ihr Bein tat weh und pochte, ihr Kopf fühlte sich an, als wäre er auf die doppelte Größe angeschwollen, und ganz allgemein konnte sie keinen einzigen Teil ihres Körpers ausmachen, der nicht schmerzte.

Sogar ihre Augen brannten, als sie sie mühsam öffnete. Ihre Mutter saß neben ihrem Bett und las eine Klatschzeitschrift. Einen Moment lang betrachtete Sadie sie einfach, den unordentlichen Pferdeschwanz und die zerknitterte Bluse. Das waren die Sachen, die ihre Mom für den Job bei Kroger anzog. Sie sah erschöpft aus. Hatte sie ihre Arbeit verlassen, um herzukommen und sich um ihre Tochter zu kümmern?

Eine Träne lief Sadie die Wange hinunter, dann noch eine. Sogar die Tränen taten ihrer überempfindlichen Haut weh. Offenbar hatte sie einen Laut von sich gegeben, denn ihre Mutter schaute auf. „Schatz! Du bist aufgewacht!“ Sie warf die Zeitschrift beiseite – Sadie erhaschte einen Blick auf eine Schlagzeile über Jennifer Aniston – und sprang auf. „Wie … wie fühlst du dich? Ich sollte wohl besser eine Krankenschwester rufen. Die meinten, du würdest bald aufwachen.“

Das klang unsicher und nervös. Brendas Bluse hing halb aus der Hose, und sie hatte sich Streichkäse aufs Hosenbein geschmiert. Na schön, dachte Sadie. Ihre Mom war nicht so elegant und cool wie Bürgermeisterin Trent, trotzdem floss Sadies Herz über vor Liebe. „Tut mir leid“, krächzte sie.

Ihre Mutter legte die Stirn in Falten. „Was denn, Liebes?“

„Ich hätte auf dich hören sollen." Scheiße, ihr tat alles weh, jeder Millimeter ihres Körpers. „Was ist mit mir passiert?"

Brenda drückte den Knopf für die Krankenschwester. „Das sollte dir wohl lieber die Schwester erklären. Auf jeden Fall wirst du wieder gesund. Das Schlimmste ist dein gebrochenes Bein. Du wirst mindestens sechs Wochen lang einen Gips tragen müssen."

Gips. Das war also das große weiße Ding, das am Fußende über dem Bett hing, mit ihrem Bein drin. *Hallo, Bein. Geht's dir gut?*

„Oh." Ihre Gedanken waren so träge und seltsam. „Es tut weh."

„Brauchst du mehr Morphium? Du kannst auf diesen Knopf dort drücken. Das Gerät ist so eingestellt, dass eine Überdosierung nicht möglich ist."

„Ist das der Grund, weshalb mir das Denken schwerfällt?"

„Wahrscheinlich. Aber du musst ja auch gar nicht denken, Schätzchen. Ruh dich einfach aus und schlaf."

Sadie spürte die Müdigkeit sanft an sich zupfen, wie ein Freund, der spielen wollte. *Freund …* „Donna? Geht es ihr gut?"

„Ich bin über Donna MacIntyre momentan nicht sehr glücklich. Aber es geht ihr gut. Als sie dich zu Boden stürzen sah, hat sie laut ‚Mörder!' geschrien. Und dann ist offenbar die Feuerwehr aufgetaucht."

„Es tut mir schrecklich leid, Mom. Ich hätte wirklich auf dich hören sollen." Sadies Gedanken torkelten von einem Thema zum nächsten. Wenn sie nicht ins Roadhouse gegangen wäre … Wenn sie nicht versucht hätte, Caleb zu vergessen … Wenn sie sich niemals mit Caleb eingelassen hätte … Wenn sie nie einem Date mit Hamilton zugestimmt hätte … Wenn sie nie … Sie verlor den Faden. Ihr Blick fiel auf eine Vase, in der ein Strauß Sonnenblumen stand, die einen leuchtenden Kontrast bildeten zu den beigen Krankenhauswänden.

„Ich habe Caleb angerufen."

Sadie richtete ihre Aufmerksamkeit wieder auf ihre Mutter, die jetzt ein wenig verschwommen aussah. Sie musste die

Worte in Gedanken wiederholen, denn zuerst ergaben sie überhaupt keinen Sinn. Ihre Mutter hatte Caleb angerufen? Warum hätte sie das tun sollen? „Wie bitte?"

„Ich dachte, du würdest vielleicht wollen, dass er Bescheid weiß."

Die Erschöpfung umfing sie erneut; verbissen kämpfte sie dagegen an. „Warum?"

„Weil ich glaube, dass du ihn wirklich liebst. Und er liebt dich."

„Nein", brachte sie mühsam heraus, und das Sprechen fiel ihr schwerer, als würde sie durch einen Sumpf waten. „Tut er nicht."

„Er ist auf dem Weg hierher."

Sadie versuchte, sich aufzusetzen. „Will ich nicht. Nein."

„Schätzchen, hör mir doch zu." Ihre Mutter drückte sie behutsam wieder aufs Bett herunter, was ihr erschreckend leicht gelang. „Ich habe mich geirrt. Du solltest nicht jeden Menschen mit Hamilton Wade vergleichen. Oder mit deinem Vater. Der hat sich immerhin Mühe gegeben. Mit Hamilton ist das eine andere Sache. Der ist böse, Sadie, durch und durch. Ein verwöhnter Spross reicher Eltern. Dein Caleb ist anders. Ich hätte mal offener sein sollen, statt dich vor jedem Jungen zu warnen, der dir über den Weg lief. Caleb ist gut für dich. Wenn du mit ihm zusammen bist, verhältst du dich wieder ganz wie du selbst, du bist lebhaft und lachst. Mehr als mein Wondergirl."

„Nein." Sadie versuchte die Hand abzuwehren, die Brenda ihr auf die Schulter gelegt hatte. Leider hatte ihre Mutter von Anfang an völlig recht gehabt. Caleb war tatsächlich genau wie Hamilton. Er hatte ihr ein Messer ins Herz gerammt und es dann mit grauenhaft verächtlicher Miene herumgedreht. Aber wie sollte sie das jetzt erklären? Sie war so schrecklich müde.

„Ich weiß, dass zwischen euch etwas vorgefallen ist, aber ich wette, ihr bekommt das wieder hin. Dich in den vergangenen Tagen so zu sehen, hat mir die Augen geöffnet, Sadie. Du bist nur meinetwegen in Kilby geblieben, oder? Ich habe dich aufgehalten. Dich in dieser Stadt gehalten, obwohl sie nicht gut für dich war. Ich habe dich daran gehindert, das zu tun, was du wirklich tun willst."

„Mom ..."

„Du musst dich nicht um mich kümmern. Das werde ich auch nicht mehr zulassen. Ich werde auf mich selbst aufpassen, damit du dir keine Sorgen zu machen brauchst, und du wirst Jura studieren, wie du es schon immer vorgehabt hast. Caleb ist unterwegs, und wenn er hier ist, wirst du ihn hoffentlich anhören."

Caleb. Auf dem Weg hierher. Sadies Herz raste bei der Vorstellung, wie er durch diese Tür hereinkam.

Tatsächlich ging in diesem Moment die Tür auf, und jemand betrat das Zimmer. Nicht Caleb, sondern ein Pfleger. „Was ist hier los?" Er ging zu den Monitoren, die wie verrückt piepten. „Wie lange ist sie schon wach?"

Sadie packte das Handgelenk des Pflegers. „Lassen Sie ... Caleb ... nicht ... rein."

Er musterte sie mit einem besorgten Blick, stellte etwas am Infusionsgerät ein, und dann verlor Sadie den Kampf gegen die Müdigkeit. Der Schlaf griff nach ihr und verschlang sie ganz.

29. KAPITEL

Was soll das heißen, sie will mich nicht sehen?" Caleb konnte es nicht fassen, dass er zehn Stunden unterwegs gewesen war und seine Karriere in Gefahr gebracht hatte, nur um vor Sadies Krankenzimmertür zu scheitern.

„Sie sind Caleb, oder? Nun, sie hat sich ziemlich deutlich ausgedrückt", erklärte der Pfleger, ein junger Afroamerikaner mit einem in die Haare rasierten Blitz. „Ihre Nähte sind fast aufgeplatzt, so sehr hat sie sich angestrengt, es mir zu sagen."

Caleb holte tief Luft. „Wird sie wieder gesund?"

„Ja, irgendwann wird es ihr wieder besser gehen. Aber ein weiteres Drama-Trauma kann sie nicht gebrauchen, wenn Sie verstehen, was ich meine. Niedergetrampelt zu werden, ist übel genug. Und dann kommen hier ständig Leute angerannt, die alles wiedergutmachen wollen oder was denen sonst noch vorschwebt." Der Pfleger notierte etwas auf seinem Klemmbrett, direkt vor Zimmer 203. Hinter dieser Tür lag Sadie. Sie war so nah, dass Caleb sie spüren konnte. Und gleichzeitig schien sie unendlich weit weg zu sein.

„Ich will sie doch nur sehen." Er musterte den Typen. „Sind Sie Baseballfan?"

„Versuchen Sie es bloß nicht auf die Tour, Mann."

„Football?" Das hier war schließlich Texas.

„Haben Sie eine Ahnung, wie viele Footballer mit Gehirnerschütterungen wir hier hereinbekommen? Nein, natürlich nicht."

„Basketball?" Caleb kannte Leute in nahezu jeder Profisportart in Amerika.

„Versuchen Sie, mich zu bestechen? Wie ist es damit: Ich mag keinen Sport. Also lassen Sie sich was anderes einfallen."

Etwas einfallen lassen ... „Mögen Sie Liebesgeschichten?"

Der Kerl legte den Kopf schief und zeigte endlich einen Funken Interesse. „Na ja, ich schau mir schon mal die eine oder andere romantische Komödie an. Kann man gut bei abschalten nach einer langen Schicht, mein Freund."

Mein Freund. Das war schon besser als „Mann".

Caleb räusperte sich. „Die einzige Frau, die ich je geliebt habe und je lieben werde, befindet sich in diesem Zimmer. Sie will mich nicht sehen, weil ich mich wie ein erstklassiger Major-League-Arsch benommen habe. Aber ich weiß, dass sie mich auch liebt, und wenn Sie mich reinlassen, damit ich mich entschuldigen kann ..."

„Lassen Sie ihn hinein", mischte sich eine sanfte Stimme ein. Brenda Merritt hatte die Tür einen Spaltbreit geöffnet. Sie winkte Caleb heran. „Im Ernst, es ist in Ordnung", versicherte sie dem Pfleger. „Versprochen."

Caleb gab Brenda nicht die Gelegenheit, vielleicht noch ihre Meinung zu ändern. Er schob sich in den stillen Raum mit den blinkenden Monitoren und dem durchdringenden Geruch von Desinfektionsmitteln. Sadie lag im Bett, die dunklen Haare auf dem Kissen ausgebreitet. Ihr Gesicht sah schlimm aus. Die rechte Wange war von einem Bluterguss lila verfärbt und angeschwollen. Eine Platzwunde an der Stirn wurde von Klammerpflastern zusammengehalten. Ein Bein war eingegipst und ruhte auf einem Stapel Kissen.

Allmächtiger ...

Caleb sah erschrocken Brenda an, die gerade die Tür hinter sich zumachte. „Was haben die ihr angetan?"

„Es gab eine Schlägerei im Roadhouse. Sie stürzte, und jemand fiel auf ihr Bein."

„Wie, um alles in der Welt, konnte das passieren?"

„Schhh."

Er hatte gar nicht gemerkt, dass er laut geworden war. „Tut mir leid." Er machte den Mund zu, ging zum Fenster und blickte hinaus in den trüben Himmel. Er wusste nicht, was herauskommen würde, sobald er den Mund wieder aufmachte. Ein wütendes, kummervolles Geheul vielleicht.

„Ich hole mal Kaffee", sagte Brenda Merritt. „Ich glaube, sie wird noch eine Weile schlafen. Möchten Sie irgendetwas?"

Ja. Eine Zeitmaschine, mit der er in der Zeit zurückreisen und alles wieder in Ordnung bringen konnte. Er würde sich weigern, Kilby zu verlassen, solange Sadie ihn nicht begleiten wollte. Und dann würde sie bei ihm sein, in Sicherheit. Nichts und niemand würde ihr je wieder wehtun …

Er hatte ihr wehgetan.

Gequält von diesem Gedanken, wirbelte er herum. Die Tür schloss sich mit einem leisen Klicken hinter Brenda. Okay. Endlich waren sie allein. Er sank neben Sadies Bett auf die Knie und legte die Stirn auf die gestärkte Bettdecke.

„Sadie, ich liebe dich. Ich liebe dich aus tiefstem Herzen. Ich kann nicht glauben, wie ich mich verhalten habe. Ich habe mich geirrt. Das weiß ich. Ich glaube, das wusste ich damals auch schon, aber in manchen Dingen bin ich einfach ein saublöder Hund. Ich mag keine Überraschungen, weil ich mit ihnen nicht umgehen kann. Schon komisch für einen Baseballspieler, da man ja nie weiß, was in einem Spiel passieren wird. Doch Baseball hat Regeln, das Leben nicht. Meine schlechten Erfahrungen haben mich dazu gebracht, stets das Schlimmste anzunehmen, um vorbereitet zu sein. Ich habe gern alles unter Kontrolle, aber bei dir funktioniert das einfach nicht."

Er nahm ihre Hand, um wenigstens ihre Haut zu spüren, obwohl er wusste, dass es weder richtig noch fair war. Wenn sie bei Bewusstsein wäre, würde sie ihn mit dieser Hand vermutlich schlagen. Doch ihre zarte Haut zu fühlen, minderte die Angst, die ihn den ganzen Weg von San Diego hierher begleitet hatte. Was zählte, war, dass Sadie lebte.

Solange sie noch atmete, hatte er eine Chance.

„Ich weiß, du kannst mich nicht hören, und wenn du es könntest, würde ich das wahrscheinlich gar nicht sagen, denn ich bin nicht besonders gut darin, meine Gefühle in Worte zu fassen. Ich mache alles gern mit mir selbst aus. Aber hier kommt die Wahrheit: Ich bin absolut verrückt nach dir. Ich liebe dich so sehr, dass es vielleicht durch deine Haut eindringt und dann in dein Herz. Vielleicht wachst du auf und weißt, wie sehr ich dich liebe. Ich hätte niemals abreisen dürfen, ohne es dir vorher zu sagen. Ich hätte überhaupt niemals weggehen dürfen. Ich gehöre zu dir, Sadie. Jede Sekunde, die ich von dir fort war, fühlte sich falsch und leer an. Sogar mein erster Sieg mit den Friars fühlte sich falsch an. Du hättest da sein sollen. Ich musste immerzu an dich denken, und in meinem Herzen warst du auch die ganze Zeit da, bei jedem Wurf, den ich machte. Mir ist klar, dass sich das wohl ziemlich verrückt anhört ... anhören würde, wenn du mich hören könntest ..."

„Nur ... ein bisschen."

Er sah abrupt auf. Sadies Augen waren offen – so weit das möglich war angesichts ihrer geschwollenen Lider. Doch das Funkeln war wieder darin, und Calebs Herz machte einen Sprung.

„Du hast mir zugehört?"

„Klar. Konnte ich mir ja nicht entgehen lassen." Die Worte kamen schleppend, die Stimme war mehr ein Krächzen. Trotzdem war sie das Schönste, was er je gehört hatte.

„Wie viel hast du denn gehört?"

„Wieso? Willst du es zurücknehmen?"

Er legte ihre Hand auf seine Brust. „Nein. Ich möchte nur sichergehen, dass du auch wirklich alles mitbekommen hast. Wenn nicht, wiederhole ich es gern, so oft du es wünschst. Ich liebe dich, Sadie. Hast du den Teil aufgeschnappt?"

Sie lächelte und verzog gleich darauf das Gesicht. Ihr Mund sah trocken, geradezu ausgedörrt aus. Caleb schaute sich um und entdeckte einen Plastikbecher voll Wasser mit einem Strohhalm darin. Er führte ihn vorsichtig an ihre Lippen, damit sie einen Schluck trinken konnte. Schließlich nickte sie, und er stellte den Becher wieder weg.

„Sadie, ich habe mich dir gegenüber schrecklich benommen", sagte er. „Das hast du nicht verdient. Ich hab's vermasselt. Dafür gibt es keine Entschuldigung. Es ist nur leider so, dass es mir schwerfällt zu vertrauen. Ich habe ein Problem damit. Außer Tessa und den Jungs habe ich sehr lange niemandem vertraut. Dann habe ich dir mein Vertrauen geschenkt, und als ich dachte, du hättest mich betrogen, habe ich einfach vorübergehend den Verstand verloren. Ich lag falsch, glatt falsch. Es tut mir leid. Was muss ich tun, damit du mir verzeihst?“

Sie krallte die Fingernägel in seine Brust, was ihn erschauern ließ. „Ich habe dir auch vertraut.“

„Das weiß ich. Und ich habe auf deinem Vertrauen herumgetrampelt wie der letzte Depp.“ Er hob ihre Hand an seine Lippen und küsste sie. „Und dann dachte ich, es sei zu spät. Da wollte ich am liebsten sterben. Ich will nicht ohne dich leben, Sadie. Ich will dich bei mir haben, so nah wie nur irgend möglich. Ich will, dass du mich heiratest.“

Verdammt, was hatte er da gesagt? Für einen Sekundenbruchteil erfasste Caleb schiere Panik. Doch dann schien sich etwas in ihm zu öffnen, und ein warmes Gefühl durchströmte ihn. Da wusste er, dass es eine geniale Idee war.

„Heirate mich“, wiederholte er.

„Caleb.“ Es war mehr ein leises Seufzen. „Du fühlst dich schuldig und machst mir deshalb einen Antrag.“

„Nie und nimmer. Ich meine es vollkommen ernst. Du musst mir jetzt nicht antworten. Ehrlich gesagt, will ich jetzt noch gar keine Antwort von dir. Du warst wütend auf mich, und das kann ich dir nicht verdenken. Du wurdest verletzt. Und dann tauche ich auf, plappere dich voll und mache dir am Ende einen Heiratsantrag.“

Sie wollte etwas erwidern, doch er legte ihr den Finger auf die Lippen.

„Bitte denk darüber nach. Der Antrag bleibt bestehen. Ich werde dich auch morgen noch heiraten wollen und nächste Woche, nächsten Monat, nächstes Jahr, wenn du so lange warten möchtest. Aber du musst gründlich darüber nachdenken, denn mit einem Baseballspieler verheiratet zu sein, kann hart werden. Die schieben uns hin und her wie Schachfiguren. Außerdem ist es eine emotionale Achterbahnfahrt. An einem Tag bist du der Held, am nächsten der Loser der Liga und landest in einem Team auf dem untersten Tabellenplatz. Die Spielerfrauen müssen einiges durchmachen.“

Spielerfrauen. Wow, das hörte sich gut an. Und vollkommen richtig. Er wollte, dass Sadie seine Frau wurde. Wollte es mehr als alles andere auf der Welt, denn für ihn würde es nie wieder eine andere Frau geben.

Sadie runzelte die Stirn, und es sah aus, als würde sie wieder einschlafen. „Aha … Schach … und Achterbahn?"

Er lachte und drückte ihre Hand an seine Wange. „Schach und Achterbahn. Das ist Baseball für dich. Dazu Physiotherapie und blöde Sprüche. Willst du meinen Lieblingsspruch hören?"

„Hm?" Ja, sie döste eindeutig wieder ein.

„Babe Ruth hat mal gesagt: ‚Jeder Strike bringt mich dem nächsten Homerun näher.' Passt besser zu einem Schlagmann als zu einem Werfer. Aber du verstehst, was ich meine. Du bist mein großer Homerun, der auf mich wartet." Ihre Lider sanken herab, doch ihre Lippen formten Worte. Er beugte sich vor, um sie noch mitzubekommen.

„Liebe … Caleb." Dann war sie eingeschlafen. Er konnte sich den Rest so zusammenreimen, wie er wollte.

Als Sadie das nächste Mal zu sich kam, war sie sich sicher, dass Calebs Besuch nur ein Morphium-Traum gewesen war. Doch, halt … Hier war er, groß und beeindruckend. Er döste in einem Sessel, den Kopf in eine Hand gestützt. Sie genoss seinen Anblick, wie Regen nach einem langen heißen Texassommer. Er hatte die Beine gespreizt, und der Jeansstoff spannte über seinen starken Oberschenkelmuskeln. Sein zerknittertes T-Shirt war an der einen Seite etwas hochgerutscht, wahrscheinlich als er tiefer in den Sessel gesunken war. Ein Stück seiner Taille war zu sehen und die Muskelwölbung darüber, die in Sadie sofort das Verlangen weckte, mit der Zunge darüberzufahren, sanft hineinzubeißen und dann …

Wow, anscheinend ging es ihr besser. Sie blinzelte mehrmals und war erleichtert, keine Schmerzen mehr zu haben. Vorsichtig versuchte sie, eine sitzende Position einzunehmen. Das tat dann doch ein bisschen weh, weil sie dabei ihr Bein bewegte. Sie sog nur leise die Luft ein, doch Caleb wachte sofort auf.

„Was machst du da? Du sollst dich nicht bewegen. Was brauchst du? Ich hole es dir. Ich hätte nicht einschlafen dürfen, verdammt.“ Er rieb sich den Schlaf aus den Augen und sah hinreißend zerknautscht und verwirrt aus.

„Entspann dich, Caleb. Mir geht's gut. Es ist ja bloß ein gebrochenes Bein.“

Letzte Nacht, oder wann immer sie erfahren hatte, dass ihr Bein gebrochen war, war es ihr wie eine Katastrophe vorgekommen. Inzwischen machte es ihr nicht mehr so viel aus. Denn Caleb war hier. Und er hatte sie gefragt, ob sie ihn heiraten wollte. Ihn heiraten! Sie konnte es immer noch nicht ganz fassen. Er hatte seine Baseballkarriere, um die er sich kümmern musste, und sie wollte Jura studieren. Aber all das zählte nicht, weil sie ihn so sehr liebte.

„Nur ein gebrochenes Bein“, murmelte er. „Wenn ich herausfinde, wer das getan hat, wird derjenige bereuen, jemals einen Fuß ins Roadhouse gesetzt zu haben.“

„Na ja, das dürfte den meisten Leuten so gehen, irgendwann“, bemerkte sie. „Mir allerdings nicht. Ich liebe das Roadhouse. Dort haben wir getanzt, weißt du noch?“

„Natürlich erinnere ich mich. Ich habe dir doch gesagt, ich erinnere mich immer an alles. Es ist ein Fluch.“

„Wie viele Strikeouts hattest du bei deinem ersten Spiel für die Friars?“

„Sieben. Das war nicht schwer.“

„Okay. Welchen Wurf hast du beim vierten Strikeout gewählt?“

„Einen hohen Fastball. Danach einen Curveball, flach und nach außen drehend. Und einen angeschnittenen Fastball auf der Innenseite. Zack. Aus. Der Batter hieß Jorge Dominguez, mittlerweile hat er einen Durchschnitt von 300. Wie geht's deinem Kopf?“

„Total verdreht.“ Sie lächelte schwach, während er das sacken ließ. Zufrieden registrierte sie das Flackern in seinen graublauen Augen.

„Du meinst, ich habe ihn dir verdreht?“

„Komplett." Und das stimmte. Was sie für ihn empfand, war endgültig. Davon würde sie nie mehr zu heilen sein.

„Hast du nachgedacht über das, was ich dir gesagt habe?" Er stand auf, was tragischerweise zur Folge hatte, dass das sichtbare Stückchen seines sexy Oberkörpers wieder unter Stoff verschwand.

„Ich war bewusstlos", erwiderte sie trocken. „Also nein, nicht so richtig."

„Oh." Seine niedergeschlagene Miene amüsierte sie.

„Außerdem ist das nichts, worüber ich allzu lange nachdenken müsste."

Er fuhr sich durch die zerwühlten Haare. „Ich weiß, dass ich dich damit ein bisschen überfallen habe. Und dann habe ich dir auch noch erzählt, wie hart das Leben der Spielerfrauen ist. Aber vielleicht kannst du der Sache trotzdem noch eine Chance geben? Es gibt nämlich auch ein paar Vorteile. Es ist Baseball. Das beste Spiel der Welt. Und in San Diego gibt es eine juristische Fakultät. Ich habe mich erkundigt. Ich werde dich zu hundert Prozent unterstützen, denn ich habe die Absicht, diesen dicken Vertrag zu bekommen."

Die Nervosität, in der die Worte aus ihm herauskamen, brachte sie zum Lächeln. „Caleb, langsam machst du mich wütend."

„Oh, wirklich?"

„Ich weiß, dass es ein hartes Leben ist. Das habe ich begriffen. Aber weißt *du*, was noch härter wäre?" Als er sie nur ratlos ansah, breitete sie die Arme aus. „Von dir getrennt zu sein."

Ein wilder Ausdruck huschte über sein Gesicht, als wollte er sie aus dem Bett zerren und an seine breite Brust drücken. Die Intensität seines Blicks ließ ihr das Herz aufgehen. Das Leben mit Caleb würde nicht immer einfach sein. Das wusste sie schon. Trotzdem würde sie sich voller Begeisterung hineinstürzen.

Er trat ans Bett und sank vor ihr auf die Knie. Seine Bartstoppeln kratzten sanft an ihrem Arm, als er sie ein wenig zu sich heranzog. „Du verzeihst mir also?"

„Du hast mir wirklich wehgetan."

„Ich weiß. Süße, das weiß ich. Ich habe es vermasselt. Und wie. Und ein paar Stunden später saß ich schon im Flugzeug nach San Diego, um dort zu werfen ..."

Sie setzte sich mühsam auf. „Was machst du überhaupt hier? Du solltest doch eigentlich in San Diego sein!"

„Ich wurde gesperrt."

„Wie bitte? O Caleb, was ist denn nur passiert? Ist es wegen Bingo? Hat er wieder etwas Verrücktes angestellt?"

„Nein, es hatte nichts mit Bingo zu tun, nur mit mir. Ich habe dem rechten Feldspieler in den Magen geboxt." Er grinste über ihre entsetzte Miene. „Genau genommen handelte es sich um den rechten quer verlaufenden Musculus iliacus. Dieser hier."

Er stand auf und hob sein T-Shirt, um ihr seine Bauchmuskeln zu zeigen. Er deutete auf eine Muskelpartie, die v-förmig auf einen sehr wichtigen Teil seiner Anatomie zulief.

Sadie sog scharf die Luft ein. „Dahin hast du ihn geschlagen? Warum?"

Als er sein T-Shirt wieder sinken lassen wollte, hob sie die Hand. „Bitte noch nicht. Ich liege hier in einem Krankenhausbett, da musst du nett zu mir sein. Zieh es ganz aus. Na komm schon, Superman. Tu so, als wären wir am See und würden Schnecken jagen."

Er musterte sie skeptisch, kam ihrer Bitte jedoch nach, indem er sich mit einer anmutigen Bewegung aus dem Shirt schälte. Sadie betrachtete seinen muskulösen Oberkörper. „Schön. Warum hast du den rechten Feldspieler geboxt?"

„Damit ich gesperrt werde und wegkann."

„Du hast ... Du hast also deine Baseballkarriere gefährdet, um hierher zu mir zu kommen?"

„Eine zweitägige Sperre ist nicht das Ende meiner Karriere. Aber ja, es stimmt." Er beugte sich zu ihr herunter und berührte ihre Wange. „Ohne dich ist das alles ohnehin nichts wert, Sweetheart."

Die Tränen kamen so schnell, dass sie nicht mehr dagegen anblinzeln konnte, und ein paar rannen ihr über die Wangen in seine Hand. „Ich liebe dich, Caleb. Du hast keine Vorstellung, wie sehr. Ich befand mich in einem dunklen Loch, und dann kamst du des Weges und … alles wurde strahlend und wundervoll."

Zärtlich wischte er mit dem Daumen die Tränen ab. In seinem Blick glomm etwas Tiefes und Starkes. „Strahlend und wundervoll, das bist doch du. Nur du."

„Und dann dachte ich, alles sei vorbei. Ich konnte kaum noch atmen."

„Nichts ist vorbei. Niemals. Nicht in diesem Leben."

Einen langen süßen Moment klammerten sie sich regelrecht aneinander.

„Aber Caleb …" Es kostete sie Überwindung, die nächsten Worte auszusprechen. „Wenn du berühmt wirst und mit mir zusammen bist, und irgendwer gräbt dieses … dieses Sex-Tape aus …"

„Das kümmert mich nicht, ehrlich. Du hast nichts Unrechtes getan. Du hast niemandem wehgetan oder das Gesetz gebrochen. Du wolltest deinem damaligen Freund ein sexy Geburtstagsgeschenk machen. Das geht niemanden sonst etwas an. Weder mich noch sonst wen."

Etwas in ihr löste sich, ihre Scham flog davon wie ein Heliumballon. Caleb hatte vollkommen recht. Sie hatte überhaupt nichts Schlimmes getan. Weitere Tränen rannen ihr übers Gesicht. „Ich war dumm. Naiv. Ich habe nicht damit gerechnet, dass er es aufnimmt. Oder irgendetwas von dem tut, was er dann später getan hat."

„Natürlich nicht." Er legte den Arm um sie. „Wer hätte das schon erwartet – außer jemand, der genauso ein Mistkerl ist wie er."

„Was geht hier vor?" Die empörte Stimme des Pflegers – der junge Typ namens Randall – zerstörte diesen Augenblick. „Ich habe Sie nicht hier hereingelassen, damit Sie sich vor meiner Patientin nackt ausziehen."

Caleb richtete sich mit entblößtem Oberkörper zu seiner vollen Größe auf. „Ich bin nicht nackt."

„Außerdem habe ich ihn darum gebeten", sagte Sadie zur gleichen Zeit.

„Ist mir egal. Und wenn Sie ihn um einen Lapdance gebeten haben, das hier ist ein Krankenhaus. Was ist los mit euch, Leute?"

„In Krankenhäusern sind also keine Nackten erlaubt?" Caleb schnappte sich sein T-Shirt vom Fußende des Bettes.

„Was gibt es denn hier?" Eine Krankenschwester, etwa Anfang vierzig, betrat das Zimmer. Sie hatte zimtrotes Haar und hieß Andie. Sadie mochte sie, weil sie immer Scherze über das Essen machte.

„Dieser Typ ist hier gestern hereingeplatzt", erklärte Randall. „Er hat die ganze Nacht hier verbracht, und nun läuft er ohne T-Shirt herum. Verstößt das nicht gegen die Hygienevorschriften?"

Die rothaarige Krankenschwester sah zu Randall, dann zu Caleb, der wie angewurzelt dastand, mit seinem muskulösen nackten Oberkörper, das zusammengeknüllte T-Shirt in der Hand.

„Allerdings", bestätigte Andie ernst. „Die Krankenhausvorschriften sind in diesem Punkt unmissverständlich. Die Sicherheit der Patienten geht vor im Kilby Hospital."

„Wir haben ältere Patienten hier", meinte Randall tadelnd. „Haben Sie eine Ahnung, was ein solcher Anblick bei denen auslösen kann?"

„Möglicherweise Herzattacken, Mr Hart. Sie sollten wirklich rücksichtsvoller sein. Na los, her damit." Andie deutete auf Calebs T-Shirt. „Das muss ich konfiszieren."

„Wie bitte?" Calebs Gesichtsausdruck war unbezahlbar; Sadie musste das Gesicht im Kissen vergraben, um nicht laut loszuprusten.

Die beiden Pfleger lachten und klatschten sich ab. „Ach, wir haben Sie nur ein bisschen auf den Arm genommen, Hart", gab Randall zu. „Da es Sadie deutlich besser geht, wollen wir mal nicht meckern.“ Er zwinkerte. „Aber benehmen Sie sich, sobald Sie dieses Zimmer verlassen haben. Wir wissen schließlich, wie wild die Catfish sind.“

Caleb atmete hörbar aus, seine Anspannung ließ augenblicklich nach. Er rieb sich den Nacken. „Ich glaube, ich werde Kilby vermissen. Ehrlich.“

30. KAPITEL

Der nächste Tag war hektisch, da Caleb innerhalb von vierundzwanzig Stunden zurück in San Diego sein musste. Natürlich berichteten die Sportblogs über seine Sperre und spekulierten darüber, ob er erneut in ein Formtief geraten würde. Worte wie „unbeständig“ und „unvorhersehbar“ fielen, glücklicherweise im gleichen Atemzug mit Ausdrücken wie „brillant“ und „sensationell“.

Das Gerede kümmerte Caleb nicht, denn diesmal war er im Einklang mit sich. Eine Begegnung mit Duke in Mike Solos Krankenzimmer hatte ihn in diesem Gefühl bestärkt. Caleb hatte nach seinem Freund schauen wollen, der jedoch schlief. Stattdessen hatte er Duke getroffen.

„Begleite mich ein Stück“, meinte der Manager barsch und deutete auf den Gang.

Calebs Mut sank. Hatte man ihn schon wieder in die Minor League zurückversetzt? Versuchten die Friars, es ihm beizubringen, indem sie Duke schickten? Hatte Caleb es mit seiner zweitägigen Sperre, einen Tag, nachdem er in der Mannschaftsaufstellung erschienen war, zu weit getrieben?

Er verdrängte diese Sorge – sein Besuch bei Sadie war es allemal wert gewesen – und ging neben Duke in einen Innenhof, wo Rauchen gestattet war. Dort standen sie in der warmen Sonne, und Duke zündete sich eine Zigarre an, deren würziger Duft Caleb in die Nase stieg.

Offenbar ahnte Duke Calebs Befürchtung, denn er setzte seine Catfish-Cap auf und blinzelte. „Mach dir mal keine Sorgen, Junge. Du wirst nicht zurückkommen.“

„Das weiß man nie. Sullivan …“

„Sullivan geht zu einem anderen Verein.“ Duke deutete mit einer Geste an, dass diese Information vertraulich war. „Deine Lippen sind versiegelt. Kein Wort. Zu niemandem. Hast du verstanden?“

„Sullivan … zu einem anderen Verein.“

„Dem Management gefällt, was es von dir zu sehen bekommt. Du bist die Zukunft, und das wissen sie. Ich habe denen das lange genug gesagt, und inzwischen müssten sie es begriffen haben."

Caleb hielt seine Emotionen unter Kontrolle. Der Platz gehörte ihm. Sein Schicksal erwartete ihn auf diesem wunderbaren Werferhügel im Stadion der Friars. „Danke, Duke."

„Du kannst mir danken, indem du alles gibst, Hart. Alles. Keine Hühnerkacke mehr, nach dem Motto: Ich tue das für meine Familie."

„Wie bitte?"

„Du hast mich verstanden. Ja, ich weiß, du willst dich um deine Familie kümmern. Und ich weiß, du willst einen richtig guten Vertrag. Aber so funktioniert das Spiel nicht. Du musst es schon lieben und dich richtig reinhängen. Du musst Opfer dafür bringen."

„Ich habe Opfer gebracht", erinnerte Caleb ihn.

„Ja, hast du. Und nicht zu knapp. Deshalb weiß ich ja auch, dass du's diesmal endgültig packen wirst." Duke steckte die Zigarre in die linke Hand und hielt ihm die rechte hin. Caleb schüttelte sie ein wenig verwirrt. Daraufhin drückte Duke die Zigarre an einem Zementblock in dem Innenhof aus und marschierte zur Tür, zurück zu Mike Solos Zimmer. „Ich habe Crush prophezeit, dass meine Idee funktionieren würde. Ich hoffe, der Mann hat seine Lektion jetzt gelernt. Immer schön auf den Duke hören."

Caleb folgte ihm auf den Fersen. „Was denn für eine Idee?"

„Das mit dir und der Catfish-Petition. Ich habe ihm gesagt, das würde dir aus deiner Depression heraushelfen."

Caleb stutzte. Wie, um alles in der Welt, hatte diese alberne Petition ihm aus seinem Formtief geholfen? Das hatte er ganz allein geschafft. Er hatte es ausgestanden und durchgehalten, bis er wieder einen klaren Kopf bekam. Mehr steckte nicht dahinter. „Das verstehe ich nicht ganz."

„Du begreifst es tatsächlich noch nicht, was? Auf dir hat ein Fluch gelastet, den ich Scheinwerferitis nenne. Übler Fall. Die Väter der meisten Leute sitzen nicht im Gefängnis. Du bist aufs Spielfeld gegangen und hast jedes Mal unbewusst Angst gehabt, all die vielen Menschen, die dir zuschauen, könnten hinter dein dunkles Geheimnis kommen. Du konntest nicht hinaus ins Scheinwerferlicht treten, weil du dich geschämt hast. Diese Scham hat dein Talent zerstört."

„Das ist doch Bullshit." Musste es sein. Er glaubte nicht an diesen Psychokram.

Duke schenkte seinem Einwand überhaupt keine Beachtung. „Wenn das Gewicht der Welt auf einem lastet, kann man keinen gescheiten Fastball werfen. Man muss es aus Liebe tun. Ich habe dich auf die Can-the-Catfish-Kampagne angesetzt, damit du wieder anfängst, Spaß zu haben. Und diese Sache war so bescheuert, dass sie einfach Spaß machen musste. Sie war dazu geschaffen, dein Leben etwas verrückter zu machen."

Caleb erinnerte sich plötzlich an Liebermans Worte von dem Chaos, dem man sich überlassen sollte. Vielleicht war doch etwas dran an Dukes Theorie. Nur würde er ihm das nicht sagen. „Du hast sie nicht mehr alle. Pass auf, dass sie dich nicht einsperren."

„Das hättest du wohl gern", hatte Duke geknurrt und dann Mike Solos Zimmer betreten.

Nach einem schnellen Kuscheln mit Sadie – Caleb wollte nicht mehr als ein paar Minuten am Stück von ihr getrennt sein –, schaute er nun noch mal bei Mike Solo vorbei und ließ sich die Ereignisse des Abends im Roadhouse schildern. Die Geschichte ließ das Blut in seinen Adern gefrieren.

„Dem Himmel sei Dank, dass ihr Jungs da wart."

„Kann man wohl sagen. Die waren richtig auf Ärger aus, diese Wades, besonders nachdem Donna auf den Tresen gestiegen ist und richtig losgelegt hat." Er schüttelte den Kopf, allerdings vorsichtig. „Die Sache ist noch nicht ausgestanden, Hart. Diese Typen sind durchgeknallt, und sie sind stinksauer, dass wir es ihnen gezeigt haben."

„Ich werde Sadie dazu bringen, mit mir nach San Diego zu kommen", erklärte Caleb. „Ich will nicht, dass sie in derselben Stadt bleibt wie diese Idioten."

Mike grinste. „Du hast dir also eine Frau zugelegt. Gute Arbeit, Hart."

„Ja, und fast hätte ich es so richtig vermasselt."

„Dann eben: gut wieder hinbekommen. Du nimmst Sadie also mit. Ich wünschte, du könntest Donna auch mitnehmen. Ich habe keine Ahnung, was sie sich dabei gedacht hat, aber sie hat sich definitiv in die Schusslinie geworfen."

„Tja, du wirst wohl auf sie aufpassen müssen." Caleb drückte Mikes Schulter. „Wie lange wirst du ausfallen?"

„Höchstens für ein paar Tage." Da Mikes Augen zugeschwollen und seine gebrochenen Rippen bandagiert waren, klang das etwas überoptimistisch. Doch Caleb wollte das positive Denken seines Freunds nicht bremsen.

„Das ist die richtige Einstellung. Schüttle es ab. Werd gesund, und mach auch deinen Weg nach San Diego. Ich kann schon das Feuerwerk für deinen ersten Homerun sehen." Bei jedem Homerun eines Friars-Spielers ertönte eine Schiffsglocke, und ein Feuerwerk explodierte in der Mitte des Spielfelds. Totaler Zirkus, und alle Spieler liebten es.

„Dein Wort in Gottes Ohr, Bruder." Die beiden Männer drückten einander die Unterarme, und dann kehrte Caleb in Sadies Zimmer zurück. Sie hatte Besuch – eine sehr reumütige Donna. Caleb musste sie nicht einmal finster anstarren. Kaum hatte er das Zimmer betreten, sprang sie auf und sprudelte Entschuldigungen hervor. Na ja, so ähnlich.

„Ich werde mich vor dir nicht rechtfertigen, Caleb, denn du musstest ja nicht mit diesen Kriminellen in einer Stadt leben. Ich habe es einfach nicht länger ertragen, und es tut mir auch leid, dass die Catfish-Spieler verletzt wurden, und Sadies gebrochenes Bein tut mir ebenfalls leid, und natürlich ist das alles ganz schrecklich mit Mike. Ich wollte nie, dass so etwas passiert und …"

„Du solltest dich persönlich bei ihm entschuldigen", unterbrach Caleb sie. „Er liegt drei Türen weiter."

Ein Ausdruck von Unbehagen huschte über ihr Gesicht. „Ich weiß nicht, ob er mich wirklich sehen will."

Caleb war sich auch nicht sicher, doch versteckte er seine Zweifel hinter einem beruhigenden Lächeln. „Ganz bestimmt will er."

Nachdem Donna gegangen war, setzte er sich auf Sadies Bett und zog sie in die Arme. Es fühlte sich an, als käme er nach einer langen Reise um die Welt endlich nach Hause. „Wow, ich habe dich vermisst."

„Ich dich auch." Sie lachten beide, da sie lediglich für zehn Minuten getrennt gewesen waren.

Nach einer ausgiebigen Runde Schmusen murmelte Sadie: „Hmm, Donna hat mir immer noch nicht erzählt, was mit ihr los ist. Nur deshalb bin ich doch überhaupt zum Roadhouse gefahren."

„Dann wird sie es dir vielleicht am Telefon erzählen müssen, denn ich will, dass du so bald wie möglich zu mir kommst. Hat der Arzt schon gesagt, wann du reisen darfst?"

„Wenn ich mich danach fühle."

„Gut. Ich möchte, dass du mit mir nach San Diego kommst. Bitte."

Sie betrachtete ihn, sein Gesicht in den Händen haltend. Mit ihren strahlenden Augen schien sie direkt in seine Seele zu blicken. „Du machst dir Sorgen."

„Ja, verdammt." Natürlich machte er sich Sorgen. Es fühlte sich fast an, als müsste er sie in einem Kriegsgebiet zurücklassen.

„Musst du nicht. Es ist alles in Ordnung. Mich kann jetzt nichts mehr verletzen. Zumindest nicht da, wo es zählt."

Das war ja alles schön und gut, aber er mochte ihren Körper am liebsten unversehrt. Caleb bedeckte ihr Gesicht mit Küssen.

„Kannst du mich noch zum Rathaus fahren? Bürgermeisterin Trent möchte mich sehen."

Das ärgerte ihn. „Dann sollte sie lieber herkommen."

„In einer Stunde oder so werde ich ohnehin entlassen. Ich habe der Bürgermeisterin gesagt, wir würden auf dem Heimweg vorbeischauen."

Das „Wir“ gefiel ihm. Davon wollte er mehr. „Na schön. Aber falls du müde wirst oder Schmerztabletten benötigst oder eine Rückenmassage oder …“

„Einen Striptease?“

„Nein. Ein bisschen Würde musst du mir schon lassen, ja?“

Anderthalb Stunden später humpelte Sadie auf ihren Krücken zum Zimmer der Bürgermeisterin. Caleb hielt ihr die Tür auf. Das Bein schmerzte, doch gleichzeitig tat es gut, wieder im Rathaus zu sein, wo jeder sie mit einer Umarmung und besorgten Ausrufen empfangen hatte. Als die Tür hinter ihnen zufiel, erhob Bürgermeisterin Trent sich hinter ihrem Schreibtisch, wie stets tadellos gekleidet, diesmal in einem schwarzen Kostüm mit fuchsiarotem Halstuch. Sie ging zu Sadie und umarmte sie, doch der Anblick des anderen Mannes im Raum verblüffte Sadie so sehr, dass sie kaum ein „Hallo“ herausbrachte.

Roy Wade, Hamiltons Vater, saß im „Bittstellersessel“ vor dem Schreibtisch der Bürgermeisterin.

„Was hat das …“ Verwirrt sah sie die Bürgermeisterin an.

Calebs Griff um ihren Ellbogen wurde etwas fester. Wahrscheinlich wusste er nicht, wer Roy war, doch er musste ihren Schrecken bemerkt haben.

„Ich habe Mr Wade heute hergebeten, weil ich glaube, wir könnten eine Lösung für unser Problem finden.“

Roy stand ebenfalls auf. Er besaß Hamiltons Footballer-Statur plus ein paar Speckröllchen um die Mitte. Heute trug er ein legeres Baumwolljackett mitsamt Bolotie – der typischen Western-Krawatte. „Wir mögen uns nicht ganz einig sein, was die Ursache des Problems betrifft, aber wir sind uns einig, was die Lösung angeht. Ein Flugticket raus aus Kilby, ohne Rückflug.“

Sadie erstarrte. Die Bürgermeisterin hob den Zeigefinger wie eine Erzieherin im Kindergarten. „Mr Wade, denken Sie an die möglichen Klagen, die Sie gerne vermeiden wollen. Wenn Sie Sadie verärgern, ist sie vielleicht nicht bereit, ihre Klage gegen Hamilton fallen zu lassen.“

Sadie sah verblüfft zu Caleb, der jedoch nur etwas näher an sie herantrat, sodass sie seine Körperwärme am Rücken spürte.

„Sie und ich wissen doch beide, dass diese Klage ein Haufen Kuhmist ist."

„Wenn das so ist, warum sind Sie dann hier?" Der stahlharte Unterton in der Stimme der Bürgermeisterin veranlasste Wade, den Mund schnell wieder zuzumachen. „Überwinden wir doch die Kuhmistphase dieser Unterhaltung. Sadie, ich habe in Ihrem Namen eine Einigung vorgeschlagen, aber es liegt ganz bei Ihnen, ob Sie sie akzeptieren. Wenn Sie Hamilton verklagen wollen, werde ich dafür sorgen, dass der Fall außerhalb von Kilby verhandelt wird. Ihre Aussichten sollten exzellent sein. Diesmal ist Hamilton zu weit gegangen, und jeder weiß das. Brett Carlisle – Sie kennen ihn ja von ‚Rettet unsere Schnecken'– ist zur Aussage bereit, dass Hamilton absichtlich auf ihr Bein getreten ist, um es zu brechen."

Sadie fiel auf, dass Wendy Trent nicht sagte, Hamilton habe das tatsächlich getan. Sie erinnerte sich nicht daran, wer ihr das Bein gebrochen hatte, bezweifelte jedoch keine Sekunde, dass die Verantwortung für die Schlägerei allein bei Hamilton lag. Caleb stützte sie, sein warmer Atem strich über ihre Haare. „Wie lautet das Angebot?", fragte er die Bürgermeisterin. „Es sollte schon ziemlich gut sein."

„Mr Wade hat angeboten, für Sadies Studiengebühren an einer Universität ihrer Wahl aufzukommen. Solange es nicht Kilby ist, was kein Problem darstellen dürfte, da wir gar keine juristische Fakultät haben."

„Wo kommen wir denn hin in Texas, wenn man nicht mehr in eine ordentliche Kneipenschlägerei geraten kann, ohne sich gleich eine Klage einzuhandeln?", brummte Roy Wade vor sich hin. „Wir brauchen einen neuen Bürgermeister hier in diesem Ort, genau das brauchen wir."

Sadie schenkte ihm keine Beachtung, denn sie war noch ganz perplex von dem Angebot, das Bürgermeisterin Trent gerade gemacht hatte. Die Studiengebühren für ihr Jurastudium ... Sie könnte wirklich studieren – vorausgesetzt, sie würde zum

Studium zugelassen. Andererseits – bezahlten die Wades sie, damit sie die Stadt verließ? Diese Vorstellung behagte ihr überhaupt nicht.

„Zusätzlich wird er eine beträchtliche Summe für den ‚Rettet unsere Schnecken'-Verein spenden."

Roy hustete und verbarg in dem kratzigen Laut das Wort „Erpressung".

Bürgermeisterin Trent sah ihn scharf an. „Ich bin versucht, auch noch Verpflegung und Unterbringung während des Studiums hinzuzufügen …"

„Das ist nicht nötig", unterbrach Caleb sie, und das Vibrieren seiner Brust an ihrem Rücken ließ Sadie erschauern. „Darum kümmere ich mich. Um alles. Sadie, du musst dieses Angebot nicht annehmen. Ich kann es mir leisten, dir das Studium zu finanzieren. Jedenfalls sobald mein neuer Vertrag …"

„Hey!" Sie drehte ihm ihr Gesicht zu. „Ich will keine weitere Person sein, die von deinem Vertrag abhängig ist. Falls ich dich heirate, dann, weil ich dich liebe und mit dir zusammen sein will, nicht, damit du mich finanziell unterstützen kannst."

„Falls?" Er wirkte beunruhigt. „Waren wir uns nicht längst einig?"

„Wenn", korrigierte sie sich. „Ich meinte wenn. Aber was ich sagen will, ist …"

„Ihr Einwand ist berechtigt", meldete sich die Bürgermeisterin wieder zu Wort. „Worauf Sie und Caleb sich geeinigt haben, hat mit diesem Deal nichts zu tun. Hier geht es darum, dass die Wades für ihr abscheuliches Verhalten zahlen, das darin gipfelte, dass meine Assistentin körperlich angegriffen wurde. Ehrlich gesagt, Sadie: Sie lassen sie viel zu billig davonkommen, wenn Sie diesen Deal akzeptieren. Andererseits umgehen Sie damit einen aufwändigen Prozess und dass Ihr Name in den Zeitungen auftaucht. Ich weiß ja, dass Sie im vergangenen Jahr schon genug traurige Berühmtheit erlangt haben. Aber es liegt ganz bei Ihnen, meine Liebe."

Sadie fragte Caleb stumm: *Was meinst du? Soll ich ihr Geld nehmen? Oder vor Gericht gehen?* Er erwiderte ihren Blick, doch seine Miene gab keinen Hinweis darauf, was er dachte. Ihr Bein pochte. Sie musste nach Hause. Sadie wandte sich wieder an die anderen beiden Personen im Raum.

„Im Grunde bezahlen Sie mich dafür, Anwältin zu werden. Sollte Hamilton also je wieder irgendeine fiese Sache probieren, werde ich mein ganzes bis dahin erworbenes juristisches Wissen anwenden können, um ihm das Handwerk zu legen. Ich kann anderen Menschen beistehen, denen er geschadet hat. Und ich kann Leuten helfen, die gar nichts mit Hamilton zu tun haben."

Roy Wade zuckte die Schultern. „Nehmen Sie das Angebot an, oder lassen Sie es. Ist mir egal."

„Tja, allein wegen der Ironie, die darin liegt, werde ich es annehmen."

Bürgermeisterin Trent lächelte triumphierend. „Gut. Ich wusste, wir können die Sache klären. Sadie, Sie sollten jetzt nach Hause fahren. Danke, dass Sie vorbeigekommen sind." Sie gab ihr einen Kuss auf die Wange. „Ich werde die beste Assistentin, die ich je hatte, vermissen." Dann wandte sie sich an Caleb: „Ich wette, die Catfish werden Sie auch vermissen. Für eine ganz kurze Weile sah das Team wirklich gut aus."

Roy gab einen unerfreulichen Laut von sich. „Noch was, das Sie und Ihre Kirchenladies vom Frauenverein gerade ruinieren."

„Wie bitte?" Bürgermeisterin Trent drehte sich mit strenger Miene um. „Wovon reden Sie eigentlich?"

„Die League hat die Nase voll von Crush Taylor. Die wollen ihn raushaben. Wenn er geht, zieht das Team in eine andere Stadt. Er hält es doch bloß hier, weil Kilby seine Heimatstadt ist. Jeder andere Teambesitzer wäre längst in eine größere Stadt gezogen."

Die Bürgermeisterin trommelte in schnellem Rhythmus mit den Fingern gegen ihren Oberschenkel. Sadie erkannte es sofort als Stressreaktion. „Wir werden sehen", sagte sie schließlich. „Crush Taylor schafft es irgendwie immer, die Oberhand zu behalten."

War Sadie die Einzige, die bemerkte, wie besorgt Wendy Trent plötzlich wirkte?

„Da läuft was zwischen Crush Taylor und der Bürgermeisterin“, flüsterte sie Caleb zu, als sie auf dem Rückweg zu ihrem Mietwagen waren. „Ich wüsste zu gern, was.“

„Auf keinen Fall. Die zwei sind absolute Gegensätze. Und Crush predigt den Spielern ständig, sich auf keine ernste Beziehung mit einer Frau einzulassen.“

„Ach ja?“ Sie versetzte ihm einen kleinen Stoß, weil es so guttat, ihn zu berühren. „Hast du mir nicht kürzlich erst einen Heiratsantrag gemacht? Dann hast du seiner Predigt wohl nicht aufmerksam gelauscht.“

Caleb zwinkerte ihr zu. „Ich bin ein Rebell, Baby. Ein Rebell mit einer Mission.“

„Welcher?“

„Der besten. Dich ins Bett zu bekommen.“

Ganz aus Versehen traf ihre Krücke seinen Fuß.

„Sagte ich: ins Bett bekommen? Ich meinte natürlich: deine unsterbliche Liebe zu gewinnen.“ Sein breites Grinsen ließ sie prompt dahinschmelzen. Seine Augen glänzten in der einsetzenden Dämmerung, und mit seiner ganzen eindrucksvollen Erscheinung strahlte er etwas Beschützendes aus.

Nun, wenn es das war, was er wollte … Mission erfüllt.

Während Sadie schlief und sich von der Begegnung im Rathaus erholte, besuchte Caleb seinen Vater im Gefängnis.

„Erzähl mir endlich die ganze Geschichte, vom Anfang bis zum Ende“, forderte er Bingo auf. „Ich muss es hören.“

Also berichtete Bingo sie in all ihren absurden Facetten. Er hatte ins Stadion gehen wollen, weil Caleb dort war. Prompt war er in Versuchung geraten, als er die kleinen Wetten registrierte, die die Fans untereinander abschlossen. Sie schienen harmlos zu sein. Doch irgendwann wollten die Wades aus Bingos nach unverfänglichem Vergnügen ein echtes Wettsystem aufbauen. Sie drohten ihm, seine Verbindung zu Caleb öffentlich zu machen, falls er nicht mitarbeitete. Er fühlte sich in der

Falle. „Nachdem du der Zeitung dein Interview gegeben hattest, versuchte ich, irgendwie aus der Sache auszusteigen. Aber die Wades meinten, sie würden es so aussehen lassen, als wärst du selbst an den Wetten beteiligt gewesen. Das hätte alles noch viel schlimmer gemacht."

Das klang nachvollziehbar und glaubwürdig, obwohl Caleb noch etwas beschäftigte.

„Warum wolltest du die Kids hierhaben? Hattest du die Absicht, sie irgendwie zu benutzen, so, wie du mich und Tessa früher benutzt hast?"

„Nein, ich schwöre es, Caleb. Ich wollte sie nur sehen. Es hatte nichts zu tun mit den Wades. Ich wünschte, die hätten die Jungs und Tessa nie bemerkt. Denn so hatten sie noch ein Druckmittel mehr in der Hand. Ich wäre doppelt so lange ins Gefängnis gegangen, wenn ich diese Typen damit von unserer Familie hätte fernhalten können." Er machte ein gequältes Gesicht. „Ich wollte dir keinen Ärger einbrocken. Ist mir nicht geglückt. Hasst du mich jetzt?"

„Nein, das tue ich nicht. Nur wünschte ich, du hättest auch mit diesen kleinen Wetten gar nicht erst angefangen."

„Himmel, ich auch." Bingo stöhnte.

„Aber zum Teil war es auch meine Schuld. Ich hätte dir eine Chance geben sollen. Dich ins Stadion einladen. Mehr mit dir unternehmen. Außerdem hast du, nachdem man dich erwischt hatte, gleich versucht, Tessa und die Jungs zu schützen. Das rechne ich dir hoch an."

„Sei lieber nicht zu großzügig, mein Junge. Ich habe einen Hang zu Problemen. Aber ich will nicht, dass meine Familie dafür bezahlen muss. Jedenfalls nicht mehr, als ohnehin schon."

„Na ja, da kann ich dir nicht widersprechen." Caleb musste grinsen; zu einfach wollte er es Bingo auch nicht machen. „Vielleicht solltest du mal einen Weg finden, deine krummen Touren in etwas Legales zu verwandeln."

Bingo sah ihn hoffnungsvoll an. „Gute Idee. Ehrlich. Ich werde dran arbeiten."

Thurston Hartwell war ein Mann, dem man nicht lange böse sein konnte. „Ach, das hätte ich beinahe vergessen." Caleb zog eine Handvoll Baseballkarten der Friars aus der Tasche, alle schon signiert. „Wir versuchen, eine weitere Bewährungsstrafe auszuhandeln. In der Zwischenzeit nimm die hier, für den Fall, dass du irgendwem von deinem berühmten Sohn erzählen musst."

Er schob die Karten über den Tisch. Bingo berührte sie, als wären sie aus purem Gold. „Im Ernst? Du hast nichts dagegen?"

„Nein, ich habe nichts dagegen. Bis bald, Bingo."

Ende September

Selbst in einem bedeutungslosen Spiel – die Friars lagen viel zu weit zurück, um es in die Playoffs zu schaffen – herrschte eine unglaubliche Atmosphäre im Stadion. Caleb schabte mit seinen Stollen auf dem Werferhügel, um besseren Halt zu haben, besonders für den linken Fuß. Das hier war jetzt seine Aufgabe. Die Saison endete zwar bald, aber er hatte vor, sich im nächsten Jahr von Neuem richtig ins Zeug zu legen. Als er mit seinen Vorbereitungen fertig war, gestattete er sich noch einmal einen Rundumblick durch seinen Arbeitsbereich. Er liebte dieses nicht überdachte Stadion, mit seinen dunkelblauen Sitzen und den weiß gestrichenen Stahlträgern. Hinter den Tribünen ragten die Hochhäuser San Diegos auf, und dahinter sah er vage das blaue Wasser der Bucht.

Hier zu werfen war fast, als spiele man auf einem Kreuzfahrtschiff.

Zudem liebte er jeden Moment, den er auf dem Werferhügel verbrachte. Selbst die harten Momente. Denn darum ging es wohl. Zu gewinnen oder zu verlieren, den Gegner zu schlagen oder geschlagen zu werden – wie auch immer, man musste alles geben. Ohne Scham, ohne Zweifel, ohne Misstrauen. *Sei ganz du selbst da draußen und stell dich dem, was da kommen mag. Und sei es das Chaos.*

Er konzentrierte sich auf die Home Plate, wo der Schlagmann der Nationals, Ian Garner, seine Position einnahm, und akzeptierte die Forderung seines Fängers nach einem Fastball. Oberkörperdrehung, Arm heben, *explodieren*. Der Ball zischte durch die Luft, direkt in den Handschuh des Fängers. *Strike.* Garner schüttelte den Kopf und murmelte irgendetwas vor sich hin.

Ein bedeutungsloses Spiel? So etwas gab es nicht. Nicht im Baseball. Nicht für die Spieler, denn jeder Wurf und jeder Schlag zählte für die Statistik.

Doch bei einer 10:2-Führung konnte Caleb es sich zumindest erlauben, den Blick zum Abschnitt 113 schweifen zu lassen, zur Loge am Infield, entlang der First-Base-Linie. Der für Sadie reservierte Platz in der ersten Reihe war vorhin noch leer gewesen, und seitdem hatte Caleb sich auf das Spiel konzentrieren müssen. Doch beim derzeitigen Spielstand gestattete er sich einen Blick in die Richtung.

Da war sie. Sadie, in rotem Top und Shorts, die viel von einem langen schlanken Bein zeigten. Das andere war in eine schwarze Bandage gehüllt. Vorsichtig bewegte sie sich durch den Gang. In den Händen hielt sie eine Packung Cracker Jacks. Der Wind spielte mit ihren dunklen Haaren.

Freude durchflutete ihn. Da war sie. Lebendig. Bei ihm. *Bei ihm.* Er war nicht länger allein. Ganz gleich, welchen Curveball das Leben ihm zuwerfen würde, Sadie würde an seiner Seite sein. Sie war seine Home Plate, sein Unterstand und sein Cy Young Award, und das alles noch dazu in einer sexy Verpackung.

Sein nächster Wurf, ein Knuckleball, gab dem Begriff Chaos eine ganz neue Bedeutung. Er tanzte und wirbelte wie eine besoffene Hornisse. Garner erwischte ihn nur zum Teil. Caleb angelte ihn aus der Luft und warf ihn zum Out Nummer drei, ehe Garner die Base erreichte. Statt anschließend mit dem Rest der Mannschaft zum Unterstand zu gehen, marschierte er einfach weiter.

Alles war plötzlich verschwommen, wie beim letzten Mal. In der einen Minute befand er sich noch auf dem Feld, in der nächsten sprang er über die dunkelblaue gepolsterte Barriere, hinauf zu Sadie. Dann lag sie in seinen Armen, die Cracker Jacks flogen, und ihr Lächeln setzte seine Welt in Flammen.

Er küsste sie mit einer solchen Leidenschaft, dass die Zuschauer um sie herumtobten. Im Stadion hing der Duft von Erdnüssen und der salzigen Meeresbrise. Caleb liebte all das, besonders weil er Sadie in den Armen hielt und *sie* liebte.

Die Stimme eines Kommentators aus dem Radio eines Zuschauers weckte seine Aufmerksamkeit: „Er hat es schon wieder getan! So ähnlich wie diese berüchtigte Attacke auf der Tribüne in Kilby. Nur sieht das hier ein bisschen anders aus. Trotzdem, die Friars müssen sich wohl fragen, wie labil Caleb Hart ist. Die setzen ihre ganze Hoffnung auf seinen starken Wurfarm. Aber können sie sich darauf verlassen, dass er auch auf dem verdammten Platz bleibt?"

Eine der Fox-Kommentatorinnen kam auf ihn zugelaufen, zusammen mit einem Kameramann, der sein Objektiv auf Caleb und Sadie richtete. Das rote Licht warnte sie, dass sie live auf der Riesenleinwand zu sehen waren.

„Caleb Hart, können Sie uns erklären, was hier passiert?"

Sadie, die sich vor Lachen schüttelte, barg das Gesicht an seiner Brust. Er schlang einen Arm fest um sie. „Ich habe meine Verlobte eine Weile nicht gesehen, tja, und da ist es wohl ein bisschen mit mir durchgegangen."

„Das ist also Ihre Verlobte?"

Sadie sah Caleb an und zog die Nase kraus, was spätere Rache verhieß. Dann wandte sie sich an die Reporterin. „Hallo. Ich bin Sadie Merritt." Sie winkte kurz in die Kamera.

Er mochte es, wie sie ihren Namen sagte, so stolz. Vielleicht hatte auch sie die Geister der Vergangenheit abgeschüttelt.

„Wie fühlen Sie sich angesichts der Tatsache, dass Ihr zukünftiger Ehemann es in die Stammmannschaft der Friars geschafft hat?"

„Jeder wäre glücklich, Caleb in seinem Team zu haben. Das sage ich nicht, weil ich ihn liebe, obwohl ich natürlich verrückt nach ihm bin. Er ist ein großartiger Spieler, und er hat gerade erst angefangen. Ihr Friars-Fans könnt euch noch auf einiges freuen. Die nächste Saison wird der Hammer."

Jubel erhob sich um sie herum. Caleb drückte Sadie an sich und war so gerührt, dass er keinen Ton mehr herausbrachte. So fühlte es sich also an, jemanden an seiner Seite zu haben.

„Wie haben Sie beide sich kennengelernt? Möchten Sie uns das erzählen?"

Sadie sah Caleb an und gab die Frage stumm an ihn weiter. Ihm war klar, dass ein verliebtes Grinsen auf seinem Gesicht lag und er vermutlich auf diesen Riesenbildschirmen ziemlich dämlich aussah. Es war ihm egal. Er gab Sadie einen sanften Kuss auf die Lippen, dann sagte er in die Kamera: „Sie hat versucht, mich aus Kilby zu vertreiben. Da wusste sie noch nicht, was für ein sturer Kerl ich sein kann."

„Ist an den vielen Geschichten über die Kilby Catfish denn etwas dran?"

Die Nationals liefen zurück auf das Spielfeld, begleitet von einigen Pfiffen. Der erste Schlagmann des Teams bewegte sich auf die Home Plate zu und machte sich bereit. Caleb musste dringend zurück in den Mannschaftsunterstand und durfte das Spiel nicht länger unterbrechen. „Ich muss los. Genießt das Spiel, alle zusammen!" Er winkte und sah Sadie an, die ihm ein letztes strahlendes Lächeln schenkte.

„Wir sehen uns nach dem Spiel", flüsterte er.

„Ich werde da sein."

Und das war alles, was er brauchte.

– ENDE –

DANKSAGUNG

Ich möchte mich bei Sierra Dean, Kristy Birch und LizBeth Selvig bedanken für ihre Hilfe zum Thema Baseball und bei anderen entscheidenden Elementen dieser Geschichte. Dank auch an Tessa Woodward und Elle Keck, die zur Entstehung des Manuskripts beigetragen haben, und an Alexandra Machinist für ihre Unterstützung.

Meine Baseball-Erinnerungen reichen zurück bis in die Kindheit, also geht ein besonderer Dank an meinen Vater, der mich mit dem großartigsten Spiel der Welt bekannt gemacht hat. Meine wundervollen Leser überraschen mich immer wieder mit ihrer Großzügigkeit.

Zum Schluss bedanke ich mich bei meiner Familie für ihre unerschütterliche Geduld und Unterstützung. Ohne euch könnte ich das alles nicht schaffen. Ich liebe euch!

„Andersens Serie bietet lustige, interessante Protagonisten, eine dichte Handlung und eine heiße Liebesgeschichte.“

Romantic Times Book Reviews

Susan Andersen
Reine Kuss-Sache

Band-Nr. 25912
9,99 € (D)
ISBN: 978-3-95649-281-5
eBook: 978-3-95649-522-9
576 Seiten

Mr. Perfect gibt es nicht

Jane braucht keinen Prinzen! Sie hat alles unter Kontrolle: ihre Haare, ihren Job und die Umbauarbeiten an der Villa, die sie mit ihren besten Freundinnen Ava und Poppy geerbt hat. Bis Devlin Kavanagh in ihr Leben tritt – und sie völlig aus dem Gleichgewicht bringt. Besser einen Bogen um den heißen Playboy machen, sagt sich Jane. Aber als in ihr Haus eingebrochen wird, ist sie auf Devlins Hilfe angewiesen!

Rosarot in Seattle

Sie liebt Männer in Uniformen! Und Jason de Sanges ist ein echtes Prachtexemplar. Der Anblick des Cops treibt den Puls der frechen Poppy in die Höhe und weckt, in ihr den Wunsch rosarote Herzen an eine Wand zu sprühen. Obwohl sie findet, dass er zu den drei verurteilten jugendlichen Sprayern, die sie zusammen betreuen, ein wenig streng ist. Überhaupt scheint Jason alles viel zu ernst zu nehmen. Doch sie wird ihm den grimmigen Zug um den Mund schon wegküssen …

"Besser können romantische Liebesgeschichten nicht erzählt werden."

Booklist

Band-Nr. 25908
9,99 € (D)
ISBN: 978-3-95649-277-8
eBook: 978-3-95649-526-7
384 Seiten

Susan Mallery
Weiter geht es nach der Werbung

Je mehr Gemeinsamkeiten ein Paar hat, desto besser läuft die Beziehung. Davon ist Paartherapeutin Taylor McGuire fest überzeugt. Ihr Exmann, der bekannte Psychologe Jonathan Kirby, behauptet jedoch genau das Gegenteil – alleine auf viel Sex komme es an. In einer Talkshow fordert er sie heraus, um zu beweisen, dass er recht hat: Für eine Realityshow sollen Singles einen Monat lang wie ein Ehepaar zusammenleben. Er sucht die Hälfte der Teilnehmer aus, Taylor die andere. Vor laufender Kamera bleibt ihr nichts anderes übrig, als zuzustimmen. Das Experiment rückt für Taylor jedoch bald in den Hintergrund, als es zwischen ihr und Jonathan plötzlich wieder knistert wie früher. Haben sie doch mehr gemeinsam, als sie dachte?